근대 중국의 민족서사와 젠더

서남동양학술총서

근대 중국의
민족서사와 젠더

혁명의 천사가 된 노라

| 임우경 지음 |

창비

21세기에 다시 쓰는 간행사

서남동양학술총서 30호 돌파를 계기로 우리는 2005년, 기왕의 편집위원회를 서남포럼으로 개편했다. 학술사업 10년의 성과를 바탕으로 이제 새로운 토론, 새로운 실천이 요구되는 시점이라고 판단했기 때문이다.

알다시피 우리의 동아시아론은 동아시아의 발칸, 한반도에 평화체제를 구축하고자 하는 비원(悲願)에 기초한다. 4강의 이해가 한반도의 분단선을 따라 날카롭게 교착하는 이 아슬한 상황을 근본적으로 해결하는 방책은 그 분쟁의 근원, 분단을 평화적으로 해소하는 데 있다. 민족 내부의 문제이면서 동시에 국제적 문제이기도 한 한반도 분단체제의 극복이라는 이 난제를 제대로 해결하기 위해서는 우선 서구주의와 민족주의, 이 두 경사속에서 침묵하는 동아시아를 호출하는 일, 즉 동아시아를 하나의 사유단위로 설정하는 사고의 변혁이 종요롭다. 동양학술총서는 바로 이 염원에 기초하여 기획되었다.

10년의 축적 속에 동아시아론은 이제 담론의 차원을 넘어 하나의 학(學)으로 이동할 거점을 확보했다. 우리의 충정적 발신에 호응한 나라 안팎의 지식인들에게 깊은 감사를 표하는 한편, 이 돈독한 토의의 발전이 또한 동아시아 각 나라 또는 민족들 사이의 상호연관성의 심화가 생활세계의 차원으로까지 진전된 덕에 크게 힘입고 있음에 괄목한다. 그리고 이러한 변화가 6·15남북합의(2000)로 상징되듯이 남북관계의 결정적 이정표 건설을 추동했음을 겸허히 수용한다. 바야흐로 우리는 분쟁과 갈등으로 얼룩진 20세기의 동아시아로부터 탈각하여 21세기, 평화와 공치(共治)의 동아시아를 꿈꿀 그 입구에 도착한 것이다. 아직도 길은 멀다. 하강하는 제국들의 초조와 부활하는 제국들의 미망이 교착하는 동아시아, 그곳에는 발칸적 요소들이 곳곳에 숨어 있다. 남과 북이 통일시대의 진전과정에서 함께 새로워질 수 있다면, 그리고 그 바탕에서 주변 4강을 성심으로 달랠 수 있다면 무서운 희망이 비관을 무찌를 것이다.

　동양학술총서사업은 새로운 토론공동체 서남포럼의 든든한 학적 기반이다. 총서사업의 새 돛을 올리면서 대륙과 바다 사이에 지중해의 사상과 꿈이 문명의 새벽처럼 동트기를 희망한다. 우리의 오랜 꿈이 실현될 길을 찾는 이 공동의 작업에 뜻있는 분들의 동참과 편달을 바라 마지않는 바이다.

서남포럼 운영위원회

www.seonamforum.net

이 책은 필자의 박사학위논문(「중국의 반전통주의 민족서사와 젠더」, 2004)을 다듬고, 이후 같은 문제의식의 연장선에서 쓴 소논문(「노라의 자살: 현대 민족서사와 장 아이링(張愛玲)의 〈패왕별희〉」)을 더해 구성하였다. 박사논문 작업은 필자 자신의 2,30대의 삶을 돌아보는 과정이기도 하였는데, 그 화두는 민족국가와 여성이었다. 당시 한 지면에 필자의 논문을 소개하며 심경을 밝힌 글을 옮겨본다.

많은 이들이 그랬듯이, 1980년대에 나는 분노와 정의감 속에서 맑스주의를 접했고 변혁을 꿈꿨으며 급기야 중국 사회주의 문학에 눈길을 돌리게 되었다. 자유, 민주, 해방 따위와 함께 '민족'은 적어도 당시 나에게는 듣기만 해도 가슴이 뭉클한 사유의 거처였다. 한편 살아갈수록 나는 내가 여자라는 이유로 모욕을 느끼거나 억울할 수 있으며 심지어 폭력의 대상이 될 수도 있다는 평범한 사실을 깨달아야 했다. 나는 그것이 그토록 평범한 사실로 받아들여질 수 있는 원인을 알고 싶었고 내 억울함에 언어를 찾아주고 싶었다.

그런데 여성으로서의 자각은 놀랍게도 모든 차이와 다양성을 공동체의 형제애로 환원시키려 하는 민족주의의 억압성을 깨닫게 해주었다. 민족주의자로서 나도 모르게 습득한 남성중심적 형제애에 기반하여 나는 여성으로서의 나 자신을 억압해왔으며, 또한 그 차별과 배제의 논리에 따라 나 이외의 그 누군가를 끊임없이 억압하거나 혹은 차별해왔음을 깨달은 것이다.

이제 여성으로서의 나는 지금까지 민족에 대한 나 자신의 이론적 정서적 동일시를 전면적으로 심문하지 않으면 안되었다.

그러나 한때 '민족'에 바쳐진 나의 열정, 그 흥분됨은 무엇으로 설명할 수 있을까? 나는 내가 걸어온 길을 차마 모조리 부정할 수는 없었다. 결국 여성인 내 삶의 토대로서 민족/국가라는 현실적 경계를 어떻게 사고할 것인가는 여전히 문제로 남았다. 그것은 내 안의 여성적 정체성과 민족적 정체성 사이의 모순적 관계에 대한 의문으로, 그 관계를 나도 모르게 구성해가는 민족/국가의 가부장적 이데올로기 및 구조적 장치들에 대한 의문으로, 그리고 그 사회의 역사로서 식민과 탈식민의 경험 및 그것의 동아시아적 특수성에 대한 의문으로 꼬리를 물고 확대되었다.

말 그대로 필자의 20대를 지배한 것이 민족과 그 변혁에 대한 열정이었다면 20대 후반부터 30대까지 주된 관심은 좀체 해결되지 않는 부당한 여성 현실에 대한 답을 찾는 것이었다. 그렇다고 필자가 처음부터 민족과 여성을 대립하는 관계로 의식했던 것은 아니다. 그 결정적 계기가 된 것은 바로 우에노 치즈꼬가 쓴 『내셔널리즘과 젠더』라는 책이었다. 우에노 치즈꼬는 근대 민족국가 틀 안에서 진정한 여성해방은 불가능하기 때문에 페미니즘은 내셔널리즘을 초월해야 한다고 주장했다. 일본군 '위안부'라는 현실문제로부터 역사쓰기, 민족국가의 남성중심성, 민족주의 그리고 근대성 자체에 대한 비판으로 나아가는 저자의 명쾌한 논리는 필자에게 강렬한 인상을 남겼다. 그것은 필자에게 새로운 이론적 사유의 가능성을 활짝 열어주었고 그후 내셔널리즘에 대한 경계를 늦추지 않게 해주었다.

그러나 탄복을 넘어 당혹스러움도 밀려왔다. 내셔널리즘을 초월해야 한다는 주장에 동의하는 것은 필자의 20대를 고스란히 부정하는 것이기도 했기 때문이다. 필자를 비롯한 수많은 여성들이 일말의 회의 없이 열정적인 민족주의자가 되었던 데는 그만한 이유가 있지 않았겠는가. 더욱이 그런 주장이 일본인에게서 나온 것도 마음에 걸렸다. 저자의 진심을 충분히 헤아린다 해도 내셔널리즘을 초월해야 한다는 주장은 과거 제국주의 침략국으로서 일본이 져야 할 책임을 회피하는 것으로 비칠 수 있다. 실제로 많은 한국의 페미니스트들이 그렇게 주장했고, 일본 학계에서도 우에노의 논의가 일본 우익의 그것과 다를 바 없다는 비판이 제기되었다.

개인적 경험과 이들 논쟁으로부터 필자는 민족이, 혹은 민족주의가 떨쳐버리고 싶다고 해서 떨쳐지는 것이 아니라 우리 몸과 마음에 깊이 각인된 그 무엇이 아닐까 생각하게 됐다. 민족 또는 민족에 대한 동일시로서의 민족주의는 과거와 현재를 막론하고 여성들의 삶과 사유와 감정을 지배해온 현실적 조건으로 작동해왔다. '일본의 여성' '한국의 여성'처럼 민족은 여성들간 정체성의 차이를 만들어내는 하나의 단위이자 물적 토대이기도 하다. 여성과 민족의 긴밀한 관계를 강조하는 것은 얼핏 페미니즘이 내셔널리즘을 초월해야 한다는 주장과 어긋나 보인다. 하지만 양자는 결코 배리(背離)되지 않는다. 전자는 현실이고 후자는 당위일 뿐이다. 그렇다면 오히려 페미니즘이 내셔널리즘을 초월하기 위해서라도 역사상 많은 여성들이 왜 어떻게 내셔널리즘에 경도되었는지에 먼저 주목해야 하지 않을까?

위와 같은 문제의식에서 출발하여 필자는 중국의 경험을 통해 민족과 여성의 관계를 해석하기 위한 방법론을 모색하고자 했다. 민족해방과 사회혁명, 그리고 여성해방을 동시에 이루어낸 중국의 경험만큼 여성과 민족, 페미니즘과 내셔널리즘의 긴장관계를 잘 보여주는 사례도 드물다. 중국의 사회주의적 여성해방은 긍정적 면과 부정적 면이 공존하지만, 어떤 경우든 그 뿌리는 5·4시기 반전통주의에서 찾을 수 있다. 5·4시기 반전통주의는 중국 민족현대화 기획의 일환이었으며 많은 부분 여성해방 기획과 겹쳐졌다. 반전통주의자들은 입센의 희곡 「인형의 집」의 주인공 노라를 '혁명의 천사'라고 소개했다. 그들에게 노라의 결연한 가출은 중국이 민족적 위기를 극복하고 현대화를 이루는 데 꼭 필요한 혁명적 행위로 비쳤다. 그리하여 노라는 중국에서 여성해방의 상징일 뿐만 아니라 신청년의 상징이 되었으며, 훗날 5·4신문화운동은 중국의 '집단가출'로 비유되기도 했다.

그런 점에서 필자는 근대 제국주의 열강의 위협에 직면하여 중국의 반전통주의가 반식민 민족현대화 기획을 어떻게 여성해방 기획과 성공적으로 결합시켰는가, 또한 그와 동시에 민족담론으로서의 반전통주의 여성해방론은 어떤 형태로 여성의 타자화를 초래했는가, 그리고 남성과 여성이라는 성별은 여성을 민족현대화의 기호로 전유하는 과정에서 어떤 차이를 드러내는가를 살피고자 했다. 여성주체의 복합적이고 모순된 경험을 포착하기 위해 호미 바바가 말한 '서사로서의 민족'에 착안하여 '민족서사'라는 방법론적 개념을 제안하기도 했다.

하지만 자다가도 벌떡 일어나 벽을 쳐댈 정도로 논문작업은 결코 만만치 않은 과정이었다. 논문의 성과에 대한 객관적 평가와 상관없이, 그 과정은 페미니스트로서는 지난한 이론여행이었고 개인적으로는 삶을 반추하는 시간이었으며 중국연구자로서는 중국의 현대를 새롭게 통찰하는 작업이었다. 시간과 공간을 횡단하며 수많은 여성들의 경험 속에서 나 자신과 현재의 문제들을 발견하는 일은 퍽 즐거운 경험이기도 했다.

그로부터 어느덧 10년이 흘렀다. 그동안 필자는 엄마가 되었고 직장인이 되었다. 그동안에도 민족과 여성을 화두로 부여잡고 있었지만 소위 '워킹 맘'으로서의 삶은 그에 대한 사고와 연구를 심화시킬 만한 충분한 여유를 허락하지 않았다. 이제 책 출간을 앞두고 보니 난해한 개념들을 쉽게 풀어쓰지 못한 것은 둘째치고 10년간의 주객관적 변화를 충분히 반영하지 못한 듯하여 마음이 무겁다. 무엇보다 전지구적 환경의 변화 속에 급속도로 증가하고 있는 트랜스내셔널한 이동과 그 주체들의 정체성 문제를 생각하면 민족과 여성이라는 이항적 사고 자체가 현실의 복잡성을 지나치게 단순화하는 것은 아닌가 하는 의구심도 든다. 또한 지극히 일부 여성의 경험과 진실만을 반영하고 있을 뿐더러 그로써 마치 모든 여성의 문제를 대표하는 것처럼 과장하고 있는 것은 아닌가 싶기도 하다. 현실의 변화에 따른 새로운 사고틀이 필요하다는 것, 이 변화들과 더 다양한 삶의 문제들을 포괄할 수 있도록 적어도 민족과 여성이라는 틀 자체가 훨씬 더 정교해질 필요가 있음은 분명해 보인다. 이런 깨달음 자체가 성숙의 징표라고 애써 위안해보지만, 그렇다고 이 책의 이러저러한 부족한 점들이 용인될 수는 없을 것이다. 그저 "청년들아, 나를 딛고 일어서라"는 루 쉰의 말처럼 이 책이 더 훌륭한 저작들의 자양분이 되기를 바랄 뿐이다.

끝으로 이 책이 나오기까지 도움을 주신 많은 분들에게 감사의 마음을 새겨본다. 우선 논문을 지도해주신 정진배 선생님과 논문 쓰는 내내 두서없는 필자의 이야기를 참을성있게 들어준 서광덕 선배에게 감사드린다. 여성주의를 이론만이 아니라 즐거운 삶으로 대면할 수 있게 해준 여성문화이론연구소 다락방 식구들에게도 감사의 마음을 전한다. 쫓기는 시간 속에서도 함께 수다를 떨어준 성공회대 동아시아연구소 동료 선생님들과, 오랜 시간을 함께하며 서로를 지켜주는 중국여성연구회 후배들도 퍽 소중한 사람들이다. 출산과 육아로 힘들어할 때 출간을 포기하지 않도록 늘 격려하고 배려해준 서남재단, 특히 권오찬 선생님께 이 자리를 빌어 다시 한번 감사드린다. 부족한 원고를 읽고 여러차례 꼼꼼하게 지적해주신 부수영 선생님과 창비 편집진에게도 고마운 마음 그지없다. 마지막으로 늘 묵묵히 지켜봐주시는 양가 부모님, 항상 내 편이 되어주는 든든한 남편, 힘든 가운데서도 목청껏 웃게 해주는 딸 단비에게 무한한 사랑과 고마움을 전한다. 단비가 자라서 언젠가 이 책을 보며 엄마도 단비처럼 커가는 사람임을 알아주면 좋겠다.

2014년 2월 임우경

서언: 민족서사와 젠더

1. 문제의식의 출발

1990년대 이래 불거진 일본군 '위안부' 문제는 한국의 여성학자들로 하여금 페미니즘과 내셔널리즘 사이의 모순적 관계를 인식하게 해준 결정적 계기였다. 한국 '위안부' 문제의 일차적 책임은 일본제국주의에 있지만, 그녀들에게 40여년 동안 침묵과 고통을 강요한 한국의 가부장제와 남성중심적 민족주의 역시 비판을 면할 수 없게 되었기 때문이다. 나아가 한국의 민족주의적 페미니즘 역시 성찰의 대상이 되었다. 민족주의적 페미니즘은 '조선의 순결한 처녀'와 '일본의 매춘부'라는 이분법적 논리를 통해 일본군 '위안부' 문제의 해법을 찾으려 했는데, 이는 결국 '강제와 임의' 구도를 통해 여성에 대한 남성의 성폭력을 정당화하려는 남성중심적 논리를 재생산할 뿐만 아니라 대외적으로는 일본측 피해자 여성과의 연대도 불가능하게 만들기 때문이다.

그런 과정에서 '페미니즘은 내셔널리즘을 초월해야 한다'는 주장이 많은 여성학자들에게 수용되었다. 대표적 논자인 우에노 치즈꼬(上野千鶴

子)는 내셔널리즘이 "'이룰 수 없는 약속'으로 마이너리티를 동원하기 위한"[1] 수사에 불과하다고 보고 근대 국민국가가 남성중심적으로 구성되어 있는 한 여성이 어떤 형태로 국민국가에 참여하든 그 안에서 진정한 해방에 도달하기는 불가능하다고 주장했다. 근대 국민국가라는 틀 자체를 문제삼지 않는 한 페미니즘은 '평등이냐 차이냐'라는 '의사(擬似)문제'로부터 자유로울 수 없다는 것이다.[2] 이같은 우에노의 주장은 페미니즘이 근대 여성의 국민화라는 내셔널리즘의 환상성을 간파하고 초월하는 한편, 국민국가의 경계를 넘어 각국의 여성들이 연대할 수 있는 원리와 지혜를 찾아나가야 할 필요성을 절실히 깨닫게 해준다.

그러나 페미니즘이 내셔널리즘을 초월해야 한다는 당위에 아무리 동의한다 해도 그것이 곧 민족국가라는 삶의 현실적 토대를 초월할 수 있다는 것과 등치될 수는 없다. 민족국가라는 공간은 상상적 현실적 차원을 막론하고 근대적 여성정체성——특히 교육과 문화활동의 주소비자인 지식인여성——을 형성하는 중요한 토대였으며, 반대로 여성 역시 좋든 싫든 민족국가를 상상하면서 '상상의 공동체'를 구성하는 데 개입해온 엄연한 주체인 것이다. 그렇다면 페미니즘이 가부장적 이데올로기로서의 내셔널리즘을 초월하기 위해서라도 민족국가에 대한 동일시가 어떻게 여성정체성의 토

---

1) 우에노 치즈코 『내셔널리즘과 젠더』, 이선이 옮김, 박종철출판사 1999, iii면.
2) 우에노에 의하면 국민국가는 평준화의 환상을 제공해도 그 경계에는 반드시 차별과 서열을 편입시키며, '국민'이나 '시민권'이 남성성을 모범적인 모델로 하여 구성되는 한 여성은 불가능한 물음 앞에서 딜레마에 빠지게 된다. 예컨대, 시민권이 군사화되어 있는 곳에서 여성은 '남성과 동등하게' 전투에 참가하지 않는 한 '1급 시민'으로 여겨지지 않으며, 반대로 '남성과 동등하게'를 목표로 하면 스스로의 '여성성'을 부정해야 하기 때문이다. 결국 국민국가에 완전하게 통합되는 것이 여성해방의 해결책이 아니라면 여성은 국민국가를 초월하고 페미니즘은 내셔널리즘을 초월해야 한다는 것이다. 이러한 전제 아래 우에노는 일본여성들이 전시총력전 체제로 어떻게 편입되어갔는지를 대표적 여성이론가들의 사례를 통해 살피고, 유감스럽게도 일본의 페미니즘이 역사상 국민국가를 초월한 적이 한번도 없었다고 결론짓는다.

대로 작동하는가를 살피는 일은 불가결하다. 내셔널리즘에 대한 페미니즘의 비판이 곧 민족국가와 여성 사이의 밀접한 관계에 대한 성찰의 방기로 이어져서는 안되며 반대로 민족국가와 여성의 밀접한 관계에 대한 강조가 곧 내셔널리즘에 대한 무비판적 승복으로 오해되어서도 안된다.[3]

민족국가는 대개 공적 영역으로 분류되어 사적 영역의 여성과는 거리가 있는 범주로 여겨지지만, 사실 여성들의 경험 역시 현실적으로 현대 민족국가라는 경계를 초월하기 어렵다. 개인이 원하든 원하지 않든 20세기 세계체제는 개인에게 민족국가의 일원으로서의 정체성을 부여하기 때문에 경험영역에서 민족과 여성의 분리는 거의 불가능하다. 민족국가라는 공간적 경계는 여성해방 혹은 여성의 현대성을 구체적으로 결정짓는 중요한 경계이며 여성정체성의 가장 중요한 일부를 이루는 것이기도 하다. 더구나 그 민족국가가 이른바 '서양 이외의 사회'이자 '뒤늦은' 사회로서 '서구 제국주의(유사 서구인 일본의 제국주의를 포함하여)'와의 대결구조 속에서 민족적 정체성을 형성해왔다면, 그 사회의 여성은 좋든 싫든 해당 사회의 남성들과 더욱 긴밀한 공동체 상상 속에 묶이기 쉽다. 그녀들에게 민족국가 구성원으로서 자신을 상상하는 것은 곧 '여성'으로서의 각성과 중첩된다.

본서는 이러한 문제의식 아래 입센의 「인형의 집」 노라 이야기가 5·4시기 반전통주의의 영향 아래 어떻게 중국식 노라 이야기로 전화되는지 살펴보려 한다. 5·4시기 반전통주의만큼 중국의 여성해방기획과 민족상상 사이의 긴밀한 추동관계를 드러내는 예도 드물 것이다. 반전통주의의 많은 의제들이 직접적으로 여성해방을 표방했기 때문이다. 흔히 5·4 반전통주의는 민족동일성의 기반인 전통을 부정하고 전반적인 서구화를 지향했

---

3) 임우경 「식민지 여성과 민족/국가 상상」, 태혜숙 외 공저 『한국의 식민지 근대와 여성 공간』, 서울: 여이연 2004, 43면.

다는 점에서 민족주의와는 거리가 먼 것으로 오해된다. 그러나 5·4시기 반전통주의는 중국 민족건설의 독특한 주요 전략의 하나로 등장했음을 분명히 할 필요가 있다. 반전통주의를 반(反)식민 민족주의 기획으로 보는 것은 여성과 현대 민족건설 사이의 관계를 이해하는 데 중요한 전제가 되기 때문이다. 5·4 반전통주의가 여성문제 해결을 어떻게 자신의 가장 주요한 전략으로 삼았는지를 살피는 일은 중국 여성해방의 역사뿐만 아니라 중국이 걸어온 현대성 구축의 독특한 길을 되짚어보는 데 매우 긴요한 작업이 아닐 수 없다. 나아가 그것은 유일한 비서구 제국주의 일본의 침략 아래 있었던 동아시아 국가들에서 민족국가·젠더·현대성이 서로 착종되는 양상을 드러내는 데도 도움이 될 것이다.

2. 방법론적 개념으로서 민족서사와 젠더 패러독스

(1) 민족서사

여성의 타자화에 깊이 관여된 현대 민족담론의 남성중심성을 분명히 지적하면서도 민족건설에 관여된 여성의 주체성이 역사의 바깥에 놓이지 않도록 할 수는 없을까? 이를 위해 필자는 '민족서사'라는 개념을 제안하려 한다. 흔히 민족서사라 하면 어떤 서사가 제재나 주제로 직접 민족을 다루고 있는 경우를 말한다. 그러나 필자는 그같은 협의의 민족서사는 물론이고 현대 민족상상과 관련되는 모든 언술행위를 민족서사로 부르려 한다.

필자가 제안하는 민족서사 개념은 바로 호미 바바(Homi Bhabha)가 말하는 '서사로서의 민족'(nation as narration) 개념에 기초한다. 호미 바바에 의하면 서사로서의 민족은 전통과 현대 사이의 시간을 분절하고 민족건설이라는 현대의 정치적 이념에 따라 과거의 기호들을 자의적으로 결합하는 과정을 통해 자신을 상상한다. 서사로서의 민족은 동질적인 공동체로서의 민족을 강조하는 교의적(pedagogic) 시간성과, 서사 자체에 개입하는 수행적(performative) 시간성으로 구분된다. 모든 서사의 수행적 시간은 선행하는 교의적 시간에 대해 해체적 성격을 지닌다. 그리하여 민족을 하나의 시간으로 동질화하고자 하는 교의적 시간성은 그 서사의 반복적인 수행으로 발생하는 수많은 이질적 시간들에 의해 도전받는다.[4] 서사로서의 민족 개념은 바로 이같은 두개의 서사 시간, 특히 수행적 시간에 대한 이해를 통해 여성을 민족의 주체로서 논할 수 있게 해준다. 국민이란 민족적 교육의 대상이지만 동시에 의미작용 과정의 '주체'이기도 하며, 여성 역시 민족이라는 교의적 시간을 다시 써내는 하나의 수행주체이기 때문이다.

(2) 젠더 패러독스

민족국가와 근대적 여성의식 형성 간의 긴밀한 관계를 살피기 위해 필자는 또한 민족서사의 성별 상징성(gender symbolism) 및 그것을 생산하고 소비하는 주체의 성별에 주목하려 한다. 시간을 구성하는 언설로서 서사는 대개 역사적 과정을 극화하거나 인격화함으로써 일종의 형식적 통일성을 획득한다. 민족서사 역시 민족의 역사적 과정을 인격화함으로써 일종의 형식적 통일성을 획득하게 되며, 이때 민족의 성별을 무엇으로 가정하는가에 따라 해당 민족서사의 성격이 달라질 수 있다. 따라서 민족서사의 성별 상징성을 살피는 일은 곧 해당 주체들이 자민족의 현대성을 어떻게 기획하고 있었는지를 보여줄 뿐 아니라, 그 재현체계 속에 어떻게 여성이 전유되었는지를 보여준다.

---

4) Homi Bhabha, "DissemiNation; Time, Narrative, and the margins of the modern nation," *The Location of Culture*, Routledge 1994.

또한 모든 민족서사가 하나의 서사를 매번 복제하는 것이 아니라 끊임없는 반복변화성을 낳는다는 점에서 서사를 수행하는 주체의 성별에 따라 서사 속의 성별 상징성이 어떻게 변화하며 혹은 소비되는지 그 착종관계도 유심히 살펴볼 필요가 있다. 만약 5·4시기 여성해방담론이 '여성문제'의 해결을 통해 자신을 민족의 현대적 주체로 세우고자 했던 남성주체들이 주도한 것이었다면, 자연히 그것을 수용하고 소비하면서 민족의 주체로서 자기동일성을 구성하고자 했던 여성들은 필연적으로 자기딜레마에 빠질 수밖에 없을 것이다. 그렇지만 타자―여성 속에 자기문제를 투사함으로써 주체로서의 자기동일성을 구하고자 했던 남성 계몽자들 역시 자기 속에 드리운 타자성으로 인해 결국 딜레마에 봉착하게 된다.

이처럼 각각의 성별 주체들이 봉착하게 되는 딜레마는 바로 민족서사가 하나의 단일한 교의로 환원되지 않음을 보여주는 좋은 예이다. 그러한 딜레마는 민족서사의 교의적 시간을 방해하면서 정체성의 차이들을 드러내며, 동일성으로 지양되지 않는 이른바 "근대성 안에 존재하는 근대성보다 더 많은 것"[5]들이다. 필자는 서사의 성별 상징성에 내포된 모순적 특징과 더불어 성별 주체들이 봉착하는 딜레마들을 젠더 패러독스라 칭할 것이다. 원래 패러독스(paradox)는 교리(doxa)에 도전(para)한다는 의미로서, 지배적인 것과 불화하는 위치를 분명히한다. 그런데 논리학에서 '나는 거짓말을 하고 있어'라는 거짓말쟁이의 진술처럼 해결불가능한 명제를 패러독스라고 부르듯이, 그것은 전통적인 믿음에 도전하면서도 완전히 전복하지는 않음으로써(혹은 못함으로써) 해결불가능한 상태에 머무름을 가리킨다.[6]

---

5) 호미 바바 「인종과 시간, 그리고 근대성의 수정」, 『문화의 위치―탈식민주의 문화이론』, 나병철 옮김, 서울: 소명출판 2002, 457면.
6) 조앤 스콧 『페미니즘 위대한 역설』, 공임순 외 옮김, 서울: 앨피 2006, 39면.

3. 연구대상 및 내용

본서에서 필자는 중국판 노라 이야기를 5·4시기 대표적 민족서사의 하나로 보고 그 젠더 패러독스를 분석함으로써 여성과 민족 사이의 착종관계를 탐구해보고자 한다. 노라 이야기는 5·4시기 남녀를 불문하고 많은 지식인들의 공통된 관심사였고 그만큼 다양한 문화적 텍스트 속에서 수없이 반복되었다. 교의적 '혁명의 천사' 노라 이야기가 반복적으로 수행되면서 유포되는 사이, '시간적 지연'(time-lag)을 통해 계몽의 대상으로 정형화되었던 타자들에게 표상작용의 위치가 제공된다. 바로 그 속에서 여성과 남성들의 서로 다른 입지 혹은 불안이 민족의 교의적 시간성을 강조하는 노라 이야기에 다양한 틈새와 장력을 부여한다. 노라 이야기의 유포과정에서 젠더 패러독스를 읽어내는 것은 바로 그 불안한 틈새들을 포착하는 작업의 일환이다. 구체적으로 본서는 첫째, 5·4시기 반전통주의가 민족상상과 여성해방기획을 서로 절합하는 양상, 둘째, 노라가 여성해방의 상징이면서도 민족혁명의 기호로 번역되는 과정, 그리고 셋째, 반전통주의와 노라 이야기를 실제로 전유하는 과정에서 드러나는 주체의 성별 차이라는 세가지 문제를 다섯개의 장으로 나누어 논의할 것이다.

우선 1장에서는 서구적 현대화라는 자기욕망을 5·4시기 반전통주의에 투사하는 1980년대 중국의 신계몽주의적 여성연구의 문제점을 짚어보고 그 대안적 방법론에 대해 살펴본다. 신계몽주의적 여성연구는 민족 또는 국가와 여성의 관계를 지나치게 대립적으로 간주하며, 그로 인해 사회주의 역사가 일궈온 여성해방의 성과를 폄하하는가 하면 5·4시기 여성의 경험도 타자화 아니면 해방이라는 일면으로 단순화하는 경향을 보인다. 본서는 바로 1980년대 이후 보편적으로 뿌리내린 중국의 신계몽주의적 여성연구를 비판적으로 넘어서고자 하는 하나의 시도라고 할 수 있다. 앞서 언급했듯이 이를 위해 필자는 우에노 치즈꼬의 민족국가와 페미니즘 논의,

그리고 호미 바바의 '서사로서의 민족' 개념을 끌어오려 한다. 우선 우에노 치즈꼬는 민족국가 자체를 페미니즘이 넘어서야 할 현대성의 문제로 구성하기 때문에 신계몽주의 연구가 매어 있는 자본주의와 사회주의 사이 선택의 딜레마를 벗어나는 데 도움이 된다. 하지만 우에노 치즈꼬의 논리 역시 궁극적으로는 민족국가를 선험적이고 본질적인 것으로 구성하는 경향에서 자유롭지 못하다는 점에서 필자는 다시 호미 바바의 '서사로서의 민족' 개념을 차용하였다. 호미 바바의 논의는 민족을 '서사'에 의해 구성되는 것으로 봄으로써 여성을 민족서사의 주체로 논의할 수 있는 이론적 방법을 제시해준다고 보기 때문이다.

2장에서는 왜 5·4 반전통주의가 민족서사인가를 반(反)식민 민족주의와 전통창조의 양상을 통해 설명하고, 그것이 서양제국주의에 대한 저항의 형태로 채택된 것이었음을 상기하고자 한다. 흔히 5·4시기 반전통주의는 민족동일성의 기반인 전통을 부정하고 전반적 서구화를 지향한다는 점에서 민족주의와는 거리가 먼 것으로 오해된다. 그리고 그로 인해 바로 신계몽주의 여성사인식에서처럼 5·4시기 여성의 각성은 민족과 상관없는 자율적 각성이었다는 부박한 이해가 따른다. 이에 대해 필자는 5·4시기 반전통주의를 경합하는 다양한 민족서사들 중의 하나로 보고, 전통을 야만적인 것으로 창조해내는 5·4 반전통주의가 전통을 서양보다 우월한 것으로 창조해내고자 하는 여타 반식민 민족주의 기획과 어떻게 다른 여성전략을 구사하게 되는지 주목하려 한다. 한편 과거의 시간을 부정함으로써 현재의 주장을 권력화하는 '반전통' 수사학이 여성에 대한 해방담론을 자처하면서 동시에 어떻게 여성을 타자화하는지 살펴본다.

3장에서는 5·4시기에 입센의 노라 이야기가 어떻게 민족서사로 번역되는지 살펴볼 것이다. 개인주의와 낭만적 사랑에 기반한 현대 결혼제도 사이의 문제를 그린 입센의 「인형의 집」은 중국에서 5·4시기 반전통주의 지식인들에 의해 민족서사로 번역되었다. 이 책에서는 민족서사로서의 노라 이야기를 노라 민족서사라 부르려 한다. 노라는 조선에서나 중국에서나 모두 신여성과 자유연애의 상징으로 번역되었다. 그러나 조선에서는 식민지 근대의 열등의식과 깊은 민족주의적 콤플렉스로 말미암아 노라가 부르주아적 자유연애와 퇴폐의 상징일 뿐 아니라 반민족적인 것으로 남성지식인들에게 배척되었던 반면 중국에서는 오히려 남성지식인들에 의해 '혁명의 천사'로 추앙되는 경향이 더 강했다. 중국에서 노라 이야기는 야만에서 문명으로, 전통에서 현대로 가는 중국민족의 변신에 대한 민족서사로 번역되었기 때문이다. 후 스(胡適)의 「종신대사(終身大事)」는 바로 그와 같은 중국판 노라 이야기의 최초의 경전이라 할 만하다. 노라 이야기는 민족에 대한 반전통주의적 공포와 희망이 중첩되어 투사된 성별화된 민족우언이었음이 분명하지만, 한편으로 노라 민족서사에서 노라라는 여성주인공이 환기하는 성별 상징성은 다분히 양가적이며 그 양가성이 바로 남녀 작가들이 자신의 성별 존재를 민족서사 속에 투영하면서 노라 이야기를 다르게 재구성하는 바탕이 되었다고 할 수 있다. 필자는 그 한 예로 여성작가 펑 위안쥔(馮沅君) 작품의 분석을 통해 특히 노라가 상징하는 자유연애를 실제 여성들이 어떻게 경험했는지를 살펴볼 것이다.

4장에서는 5·4시기 정전(正典)작가로 다뤄지는 루 쉰(魯迅)과 빙신(冰心)을 대상으로 노라 민족서사가 유포되는 과정에서 서사주체의 성별에 따라 어떻게 다른 양상을 보이는지 분석한다. 우선 빙신의 「두 가정(兩個家庭)」을 현모양처를 찬양하는 가부장적 텍스트라고 보거나 혹은 '서양 문화제국주의'에 침윤되었다고 보는 기존 연구의 문제점을 짚고 「두 가정」이 근대 민족국가 건설 과정에서 여성주체가 부딪히게 되는 역설을 드러내는 방식에 대해 분석할 것이다. 여성이 민족국가의 근대적 주체로서 '인간'이 되기 위해서는 여성을 '인간'이 아니라 '여성'이라는 틀 속에 가두는 담론들에 민감해지지 않을 수 없으며, 그 결과 근대 민족국가 상상은 여성이 '여성'임을 깨닫게 하는 원천이 된다. 「두 가정」은 이와 같이 여성이

'성차'를 지우면서 남성과 평등한 민족주체로 나서기 위해서는 우선 '여성' 속에 각인된 '성차'를 직시해야 한다는 근대 페미니즘의 역설을 잘 드러낸다. 그런데 민족건설의 절박한 상황인식에서 빙신은 여성을 '여성'으로 젠더화하는 담론들에 정면으로 도전하지 못했고 그 결과 분열적 여성주체성을 보여준다.

한편 루 쉰의 「상서(傷逝)」는 보통 가출한 노라의 실패한 후일담, 혹은 여성의 경제적 독립의 중요성을 강조한 텍스트로 이해된다. 하지만 필자는 그것을 노라를 창조하려 했던 한 남성지식인의 자기해부적 수기로 볼 것을 제안한다. 「상서」는 5·4시기 남성지식인과 신여성 노라 사이에 존재하는 '창조자 대 피조물' 혹은 '계몽주체 대 계몽대상'이라는 관계를 적나라하게 보여주며, 특히 창조주체인 남성의 나르시시즘에 대해 탁월하게 해부하고 있다. 그런데 작가 루 쉰은 이 남성창조자가 "새로운 삶(新生)을 도모"하는 주체로 서기 위해 한 여성을 어떻게 타자화하는가를 신랄하게 해부하면서도 그 과정에서 여주인공의 죽음으로 상징되는 주체의 폭력성을 망각할 수밖에 없다고 주장하는 역설에 빠진다. 루 쉰은 타자의 죽음에 대한 망각을, 근대 민족계몽 주체가 자신을 민족건설의 주체로 세우는 과정에서 불가결하게 직면해야 하는 곤혹스러움으로 드러내고 있다. 그런 점에서 「상서」는 또한 민족이란 망각을 바탕으로 구성되는 서사임을 보여주는 텍스트로 읽힐 수 있다.

5장에서는 1940년대의 대표적 여성작가 장 아이링(張愛玲)의 「패왕별희(覇王別姬)」에 드러나는 여성의식의 의미를 1930년대 후반 민족서사들의 구체적 지형 안에 놓고 고찰하고자 한다. 이를 통해 필자는 훗날 장 아이링 문학의 일반적 특징인 '정치적 무관심'이 근대적 주체로서의 여성의식과 남성중심적 민족주의 사이의 갈등에서 연원하고 있음을 밝힐 것이다. 장 아이링의 「패왕별희」는 1930년대 중반 5·4 신문학 전통의 창조를 통해 민족적 합법성을 쟁취하고자 했던 이른바 진보적 민족주의 열기 속에서 탄

24

생했다. 그리하여 「패왕별희」의 우희는 자신의 타자적 정체성을 심문하고 과감히 그것과 결연하는 5·4식 노라의 형상으로 등장한다. 하지만 그처럼 철저한 여성적 각성으로 인해 오히려 우희는 5·4 민족서사의 남성중심성에 의문을 제기하는 여성주의적 주체로 성장하고, 급기야 5·4 민족서사의 산물인 자기 자신에게 죽음을 선고하게 된다. 노라의 자살은 결국 5·4시기 노라의 창조를 자임했던 남성지식인들의 창조물을 죽임으로써 타자로서의 여성정체성을 부인하는 급진적 여성의식을 보여준다. 가장 5·4적이라며 호평받았던 장 아이링의 작품이 사실은 5·4를 전면적으로 부정하는 새로운 여성주체의 탄생을 예고하는 것이었다는 점에서 「패왕별희」는 페미니즘의 또다른 역설을 드러낸다.

이와 같은 일련의 분석과정을 통해 민족서사로서의 반전통주의와 여성해방담론의 구조 및 그 안에서 5·4시기 현대 민족건설 초입의 여성과 남성이 어떻게 개인적 정체성을 민족적 정체성과 결합시키면서 갈등하고 또 그 갈등을 봉합했는지 보게 될 것이다. 5·4시기 철저한 반전통주의 여성해방담론이 남성지식인들 사이의 공감과 유대 속에 형성되지 못했다면 중국 여성해방의 길은 훨씬 더 험난했을 것이 분명하다. 하지만 동시에 그러한 반전통주의담론이 불가피하게 형성해온 여성의 타자화 경향이 어떻게 처음부터 구조화되고 있었는지를 살피는 것은 여전히 남아 있는 중국 여성문제를 고찰하는 데도 중요하다. 본서는 중국 여성해방의 길이 이와 같은 여성의 타자화를 여성 스스로 내면화하는 주체적 역사이자 역설적 과정 그 자체였다는 점에 주목하면서 중국 여성해방의 일단을 새롭게 조망해보고자 한다.

제1장

여성·민족국가·페미니즘

1. 포스트사회주의시대 신계몽주의와 페미니즘

(1) 근대 중국의 반전통주의와 여성해방

이른바 전통이란 선험적 실체라기보다는 주체의식의 필요에 따라 부단히 재구성되는 현재적 산물이라 할 수 있다. 그 중에서도 제국주의에 의한 식민지 혹은 반(半)식민지 현실과 더불어 현대를 기획해야 했던 아시아 대부분의 국가에서 전통은 대개 민족의 정체성을 보장하는 가장 중요한 범주로 구성되었다. 대부분의 식민지에서 반(反)식민 민족주의는 전통에 대한 옹호를 통해 서양과는 다르면서도 현대적인 민족문화를 만들어내려 했기 때문이다.

이러한 반식민 민족주의의 일반적 특성으로 볼 때, 중국의 5·4신문화운동은 단연 우리의 주의를 끈다. 그것은 근현대 세계사상 전례없이 급진적이고 전반적이며 철저한 반전통 서구화 운동이었기 때문이다.[1] 게다가 더욱 흥미로운 것은 여성해방담론이라고 해도 과언이 아닐 만큼 이 급진적 반전통주의의 많은 관심이 여성문제의 해결에 모아졌다는 점이다. 그들은 전통사회의 불합리함을 그것의 가부장적 성격에서 찾고 여성이 그로부터 해방되는 것을 전통에 대한 우상파괴의 핵심과제로 삼았다. 그들의 주장대로 전통사회가 공고한 가부장질서였다면 그에 대한 격렬한 비판이 그에 대한 온건한 태도보다 여성해방에 훨씬 더 유리할 것임은 두말할 필요가 없다.

입센의 「인형의 집」의 주인공 노라는 중국에서 바로 그와 같은 여성해방적 반전통주의를 상징하는 대표적 형상이었다. 「인형의 집」의 노라가 근대 유럽에서는 여성해방의 표상으로 전유되었던 데 비해 중국에서는 5·4시기 반전통주의자들에 의해 전통질서를 과감히 박차고 나온 민족의 영웅으로 번역되었다. 그후 노라는 점차 지각있는 신여성의 대명사로 자리잡았다. 물론 한편에서는 가정을 버리고 뛰쳐나온 노라에 대한 사회적 비판도 끊이지 않았다. 보수적이고 복고적인 집정자들은 「인형의 집」공연을 불허하는가 하면 심지어 '공공도덕을 파괴했다'는 죄명을 씌워 노라 역을 맡은 젊은 여교사를 파면하기까지 했다.

그러나 보수주의자들이 노라를 비판할수록 반전통주의자들은 더욱 노라의 가출을 지지했다. 특히 사회주의자들은 여성의 해방이 사회적 생산노동에 참여함으로써만 온전히 성취될 수 있는 것으로 여겼기 때문에 더욱더 노라의 가출을 의미있는 행위로 찬양했다. 민족해방전쟁과 혁명의 시기에 가출은 곧 혁명에 투신하는 것으로 이해되기도 했다. 결국 훗날 사회주의혁명의 성공은 이른바 여성참여형 해방을 제도화하는 계기가 되었고, 노라는 참여형 여성의 대명사로서 중국에서 20세기 내내, 그리고 지금까지도 긍정적 이미지로 남게 되었다. 20세기 한때 중국이 제도적으로 가

---

1) Lin Yu-Sheng(林毓生) 『중국의식의 위기(*The Crisis of Chineses Consciousness*)』, 이병주 옮김, 서울: 대광문화사 1990, 18면.

장 높은 수준의 남녀평등을 달성했던 것도 이 노라들의 가출과 결코 무관하지 않다.

그리하여 중국에서 여성해방의 가장 직접적인 물적 토대를 마련한 것이 사회주의혁명이었다면, 사회주의 여성해방사상에 가장 결정적이고 광범위한 영향을 미친 것은 바로 5·4신문화운동과 그 반전통주의였다고 할 수 있다. 5·4신문화운동은 "중국의 집단 가출사건"[2]이었고, 노라는 바로 그와 같은 반전통주의적 중국 현대의 상징이었다. 사실 중국에서 반전통주의는 5·4신문화운동 이후에도 20세기를 통틀어 다양한 정치적 맥락에서 부단히 발동되었고 그때마다 그 정치운동의 합법화 담론으로 기능했다. 문화대혁명이 문화적 반전통주의의 극단이었다면 문화대혁명을 부정한 대항담론으로서의 1980년대 전반서화론(全般西化論) 역시 급진적 반전통주의의 대표적 사례라 할 수 있다.

시기마다 반전통주의가 대두된 정치적 맥락은 달랐지만 단절적 시간관에 기초하여 과격하게 과거를 부정하는 태도는 모두 공통되었다. 1980년대 급진적 반전통주의의 선두에 섰던 간 양(甘陽)은 그와 같은 공통된 태도를 '반전통의 전통'이라고 부른 바 있다. 그는 중국이 현대세계로 진입하기 위해서는 전통체계를 철저하고 근본적으로 변화시켜야 한다면서, 만약 계승하고 발양해야 할 중국의 '전통'이 있다면 그것은 다름 아니라 '반전통'이라고 주장했다.[3] 이처럼 이 '반전통의 전통'이 20세기 중국여성의 지위에 깊은 영향을 미쳤다고 한다면, 그 두드러진 기원으로서 5·4시기 반전통주의에 주목하는 일은 현대 중국 여성해방의 역정을 되돌아볼 때 빼놓을 수 없는 작업이 아닐 수 없다. 이를 위해서는 무엇보다 먼저 1980년대에 또하나의 반전통주의로 등장한 신계몽주의를 이해해야 한다. 신계몽주

---

2) 林賢治 『娜拉: 出走或歸來』, 白花文藝出版 1999, 2면.
3) 甘陽 「八十年代文化討論的幾個問題」, 『文化 : 中國與世界』 제1집, 三聯書店 1986 참고.

의는 1980년대 이래 중국 여성해방의 역사를 바라보는 가장 일반적인 관점을 제공하였으나, 그 관점의 문제점은 아직까지 전면적으로 논의된 적이 없기 때문이다.

(2) 신계몽주의의 대두와 5·4 연구

1980년대 중국의 신계몽주의는 의도했든 의도하지 않았든 '서구적 현대화'를 목표로 삼고 현대 계몽 기획의 완수를 추구한 시대 조류였다. 그것은 더이상 사회주의의 기본원리에 호소하지 않고 직접 프랑스의 초기 계몽주의와 영미 자유주의에서 사상적 영감을 얻었으며, 전통과 봉건주의에 대한 비판을 곧바로 중국의 현실사회주의에 대한 비판으로 받아들였다. 신계몽주의는 결코 통일된 운동은 아니었지만 1980년대를 통틀어 중국 사상계에서 가장 활력을 지닌 사조였다고 할 수 있다. 1990년대 신좌파논쟁을 이끈 왕 후이(汪暉)에 따르면, 1980년대 후반 이래 신계몽주의의 보수적 측면은 체제내 개혁파나 기술관료, 현대화 이데올로기로서 신보수주의를 주창하는 관변이론이 되었고, 급진적 측면은 자유주의 가치를 지향하며 중국에서 정치경제개혁을 진행하는 비판세력이 되었다.[4] 30여년이 흐르는 동안 신계몽주의는 체제 내외적으로 어느덧 중국의 학술과 교육, 일반 상식에까지 깊이 뿌리내린 기본적 경향이 되었다고 해도 과언이 아니다.

신계몽주의가 형성된 가장 직접적 계기는 문화대혁명에 대한 비판적 성찰이었다. 신계몽주의는 문화대혁명을 '10년간의 대재난'이라 규정하고 그 근본적 원인을 바로 청산되지 않은 나쁜 전통, 즉 봉건성에서 찾았다. 신계몽주의에 철학적 근거를 제공한 대표적인 학자 리 쩌허우(李澤厚)

---

4) 1980년대 중국 신계몽주의에 대한 이해는 왕 후이 「중국 사상계의 현황과 현대성 문제(當代中國思想的狀況與現代性問題)」, 이욱연 옮김 『새로운 아시아를 상상한다』, 서울: 창비 2003 참고.

는 중국 사회주의 역사 전체를 끝나지 않은 '봉건'의 시대로 규정했다. 리쩌허우는 중국의 전통적 실용주의가 어떻게 맑스주의와 결합하여 중국적 맑스주의가 탄생하였는지, 또 정치적 인간을 요구하는 유교전통이 어떻게 인간의 주관적 능동성에 전적으로 의지하는 마오이즘과 결합되었는지 분석함으로써 문화대혁명의 근본적 원인을 봉건 혹은 전통의 요소에서 찾으려 했다. 그리하여 그는 중국 사회주의를 '봉건적 사회주의'라고 명명했다.[5] 또한 진 관타오(金觀濤)와 류 칭펑(劉靑峰)은 아시아적 생산양식론에 기반한 '초안정구조론'을 들어 중국의 봉건성이 왜 쉽게 변하지 않는가에 대한 구조적 분석을 시도하기도 했다.[6]

이처럼 신계몽주의가 문화대혁명을 정점으로 하는 중국 사회주의 역사를 실패한 것으로 보고 그 원인을 여전히 '봉건'적인 사회에서 찾으려 했기 때문에 자연히 문화대혁명까지가 '낡은' 시대로 치부되는 한편, 신계몽주의시대는 그와 완전히 구분되는 '새로운' 시대라는 인식이 자연스럽게 대두되었다. 흔히 문화대혁명 이후를 '신시기'라 부른 신계몽주의적 명명법은 바로 그와 같은 역사인식의 표출이자 전형적인 반전통주의적 시간의식의 표출이기도 했다. 그리하여 낡은 시대의 부정으로서 '반봉건' 혹은 '반전통'은 5·4시대에 이어 포스트마오시대에 들어 또 한번 가장 중요한 이슈로 떠오르게 되었다. 1980년대 신계몽주의가 전통을 부정하는 급진적 태도를 표방했다는 점에서 적어도 외형상 그와 유사해 보이는 5·4시기에 주목하게 된 것은 자연스러운 일이었다. 실제로 1980년대 이후 급증한 5·4시기에 대한 관심과 연구는 대부분 신계몽주의적 자장 안에서 이루어졌다고 해도 과언이 아닐 것이다.

이처럼 문화대혁명 이후 현대사를 평가하는 중요한 사상적 자원으로서

---

5) 李澤厚「啓蒙與救亡的雙重變奏」,『中國現代思想史論』, 北京: 東方出版社 1987; 한국어판 김형종 옮김『중국현대사상사의 굴절』, 서울; 지식산업사 1992 참고.
6) 金觀濤·劉靑峰『중국문화의 시스템론적 해석』, 김수중 외 옮김, 서울: 천지 1994.

5·4시기를 주목하게 된 데에는 리 쩌허우의 '계몽과 구국의 변주'론이 중요한 역할을 했다. '계몽과 구국의 변주'론이란 간단히 말해서 5·4시기에는 계몽과 구국의 노력이 공존했는데 1930년대 후반 일제의 침략이 가속화되고 민족위기가 심화됨에 따라 점차 구국이 계몽의 과제를 압도해버렸다는 가설이다.[7] 그에 따르면 문화대혁명과 같은 사회주의적 봉건주의가 창궐할 수 있었던 것도 그 전 시기 구국의 필요에 의해 계몽이 압도됨에 따라 봉건문화가 철저하게 청산되지 못했기 때문이다. 이런 논리에 따라 1980년대 지식인들은 구국 때문에 좌절되었던 5·4 계몽 기획을 재조명하고 완성하는 것을 자신의 시대적 사명으로 표방하기 시작했다. 그리하여 1980년대는 자연스럽게 5·4시기와 유사한 사상해방의 시대로 간주되었으며, 5·4시기 계몽과 반전통주의를 자기사명으로 인식하는 이른바 신계몽주의가 주류 비판담론으로 자리잡게 되었다.

1980년대 문학계에서 큰 호응을 얻으며 등장한 '20세기문학사론'이 그 대표적 예이다. 신시기 벽두 '20세기문학사론'을 제기한 베이징대학의 소장파 문학연구자들은 20세기 중국문학의 주된 정조를 '비량(悲涼)'[8]이라는 단어로 집약했다. 20세기 중국문학에 대한 이같은 미학적 파악은 5·4시기 계몽의 좌절에 대한 안타까움을 근거로 한다는 점에서 역시 '계몽과 구국의 변주'론에 기대고 있다고 할 수 있다. 그간 중국 현대문학사는 수난에 대한 저항의 역사요 승리의 역사이며 양강(陽剛)의 미학을 바탕으로 씌어져왔다고 할 수 있다. 그런데 20세기문학사론의 '비량'론은 기존의 양강의 미학론을 뒤집으며 좌절한 계몽의 시대로서 20세기 전체 문학에 대한 애도와 슬픔을 주된 정조로 내세웠던 것이다.

이는 그동안 마오 쩌둥과 중공 관변이데올로기가 5·4운동을 밝고 희망

---

7) 더 자세한 것은 李澤厚, 앞의 글 참고.

8) 錢理群·陳平原·黃子平『20世紀文學三人談』, 北京: 北京大學出版社 2004.

에 찬 승리의 기원으로서 재현해온 것과는 확연히 대조된다. 지금까지 중국 관변이데올로기는 5·4운동을 중국혁명의 기원이자 사회주의 현대사의 합법성의 기원으로 자리매김해왔으며, 이는 중국현대사를 제국주의와 봉건에 대한 저항 및 투쟁의 역사, 즉 '반제 반봉건'의 역사로 해석해온 것과 궤를 같이한다. 그런데 신계몽주의는 관변이데올로기로서의 '반봉건' 담론을 거꾸로 사회주의 전통에 대한 비판의 의미로 전유하기 시작하였다. 기존의 관변이데올로기로서 '반봉건' 담론과 그에 대한 비판으로서의 신계몽주의적 '반봉건' 담론이 혼재하며 은밀히 경합하게 된 것이다. 그 결과 '반봉건'·'반전통' 담론은 다시 한번 1980년대를 풍미하는 주류담론으로 자리잡게 되었다.

여기서 신계몽주의적 5·4 연구는 두가지 전략적 차원을 내포한다. 첫째 5·4 전통에 대한 재해석은 관변이데올로기 비판의 중요한 일환으로 활용되었다. 앞서 말했듯이 신민주주의론에 근거한 관변이데올로기에 의해 5·4는 그동안 줄곧 사회주의정권을 합법화하는 차원에서 정형화되었기 때문이다. 중국공산당이 5·4운동을 사회주의혁명의 기원으로서 신화화하는 데 집중했다면 1980년대의 신계몽주의는 5·4를 관변과는 다른 각도에서 재해석하거나 또는 관변담론에 의해 망각된 다양한 측면의 사료를 발굴함으로써 관변의 5·4신화를 해체하고 정권 자체의 합법성에 도전했다.

예컨대 1990년대 민간학술운동의 발기자라 할 수 있는 천 핑위안(陳平原)은 5·4운동이 아주 우연한 요소——그날 날씨가 너무 더워서 불쾌지수가 높았다든가 하는——에 의해 발생했을 가능성을 집요하게 추적한다든가, 베이징대학의 개교기념일이 5월 4일로 둔갑하게 된 우연한 상황들을 추적하는 방식을 통해 5·4학생운동을 정치적으로 영웅시하는 관변담론을 해체하고자 했다. 또한 1980년대 이래 중국학술계에서는 학형파(學衡派), 갑인파(甲寅派), 논어파(論語派) 등 그동안 전통주의적 보수파로 분류되어 비판받았던 5·4시기 자유주의 텍스트를 발굴하고 꼼꼼하게 재해석하는 작업이 활발히 이루어졌다. 그중에서도 특히 후 스(胡適)와 천 인취에(陳寅恪) 같은 자유주의 지식인을 새로운 지식인 모델로 부각시키는 작업이 눈에 띄게 많은 성과를 냈는데, 이 역시 『신청년(新青年)』을 중심으로 편향되어 있던 관변의 5·4담론에 대한 저항이었으며 동시에 그 사상적 자원을 5·4로부터 끌어오기 위한 발굴작업이었다고 볼 수 있다.

한편 그동안 관변문학사 담론이 5·4운동을 확고한 '현대(1919~1949)'의 기점으로 삼는 것에 대해 신계몽주의적 비판담론은 관변담론의 해체라는 각도에서 5·4운동을 정치적 사건보다는 문화적 운동으로 해석하는 데 치중했다. 1980년대 후반 문학계에서 벌어진 '20세기문학사론' '문학사 다시 쓰기 논쟁(重寫文學史論)'은 그 대표적인 예이다. '20세기문학사론'의 주창자들은 관변이데올로기가 중국의 현대문학사를 근대(1840년 아편전쟁~1919년 5·4운동), 현대(5·4운동~1949년 중화인민공화국 성립), 당대(1949년 이후) 문학으로 나누는 것이 정치 중심의 작위적 시대구분으로서 문학의 자율적 발전과는 무관한 것이라고 비판했다. 그들은 5·4운동이나 중화인민공화국 성립이라는 정치적 기준 대신 문학의 내적 발전법칙에 따라 문학사를 다시 구성해야 한다고 주장했다.

그처럼 문학의 내적 발전법칙에 따라 보자면 20세기 중국문학은 '국민의 영혼 개조'를 목적으로 하고 '비량'을 주된 미학으로 삼으며 줄곧 '세계화'를 향한 발전과정 속에 존재하는 하나의 총체적 구조이다. 그외에도 5·4학생운동이 일어난 1919년을 현대문학의 기점으로 보는 대신, 『신청년』이 발간된 1915년, 후 스의 「팔불주의(八不主義)」가 발표되고 백화문운동(白話文運動)이 시작된 1917년, 현대문학의 효시라 꼽히는 루 쉰의 「광인일기(狂人日記)」가 출판된 1918년 등이 다양한 대안적 기점으로 제시되었으며 혹자는 아예 19세기 말 변법운동까지로 그 기원을 올려잡기도 한다. 이들의 노력에 힘입어 1990년대 이후 실제로 '20세기문학사'라는 제목의 현대문학사들이 본격적으로 출판되기 시작했으며 지금은 고등교육 교재의 대다수가 이와 같은 다양한 관점을 참고하고 있다.

5·4운동을 현대문학사의 기점으로 보기를 거부하며 그 기원을 끌어올리려는 이같은 시도들은 관변이 5·4운동에 부여한 과도한 정치적 신화성을 해체하는 데 큰 역할을 했다. 1980년대 이래 그 어느 때보다 커진 역사 재구성에 대한 관심은 사회주의적 정전의 권위를 해체하는 것이고, 곧 당의 헤게모니 하에 강조되던 집단적 정체성과 '정치 제일'의 이데올로기를 해체하는 대신 새로운 해석과 서사의 행위자로서 개인주체를 세우는 작업이기도 했다. 정치로부터 독립된 미학의 자율성이 강조되고, 작가는 물론이고 작품 속의 인물과 독자 개개인의 주체성이 모두 강조되었던 것도 그와 같은 맥락에서 이루어졌다.

두번째, 신계몽주의적 5·4 연구의 전략은 이른바 미완의 계몽을 완성하기 위한 이론적 자원을 5·4시기로부터 끌어오는 것이었다. 여기서 미완의 계몽이 가리키는 실질적 내용은 다름아니라 사회주의혁명에 의해 좌절되었다고 보는 서구적 현대화, 즉 경제적 자본주의, 정치적 민주주의, 그리고 시민적 개인주의를 실현하는 것이었다. 따라서 자본주의 경제가 연안도시를 중심으로 자리잡기 시작하고 문화적으로는 다양한 유럽의 근대 사조들이 동시에 경합하던 5·4시기는 바로 그러한 서구적 현대화의 가능성이 무한히 열려 있는 시기였다는 점에서 신계몽주의자들의 주목을 끌기에 충분했다.

하지만 단지 서구적 현대화를 위한 이론적 자원을 끌어오기 위한 것이었다면 신계몽주의가 굳이 5·4시기에 집착할 필요는 없었을지도 모른다. 1980년대 중반 이후에는 이미 개혁개방정책의 추진으로 경제적으로나 문화적으로나 바깥—주로 영미권—으로부터 참조할 수 있는 학술적 사상적 자원이 풍부하게 조달되고 있었기 때문이다. 따라서 신계몽주의가 5·4 시기에 주목하게 된 것은 그것이 이미 관변에 의해 충분한 권위를 부여받는 연구영역이었다는 역설에 주목할 필요가 있다. 즉 5·4 연구의 실질적 내용은 달리하면서도 겉으로는 관변담론과 마찬가지로 5·4를 찬양함에 따라 관변의 직접적인 견제와 반비판의 위험을 줄임으로써 5·4라는 정전 텍스트의 권위를 역으로 자기담론의 합법화에 이용할 수 있다는 것이다. 그 대표적인 예가 바로 신시기 루 쉰 연구 열풍이다. 문화대혁명 기간에 맑스의 『자본론』과 함께 유일하게 살아남은 문학경전이 루 쉰의 텍스트였다. 또한 1980년대 신계몽주의자들에 의해 가장 많이 재해석되고 높이 추앙된 것도 바로 루 쉰이었다. 따라서 신계몽주의가 유독 5·4시기에 주목한 것은 바로 정전 텍스트를 철저하게 재해석함으로써 주류담론을 해체함과 동시에 그에 대한 주류담론의 견제 혹은 반비판으로부터 자기주장을 비교적 안전하게 보호하려는 저항담론의 복합적 협상전략이었다고 볼 수 있다.

(3) 신계몽주의의 문제

문제는 신계몽주의의 그와 같은 5·4 전유가 5·4에 대해 관변과는 또다른 신화를 형성한다는 점이다. 첫째, 그것은 관변이데올로기가 5·4를 지나치게 정치적으로 신화화했다고 비판했지만 그 비판을 정당화하기 위해 신계몽주의는 또다른 차원에서 5·4를 신화화한다. 앞서도 언급했듯이, 신계몽주의는 5·4시기 서구적 자유주의와 계몽주의적 가치에 기초한 현대화의 도정이 항일전쟁과 전제적 공산정권의 수립에 의해 중단됨으로써 중국의 현대화가 실패하였다고 본다. 그 결과 신계몽주의적 연구에서 5·4시기는 다양한 자원들이 경쟁하던 역동적 형상으로 그려지기보다 르네쌍스부터 19세기까지 유럽문화의 자원으로 구성된 균질적 형상으로 드러나게 된다. 나아가 신계몽주의는 5·4시기를 서구 자본주의적 현대화를 향한 역동적 가능성의 시기로 지나치게 동질화하거나 이상화하는 경향이 있다. 또한 그러한 이상화는 알게 모르게 서구적 자유주의 가치의 실현을 통한 현대성만을 유일한 현대성으로 간주하게 된다. 그런 점에서 1980년대 신계몽주의가 재현해낸 '5·4전통'이란 신계몽주의가 자신의 욕망을 투사하여 마치 5·4가 자신과 유사한 구조를 가지고 있는 것처럼 구성 혹은 전유한 결과물, 즉 "1980년대화된 5·4전통"[9]이라고도 할 수 있다.

둘째, '현대화'를 목표로 하는 신계몽주의는 자본주의적 현대성에 대한 반성에서 출발한 사회주의 노선 역시 일종의 현대화 기획이었음을 보지 못한다. 그 때문에 현대성에 대한 반성의 기원이 5·4로부터 비롯되고 있음도 간과하는 경향이 있다. 즉 서구 현대성에 대한 자각과 반성은 전반적 서구화를 추구하던 5·4 반전통주의자들 내부에 이미 공존하고 있었으며, 신문화운동의 중심에 있던 천 두슈(陳獨秀), 리 다자오(李大釗)가 서구 자본주의적 현대성에 대한 대안을 러시아 사회주의혁명으로부터 찾고자 했다는 사실을 간과하는 것이다. 또한 루 쉰을 비롯한 많은 지식인들이 열정을 쏟아부은 5·4시기 번역사업 중에는 서구적 현대화 모델뿐만 아니라 제3세계 민족해방 모델에 대한 탐색이 많은 부분을 차지하고 있었다는 점도 그다지 주목하지 않는다.

결국 이러한 노력들의 연장선상에 있던 중국 사회주의혁명 역시 또하나의 현대화 기획이었다는 사실, 그것도 자본주의적 현대성에 대한 반성에서 비롯된 이른바 "반현대성의 현대성"[10]의 길이었음을 간과하게 된다. 서구적 현대화에 대한 이상화로 인해 신계몽주의는 사회주의 역사에 내포된 자본주의 현대성에 대한 성찰적 자원을 보지 못하거나 또는 보려고 하지 않았다. 동시에 신계몽주의는 사회주의국가의 전제성을 비판하면서도 반전통주의적 논리 속에서 그 원인을 '봉건잔재' 혹은 '전통'의 문제로 환원해버리기 때문에 사회주의 역사 자체를 또하나의 현대성의 문제로 직시할 수 없게 만든다.

1980년대 신계몽주의의 이같은 한계를 분명히 짚어야 하는 이유는 그것

---

9) 賀桂梅『80年代文學與五四傳統』(北京大學 박사학위논문, 1999) 서론 참고.
10) 왕 후이, 앞의 글 참고.

이 지금도 일반 지식층에 널리 보편화되어 있는 현재적 문제이기 때문이다. 신계몽주의는 비록 1990년대 이후 다양한 흐름으로 분화[11]되었지만 서구적 현대화에 대한 믿음은 여전히 공통분모로 남아 있다고 할 수 있다. 관변이론으로서 신계몽주의는 중국정부의 시장경제정책 추진을 합리화하는 이론을 제공했고, 비판적 지식으로서의 신계몽주의는 관변의 독재정치를 비판하면서도 한편 민주화개혁의 물질적 토대로서 또한 서구식 자본주의 현대화의 길을 지지했기 때문이다.

바로 이 점에서 시장경제개혁을 추진하는 중국정부와 그에 비판적인 반정부 지식인 집단은 사실 드러나지 않는 공모관계에 있다고 할 수 있다. 물론 신계몽주의의 목표로 설정된 서구식 현대화가 가치관의 위기를 초래할 수 있다는 비판이 제기되기도 했고, 일부 소장학자들은 기독교윤리를 근거로 중국 현대사회 상상의 가치관문제와 신앙문제를 제기하기도 했다. 하지만 궁극적으로는 그 역시 전통유교라는 문화자원을 중국적 자본주의 현대화의 동력으로 삼기 위한 관심이었다고 할 수 있다. 서구에서는 현대성에 대한 비판담론으로 떠올랐던 포스트모더니즘 담론조차 1990년대 중국에서는 시장경제개혁을 옹호하면서 자본주의적 현대화를 지지했다. 자본주의적 현대화에 대한 지향은 적어도 1990년대 중반까지 중국사회에서 거의 모든 견해와 분파의 차이를 초월하여 은밀한 공감대를 이뤘다고 할 수 있다. 그리고 이는 1990년대 후반의 신자유주의적 논리에 의해 좀더 본격적이고 정교하게 계승되고 있다.[12]

---

11) 1980년대 후반에 휴머니즘과 같은 보편주의에 대해 상대주의적 질문이 제기되면서 신계몽주의의 내부 분화가 본격적으로 표면화되기 시작한다. 왕 후이의 분석에 의하면, 신계몽주의운동의 보수적 측면은 체제내의 개혁파나 기술관료, 현대화 이데올로기로서 신보수주의를 주창하는 관변이론이 되었고, 신계몽주의의 급진적 측면은 점차 정치적 비판세력으로 형성되었다. 그들의 주요 특징은 자유주의 가치에 따라 인권운동을 추진하고, 중국에서 경제개혁을 진행하는 동시에 정치부문에서 서구식 민주화개혁을 실행하는 것이었다. 왕 후이, 앞의 글 참고.

하지만 중국이 날로 가속화되고 있는 전지구적 자본주의체제에 신속하게 편입되고 있는 상황에서 시장과 효율성의 추구가 중국의 문제를 해결해줄 수 있을 것이라는 신계몽주의 나아가 신자유주의적 비판이론은 더이상 반관변 진보담론으로서 효력을 발휘하기 어려운 지경에 이르렀다. 1990년대 후반 이른바 '자유주의 대 신좌파'의 논쟁이 시작되고 최근 신진좌파 민족주의의 목소리가 높아지면서, 개혁개방과 함께 한 시대의 정신이자 사조로서의 1980년대 신계몽주의는 시대적 소명을 다하고 역사의 무대에서 물러날 것을 요구받고 있다.

(4) '뒤늦은 계몽'과 페미니즘

이와 같은 1980년대 신계몽주의의 역사적 의미와 그 문제를 이해하는 것은 현재 중국의 여성연구가 직면한 문제를 이해하는 데도 필수적이다. 왜냐하면 신계몽주의는 각종 여성해방담론에 대해 반감을 표시하거나 무시했고 공개적·비공개적으로 여성주의를 거부했기 때문이다. 그것은 중국의 여성해방을 전형적인 사회주의 관변이데올로기로 치부하는 데서 비롯된다. 1980년대 특히 남성지식인들은 우선 여성해방이 관변이데올로기의 일부이며 중국여성이 지나치게 "사나워진(凶化)" 것도 잘못된 사회주의 실험이 초래한 역사적 '댓가'라고 여겼다.[13] 신중국 건립 이래 이처럼

---

12) 이같은 은밀한 공모에 대해 처음 공식적으로 문제제기한 것이 바로 왕 후이의 「당대 중국 사상적 상황과 현대성 문제(當代中國思想的狀況與現代性問題)」라는 글이다. 이 글은 한국의 『창작과비평』(1994년 겨울호)에 처음 실렸는데 중국에서는 당시 내부상황으로 인해 발표되지 못하다가 1997년에 가서야 『천애(天涯)』(제5기)에 실렸다. 보완된 글이 1998년 『문예쟁명(文藝爭鳴)』 제6기에 다시 발표되었다. 왕 후이의 이 글을 계기로 이른바 '신좌파논쟁'이 벌어지고, 중국 현대성에 대한 해석을 둘러싼 세기말 중국사상계의 분화가 뚜렷이 표면화되기 시작했다.

13) 한 예로 필자는 1997년 베이징대학에서 4대 명강의로 꼽히는 중문과 첸 리췬(錢理群)

남성지식인들 대다수가 여성해방이나 여성주의에 대해 거부감을 공개적으로 드러낸 것은 거의 처음 있는 일이었다고 할 수 있다. 그리고 상당수의 여성지식인 역시 이에 대해 막연하고 관대한 태도를 취했다.[14] 남성지식인과 여성지식인 사이에 형성된 이러한 묵계는 문화대혁명이라는 공동의 적에 대항하고 서구 자유주의를 실현해야 한다는 공동목표에 의해 지지되었던 것이다.[15]

심지어 사회주의체제 속에서 남다른 주체적 지위를 획득한 여성들이 바로 사회주의 역사 비판을 목표로 하는 신계몽주의담론 생산에 앞장서기도 했다. 1976년 '10년 대재난'이라 불리는 문화대혁명이 종결된 후 그에 대한 전면적인 성토와 비판에 여성들도 적극 참여했던 것이다. 예컨대 한 여의사의 일상을 통해 사회적 생산노동과 가사노동을 이중으로 부담해야 하는 여성들의 피로감을 부각시킨 천 롱(諶容)의 「중년이 되어(人到中年)」, 정치적 이성에 의해 망각되었던 소중한 가치로서 사랑의 기억을 건져올린

<hr />

교수의 강의를 들은 일이 있는데, 급진적 자유주의자로 당국의 경계대상인 그는 강당에서 중국여성의 '흉화(凶化)'에 대해 소리높여 개탄했다. 그는 '여인(女人)'은 곧 인간(人)'이지만 '인간'이면서 동시에 '여인'이라는 본분을 잊어서는 안된다고 주장했다. 강당의 남학생들은 손뼉을 치며 "옳소!"라고 외쳐댔으며 여학생들은 대부분 불만스러운 표정이었지만 적극적인 반응은 보이지 않았다.

14) 戴錦華『猶在鏡中』, 北京: 知識出版社 1999, 141면.

15) 여기서 문화대혁명(문혁)의 참상과 그에 대한 지식인들의 비판적 태도에 대해 전반적으로 다 설명할 수는 없다. 다만 1980년 광주민중항쟁이 80년대를 살아가는 한국의 지식인들에게 원죄와도 같은 것이었다면, 중국의 문혁은 바로 80년대 중국 지식인들의 원형적 상처, 즉 트라우마 같은 것이었다고 할 수 있다. 문혁 직후인 1970년대 말부터 1980년대까지 쏟아져나온 이른바 '상흔문학(傷痕文學)'은 문혁의 상처를 호소하며 그것을 인성을 말살한 대재난으로 규정했다. 그리고 연이어 나온 소위 '반사문학(反思文學)'은 좀더 진정된 자세로 그러한 대재난의 역사적 원인과 기원에 대해 사색하고 성찰하는 문학이었다. 사회주의혁명과 인민의 정부, 인민의 군대에 대한 일말의 자부심과 믿음도 1989년 천안문사태를 계기로 완전히 사라져버렸으며, 대부분의 지식인들은 시장경제 도입을 통한 서구적 현대화에 희망을 걸게 된 경우가 많다.

장 제(張潔)의 「사랑, 잊을 수 없는 것(愛,是不能忘記的)」, 계급투쟁과 혁명적 열정에 집중하도록 강요되면서 완전히 억압되었던 개인의 육체적 욕망과 섹슈얼리티를 다룬 왕 안이(王安憶)의 「작은 도시의 사랑(小城之戀)」 등, 여성경험에 충실한 많은 '신시기' 여성작가들의 작품은 사회주의시기 여성해방의 실질적 내용을 묻는 직관적 성찰을 담고 있다. 이같은 여성작가들의 문제제기는 당시 세간의 주목을 한몸에 받으며 시대정신을 대표하는 선구로 평가되었고, 여성문학은 1980년대 중국사회의 총아로 자리잡았다.

이 과정에서 그간 '하늘의 절반'이라는 말로 상징되는 중국 여성해방의 성과에 대한 인식은 중요한 전환을 맞게 되었다. 중국 여성해방의 성과가 실은 실질적인 남녀평등의 실현과 등치되는 것이 결코 아닐 뿐더러 국가가 여성노동력을 동원하기 위한 것에 불과했다는 주장까지 제기되기 시작했다. 그와 함께 사회주의 여성해방은 평등이라는 미명 아래 오히려 남녀의 차이를 억압적으로 무화시켜버렸다는 비판도 제기되었다. "남자가 할 수 있는 것은 여자도 할 수 있다"는 구호는 여성도 남성과 똑같은 사람으로 여겨지게 하였지만, 또 한편 그 동등함이란 남성을 기준으로 한 것이기 때문에 평등을 추구할수록 여성은 '무성화(無性化)', 좀더 정확하게 말하자면 '남성화'될 수밖에 없었다는 것이다.[16]

사실 성별 정체성이란 늘 유동적이며 사회적 환경에 의해 구성되는 것이라는 점에서 '무성화'는 남녀의 성별 정체성을 새로 구성하려 한 야심찬 도전이었다고 평가될 수도 있을 것이다. 그렇게 보면 '무성화'가 문제라기보다는 오히려 서구 근대의 본질주의적 성별 구분에 근거하여 '무성화'를 '비정상'적인 성별 전도(顚倒)로만 보는 신계몽주의가 더 문제일 수 있다. 하지만 그럼에도 불구하고 사회주의시기 '무성화'가 비판으로부터 자유로울 수 없는 것은 그것이 서구 근대의 본질주의적 성별 구분 자체를 해

---

16) 孟悅·戴錦華『浮出歷史地表』, 河南人民出版社 1989, 213면 참고.

체하지 못했기 때문이다. 그것은 본질주의적 성별 규범으로서의 '여성'을 해체하고 새로운 어떤 정체성을 창출했다기보다는 곧 본질주의가 규정한 '남성' 규범에 여성을 꿰어맞추려고 했던 것이다.

더욱이 그처럼 남성을 기준으로 차이를 인정하지 않는 '남녀평등'이 국가이데올로기로 군림하는 동안 개인들의 삶 속에는 남성중심 사회가 여성에게 부여한 본질주의적 '여성' 규범이 여전히 작동하고 있었다. 여성을 남성기준으로 끌어올리는 것을 평등으로 여기는 것 자체가 남성중심적 사고에서 비롯된 것이다. 그로 인해 현실적으로 여전히 굳건하게 존재하는 타자로서의 여성신분과 남녀차별 관념이 새로운 국가이데올로기로서의 '남녀평등'이라는 정치적 가치와 모순적으로 공존하면서 여성에 대한 이중규범이 고착되었다. 따라서 여성들에게 더욱 힘들었던 것은 '무성화' 자체였다기보다는 이와 같은 이중규범으로 인한 고통이 고스란히 여성들에게로 전가되었다는 점일 것이다. 자기 속에 내면화된 여성차별 관념이 여성들에게 이중고통이 된다는 사실에 동시대 남성지식인들이 무감각한 반면에, 많은 여성연구자들은 자신의 경험에서 이런 이중규범의 문제를 민감하게 느낄 수밖에 없었다.

1980년대 이래 중국의 여성연구를 이끌어온 대표적 여성학자 리 샤오장(李小江)만큼 이 문제를 집요하게 파고든 사람도 드물다. 그녀는 사회주의 여성해방의 성과에도 불구하고 사회가 남성을 표준으로 이루어졌을 때 '평등'이란 또하나의 질곡이었음을 누구이 역설한다. 그녀에 의하면 사회주의 중국은 언제나 "남녀는 똑같다"고 가르쳤지만 정작 그녀의 경험이 일러준 것은 "여성은 남성과 같지 않다"는 사실이었다고 한다. 그런데도 "남녀가 똑같다"고 주장하는 사회에서는 가정과 사회를 막론하고 용모와 행동거지에서 일상생활의 아주 사소한 것까지 여성과 관련된 것은 모두 의심받았다고 한다. 의복·두발·화장·액세서리는 물론이고 심지어 가사와 육아까지 쁘띠부르주아적 경향이라고 비판받았을 뿐만 아니라 공적 장소에서는 절대 꺼내서는 안되는 화제였다. 따라서 현실 속의 '여성'의 삶은 공개적으로 드러나기 어려웠고, 이론적으로도 '여성문제'를 다시 거론하는 것은 허용되지 않았다. 왜냐하면 신중국에서 "남녀는 평등하고 여성은 해방된 것"으로 전제되었기 때문에 여성문제를 다시 거론하는 것은 사회주의 성과에 대한 부정으로 여겨지거나 심지어 반혁명으로 몰릴 수도 있었기 때문이다. 그것은 중차대한 정치문제였던 것이다.[17]

따라서 남성과의 평등이 아닌 남성과의 차이를 강조함으로써 여성주체성을 회복하는 것은 자연스럽게 포스트사회주의 중국 여성연구의 출발점이 되었다. 리 샤오장은 지극히 개인적인 경험에 근거하여 1980년대 중국 여성연구의 출발을 다음과 같이 표현했다.

'같지 않다(不同)'는 나의 여성의식 각성의 시작이었다.
'같지 않다'는 걸 인식하는 것이 나의 부녀연구의 기점이었다.
'같지 않다'고 호소하는 것이 여인에 동일시하면서 '여인을 향해' 내디뎠던 내 역정의 첫걸음이었다.[18]

그리하여 리 샤오장은 본인이 앞장서서 여성 스스로 여성의 목소리를 되찾고자 했던 1980년대 이래 중국 여성연구를 '뒤늦은 계몽'이라고 불렀다. 그녀에게 1980년대 중국계몽의 핵심은 '공(公)'으로부터 '사(私)'를, '사회'로부터 '개인'을, '인(人)'으로부터 '여인(女人)'을 분리하는 것이었다. 리 샤오장이 본질주의자라는 비판에도 불구하고 남녀의 생물학적 차이에 집요한 관심을 보인 것이나, 1980년대 서양의 여성연구가 이미 젠더 연구로 방향전환한 것을 알면서도 여전히 '여성'과 '차이'에 집착한 것도

17) 李小江「婦女研究在中國的發展及其前景瞻望」,『婦女研究在中國』, 河南人民出版社 1991, 9면.
18) 李小江『解讀女人』, 江蘇人民出版社 1999, 144면.

그와 같은 배경에서 이해할 수 있다. 리 샤오장은 "젠더 연구가 '중성' 과학을 지향하면서 '여성'의 입장을 덮어버릴까 저어했던 것"[19]이다. 1986년 시몬 드 보부아르의 『제2의 성』이 번역된 것을 필두로 1990년대까지 중국 여성주의 연구가 유럽 특히 프랑스의 차이의 페미니즘을 주된 이론적 자원으로 삼아온 것도 바로 그와 같은 '차이'에 대한 관심과 밀접하게 관련이 있다 할 수 있다.

그런데 이같은 '여성'과 '차이'에 대한 관심은 바로 개인주체 수립에 대한 1980년대 이후 중국 지식인집단의 강렬한 희구, 특히 신계몽주의와 맥을 같이하고 있었다. 차이의 무화, 혹은 무차별화가 여성의 문제로만 인식된 것이 아니라 사회와 구별되는 개인의 문제로 인식되었던 것이다. 대표적 여성문학연구자인 멍 위에(孟悅)와 다이 진화(戴錦華)는, 마치 "무차별화가 최고의 미덕인 양" 사회주의정권이 토지개혁, 계급철폐, 여성해방 등 각각의 분야에서 모든 차이를 억지로 제거함으로써 평등에 도달하려 했다고 주장했다. 그것이 비록 다수의 피억압자·하층인민의 이익을 위한 것이었다 하더라도 현실 속에 엄연히 존재하는 다양한 차이, 특히 물질적인 권력상의 차이를 무시하고 차이의 무화를 일방적으로 선언하는 권력은 파시즘일 수밖에 없다는 것이다. 그런 점에서 마오 쩌둥 정권이 줄곧 강조한 지식인의 사상개조란 결국 "문화적 차이를 제거하는 운동이고 그 결과 지식인들과 농촌 대중은 무차별적 평등의 방식으로 사회 및 문화권력 구조에 예속되었다"고 볼 수 있다. 그리고 "'남녀평등'이란 그처럼 차이의 소멸을 통해 개인이 집단에 예속되고 전 사회구성원의 이익을 대표하는 정권에 인민들이 예속되었던 방식이 바로 성별 방면에서 표현된 것"이라 할 수 있다는 것이다.[20]

---

19) 李小江「婦女硏究在中國的發展及其前景瞻望」10면.
20) 孟悅·戴錦華, 앞의 책 213~17면 참고.

46

이같은 지적은 앞서 여성경험에 충실한 여성작가들의 작품이 어떻게 1980년대 문학의 흐름을 줄곧 선도할 수 있었는가를 이해할 수 있게 해준다. 즉 억압된 차이로서 '여성'을 회복하는 것은 바로 집단과 정권에 예속되었던 '개인'의 회복이자 사회주의 전제권력에 대한 강력한 비판으로 인식되었던 것이다. 따라서 '여성'의 회복은 단지 여성만의 문제가 아니라 모두가 나서야 할 시대적 문제였다.

1980년대 비판담론에서 특별히 구분된 적은 없으나 실제로 '무성화'는 두가지 측면의 내용을 포괄하고 있다. 첫째 그것은 여성을 '남성화'하고 남성을 '여성화'하려 했던 사회 전체의 성별 전도(顚倒) 경향을 가리키는 것이었다. 둘째, '무성화'는 계급과 집단의 이해에 철저히 순종할 수 있도록 개인의 성적 욕망을 완전히 억압하고 모든 예술로 하여금 마치 욕망 자체가 부재한 존재처럼 남녀를 재현하도록 강제한 탈성애화였다. 그런데 신계몽주의적 비판담론에서 성별 전도나 탈성애화는 모두 성적 '비정상'과 연계되었다. 만약 신계몽주의가 비판하는 것처럼 성별 전도나 탈성애화가 '비정정상'이라면 그것을 부추긴 사회주의체제와 그 역사 역시 '비정상'적인 것으로 간주되는 것이 자연스러운 일이다. 따라서 신계몽주의에게 무성화, 즉 성별 전도와 탈성애화 경향을 바로잡는 것은 바로 '비정상'적 사회를 '정상'적 사회로 되돌려놓는다는 정치적 의미를 띠게 된다.

그리하여 집단·계급·정치·권력 중심의 사회주의 관변이데올로기를 철저히 해체하고 인성·휴머니즘·개인·주체성·미적 자율성 등으로 그것을 대체하려 했던 1980년대 신계몽주의에서 성과 젠더는 모두 사회주의 역사의 '비정상성'을 드러내는 데 있어 가장 일상적이자 동시에 가장 도발적인 은유로 사용되었다. 예컨대 중국여자들이 "여성스럽지 못하고(沒有女性味)" "지나치게 사납다(太凶)"거나 중국남자들이 "남자답지 못하다(沒有男子氣)"는 말은 신시기 이래 남녀를 막론하고 일상화된 불평 가운데 하나다. 말하는 사람 자신이 정치적 의미까지 의식하고 사용하는 것은 아니라 해도 이는 지난 사회주의 역사의 잘못을 은연중 상기시키는, 1980년대 이후 가장 일상화된 정치적 언어가 아닐 수 없다. 즉 남자는 '남성다워'지고 여자는 '여성다워'짐으로써 본래의 자기 성별을 찾아 돌아가야 한다는 주장, 그리고 개인의 가장 은밀한 성적 욕망을 과감히 느끼고 표현할 수 있어야 한다는 주장은 비정치적인 사적 담론 같지만 실은 개인을 집단에 예속시키는 사회주의 국가이데올로기에 대해 개인의 우선성을 주장하고 권력으로부터 개인의 자유공간을 쟁취하고자 하는 강렬한 정치적 의도를 내포한 메타포인 것이다.

문학은 이와 같은 메타포를 가장 적절하고 효과적으로 전달한 분야였다. 예를 들어 '반사문학(反思文學)'으로 높이 평가받았던 장 셴량(張賢亮)의 『남자의 반은 여자(男人的一半是女人)』에서 남자주인공은 문혁시기 발기불능의 무능력자였으나 마을의 홍수사건에서 공을 세운 후 '남성'을 회복하고 '신시기'의 광명을 온몸으로 쟁취하기 위해 길을 떠나는 것으로 그려진다. 또 왕 안이의 「작은 도시의 사랑」에서는 여성의 육체적 욕망이 여자 무용수의 춤추는 몸을 통해 시종일관 지겨울 정도로 묘사됨으로써, 한 사회의 가장 은밀한 곳에 배치되어 있는 혹은 금지영역인 여성의 성욕이 완전히 전경화(前景化)되고 있다. 1980년대 초반 문사철(文史哲)을 막론하고 엄청난 규모로 이루어진 인성·인도주의 논쟁이나 1980년대 중반 문학계의 주체성 논쟁, 그리고 문학에서의 '성 묘사'를 둘러싼 뜨거운 논쟁들은 모두 이런 맥락에서 이해할 수 있다.

이처럼 성과 젠더에 관한 재현이 신계몽주의적 논법으로 전유되면서 사회주의 시기 여성경험의 문제는 여성보다는 '인간' 혹은 '개인'의 경험문제로 더 많이 부각되었다. 그 가운데 사회주의 역사가 '비정상'으로 비판받을 때 사회주의 중국의 '자랑스러운' 여성해방의 성과들까지 '비정상적'인 것으로 여겨졌으며, '진보'의 이름으로 남성지식인들은 공공연히 사회주의 여성해방과 남녀평등을 비난하기 시작했고 뿌리깊은 여성비하와 혐오가 전반적으로 다시 고개를 들게 되었다.

흥미로운 것은 대부분의 여성지식인들이 이에 대해 별다른 이의를 제기하지 않았을 뿐 아니라 오히려 많은 중요한 여성작가들이 여성경험에 대한 자신의 텍스트를 '여성의 입장'으로 '축소'시켜 보는 것에 강한 거부감을 표시했다는 점이다. 예컨대 장 제, 장 캉캉(張抗抗), 왕 안이 등 여성경험에 대한 깊은 통찰을 보여주는 거의 모든 신시기 중요한 여성작가들이 '페미니스트'로 불리기를 공공연히 거부했다고 한다. 이는 중국여성이 누리는 사회적 지위와는 별개의 문제로, 그들의 '여성의식의 결핍'을 드러내는 결정적인 증거처럼 보인다.

하지만 다이 진화의 말대로 그것은 '입장'이나 '주의'에 대한 거부라기보다는 '제2의 성'으로서의 여성이라는 정체성 자체에 대한 부정이었다고 할 수 있다. 여성이 사회적 약자이며 열등한 지위에 있음을 스스로 인정하지 않으려 했던 것이다. 그것은 남성과 평등한 사회적 주체로서, 또한 문혁이라는 '10년 대재난' 속에서 남성과 함께 핍박받은 '개인'으로서 전제권력에 공동으로 맞서야 한다는 여성들의 충분히 내재화된 평등의식의 표현이었다. 그러나 또 한편으로 그와 같은 평등의식의 표현은 중국사회에서 여성이라는 꼬리표를 다는 것은 여전히 "거시적인 사회적 시각, 공민으로서의 사회적 책임, 지식인의 신성한 사명 ─ 말할 필요도 없이 이것은 여성에게 주어진 역할이 아니다 ─ 에 대한 방기"[21]로 여겨진다는 사실, 즉 중국사회가 여전히 여성차별 관념을 내면화하고 있는 사회임을 여실히 증명하는 것이기도 했다.

---

21) 戴錦華 「新時期文化資源與女性書寫」, 葉舒憲 主編 『性別詩學』, 北京: 社會科學文獻出版社, 1999, 39면.

(5) '중국 부녀해방'에 대한 신계몽주의적 인식의 문제

성별 경험의 차이를 강조했던 1980년대 후반 여성연구자들은 중국 여성해방의 불완전성이 바로 자율적 여성의식의 결핍에 있다고 깨닫게 된다. 중국의 여성해방은 애초 근대 남성 선각자들의 촉구에서 비롯되었고 그후에는 다시 신중국정부의 법률제정에 의해 단번에 획득되었다고 할 수 있다. 그 때문에 중국의 여성해방은 줄곧 남성 선각자가 주도했다는 점이 특징적이라 말해진다.[22] 리 샤오장은 중국 여성해방의 역사적 기점이 서양과 달리 다음과 같은 특징이 있다고 분석한다.

1) 시간적으로 18세기가 아닌 19세기에 발생했으며, 이미 상당한 성취를 이루고 영향력을 지닌 서방국가들의 여권주의 사조와 여권운동이 중국 부녀해방의 잠재적 전제이자 배경이 되었다.

2) 여권주의가 가장 먼저 직접적으로 영향을 준 것은 (일부) 남성들로서, 여성이 아니었다. 이 때문에 중국에서는 여성이 아닌 남성이 최초로 부녀해방을 부르짖게 되었다.

3) '부녀해방' 의식은 민족각성의 산물이었으며 또한 민족주의혁명의 중요한 일부를 이루었다. 따라서 부녀의 권리에 대한 요구는 늘 민족해방투쟁의 뒷전으로 밀려났으며 독립된 여권운동은 중국에서 세를 형성해본 적이 없다.

4) 남성이 중국 부녀해방의 창시자요 주력군이었으며, 그 최초의 활동은 '전족 폐지'와 '여학교 설립'이었으니 부녀를 신체적으로 해방시키고 사상적으로 무장시키려는 것이었다. 부녀가 그 안에서 '계몽되고' '해방되는' 피동적 위치에 처해 있었음은 분명하다.[23]

---

22) 이같은 특징 때문에 특히 5·4시기 여성담론은 '남성주도 페미니즘'(male-dominated Feminism)이라고도 하는데, 이에 대해서는 본서의 2장에서 자세히 다룰 것이다.
23) 李小江『解讀女人』129면.

리 샤오장은 중국에서의 여성운동은 줄곧 남성중심적 논리가 우세한 민족혁명 혹은 사회변혁운동에 종속되었으며, 그로 인해 중국에서는 여성적 시각에서 남성사회에 대한 근본적인 문제제기가 늘 유보되어왔으며 그 결과 여성주의가 급진적 비판담론으로 기능해온 서양과는 달리 비교적 온건한 형태를 띠었다고 본다. 결국 중국 여성운동은 운동의 주체나 성격에서 모두 여성주의적 관점에 입각한 자율적 여성운동으로 나아가지 못했다는 것이다. 자연히 앞으로 중국 여성운동은 그 자율성을 추구하는 것이 주요 과제라는 결론에 이르게 된다.[24)]

그런데 중국의 여성운동이 민족국가 건설을 목표로 하는 정치적 운동에 종속된 결과 사회변혁운동의 성쇠에 따라 그 운명이 좌우되었다는 이와 같은 판단은 중국여성사를 "각성-상실-회복"[25)]과 같은 세 단계로 보는 인식을 낳는다. 이는 시기적으로 보면 '5·4시기-항일전쟁 이후-개혁개방 이후'로서 신계몽주의의 '계몽과 구국의 변주'론에 부합한다. 그에 따르면, 일단계로 중국에서 여성의식의 첫 각성은 5·4신문화운동 속에서 인간해방 및 개성해방의 제창과 함께 이루어졌다. 그것은 봉건시대에 줄곧 '공백'으로 남아 있거나 혹은 역사의 바깥에서 침묵하고 있던 여성의 목소리가 마침내 당당하게 "역사의 지표 위로 떠오른(浮出歷史地表)" 시기였다고 해석된다. 또 비록 남성 선각자들에 의해 주도되었다고는 해도 여성연구가 처음 본격적으로 행해진 것도 바로 5·4시기였다.[26)]

그러나 그것도 '잠시'뿐, 1930년대 후반 민족위기가 심화되는 시기에 이

---

24) 윤혜영「국민혁명기 베이징여자사범대학의 교장배척운동 ─ '신구갈등'에서 혁명으로」,『중국근현대사의 재조명1』, 지식산업사 1999; Christina Gilmartin, "Mobilizing Women: The Early Experience of the Chinese Communist Party, 1920~1927"(University of Pennsylvania, Ph.D. 1986).

25) 李子雲「女性話語的消失和復歸」, 張寶琴외 주편『四十年來中國文學(1949~1993)』, 臺北: 聯合文學出版社 1995.

26) 李小江「婦女硏究在中國的發展及其前景瞻望」참고.

르러 '계몽'은 점차 사치가 되고 인간의 문제와 그 일부인 여성문제는 급박한 '민족문제'에 압도되거나 혹은 대체되어버렸다고 한다.[27] 그후 중화인민공화국이 들어서고 문화대혁명이 종결될 때까지 여성의 자각 혹은 자율적 여성운동은 공백상태에 있게 되었다. '인간'을 대표하는 '남성 개인'조차 집단적 주체성의 강조에 의해 압도되는 상황에서 '여성의식'은 더욱 논하기 어려운 상황이었던 것이다. 그러다가 다시 개인의 자율성과 인성의 회복을 강력하게 주창할 수 있게 된 신시기에 이르러 비로소 민족으로부터 여성을 분리하여 사고할 수 있게 되었다. 마침내 '역사의 지표 위로 떠올랐던' 5·4시기 여성의식을 다시 회복하고, 그에 기반하여 자율적 여성연구 및 여성운동을 활성화할 수 있는 시기가 도래했다는 것이다.

이런 맥락에서 민족과 사회주의혁명 이데올로기를 배경으로 등장했던 관변용어 '부녀'라는 말 대신 5·4시기 개인의 의미가 강조된 '여성'이라는 용어가 점차 복원되기 시작했다.[28] 타니 바로우(Tani Barlow)에 의하면, 원래 가족내 여자구성원을 가리키던 '부녀'라는 말은 마오이즘에서 1920년대 문화혁명에서 등장한 식민주의의 기호인 '여성'에 대항하기 위한 하나의 전통어가 되었다. 정치적인 '부녀'는 '서구화된' '여성'과 경쟁하면서 '여성'을 '부르주아적'인 것이자 규범적으로 금지해야 할 것으로 표현했다. "정치적 권위가 다른 모든 중요한 사회적 관계를 규정했던" 마오이즘이 철회될 때까지 '부녀'는 당의 '기획 씨스템'의 일부였다고 보는 것이다.[29] 그렇게 보면 '여성'이라는 단어의 복원은 '부녀'라는 말 속에 내포된 관변적 해방이데올로기를 해체하고자 하는 정치적 전략이기도 한 셈이다. 류 쓰첸(劉思謙)에 의하면, '여성'이란 중국현대사에서 가부장제 이데올로

---

27) 屈雅君 『執着與背叛 —— 女性主義文學批評理論與實踐』, 中國文聯出版社 1999 참고.

28) 劉思謙 「中國女性文學的現代性」, 『文藝研究』 1998년 제1기.

29) Tani Barlow, "Theorizing Woman: Funu, Guojia, Jiating," *Genders* No. 10, Spring 1991 참고.

기가 규정한 여성의 역할을 초월하고자 하는 혁명적 기호를 말하며, 무산계급혁명운동 과정에서 사회적·정치적·국가적·이데올로기적 의미가 부여된 '부녀'라는 단어와 구분되어야 한다고 한다. 그녀에 따르면 20세기 문학사도 '여성문학－부녀문학－여성주의문학'으로 구분할 수 있다. '여성문학'이란 5·4시기와 신시기에 대량으로 출현한 것으로 반전통적이고 여성경험에 충실하며 여성의 주체의식을 호환하는 문학을 말한다. 또 '부녀문학'이란 여성의 권리와 가치를 강조하긴 하지만 그 사상적 자원은 사회주의 여성관, 즉 부녀가 사회혁명과 민족투쟁에 투신하고 계급해방 속에서 자신을 해방한다는 사상에 기초한 문학을 말한다. 그리고 '여성주의문학'이란 1980년대 중기 이후 수용된 서양의 여성주의 문학이론을 사상적 자원으로 하는 문학적 실천을 말한다. 류 쓰첸의 이같은 분석 역시 앞에서 말한 여성의식의 '각성－상실－회복'이라는 신계몽주의의 전형적 역사인식을 드러낸다.

이처럼 '여성'문학과 여성의식의 각성을 중시한 문학사연구 경향에 따라 기존의 여성작가들이 재평가되기 시작했다. 중국 현대작가 중 최초로 스딸린문학상을 수상하고 관변에 의해 여성작가로서 거의 유일하게 좌익 정전(正典)작가로 평가되던 여성작가 딩 링(丁玲)은 이제 여성의식이 민족의식에 의해 압도된 가장 전형적인 역사적 실례로 해석되기 시작했다. 물론 5·4시기 그녀가 쓴 「소피 여사의 일기(莎菲女士的日記)」는 여성의식을 가장 강렬하게 표현한 현대여성의 정전으로 각광받게 되었다. 그밖에도 남성작가 중심으로 이루어진 기존의 중국 현대문학사에서 볼 수 없었던 여성작가들에 대한 발굴과 연구작업이 시작되었고 그들을 중심으로 하는 여성문학사가 씌어지기 시작했다. 남성중심적 거대 민족서사를 의식적이고 공개적으로 거부하며 타자로서의 여성경험을 부각시킨 장 아이링(張愛玲)의 재평가는 그중 무엇보다도 소중한 수확이었다고 할 만하다. 이들은 모두 여성주의적 입장에서 역사 다시 쓰기가 이루어낸 괄목할 만한 성과들임이 분명하다. 그럼에도 불구하고, 서양 휴머니즘과 계몽주의에 입각하여 추구되던 5·4시기 여성의 각성과 여성환경의 '현대화' 노력이 정치적 민족주의에 의해 압도됨으로써 자율적 여성운동으로 나아가는 데 실패했다고 보는 위와 같은 여성사인식은 신계몽주의에 뿌리를 두고 있어서 그 또한 앞서 지적한 신계몽주의의 보편적 한계를 드러내게 된다. 무엇보다 '각성−상실−회복'이라는 패러다임은 마치 5·4시기 여성의 각성은 민족과는 전혀 별개의 '자율성'을 가졌던 것처럼 보이게 하는가 하면 사회주의적 여성해방의 역사는 여성의 '자율성'을 전혀 찾아볼 수 없었던 것처럼 비역사화한다. 여기서 괄목할 만한 사회주의적 여성해방의 실질적인 성과들은 폄하되고 5·4시기는 여성의 '자율적 각성'이 가능했던 '서구적 현대화'의 시기로 다시 한번 이상화되는 것이다. 5·4시기 여성해방운동의 정치적 성과를 높이 평가해온 관변 여성담론은 물론이고 새롭게 개성과 인간해방이라는 차원에서 5·4시기 여성의 각성을 높이 평가하는 신계몽주의 담론에서 모두 이같은 특징이 공통적으로 드러난다.

그런데 흥미롭게도 좀더 급진적 여성주의 시각을 가진 신계몽주의 연구는 반대로 5·4 여성운동 역시 마찬가지로 민족적 위기의식에서 비롯되었다는 점을 강조한다.[30] 앞서 언급한 리 샤오장의 관점이 대표적이며, 이들의 경우 구국의 과정은 물론이고 5·4시기 계몽담론 역시 남성주체들이 주도한 것이었음을 강조한다. 이들은 전족반대운동이나 여학교 설립, 여성의 정조문제, 재산권문제 등 근대 이래 주요한 여성해방담론들이 대개는 남성 선구자들의 촉구에 의해 이루어졌으며, 결과적으로 아버지 전통에 반항하기 위한 아들들의 반역에 딸들이 개입된 것일 뿐 진정으로 남성사회에 대한 여성의 문제제기가 근본적으로 이루어진 것은 아니라고 주장[31]

---

30) 사실 이 두 관점은 한 논자에게서도 혼재되어 동시에 드러나는 경우가 많다. 그런데 그 경우 대개는 "각성이 이루어진 것도 '잠시'뿐 민족문제에 의해 압도되었다"처럼, 각성은 이루어졌지만 불철저했다는 논리로 양자의 모순을 단순하게 처리하는 경향이 있다.

하는 것이다. 여성담론이 줄곧 국가의 집단적 혁명이데올로기에 포섭되어온 것에 대한 신시기 여성연구의 비판적 입장에서 보자면 중국여성이 "과연 여성해방의 진정한 주체였는가"를 묻는 후자야말로 훨씬 일관된 여성주의적 관점을 견지하는 셈이다.

하지만 후자의 경우에도 여전히 문제는 남는다. 중국의 여성해방은 남성들이 주도한 민족혁명이 가져다준 선물에 불과하며 여성들은 늘 남성적 영웅의 역사에 들러리를 선 것뿐이라면, 역사적 과정에 참여해온 여성들의 주체성은 어디에서 찾을 수 있을까? 그와 같은 부정적 판단은 5·4시기 여성의 각성을 긍정적으로 부각시키는 경우와 마찬가지로 민족국가 건설과 관련된 여성주체의 경험을 드러내는 데는 실패한다. 자율적 여성운동의 필요성을 절감하고 중국여성이 "과연 여성해방의 진정한 주체였는가"를 심사숙고할 필요가 있다고 주장함에도 그것은 오히려 역사 속에 개입된 여성주체의 경험을 알게 모르게 비가시화하는 것이다.

무엇보다 그것은 신계몽주의적 인식이 어떤 집단적 정체성이나 목적에도 구속되지 않는 선험적 여성의식이 별도로 존재한다고 여기고 여성의 현대적 정체성의 형성을 민족적 정체성의 형성과 별개 차원의 것으로 전제하는 데서 비롯된다. 하지만 여성경험은 현실적으로 현대 민족국가라는 경계를 초월하기 어렵다. 개인이 원하든 원하지 않든 20세기 세계체제는

---

31) 멍 위에(孟悅)·다이 진화(戴錦華)의 『역사의 지표 위로 떠오르다(浮出歷史地表)』는 1980년대 이러한 관점의 선구라 할 수 있다. 이 책은 신시기 최초의 현대여성문학사라 할 수 있는데, 텍스트에 대한 여성주의적 통찰의 깊이와 예리함, 분석의 세련됨과 같은 측면에서 21세기에 들어선 지금까지도 타의 추종을 불허하는 것처럼 보인다. 이 책은 기본적으로는 국가와 여성을 지나치게 대립적 구도로 본다는 점에서 신계몽주의적 자장 안에 속해 있다고 할 수 있다. 하지만 그럼에도 불구하고 이 책은 '각성—상실—회복'과 같은 단순논리로 쉽게 빠지지 않기 때문에 오히려 풍부한 계시와 논쟁거리를 던져주는 듯하다. 덧붙여 1990년대 중반 이후 다이 진화 자신은 이 책의 기본틀을 이루는 신계몽주의와 서구이론에 대한 경도를 비판적으로 바라보기 시작했고 본토 신좌파 페미니스트로서의 자신의 입지를 분명히하고 있다.

개인에게 민족국가의 정체성을 부여하기 때문에 경험영역에서 민족과 여성의 분리는 불가능하다. 민족국가라는 공간적 경계는 여성해방 혹은 여성의 현대성을 구체적으로 결정짓는 중요한 경계이며 여성정체성의 가장 중요한 일부를 이루는 것이기도 하다. 더구나 그 민족국가가 이른바 서양 '이외의 사회'이며 '뒤늦은' 사회일 때 그 사회의 여성은 좋든 싫든 해당 사회의 남성들과 더욱 긴밀한 공동체 상상 속에 묶이게 된다.

신계몽주의는 이와 같은 사실을 홀시한 채 여성의 자율성을 민족과 분리된 선험적이고 절대적인 것으로 본다. 앞서 살핀 대로 신계몽주의가 5·4시기 여성의 자율적 각성을 이상화하거나 혹은 반대로 5·4 여성담론의 남성중심성을 폄하하는 상반된 평가를 동시에 하게 되는 것도 그 때문이다. 신계몽주의는 여성의 자율성을 강조하면서도 실제로 중국여성들 스스로 쟁취해온 자율성의 역사는 오히려 비가시화하는 우를 범하는 것이다. 예컨대 신계몽주의는 민족건설과 민족상상 자체가 5·4시기 여성각성의 불가결한 토대였다는 사실을 보지 못한다. 즉 현대 민족국가를 구성하는 개인으로서의 각성과 '여성'으로서의 각성은 동전의 양면이었음을 보지 못하는 것이다. 또한 그것은 사회경제적 억압의 토대를 혁명적으로 전복하는 데 동참함으로써 여성해방의 환경을 선취하려고 했던 사회주의 여성해방론자들의 자율성도 보지 못한다. 사실 중국의 여성문제는 사회주의 여성해방론이라는 일종의 페미니즘 유파가 지닌 한계를 검토해볼 수 있는 중요한 역사적 경험임에도, 위와 같은 신계몽주의적 접근은 중국 사회주의 여성해방 경험을 페미니즘적 성과의 하나이자 한계로 해석할 수 있는 가능성을 미리 차단해버린다.

물론 모든 여성주체의 역사 개입이 여성주의적으로 이루어지는 것은 아니다. 그러나 여성주의적 역사 해석에서 가장 긴요한 일은 여성의 경험을 여성의 능동성이라는 측면에서 드러내는 일일 것이다. 여성이 민족이나 국가에 의해 배제되고 이용되어왔다는 사실에 대한 강조는 여전히 중요하지만, 그렇다고 남성이나 국가에 의한 피해자로만 여성을 부각시키는 것은 능동적 행위자로서의 여성을 상상하기 어렵게 한다. 그리고 그 결과 민족국가는 영원히 남성중심적 원리로 관철되는 동질적 사회라는 상상이 가중되고 여성은 여성주의적 해석에서조차 여전히 역사 밖의 타자로 남기 십상이다. 그런 점에서 본서는 신계몽주의적 여성사연구에 대한 하나의 담론적 도전으로서, 5·4시기 반전통주의담론 고찰을 통해 현대 민족국가와 여성의 관계를 해명하기 위한 방법론을 모색하고자 한다.

2. 서사로서의 민족과 젠더

(1) 민족국가와 페미니즘

민족국가와 여성의 관계를 어떻게 볼 것인가는 단지 중국에서만 문제가 되는 것은 아니다. 민족국가에 여성이 적극적으로 참여하면서 남녀평등을 쟁취해야 하는가 아니면 민족국가를 근본적으로 부정하면서 대안적 공간을 사고해야 할 것인가는 여전히 많은 페미니스트들에게 어려운 숙제로 남아 있다. 그럼에도 불구하고 중국의 신계몽주의적 페미니즘의 민족국가 비판은 민족국가 자체보다는 사회주의국가라는 특정 유형에 집중되어 있다는 점에서 문제적이라 할 수 있다. 물론 그 자체가 중국 역사의 특수한 경험에서 비롯된 필연적 결과임은 분명하다.

그렇지만 신계몽주의적 국가 비판의 가장 큰 문제는 그것이 사회주의국가를 '봉건적 전제주의'로 규정한다는 점이다. 그리하여 사회주의국가 비판은 곧 '반봉건'과 '현대화'를 지향하게 되고, 의도와는 상관없이 '현대화'된, 혹은 자본주의체제를 지향하는 국가가 그 궁극적 대안으로 자리잡게 되는 것이다. 신계몽주의적 여성사연구는 사회주의 역사를 폄하하는 대신 '서구적 현대화'에 대한 기대로 인해 5·4운동을 단순화·이상화하는 경향으로부터 자유롭지 못하다. '자유' '민주' '인권' '과학' '효율' '발전'과 같은 일련의 신계몽주의적 개념들이 진정한 여성해방에 절대적으로 유리할 것이라는 기대가 '서구적 현대화'에 대한 순진한 환상을 낳는 데 일조하는 것이다.

하지만 정작 1980년대 신시기 여성연구가 주로 직면했던 심각한 여성문제는 여성의 지나친 '흉화(凶化)'나 '무성화(無性化)' 같은 사회주의적 폐해였다기보다는 바로 시장개혁으로 초래된 새로운 자본주의적 현실이었다는 점을 상기할 필요가 있다. 실제로 1980년대 중반 여성문제가 본격적으로 대두하기 시작한 배경에는 개혁개방과 시장경제 도입으로 인해 새롭게 발생한 일련의 여성차별적 상황들이 존재했다. 여성들에게 집중된 실업문제, 여학생의 취업난, 산아제한정책과 여성 신체에 대한 국가의 관리, 남아선호의식의 대두, 부녀자 납치·매매, 성매매산업의 증가, 농촌의 여아살해와 여아들의 교육기회 박탈 등이 그것이다.

시장경제 도입 이후 사회주의적 보장제도의 퇴각으로 인한 사회적 충격은 이와 같이 일차적으로 여성들에게 전가되었고, 남녀차별 논리는 그에 대한 저항을 완충시키는 이데올로기로 작용했다. 1985년 한 경제학자가 경제적 효율성을 이유로 '여성은 가정으로(婦女回家)'를 주장한 것은 그러한 남녀차별이 이제 공공연하게 객관화되기 시작했음을 보여준다. 물론 시장경제 도입은 '돈 앞에서 만인의 평등'이라는 부르주아적 평등의식 및 스스로의 노력과 경쟁력으로 그 평등을 쟁취할 수 있다는 점에서 개인에게 어느정도 자율성을 부여한 것이 사실이다. 그러나 시장의 논리가 강조하는 효율성이란 표면적으로는 존재의 다양성과 개인의 자율성을 십분 발휘할 수 있게 해주는 듯하지만 실제로는 효율이라는 잣대로 모든 다른 차이들을 서열화하는 또하나의 무차별전략이기도 하다. 자본주의사회에서 여성에 대한 남성의 차별은 늘 여성이 남성보다 비효율적이라는 점 때문에 합법화된다. 여성과 남성의 차이, 연령의 차이, 체력의 차이, 문화적 자원의 차이 등은 모두 효율이라는 절대화된 척도 앞에서 무차별적으로 수치화될 뿐이다.

신시기 여성지식인들이 동시대 남성지식인들과의 동맹관계 속에서 서구 자본주의적 현대화에 대해 지나치게 낙관하는 한 여성 스스로 위와 같은 심각한 여성차별 현실을 묵과하거나 자초하기도 한다. 그렇다고 해서 사회주의는 이런 효율성을 지향하지 않는다거나 혹은 사회주의체제 자체가 여성해방의 보증수표라고 말하려는 것은 물론 아니다. 사회주의국가라고 해서 여성이 모두 같은 정도의 지위를 보장받는 것은 아니며, 또 반드시 자본주의국가 여성보다 더 많이 해방된 징표라고 볼 수도 없기 때문이다. 따라서 자본주의나 사회주의 체제의 차이를 강조하는 데서 나아가 더 근본적으로는 양자에게 보편적인 현대성 자체의 문제로 접근할 필요가 있다. 그런 점에서 여성문제의 판이한 양상을 야기하는 가장 주요한 물질적 경계로서, 그리고 여성문제의 현대적 보편성과 차이를 좀더 정교하게 분석하기 위한 개념적 범주로서 민족국가가 주목될 필요가 있다.

만약 신계몽주의의 주장대로 중국 특유의 민족문제나 '봉건적 사회주의'라 불리는 '비정상적'인 국가권력에 종속되는 바람에 중국에서는 여성운동이 자율적으로 진행되지 못했다고 한다면, 이른바 '서구적 현대화'를 거친 '정상적'인 국가에서 자율적인 여성운동을 펼쳤던 경우에는 그녀들이 상상하는 완벽한 여성해방이 이루어질 수 있었던 걸까? 대답은 물론 아니오이다. 전쟁 전 일본의 여성운동과 페미니즘 사상의 검토를 통해 여성과 현대 민족국가의 관계를 명쾌하게 규명한 우에노 치즈꼬(上野千鶴子)의 『내셔널리즘과 젠더』[32]는 그 이유를 잘 보여준다.

---

32) 우에노 치즈코 『내셔널리즘과 젠더』, 이선이 옮김, 박종철출판사 1999. 앞으로 특별히 출전을 밝히지 않은 우에노 치즈꼬의 논의는 모두 이 책을 참고한 것임을 밝혀둔다.

우에노 치즈꼬에 의하면, 역사과정에서 여성의 주체적·능동적 참여를 이론화하고자 하는 노력에서 1980년대 이후 일본의 페미니스트 학자들은 피해자 사관에서 가해자 사관으로 옮겨가게 되었다. 이른바 이들 '반성사적 페미니즘'은 20세기 전반 일본의 여성운동이 결과적으로 모두 일본 제국주의 전쟁에 적극 동참했다는 사실을 밝혀냈다. 역설적으로 여성이 역사의 주체임을 강조하려는 순간 전전(戰前) 일본 페미니스트들은 바로 가해자로서의 책임을 요구받게 된 것이다. 그런데 우에노 치즈꼬는 가해사관의 반성 대상이 단지 일본의 전전 페미니즘 사상가들의 전쟁 협력 사실에 머무르는 것은 문제라고 지적한다. 그것은 그 전쟁이 '나쁜' 전쟁이었음을 간파하지 못한 개인의 '무지'나 '역사적 한계'를 넘지 못한 개인의 잘못이라기보다는 현대 세계의 보편적 문제, 즉 국민국가 건설 과정에 내포된 이른바 '여성의 국민화' 프로젝트 자체의 문제이기 때문이다.

우에노 치즈꼬는 이 문제를 참정권운동을 중심으로 한 여성운동은 물론이고 모성주의를 비롯해 여성적 차이를 내세우며 현대와 국가 비판을 지향했던 여성운동 역시 결국은 자신의 민족국가라는 틀을 넘어서지 못했다는 사실을 통해 증명한다. 그녀는 바로 그 지점에서 현대 민족국가의 '여성의 국민화' 패러다임은 '국민'이 처음부터 여성을 배제한 채 '남성성'의 용어로 정의되었음을 역설적으로 드러낸다고 주장한다. 결국 사회주의든 자본주의든, 혹은 현대 민족국가의 개인 주체가 남성을 기준으로 만들어진 이상 국민으로서의 여성은 어쩔 수 없이 '평등인가 차이인가'라는 딜레마에 빠지게 된다는 것이다. 따라서 우에노 치즈꼬는 이러한 양자택일은 어느 쪽을 취해도 여성에게는 함정일 뿐이며, 현대가 여성에게 강요한 '의사문제(擬似問題)'일 뿐이라고 주장한다. 그녀가 "페미니즘은 내셔널리즘을 초월해야 한다"고 주장하는 것도 이런 맥락에서다.

우에노 치즈꼬는 페미니즘의 국민국가의 초월 문제를 내셔널리즘 초월과 거의 같은 맥락에서 쓰고 있다. 그에 의하면, 전쟁시기에 가장 극명하게 드러나는 국민국가의 "'여성의 국민화' 패러다임은 '국민'이 처음부터 여성을 배제한 채 '남성성'의 용어로 정의되었음"[33]을 역설적으로 드러낸다. 이렇듯 "국민국가에는 젠더가 존재"하며, '평등인가 차이인가'가 현대가 여성에게 강요한 '의사문제'인 것처럼 '여성의 국민화'란 "근대 국민국가가 여성에게 억지로 떠맡긴 배리(背理)를 체현한 것"[34]이라고 한다. 요컨대 "'여성'이야말로 근대 국민국가가 만들어낸 '창작'이며 '여성의 국민화', 즉 국민국가에 '여성'으로서 '참여'하는 것은 분리형이든 참여형이든[35] '여성≠시민'이라는 배리를 짊어진 채 국민국가와 운명을 함께하는 것"에 지나지 않는다. 따라서 우에노 치즈꼬는 근대 국민국가의 틀 안에서는 여성해방이 불가능하다고 결론짓고 페미니즘은 내셔널리즘을 초월해야 한다고 주장한다.

일반적으로 더 여성억압적이라 보이는 '분리형'은 물론이고 더 해방적인 듯 보이는 '참여형' 역시 현대 민족국가 안에서는 근본적으로 함정을 내포한다는 우에노의 주장은 앞서 중국의 여성문제를 설명하는 데도 유효하다. 그녀는 여성이 민족국가의 구성원이 되는 길, 이른바 여성의 국민화에는 '참여형'과 '분리형'이 있지만 분리형이 좀더 여성억압적이고 참여형은 좀더 해방적이라고 말할 수는 없다고 한다. 왜냐하면 '참여형'의 "성별 불문 전략이 일견 평등을 달성한 것처럼 보이지만, 그 속에서 생산과 전투를 맡은 여성들은 '공적 영역'이 남성성을 기준으로 정의되고 있는 한 '2류의 노동력' 또는 '2류의 전사'인 것에 만족하지 않으면 안된다. 그렇지 않으면 스스로의 '여성성'을 부정하고 '남성과 동등함'을 추구하든가, 기

---

33) 우에노 치즈코, 같은 책 90면.
34) 같은 책 95면.
35) 우에노에 의하면 참여형은 '성별 역할분담'을 해체하고 여성이 공적 영역에 참여하도록 하는 것이고 분리형은 '성별 역할분담'을 유지한 채 사적 영역의 국가화를 목표로 삼는 것을 말한다. 같은 책 64면.

껏해야 '여성역할'을 보존한 채 보조노동력이 되어 '이중부담'의 길을 택할 것인가 하는 선택이 기다리고 있을 뿐"이기 때문이다.

우에노의 논의는 그런 점에서 중국 신계몽주의자들의 손을 들어주는 것처럼 보인다. '참여형' 정책으로 피로에 지친 중국의 많은 일반 여성들이 '분리형'이라 할 수 있는 중산층 가정주부 역할을 선망[36]하는 것이나, 사회주의식 '참여형'에 대한 대안으로 서구 자본주의 현대화에 기대를 거는 중국의 신계몽주의적 인식은 위와 같은 '참여형' 전략에 대한 거부로 해석될 수 있기 때문이다. 하지만 우에노의 논의가 신계몽주의적 인식을 완전히 옹호하지는 않는다. 첫째 우에노 치즈꼬가 '참여형' 역시 해답은 아니라고 말하는 것은 그녀 역시 '참여형'보다는 '분리형'이 더 여성억압적이라는 일반적 관점을 인정하기 때문이다. 둘째, 그녀의 논의 속에서 '참여형'이란 무엇보다 서구 선진자본주의국가의 여성정책에 대한 분석이었기 때문이다. 그녀의 분석에서 '참여형'이란 '서구적 현대화'를 성취한 국가에서도 채택되는 민족국가의 보편적 전략이지 사회주의국가만의 전유물은 결코 아니다. 이는 신계몽주의자들의 주된 문제의식, 즉 중국의 여성운동이 자율적이었는가 혹은 종속적이었는가, 평등에서 차이로 갈 것인가, 사회주의에서 자본주의로 갈 것인가 등의 문제보다 훨씬 궁극적인 차원에서 민족국가 문제를 주목해야 함을 시사한다는 점에서 중요하다.

우에노 치즈꼬의 앞의 책은 언제나 중립적으로 가정되는 민족국가가 실은 지극히 젠더화되어 있으며, 여성의 주체적 노력이 차별과 서열을 그 안에 내포하는 민족국가의 남성중심적 동일성 논리에 의해 어떻게 포섭되는가를 잘 보여준다. 현대 민족국가가 대내외적으로 안고 있는 배타성·폭력성, 그리고 개인을 그러한 민족국가에 자연스럽게 동일시하게 만드는 내

---

36) 시로우즈 노리코(白水紀子) 「근대 가족의 형성과정에서 본 중국여성의 근대화」(제2회 동아시아 문화공동체 포럼 발표논문, 2003. 12) 참고.

셔널리즘에 대한 비판은 많은 이론가들의 관심사이거니와, 우에노 치즈꼬는 민족국가론을 '젠더'라는 변수를 통해 재구성하고 있다. 그녀의 논의는 중국의 신계몽주의적 여성사이해가 서구 자본주의적 현대화에 지나치게 순진한 기대를 하고 있음을 보여준다. 나아가 우에노는 사회주의국가든 자본주의국가든 남성을 기준으로 구성되는 국민국가, 그리고 그 국민국가를 보편적으로 탄생시킨 '근대'의 논리까지 넘어서야 한다고 주장한다.

따라서 이와 같은 현대 민족국가와 여성 간의 보편적 문제를 통해 중국 여성사를 보는 것은 신계몽주의적 이해의 단점을 많은 부분 보완해줄 수 있다. 우선 민족국가를 주요 개념으로 논하는 것은 '경제적 자본주의, 정치적 민주주의, 시민적 개인주의'로 이해되어온 이른바 '서구적 현대화'를 유럽중심주의에서 분리함으로써 비교사를 가능하게 하는 이점이 있다.[37] "국민국가란 모두 공통된 성격과 구조를 지니고 있으며 개개의 국민국가는 각각 하나의 변형물에 지나지 않는다"[38]는 점에서 비교가능한 차원이 생기기 때문이다. 즉 현대 민족국가를 분석개념으로 사용하면 '서구적 현대화'를 실현한 서양의 일부 국가만이 진정한 '현대' 민족국가가 아니라 사회주의국가 역시 성격을 달리하는 '현대' 민족국가라는 점에서 비교가 가능해지는 것이다. 이는 사회주의 실험을 '반현대성의 현대성'이라고 보는 관점과 더불어 사회주의체제를 현대 민족국가의 특수한 한 형태로 바라볼 수 있게 해주기 때문에 중국 사회주의 역사를 '봉건적 전제주의'로 보는 단순논리를 피할 수 있다.

---

37) 우에노 치즈코, 앞의 책 14면.

38) 니시까와 나가오는 국민국가가 모두 공통된 성격과 구조를 가지는 이유가 "국민국가는 그것이 구축되는 과정에서 동시대에 이미 존재하고 있는 다른 국민국가를 흉내내 자기를 형성하기 때문"이라고 설명한다. 니시까와 나가오 『국민이라는 괴물』, 윤대석 옮김, 소명출판 2002 참고. 하지만 이같은 민족국가론은 사회주의와 자본주의, 제1세계와 제3세계, 제국과 식민지와 같은 각 국가의 차이를 무화하는 경향이 있다는 사실을 반드시 주의해야 한다.

또한 구국(求國)에 의해 계몽이 압도되었다고 보는 '계몽과 구국의 변주'론과 그에 기초해 5·4시기를 이상화·정형화하는 논리도 재고할 수 있다. 왜냐하면 중국은 19세기 말 이래 현대 민족국가 건설을 위해 다양한 구상을 가진 정치세력들이 끊임없이 경합해왔고 중화인민공화국은 그 경합에서 중국공산당이 최종 승리한 결과 성립된 현대 민족국가의 변종으로 볼 수 있기 때문이다. 따라서 중국에서 계몽은 5·4시기에 발흥했다가 항일전쟁 이후 민족문제에 압도되어버렸다기보다, 현대 민족국가 건설을 위한 중요한 토대로서 때에 따라 양상을 달리해 드러났을 뿐이라는 가설이 성립할 수 있다.

그런 점에서 앞서 신계몽주의적 여성사이해가 일면적으로 강조하는 5·4시기와 사회주의 건설기의 단절관계 역시 다른 측면에서 볼 수 있게 된다. 민족국가 건설에 여성이 참여하는 과정으로서 5·4시기와 사회주의 건설기를 일관된 하나의 맥락에서 보거나 혹은 공통된 기반 위에서 비교해볼 수 있기 때문이다. 즉 5·4시기나 사회주의 민족국가 건설에서 드러난 여성운동의 차이는 다양한 정치세력에 따라 그리고 시기마다 주요 현안에 따라 다양하게 채택된 전략의 차이 — '분리형' '참여형' '절충형' 등 — 일 뿐이며 궁극적으로는 모두 민족국가 건설에 여성이 어떤 형식으로 참여할 것인가의 문제, 즉 '여성의 국민화' 프로젝트의 수행과정이었다고 볼 수 있다. 그와 같이 이해하면 5·4시기는 여성의 각성이 이루어졌고 사회주의 시기는 국가에 의해 여성의 자율성이 박탈되었다는 식의 논의가 얼마나 부박한 이해인지 금방 드러난다.

하지만 여성해방의 문제를 현대 민족국가의 보편적인 '여성의 국민화' 패러다임과 연결시키는 우에노 치즈꼬의 주장은 이와 같은 유용함에도 불구하고 몇가지 점에서 더욱 신중하게 고려될 필요가 있다. 그녀가 분석한 대로 다양한 페미니스트들의 주체적 개입이 모두 민족국가 내에서 여성해방을 가져올 수 없었으며 결국 현대 민족국가가 여성에게 부여한 '의사문제'를 온몸으로 떠안을 수밖에 없었다고 한다면, 원했든 원하지 않았든, 또 어떤 형식이 됐든 민족국가 건설에 개입된 여성들의 역사적 능동성은 어떻게 평가할 수 있을 것인가. 또 현대세계를 구성하는 가장 보편적인 씨스템으로서 민족국가가 여전히 해체될 기미를 보이지 않는다면, 더구나 자본의 전지구화와 함께 역설적으로 민족국가의 경계가 더 공고해지고 있다면, 그 민족국가 내에서 여성해방의 가능성은 무엇으로부터 찾을 수 있는 것일까?

그런 점에서 보면 민족국가의 표면적 젠더 중립성을 '탈자연화'하려는 문제제기의 정당성에도 불구하고, "페미니즘이 내셔널리즘을 초월할 수 있을까"라는 우에노의 결론적 질문은 또하나의 '의사문제'일 가능성이 크다. 왜냐하면 그녀의 질문은 애초 페미니즘이 내셔널리즘의 내부에 '잘못' 편입되거나 혹은 내셔널리즘 밖의 저항서사로 고립되는 두가지 가능성만을 상정하기 때문이다. 무엇보다 그것은 페미니즘이 내셔널리즘 너머의 어떤 고유하고 대안적인 원리로 자리잡기를 요구한다. 그같은 논의는 민족국가가 어떤 형식으로든 여성의 현대적 삶의 근간이 되고 있는 사실을 소홀히하게 되며 그 결과 소외된 여성의 과거와 진정한 여성적 미래라는 이분법을 재생산한다. 민족국가가 남성적이기 때문에 민족국가를 초월해야 한다는 그녀의 화법은 역으로 현대 민족국가가 근본적으로 남성적임을 강조함으로써 오히려 민족국가 내에서 여성의 주체적 자리를 박탈할 가능성이 없지 않다.

이는 짐멜, 아도르노와 호르크하이머 등이 현대성을 비판하면서 그것을 남성적인 것으로 재현하고 그 대신 '여성성'을 현대성의 대안적 원리로 제시하는 것과 크게 다르지 않다. 리타 펠스키(Rita Felski)에 의하면 지배적인 이성의 속박에 맞서는 저항의 원리와 유토피아적 대안으로 제시된 '여성'은 서구적 현대성으로부터 배제된 것처럼 구성되는 까닭에 권력체계로부터 탈출을 상징하는 기능을 하게 된다. 하지만 그런 비판은 사회적인 것이 근본적으로 남성적임을 강조함으로써 역으로 여성을 상징화 이전의 타자성 혹은 억압되고 미분화된 자연과 동일시되도록 조장하기 십상이다.[39]

그런 점에서 민족국가를 남성중심적인 것으로 전제하는 우에노의 논의역시, 그녀가 의도한 것은 아니라 해도, 여성의 역사적 경험을 늘 남성중심사회로 인한 피해나 희생으로 해석한 결과 오히려 여성을 피동적 존재로만 재현하게 되는 남성중심 담론이나 일부 페미니즘의 오류를 되풀이하기쉽다. 이는 무엇보다 그녀의 논의가 현대성과 민족국가를 하나의 완성태로서 어느 순간 선험적으로 주어진 것처럼 보는 데서 비롯된다. 즉 그녀는 남성중심적으로 자기동일성을 구성하고 있는 동질적 현대성 혹은 동질적인 민족국가를 먼저 상정한 뒤에 그것이 민족국가와는 별도로 어떤 순수한 동일성을 가진 '여성'을 '창조'하거나 혹은 '여성'과 대립한다고 보는것이다. 그것은 그녀가 민족국가와 내셔널리즘을 문제삼는 데 치중한 나머지 여성을 민족국가의 대상으로 환원하고, 현대성과 민족국가를 창출하는 데 여성이 직접적으로 기여했다는 사실을 소홀히한 데서 비롯된다. 즉민족국가가 '여성'을 '창조'했다고 한다면 역으로 그러한 민족국가는 남성이 혼자 만든 것이 아니라 여성이 함께 '창조'했다는 사실 — 설령 그 민족국가가 지독히 남성중심적인 구조를 가진 것이라 해도 — 이 지니는 의미와 효과를 지나치게 부정적으로 단순화한다.

그로 인해 우에노 치즈꼬의 논리 속에서 '여성의 국민화'란 기껏해야 이미 견고하게 구성되어 있는 남성중심의 논리에 포섭될 뿐이라는 점만 강조되고, 여성이 그들이 처한 사회환경의 여러 국면과 적극적이고 다양한협상을 벌여왔다는 사실은 쉽게 간과되거나 혹은 적극적인 의미로 해석되지 못한다. 따라서 여성의 개입으로 인해 그 민족국가의 성격이 어떻게 변형·조정되어왔는지를 볼 가능성은 거의 배제되어버린다. "페미니즘이 내

---

39) 리타 펠스키 『근대성과 페미니즘』 김영찬·심진경 옮김, 거름 1998, 서론 참고.

셔널리즘을 초월해야 한다"는 우에노 치즈꼬의 주장은 의도한 것은 아니더라도 결과적으로 여성들의 주체적 경험을 역사화할 수 있는 시각과 역사적 페미니즘운동들이 민족국가의 변화과정과 맺는 다양하고 복잡한 관계를 천착할 가능성을 배제하기 십상이다. 그런 점에서 우에노 치즈꼬의 논의는 한편으로 중국의 신계몽주의 여성사인식에 대한 해법을 제시하면서도 결국 그와 유사한 한계에 부딪히게 된다.[40] 또한 이는 페미니즘 실천의 차원에서 여성의 적극적인 민족국가 참여가 바로 "국가가 남성을 기준으로 구성되는 한"이라는 그녀의 전제조건 자체를 바꾸는 출발점이 될 가능성까지 고려하기 어렵게 만든다. 여성들의 적극적인 사회참여와 개입은 설령 미미하더라도 민족국가를 '남성을 기준으로 구성'하려는 힘을 저지하고 분산시키면서 여성 자신을 위한 협상의 공간을 열어나간다. 현대 민족국가의 틀 안에서는 '여성의 국민화'가 불가피할지도 모르지만 여성의 참여는 오히려 '국민'과 '민족국가'의 함의 자체가 협상되고 변형될 수 있는 가능성의 첫걸음이 아닐 수 없다.

그와 더불어 또다른 우에노 치즈꼬의 논의에서 지적되어야 할 중요한 문제는 바로 민족국가에 대한 위와 같은 본질화가 각각의 개별 국민국가의 특수성이나 차이——자본주의와 사회주의, 제국과 식민지, 제1세계와 제3세계 등등——를 무화하기 십상이라는 점이다. "페미니즘이 내셔널리즘을 초월해야 한다"는 그녀의 주장이 일부 한국의 여성학자들로부터 비판받는 것도 대개는 그녀의 논의가 과거 제국주의와 식민지 국가 간의 차이를 무화함으로써 일본국가의 전쟁책임을 회피하는 데로 나아간다는 혐의 때문이다.[41] 또 민족국가가 남성을 기준으로 구성되어 있는 한 여성의

---

40) 한 예로 우에노 치즈꼬의 주장에 전적으로 기대어 20세기 중국의 근대화와 근대가족의 문제를 다룬 시로우즈 노리꼬의 「근대 가족의 형성과정에서 본 중국여성의 근대화」는 사회주의시기 가정문제에 대해서는 아예 언급조차 하지 않는다. 많은 신계몽주의적 연구처럼 여기서도 사회주의 역사는 공백으로 처리되는 것이다.

국민화가 '분리형'을 택하든 '참여형'을 택하든 진정한 여성해방과는 거리가 있다는 주장에는 동감할 수 있지만 그렇다고 '분리형'과 '참여형'의 차이까지 무시할 수는 없는 일이다.

이러한 차이의 현실적 중요성은 각국 페미니스트들이 국가의 경계를 넘어 연대의 지점을 모색하기 위해 모인 국제회의 자리에서 역설적으로 확인되곤 한다. 예컨대 1980년대 중국 여성학자들에게 국제회의 참석은 중국과 다른 나라들의 차이를 비로소 분명히 인식하게 되는 하나의 계기가 되었다. 몇몇 회고에 의하면, 자국의 여성문제에 대해 비판적이었던 중국 여성학자들이었지만 국제회의석상에서 다른 나라와의 비교를 통해 중국 여성의 높은 사회적 지위에 대해 새삼 자부심을 갖게 되었고, 또 한편으로는 중국여성의 현실과 이론적 수준을 낮추어 보고 마치 중국 학자들을 계몽하려는 듯한 서구 학자들의 태도에서 적잖은 불쾌감을 느끼기도 했다고 한다.[42] 현실적으로나 이론적으로나 중국여성이 직면하고 있는 문제의 양상이 여타 국가와는 판이하게 다르다는 사실을 분명히 확인했던 것이다.

또한 같은 지역문화권이라 하더라도 한국여성의 '국민화' 경험, 일본여성의 '국민화' 경험 그리고 중국여성의 '국민화' 경험을 일괄적으로 처리할 수도 없는 일이다. 무엇보다 과거 반(半)식민지-식민지-제국주의라는 각기 다른 역사적 경험으로 인해 각각의 현대 민족국가 건설과 여성의 관계 역시 상당히 다른 양상을 드러낼 것이 분명하다. 특히 이른바 제3세계의 현대 민족국가 건설에서 여성문제는 민족담론의 최종 결과물이 아니라 그것이 시작되는 최초의 자리[43]였다는 점을 상기한다면 여성문제의 해

---

41) 국가간 차이에 대한 소홀함이 우에노 치즈꼬의 논의를 어떻게 일본 중심의 보편주의로 나아가게 하는지에 대해서는 임우경 「페미니즘의 동아시아적 시좌──일제하 조선의 여성 국민화 문제를 중심으로」, 『여/성이론』 제5호, 2002 참고.

42) 戴錦華 『猶在鏡中』 北京: 知識出版社 1999, 141면.

43) Partha Chatterjee, "The Women and Its Nation," *The Nation and Its Fragments*,

결을 위한 반식민 민족주의 기획의 상이함이 해당 민족국가의 성격을 어떻게 다르게 규정하였으며 또 여성들의 민족건설 참여가 그러한 민족주의 기획의 실행에 어떤 변형을 창조했는가라는 문제는 반드시 짚어볼 필요가 있다.

물론 그 경우에도 '참여형'이나 '분리형'을 막론하고 여성해방담론은 대개 해당 민족의 탈식민이라는 민족적 과제와 긴밀하게 관련될 수밖에 없었으며 또한 탈식민 이후 건설된 민족국가가 여전히 대개는 남성중심적으로 구조화되었다는 사실은 충분히 강조되어야 할 것이다. 하지만 그와 동시에 놓치지 말아야 하는 것은 '참여형'과 '분리형'의 노력이 해당 민족국가 건설의 독특한 성격 형성에 어떻게 개입하였는가를 추적하는 일일 것이다. 중국의 여성사를 볼 때도 신계몽주의처럼 과거 여성의 민족국가 참여 경험을 '민족과 구국에 압도되어버렸다'고 치부하기보다 적극적이고 다양한 협상의 결과로 간주해야 할 것이다. 그럴 때 페미니즘적 시각에서 여성의 경험을 주체적으로 재현할 수 있는 가능성이 열리며 바로 거기서 여성연구자들이 원하는 여성의 자율적 각성도 볼 수 있게 될 것이다.

(2) 민족서사의 수행적 시간과 젠더

실제 연구과정에서 여성의 타자화에 깊이 개입된 현대 민족담론의 남성 중심성을 분명히 지적하면서도 민족건설에 관여한 여성의 주체성을 역사의 바깥에 놓지 않을 정교한 언어를 찾는다는 건 그리 쉬워 보이지 않는다. 게다가 외부의 침략으로부터 공동체 구성원들의 일상적 삶의 형태를 안전하게 보존하고 미래로 전승하기 위해 강력한 민족국가라는 보호막이 절실하다고 느낀 '뒤늦은'(belated) 지역에 대한 연구는 특히 더 그러하다. 이러

Princeton University 1993.

한 지역에서 민족은 여성의 삶에도 결정적으로 중요한 경계였음이 분명하고 그만큼 여성의 주체성은 민족서사의 남성중심성과 큰 폭으로 타협하거나 그에 종속될 여지가 많았기 때문이다.

필자는 이 곤혹스런 문제에 접근하기 위해 민족서사라는 개념을 제안한다. 서언에서 언급했듯이 흔히 민족서사라 하면 어떤 서사가 제재나 주제로서 직접 민족을 다루고 있는 경우를 말한다. 그러나 본 논문에서는 그같은 협의의 민족서사는 물론이고 민족상상과 관련되는 모든 언술행위를 민족서사라 부르려 한다. 민족서사라는 개념은 무엇보다 민족이 문화적 구성물임을 전제한다. 흔히 현대 민족은 어떤 하나의 기원으로부터 시간의 전개에 따라 직선적으로 발전해온 연속적 실체로서 자신을 규정해왔다. 그리고 현대 역사주의는 사건과 관념을 일직선적인 등가물로 파악하면서 민족 혹은 민족문화를 경험적인 사회적 범주나 총체적인 문화적 범주로 기표화한다. 하지만 베네딕트 앤더슨이 보여준 것처럼 그와 같은 민족이란 현대에 '상상된 공동체'에 가깝다. 그리고 그 상상이란 늘 사회적이고 텍스트적인 결합의 형식으로 이루어진다는 점에서 민족은 문화적 구성물이라고 할 수 있다.[44]

---

44) 여기서 민족서사란 'nation as narration'이라는 호미 바바의 개념에 착안한 것이다. 호미 바바의 민족에 관한 논의는 주로 그의 *The Location of Culture*(Routledge 1994)를 참고했으며 특히 민족과 서사, 시간성에 관한 논의는 그 책의 "DissemiNation: Time, Narrative, and the margins of the modern nation"에서 많은 시사를 받았다. 사실 호미 바바의 논의는 자본주의의 세계화라는 물적 토대에 대한 홀시로 인해 바벨탑의 퍼포먼스 같은 지적 유희에 불과하다는 비판에 직면해 있다. '모방'이나 '혼종성' '반복' '번역'과 같은 그의 이론적 개념들이 실제로 탈식민적 전략으로서 효력을 발휘한다는 물질적 증거는 제시하지 못하기 때문이다.(바트 무어-길버트 『탈식민주의! 저항에서 유희로』, 이경원 옮김, 한길사 2001 참고) 그러나 다양한 이질성이 공존하고 있는 민족을 하나의 획일화되고 동질적인 것처럼 보이게 만드는 현대 역사주의에 대한 호미 바바의 비판은 많은 부분 유용하다고 생각한다. 무엇보다 민족을 다양한 이질적인 것들의 부단한 절합으로 설명할 때, 지금까지 남성중심적 재현—일부 페미니즘을 포함한—속에서 여성을

민족은 공동체로 상상된다. … 왜냐하면 각 민족에 보편화되어 있을지 모르는 실질적인 불평등과 수탈에도 불구하고 민족은 언제나 심오한 수평적 동료의식으로 상상되기 때문이다. 과거 2세기 동안 수많은 사람들로 하여금 그렇게 제한된 상상체들을 위해 남을 죽인다기보다 스스로 기꺼이 죽게 만들 수 있었던 것은 이 형제애이다. … 무엇이 겨우 2세기밖에 안되는 근대 역사의 축소된 상상체들로 하여금 그렇게 대량의 희생을 내게 만들고 있는가? 그 대답의 시작은 민족주의의 문화적 근원에 있다고 믿는다."[45)]

이처럼 베네딕트 앤더슨이 애초 민족의 문화적 구성에 관심을 갖게 된 근원적 질문은 왜 현대의 민족이 정치적 기획뿐만 아니라 현대인들의 문화적·심리적 영역에까지 그처럼 영향력을 행사할 수 있는가라는 것이었다. 호미 바바는 민족에 대한 앤더슨의 문화적 접근에 전적으로 동의하면서 한걸음 더 나가서 그 이유가 "서사전략으로서 '민족'이 지니는 모호성"[46)]에 있다고 지적한다. 즉 "상징적 권력장치로서 그같은 모호성은 민족에 대해 말하는 행위 속에서 섹슈얼리티, 계급연합, 영토적 편집증, '문화적 차이'와 같은 범주들을 끊임없이 미끄러지게 만들면서"[47)] 활력을 유지하는 것이다. 역사주의의 문제란 바로 이처럼 민족이 "시간적 수행과정"으로서 부단히 반복되며 재현된다는 사실을 이해하지 못하는 것이다.

역사의 타자 아니면 이상적 대안으로만 제시하던 것을 탈피해서 여성을 다양한 경험과 목소리를 가진 주체적 존재로 재현할 수 있는 이론적 가능성이 생긴다. 바트 무어-길버트가 호미 바바를 비판하면서도 한편으로 호미 바바가 말하는 '모방'과 같은 과정이 바로 문학작품에서는 어느정도 식민담론의 권위의 약화를 초래했다고 시인하는 것도 그와 무관하지 않을 것이다.

45) 베네딕트 앤더슨 『민족주의의 기원과 전파』, 윤형숙 옮김, 나남 1993, 23면.
46) Homi Bhabha, "DissemiNation; Time, Narrative, and the margins of the modern nation," *The Location of Culture*, Routledge 1994, 140면.
47) 같은 곳.

서사로서의 민족은 전통과 현대 사이의 시간을 분절하고 현대의 민족이라는 이념의 필요성에 따라 과거의 기호들을 자의적으로 결합하는 과정을 통해 자신을 상상하지만, 동시에 그러한 서사의 무한한 반복은 선행하는 상상들을 지워나가며 또다른 수많은 이질적 시간들을 낳는다. 그리고 이 반복변화성으로 인한 이질적 시간들은 반드시 의도한 것은 아니라 해도 민족을 동질적인 것으로 상상해내려는 이념을 방해하게 된다. 여기서 민족에는 두가지 시간성이 개입됨을 알 수 있다. 하나는 서사에 의해 상상되는 시간성이고 또다른 하나는 그 시간을 구성하는, 즉 쓰기 과정 자체의 시간성이다. 민족이란 직선적으로 발전해온 역사적 실체이자 동질적 공동체로 상상된다는 점에서 전자가 교의적(pedagogic) 시간성이라면, 후자는 과정 자체의 시간성을 가지며 반복적이라는 점에서 수행적 시간성이라고 할 수 있다. 바바는 이것을 연속적이고 누적적인 교의의 시간성과 반복적이고 회귀적인 수행성의 시간성으로 보고, 서사로서의 민족의 생산과정에는 늘 이 양자의 분열이 존재한다고 한다. 그리고 근대성이라는 문제적 경계는 바로 민족—공간의 모호한 시간성 속에서 수행된다고 한다.

　우선 민족의 교의적 시간성이란 상상된 공동체로서 민족이라는 이념을 뒷받침하는 시간성이다. 민족의 정치적 통일성이란 언제나 현대적 민족 공간의 불안정성을 통일된 하나로 치환하는 것에 의존하기 때문에 민족서사 역시 부단히 민족을 하나의 뿌리를 가진 것으로 구성하며 일상생활의 단편적 조각들을 일관된 민족문화의 기호로 전환한다. 그 과정에서 해당 공동체의 고유한 동일성을 확보해주는 전통이 창조되고, 시간의 전개에 따라 전통이 현재와 미래로 이어지는 연속체로서의 민족이라는 실체—사실은 상상된 공동체—의 역사가 만들어진다. 이처럼 연속적 실체로서 동질화된 시간이 민족의 교의적 시간성이라면 국민은 이러한 민족적 이념의 교육 대상이다. 민족주의적 교육은 미리 주어진(혹은 구성된) 과거의 역사적 기원에 근거한 권위를 담론에 부여하고, 국민은 이 담론을 소비하면서 자연스럽게 민족의 교의적 시간성을 습득하게 된다.

한편 서사로서의 민족은 필연적으로 서사 자체—쓰기와 읽기를 모두 포함하는 행위로서—에 개입되는 수행적 시간을 필요로 한다. 이 수행적 시간으로 인해 민족은 어떤 선험적이고 본질적인 실체로 존재하는 것이 아니라 끊임없이 구성되고 있는 진행형으로 존재한다. 여기서 국민은 민족적 교육의 대상인 동시에 의미작용 과정의 '주체'가 되기도 한다. 그리하여 민족을 하나의 시간으로 동질화하고자 하는 교의적 시간성은 그 자체의 반복적인 수행으로 발생하는 수많은 이질적 시간들에 의해 방해받는다. 국민에 의한 민족주의적 교의의 반복 자체가 부단히 선행하는 민족의 교의적 의미를 지우고 또 동시에 다시 쓰는 것이다. 그 서사적 수행성 속에서 민족적 삶은 재생되고 반복되며, 그와 같은 다양한 서사적 수행성 간의 경쟁과 투쟁으로써 민족의 가시적 현존이 가능해진다.

이와 같은 맥락에서 서사로서의 민족, 즉 민족서사라는 개념은 민족과 여성의 관계를 살피는 데 다음과 같은 몇가지 점에서 유용하다. 우선 민족서사라는 개념은 해당 서사가 어떻게 민족주의적 교의를 전달하는가를 살피되, 그와 동시에 선험적이고 본질적 현존으로 존재하려는 민족이 그 서사 자체의 수행과정에서 지워지고 재기입되는 흔적을 함께 추적할 수 있는 전략적 개념이 된다. 그것은 "선험적인 역사적 존재로서 페다고지적 대상인 국민과, 민족적 기호의 반복과 동요 속에서 언표되는 '현재'로서 서사의 수행 속에서 구성되는 국민 사이의 긴장"을 의식하는 개념이다. 여기서 국민으로서 여성(남성)은 역시 민족주의적 교의의 대상이자 수행의 주체로서 긴장된 분열을 겪는 존재로 해석될 수 있다. 따라서 그것은 개인을 민족에 포섭되지 않는 어떤 자율적 존재로 보거나 반대로 민족은 모든 개인을 압도해버릴 수 있는 어떤 선험적인 존재라고 보는 관점을 모두 피할 수 있게 해준다.

두번째로 민족서사 개념에서 수행적 시간에 대한 주목은 서사주체간의 권력관계를 문제삼을 수 있게 한다. 민족의 교의적 시간은, 앤더슨이 말한 것처럼, 실질적인 수탈과 불평등에도 불구하고 언제나 심오한 수평적 동료의식을 상상하게 한다. 민족서사란 비록 궁극적으로는 그러한 교의적 동질성을 이야기하는 것이지만 이야기를 하는 당사자는 곧 각각의 개별적 서사주체이기 때문에, 이야기는 흔히 서사주체의 계급·인종·성별과 같은 다양한 정체성에 따라 변형된 내용을 갖게 된다. 그로 인해 교의적 시간을 이야기하는 각각의 민족서사들이라 하더라도 알게 모르게 서로 경합하며 때로는 심한 갈등을 빚기도 한다. 사실 모든 서사행위는 그 자체로 수행적이며 이 수행적 시간은 선행하는 교의적 시간에 대해 해체적 성격을 띤다. 하지만 그렇다고 해서 각각의 다양한 수행적 시간들이 모두 같은 정도의 권력을 가진 것은 아니다. 바로 서사주체의 다양한 정체성과 그들간의 권력관계로 인해 각각의 수행성 사이에도 유사한 힘의 불균형과 경쟁관계가 생기는 것이다. 그리고 그 경우 서사주체의 물적 권력관계에 따라 심지어 그중 어떤 하나의 서사가 권력서사로 군림하기도 한다.

따라서 세번째로 민족서사 개념은 늘 민족을 동질적인 것으로 환원하려는 권력서사뿐만 아니라 다양한 이질적 민족상을 배제하지 않는다. 민족서사의 수행적 시간을 통해 발생하는 반복변화성은 여성을 포함하여 그동안 남성중심적 민족담론에 의해 타자화된 소수자들의 정체성을 드러낼 수 있는 이론적 공간을 제공해준다. 서사적 수행의 반복은 민족의 교의적 서사를 똑같이 복제해내는 것이 아니라 매번 반복변화성을 수반한다. 그리고 교의적 민족이야기가 반복적으로 수행되면서 유포되는 사이, 바로 그 '시간적 지연'(time-lag)을 통해 계몽의 대상으로 정형화되었던 타자들에게 언표작용의 공간이 마련된다. 이 '시간적 지연'이란 곧 "타자의 개입과 간섭의 위치, 즉 타자의 혼성성과 '이질적인' 언표작용적 공간"[48]이며

---

48) 호미 바바 「'인종'과 시간, 그리고 근대성의 수정」, 『문화의 위치 — 탈식민주의 문화

바로 그 속에서 여성 및 소수자들의 다양한 입지와 혼란이 민족의 교의적 시간을 불안하게 변형하며 드러나는 것을 볼 수 있다.

물론 여기서의 변형을 남성중심적 민족서사에 대한 여성의 직접적인 대항서사로 읽어내는 것은 성급하다. 앞서도 얘기한 것처럼 그러한 시도는 여성원리를 유토피아적 대안으로 제시함으로써 오히려 섣불리 여성을 역사 밖으로 내모는 결과가 될 수 있다. 따라서 '시간적 지연' 속의 변형이란 바로 현대성과 민족의 문제가 보충질문되는 공간으로 이해되어야 한다. 여기서 보충질문이란 원래의 질문에 부차적이고 '뒤늦은' 것 — 민족서사의 교의적 시간 속에서 부단히 배제되는 타자성(처럼) — 을 틈입시키는 것이다. 이같은 보충질문은 대개 민족현대화라는 전진 충동 혹은 목적론과 같은 민족서사의 교의적 시간을 방해하면서 정체성의 차이들을 드러낸다. 그것은 동일성으로 지양되지 않는 비균질적 상태이며, 이른바 "근대성 '안에' 존재하는 근대성보다 '더 많은 것'"[49]이다. 그리고 수행적 시간들이 수반하는 그 반복변화성과 이질성, 혹은 "근대성보다 '더 많은 것'"들이 바로 민족의 '현재의 기호'가 되며, 남성적 민족담론 속에서 역사 밖의 타자로 머물러온 여성의 경험은 '현재의 기호'로서 역사 안에 자리잡게 된다.

네번째로 민족서사라는 개념의 사용은 수행적 시간을 강조함으로써 수행주체의 성별뿐만 아니라 민족서사 자체에 내재된 성별 상징성(gender symbolism)을 문제삼는 데도 유리하다. 시간을 구성하는 언설로서 서사는 대개 역사적 과정을 극화하거나 인격화함으로써 일종의 형식적 통일성을 획득하기 때문이다. 인간 주체는 생로병사의 과정을 겪는 전형적인 시간적 존재로서 서사 내의 상징적 중요성을 부여받으며, 이때 그 주체의 성별을 무엇으로 가정하는가에 따라 서사의 성격이 달라진다. 무엇이 포함되

이론』, 457면.
49) 같은 글 465면.

거나 배제되는가라는 점에서 성별은 역사적 내용뿐만 아니라 그 과정의 본질과 의미를 해석하는 철학적 가정에도 영향을 미치게 된다.[50]

예컨대 리타 펠스키는 현대성 담론의 성별 상징성을 문제삼는다. 그녀는 어떤 성별을 논의의 대상으로 삼는가에 따라 현대성에 대한 규정이 얼마나 달라지는지를 버먼(Marshall Berman)과 피니(Gail Finney)의 예를 들어 보여준다. 즉 현대성의 표상에서 여성의 심리와 성욕이 상상력의 중심을 차지한다고 보는 게일 피니에 의하면 현대적 개인은 좀더 수동적이고 비결정적인 존재, 즉 텍스트의 작용과 사회적 역할, 미성숙한 심리적 충동 등의 탈중심화된 연결점으로 상정된다. 그런가 하면 파우스트, 맑스, 보들레르를 중심으로 구성된 버먼의 논의 속에서 현대성은 역동적인 활동과 발전, 무한한 성장에의 욕망과 동일시되고 새롭게 해방된 부르주아 주체의 자율성은 산업생산과 합리화 그리고 자연지배를 가속화하는 계기로 등장한다. 리타 펠스키는 둘 중 어느 하나가 부정되어야 하는 것이 아니라 이 두가지를 서로 경합하는 현대성의 신화로 보아야 한다고 주장한다.

사실 많은 페미니즘 이론이 그동안 현대성을 억압적이고 남성중심적인 것으로 보고 그 비판에 공헌해왔다. 즉 서구의 현대성은 자율적 차이를 부정하는 동일성의 논리에 입각해 있다는 점에서 근본적으로 가부장제적 토대를 지니는 것이고, 이런 점에서 여성은 흔히 현대성으로부터 배제되어온 까닭에 지배적 이성의 속박에 맞서는 저항의 원리 혹은 유토피아적 대안을 구현하게 된다는 것이다. 그런데 현대성의 남성성과 탈현대성 및 유토피아의 여성성을 이처럼 대조적으로 강조하는 것은 자칫 여성을 상징화 이전의 타자성과 계속 동일시할 위험이 있다. 현대성을 남성적인 범주로만 구성하는 것은 여성을 영원히 역사와 현대성의 바깥에 놓을 수밖에 없는 것이다.

---

50) 리타 펠스키『근대성과 페미니즘』, 특히 서론과 2장 참고.

리타 펠스키가 살펴본 현대성 서사와 마찬가지로 민족서사 역시 민족의 역사적 과정을 인격화함으로써 일종의 형식적 통일성을 획득하게 되며 이때 민족의 성별을 무엇으로 가정하는가에 따라 해당 민족서사의 성격이 달라질 수 있다. 그리고 민족서사가 민족상상의 행위인 만큼 그것의 성별 상징성은 곧 역사적으로 여성과 민족건설 사이에 상정된 관계의 성격을 보여줄 것이다. 또한 민족서사의 교의적 시간 속에 담긴 성별 상징성은 그 서사를 수행하는 주체의 성별에 따라 어떤 다른 반복변화성을 낳게 되는지도 추적할 수 있게 한다.

요컨대 현대성이나 민족국가는 모두 선험적으로 제시된 완성태가 아니라 그 안의 다양한 반복적 수행과정들을 통해 구성되어왔으며 지금도 진행형으로 존재한다. 비록 그것이 주로 남성중심적 논리에 의해 지배되었다 하더라도 여성(혹은 남성)이 자신의 삶을 해석하고 이해하는 방식이라 할 수 있는 담론·이야기·이미지 들이 모두 그 안에 완전히 포섭되는 것은 아니다. 민족의 동질성을 강조할 수밖에 없는 민족서사 역시 면밀하게 검토하면 단일한 통합적 이데올로기나 세계관으로 쉽게 통합될 수 없는 다양한 목소리와 전망을 드러낸다. 그러므로 민족서사를 모두 일의적인 어떤 것으로 환원할 것이 아니라 문화적 텍스트의 모호하고 다의적인 풍부함을 존중하면서 실제로 남성과 여성들이 역사적·사회적 과정에서 자신들이 처한 위치를 어떻게 이해하고 그 환경을 조절하며 개입해왔는지를 조심스럽게 살펴볼 필요가 있다.

제2장

반전통주의와 페미니즘

1. '야만적 전통'의 창조

(1) 5·4 반전통주의 민족서사

비서구 식민지 현대성의 가장 큰 특징은 그것이 반식민 민족주의와 불가분의 관계에 있다는 점일 것이다. 식민지에서 현대성은 일반적으로 '서양'과 동의어로 여겨졌고 따라서 이들 지역의 현대화는 반식민이라는 또 다른 목표와 처음부터 모순되고 양가적인 관계를 상정하고 있었기 때문이다. 이들 '뒤늦은' 민족들의 19~20세기의 담론 속에서 '전통'과 함께 '민족' '사회' '국가' '문화' '문명' '역사' '현대'처럼 "놀라울 정도로 공통된 어휘표"[1]가 성립되는 것은 바로 그와 같은 민족현대화 프로젝트의 보편성을 보여준다. 그리고 그러한 현대화담론에는 동/서, 전통/현대, 신/구, 물질/정신, 전통언어/현대언어와 같은 상호 착종된 이분법이 공통적으로 나

---

1) 劉禾 『跨語際實踐』, 三聯出版社 2002, 265면.

타난다. 이들 이분법은 흔히 식민지사회를 "이데올로기적 대립으로 몰아
갔고 이들 대립은 사회적 불안뿐만 아니라 폭력사태까지 빚어낼"[2] 만큼
선명한 시공간적 단절감 위에 형성되었다.

자신들이 현대적 식민종주국에 비해 '뒤늦은'(belated) 민족이며 따라서
세계의 다른 민족국가들을 따라잡는 것이 절실하게 필요하다고 여기게 된
사회에서 현대성의 문제는 곧 민족국가 건설의 문제와 직결되었다. 물론
민족국가의 탄생은 유럽에서도 그 현대성을 구성하는 중요한 표지지만 그
것이 반식민을 목표로 하는 식민지에서만큼 단절적이고 급진적이며 총체
적인 외표로 드러난 것은 아니다. 프레드릭 제임슨이 제3세계 민족우언론
을 주장——그 자체가 또다른 제1세계적 편견일 수도 있으나——하게 된 것
도 바로 이같은 상황에서 이루어진 비서구 지식인들의 자기 민족국가에
대한 특별한 집착에 주목했기 때문이다.

이들 '뒤늦은' 민족들의 민족국가 건설 과정에서 가장 공통된 관심사 중
의 하나가 바로 자기민족의 전통을 어떻게 처리할 것인가였다. 일반적으
로 구식민지에서 반식민 민족주의는 대개 현대적이지만 서구와는 다른,
고유한 현대 민족문화의 창출을 통해 식민주의를 극복하고자 한다. 그들
은 서구가 이미 물질적 영역에서의 현대성을 선점했다면 민족문화의 내
적 영역, 즉 정신적 영역만큼은 서구의 개입을 허용할 수 없는 고유한 민족
의 표지로 남을 수 있어야 한다고 여긴다. 따라서 바로 그러한 정신적 영역
의 확고한 근원으로서 민족전통의 위상이 마련된다. 그리하여 반식민 민
족주의는 바로 민족의 정신적 영역에서 자신의 가장 강력하고 독창적이며

---

2) Gregory Jusdanis, *Belated Modernity and Aesthetic Culture*; 劉禾, 같은 책 263면에서 재인
용. 현대 그리스 민족문화가 생성되던 18·19세기에 그리스에서 발생한 사건들에 대한
설명에서 그레고리 유스다니스는 이 사건들이 대개 그리스가 발달한 유럽 민족국가처
럼 되기를 바라는, 그래서 그리스를 서구화·현대화하고자 했던 지식인들의 욕망과 관련
되어 있다고 본다.

의미심장한 프로젝트를 실시하게 된다. 민족이 상상된 공동체라고 한다면 구식민지에서 상상된 공동체로서의 민족이 형성되는 것은 바로 그러한 프로젝트의 실행과정 속에서일 것이다.

19세기 후반 인도 민족주의에 대한 차터지(P. Chatterjee)의 분석[3]이나 한국의 박정희시대 현대화 기획에 대한 문승숙의 분석[4]에서 보이듯이, 정신적 영역의 전통을 발양함으로써 서구와는 다른 고유한 민족정체성을 보존한다는 반식민 민족주의의 민족현대화 프로젝트는 대부분의 구식민지에서 보편적으로 나타난다. 하지만 그렇다고 해서 이같은 유형의 현대화 프로젝트가 모든 '뒤늦은' 지역에서 혹은 모든 시기를 막론하고 역시 똑같은 의미와 행위의 지침으로 작용했던 것은 물론 아니다. 이식문학사를 제기했던 임화(林和)는 이미 1940년대에 이식(移植)의 환경과 토대에 대한 설명에서 제3 주체의 요구가 이식의 관건임을 강조한 바 있다.[5] 중요한 것은 일반적으로 '서양'과 동의어로 이해된 현대성이 어떤 구체적 맥락 속에서 어떤 주체의 요구에 의해 수용되고 변용되는가라는 것이다.

그렇다고 해서 이러한 이식 혹은 번역을 종주국 이론의 본토화라는 각도에서 긍정적으로만 접근하는 것은 곤란하다. 이는 언제나 서양을 이상적 참조체계로 삼아야만 자신의 정체성을 말할 수 있거나 그 이론의 기원지에 대한 뿌리깊은 열등감과 동경을 끊임없이 부추길 수 있기 때문이다. 류 허(劉禾)가 위와 같은 "공통된 어휘표"에 주목하면서도 "언어횡단적 실천(跨語際實踐, translingual practice)"[6]이라는 개념을 통해 "번역된 현대성"

---

3) Partha Chatterjee, "The Nation and Its Women," *The Nation and Its Fragments*, Princeton UP. 1993.
4) 문승숙「민족 공동체 만들기 ─ 남한의 역사와 전통에 담긴 남성중심적 담론(1961~1987)」, 최정무·일레인 김 편저『위험한 여성 ─ 젠더와 한국의 민족주의』, 삼인 2001.
5) 임화「건설기 조선문학의 일과제」,『임화 신문학사』, 한길사 1993.
6) 劉禾, 앞의 책 서언 참고. '언어횡단적 실천'은 민정기의 번역어를 따옴. 리디아 리우『언어횡단적 실천』, 민정기 옮김, 소명출판 2005 참고.

(translated modernity)과 그 과정의 상호행위성을 강조한 것도 바로 그 때문이다.

마찬가지로 정신적 영역에서 우월한 전통의 창조를 통해 서구와는 다른 현대를 구성하고자 했던 반식민 민족주의 기획은 보편적 현상이라 하더라도, 각각의 "언어간 실천" 속에서 유일한 현상은 아니었다. 예컨대 세계에서 유일하게 비서구 제국주의였던 일본과 식민지 한국·타이완 등의 경우는 동/서, 물질/정신, 외부/내부와 같은 일련의 이분법적 유비(類比)들의 연결과는 상당히 다른, 또 한 차원의 사유를 동시에 요구한다. 특히 한번도 전면적인 식민지가 된 적은 없으면서도 줄곧 일본 및 서구 제국주의의 침략에 시달리고 동북의 만주국 수립, 홍콩·마카오 등의 식민지화, 상하이·톈진을 비롯한 연안지역의 조차지 할양 같은 부분적 식민지 상태를 수십년간 유지해온 중국의 경우는 어떤 하나의 패러다임으로 설명한다는 것 자체가 거의 불가능해 보인다.

특히 20세기 전반에 걸쳐 의미와 맥락은 달리하면서도 늘 지배담론의 중심에 있었던 중국의 반전통주의는 본토 전통의 우월성을 주장하는 기타 식민지에서의 문화적 민족주의와는 상반된 양상을 보인다. 그 중에서도 5·4신문화운동은 근현대 세계사상 거의 전례가 없는 급진적이고 전반적이며 철저한 반전통 혹은 서구화 운동으로 평가되기도 한다.[7] 일반적으로 반식민 민족주의는 자신의 전통을 정신적 영역에서 서구보다 우월한 것으로 구성하는 데 반해 5·4시기 이후 중국에서 거듭 득세해온 반전통주의는 자신의 전통을 열등한 것으로 여기고 완전히 부정함으로써 서구 극복의 방편으로 삼는 양상을 보인다.[8] 그중에서도 중화인민공화국을 탄생시킨

---

7) Lin Yu-Sheng 『중국의식의 위기』, 대광문화사 1990, 서론 참고.
8) 물론 린 위성은 그러한 반전통주의 자체가 중국의 전통적 사유체계의 영향이라고 본다. 하지만 필자의 관심은 현대 중국의 여성해방 서사와 민족담론의 관계를 살펴보기 위한 토대로서 반전통주의의 성격을 살피는 데 있다. 따라서 반전통주의의 전통적 성격과 같

중국의 현대 사회주의 노선은 물질적 토대의 근본적 변화를 성취함으로써 물질과 정신에서 모두 서구 자본주의 현대를 극복하고 뚜렷이 독자적인 현대 민족문화를 창출하고자 한 예라 할 수 있다.

이처럼 정신적 영역에서 자기 전통을 서구보다 우월한 것으로 구성하려는 보편적인 반식민 민족주의 기획과 달리, 정신적 영역에서조차 전통을 부정하고 서구화를 추구한 것이 바로 5·4시기 급진적 반전통주의였다. 그것은 적어도 표면적으로는 "맹목적 외국숭배와 외국문명의 무차별한 도입"[9]이라는 비난을 피할 길 없어 보이며, 그만큼 세계 반식민 민족주의들이 택한 현대화 프로젝트 중에서 단연 예외적으로 보이는 것이 사실이다. 그러나 그같은 예외성이 중국의 반전통주의가 사실은 지극히 전형적인 현대 민족서사임을 부정하는 증거가 되지는 못한다. 이는 무엇보다 전통이 현대 민족상상의 가장 중요한 원천을 이룬다는 점에서 기인한다.

현대 민족국가의 정치적 통일성이란 복수적인 현대공간의 불안정성을 끊임없이 통일된 하나로 치환하는 것에 의존하며, 그 과정에서 현대적 영토성을 전통주의적 시간성으로 전환한다. 이는 민족국가라는 외부적 경계를 인증된 전통의 내적 시간으로 전환하는 것이고 동시에 민족국가라는 공간 내의 차이들을 전통이라는 내적 시간의 동일성으로 회복하는 것이기도 하다.[10] 그리하여 어떤 하나의 기원으로부터 시간의 전개에 따라 직선적으로 발전해온 연속체로서 민족이라는 실체—사실은 상상된 공동체인—의 역사가 만들어진다. 여기서 해당 공동체의 고유한 동일성은 전적으로 그 공동체의 현재 이전의 시간, 즉 전통의 성격으로부터 확보되는 것

은 내적 모순을 밝히는 것은 본서의 취지와는 별개의 문제라 할 수 있다.

9) 蔣介石「哲學與教育對於青年的關係」, 1941년 7월 연설; 周策縱『5·4운동』, 조병한 옮김, 광민사 1980, 320면에서 재인용.

10) Homi Bhabha, "DissemiNation: Time, Narrative, and the margins of the modern nation," *The Location of Culture*, 149면.

처럼 보인다. 그것이 '창조'든 '날조'든 상관없이 전통은 민족의 필요에 의해 상상되는 문화적 구성물인 것이다.

그런데 전통을 어떻게 구성하느냐는 곧 그 공동체 성원들의 현대성에 대한 인식과 욕망에 달려 있으며, 다양한 차이만큼이나 전통에 대한 태도 역시 다양하리라는 것은 두말할 나위도 없다. 예컨대 계몽주의적 입장은 전통에 대해 대체로 부정적 태도를 취하게 된다. 미성숙한 인간이 성숙한 인간, 즉 현대적 주체로 나아가는 것이 계몽이라고 한다면 현대 이전은 당연히 극복되면서 이행되어야만 할 시간이기 때문이다. 여기서 전통은 현대의 타자로 정형화되기 십상이다. 반대로 현대를 비판적으로 보는 일부 예술가나 철학가들은 전통에 대해 향수를 갖기도 한다. 그들은 현대의 자기분열과 실존적 소외를 비판하면서 어떤 신화적인 충만함의 표상으로서 전통을 불러낸다. 하지만 분명한 것은 전통을 긍정하든 부정하든, 끊임없이 민족의 미래로 흘러드는 과거의 시간으로서 전통에 관한 담론은 민족 서사의 핵심이라는 것이다.

반전통주의적 서사 속에서 흔히 자민족이 시대에 뒤떨어졌다거나 시대와 함께 나아가야 한다거나 혹은 시대의 전진을 추동시켜야 한다고 언표할 때 그 내재적 주체는 바로 중국국민 혹은 민족으로 상정된다. 자민족의 전통이 야만적이라고 규정짓는 반전통주의에서도 그와 같은 야만적 전통을 자기동일성의 불행한 기원으로 상상하는 주체는 바로 중국민족이다. 전통옹호적 민족주의와 마찬가지로 중국의 반전통주의적 서사 역시 중국 혹은 중화라는 민족을 자신의 내재적 주체로서 부단히 환기시킨다. 또한 바로 그러한 서사에 대한 동일시를 통해 서사의 일반 독자는 자연스럽게 그처럼 긴박한 시대를 살고 있는 중국민족의 일원으로 자신을 상상하게 되는 것이다.

그처럼 동질적이고 본질적인 기원으로서의 전통을 구성한다는 점에서 보면 전통을 우월한 문명으로 이상화하는 것만큼 그것을 야만적인 것으로 부정하는 것 역시 그 민족을 뿌리가 같은 공동체로 상상하게 한다. 심지어 전통을 야만적인 것으로 보고 전면 부정하는 반전통주의담론이야말로 가장 효과적인 민족서사일 수 있다. 왜냐하면 "애도의 기억들은 의무를 부과하며 공통의 노력을 요구"하므로 "민족적인 추억이라는 점에서는 애도가 승리보다 낫기"[11] 때문이다. 요컨대 5·4시기 급진적 반전통주의는 강력한 민족국가 건설을 촉구하는 과정에서 전통을 부정적이고 야만적 형상으로 상상하게 만드는 민족서사였던 것이다.

(2) 민족주의와 여성의 현대성

반식민 민족주의는 많은 경우 여성에 대한 담론이기도 했고, 그것이 지향하는 민족의 해방과 국가수립은 여성의 현대적 삶을 정초하는 가장 중요한 외적 변수이기도 했다. 따라서 민족의 전통/현대라는 분절적 지점에서 드러나는 반식민 민족주의의 전략 차이는 자연히 여성이 해당 민족의 현대성에 개입하는 양상의 차이를 낳는다. 그중 서양을 해방적인 모델로 파악하고 전통에 비판적인 경향은 그와 반대로 서양을 배타적으로 비판하면서 전통에 옹호적인 경향과 늘 경쟁상태에 있었다. 그것은 반전통주의가 가장 급진적으로 부각된 것처럼 보이는 5·4시기에도 예외는 아니었다. 이같은 반전통주의 민족서사와 그 여성현대화 기획의 특성은 그와 반대되는 전통옹호적 전략과의 비교를 통해 좀더 분명하게 드러날 수 있을 것이다. 그런 점에서 19세기 후반 인도 민족주의가 전통과 여성의 문제를 자신의 현대화 기획 속에 어떻게 절합하였는가를 보여준 차터지의 분석[12]은 시사하는 바가 크다.

---

11) 에르네스트 르낭 『민족이란 무엇인가』, 신행선 옮김, 책세상 2002, 81면.
12) Partha Chatterjee, 앞의 글 참고.

차터지에 의하면 19세기 중엽, 사티(Sati, 남편이 죽으면 아내를 함께 태워 죽이는 풍습) 반대, 과부재혼의 법제화, 일부다처제의 폐지, 혼인법과 '법적 승인 연령'의 문제 등 '여성문제'는 벵갈 사회개혁 전반에 걸친 가장 쟁점적인 논의를 이루었다. 그런데 이런 이슈들이 19세기 말에 돌연 공적인 논쟁의 장에서 자취를 감춘다. 머쉬드(Ghulam Murshid) 등은 이것을 자유·합리·평등의 관점에서 추구되던 여성환경의 '현대화' 노력이 정치적 민족주의에 의해 압도되어버린 것이라고 본다. 그러나 차터지는 머쉬드의 관점이 인도 민족주의의 복잡한 면모를 단순화할 뿐 아니라 인도 현대화의 궁극적 목표지향을 서양과 같은 자유주의적 가치들의 완전한 실현에 두고 있다고 지적한다.

머쉬드의 관점에 대한 이같은 차터지의 비판은 1980년대 중국의 신계몽주의적 역사해석에[13] 대해서도 중요한 시사점을 준다. 머쉬드의 관점은 5·4시기 여성해방담론이 그후 항일전쟁과 혁명이라는 민족적 과제에 의해 압도되어버렸다고 보는 신계몽주의적 여성사인식과 유사하기 때문이다. 예컨대 멍 위에(孟悅)·다이 진화(戴錦華)는 5·4시기 분출된 여성의 자각이 점차 민족과 집단의 구호에 압도됨으로써 '나는 나 자신의 것'이라는 여성의 주장은 있었으되 그러한 기표(記標)를 채워줄 기의(記意)가 형성되지 못한 채 여성의 문제가 민족이라는 집단적 정체성 속에 포섭되었다고 주장한다. 그런데 차터지가 머쉬드의 주장이 결과적으로 서구적 자유주의 원리의 실현을 인도 현대화의 궁극적 지향으로 상정하고 있는 셈이라고 비판한 것처럼 중국의 1980년대 신계몽주의 역시 5·4시기 등장한 서구적 자유주의 원리를 유일하고 진정한 현대화로 상정한다는 점에서 문제가 있다. 그런 점에서 인도의 타협적 '신여성' 형상의 출현을 민족주의에 의한 여성현대화의 실패로 보지 않고 인도 반식민 민족주의의 현대화 기획

---

13) 신계몽주의적 역사이해와 그 문제에 대해 더 자세한 것은 본서의 1장 참고.

의 산물로 보는 차터지의 관점은 중국의 여성사인식에 특히 참고가 될 만하다.

차터지는 여성문제가 개혁의제로부터 삭제되었다거나 정치적 투쟁에서 더 절박한 이슈에 의해 압도되었다기보다, 민족주의가 식민종주국과의 정치적 경쟁무대에서 동떨어진 내부영역에 여성문제를 성공적으로 자리매김한 결과로 봐야 한다고 주장한다. 이러한 그의 주장은 인도 민족주의 담론에서 물질/정신의 구분이 그와 유비적이면서도 이데올로기적으로 훨씬 더 강력한 외부/내부의 이분으로 응축되고 다시 그것이 남성/여성 영역으로 성별화되었다는 전제에서 시작된다. 일반적으로 저항민족주의의 선택적 원리를 통해 보자면, 외부세계는 유럽세력이 그 월등한 물질문화에 힘입어 비유럽인들을 복종시킨 곳이자, 피식민지인들이 물질적 약자라는 사실을 이용해 속박을 강요하는 압제와 굴욕의 공간이며 식민자의 기준이 강제로 수용된 공간이다. 반면 유럽인들은 특별하고 우월한 정신적 문화 속에 놓여 있는 동양의 내부적이고 본질적 정체성을 식민화하는 데에는 실패했다. 차터지에 따르면 이 내부세계는 식민지인들의 저항거점으로서, 동양은 서양에 의해 지배되지 않고 자기운명의 주인으로 당당히 존재할 수 있다. 따라서 세계 즉 남성의 영역에서는 서양 기준의 모방과 적용이 불가피하다 해도 민족문화의 내부영역과 정신적 정수는 보호하고 강화해야 한다.

그러한 내부영역의 대표적인 예가 바로 가정이다. 차터지는 외부/내부의 분할이 남성/여성의 성별 영역으로 전이되는 매개장소로 가정에 주목한다. 가정이란 민족문화의 정신적 특질을 표현하기 위한 원리적 측면이고 내부의 공간인데, 여성은 민족의 내부를 대표하는 가정의 본질적 특질을 보호하고 양육할 책임을 져야 했다는 것이다. 다시 말해 전통영역을 대변하는 여성은 그 근본에서 서구화되어서는 안되는 것이다. 물론 가정도 세계의 변화에 따라서 변화 자체를 거부할 수는 없기 때문에 남성/여성의 공간적 분리를 통해 구성되던 여성성은 이제 사회적으로 승인된 남성과 여성의 행동 차이에 의해 결정되었다. 차터지는 그에 따라 여성성의 정신적 기호가 여성의 복장, 식습관, 사회적 품행, 신앙심 등으로 표시되고, 이는 민족주의가 규범화한 '신여성'의 형상으로 집약되었다고 주장한다. 그에 따르면 '신여성'은 민족적 정체성이라는 면에서는 서양화된 '마님'(멤사히브memsahibs)과 달리 정신적이고, 사회적 해방이라는 측면에서는 구세대 여성들보다 훨씬 자유로우며, 또 문화적 교양 측면에서는 하층의 속된 여성들보다 훨씬 교양이 있어야 했다. 신여성에 대한 민족주의의 절대적 옹호로 인해 이와 같은 차이들은 단순한 차이를 넘어 신여성의 우월성으로 이해되었고, 그로 인해 여성들은 민족주의적 '신여성'의 상을 자발적으로 내면화하려고 노력했다는 것이다.

이렇듯 가정을 중심으로 재규정된 여성성은 겉으로는 전통적 가부장제 속의 젠더 역할과 유사해 보이지만, 실제로는 서양의 현대를 성취하면서도 서양과는 다른 민족적 정체성을 강화하기 위한 민족주의의 현대화 기획의 결과로 이전과는 달라진 현대적 내용이었다. 민족주의적인 새로운 가부장제가 현대적 형식으로 출현하게 된 것이다. 여성에게 새로운 사회적 책임이라는 명예를 부여한 민족주의에 의해서, 그리고 여성해방의 임무를 주권독립이라는 역사적 목표와 제휴시킴으로써 새로운 가부장제가 지지를 얻었으며 여성은 새로운, 그리고 완전히 합법적인 종속에 묶이게 되었다.

요컨대 19세기 후반에 본격화된 인도의 반식민 민족주의는 영국 식민정부에 저항하기 위한 거점을 '집-내부'로 대표되는 정신적 영역에 둠과 동시에 그것을 여성의 영역으로 간주했다. 그것은 물질적 영역에서의 서양 현대의 추종이라는 현실적 필요와 더불어 여성을 자기주도하에 두고자 하는 자민족 남성의 욕망이 서로 타협한 결과였다. 즉 물질적이고 공적인 영역의 주인인 남성들은 현대화를 위해 변화가 불가피한 반면 민족의 정신적 내적 영역을 할당받은 여성들은 민족 고유의 정체성을 보존할 의무가 있으므로 서양의 여성처럼 변하면 안되었다. 그리하여 전통가부장제의 여성에 대한 억압의 많은 부분이 존재 이유를 얻었고, 여성환경의 현대화는 민족의 현대화 기획이 허용하는 한도 내에서만 이뤄졌다. 그리고 여성들은 민족의 주체로 인정받는 댓가로 그러한 타협을 주동적으로 내면화했다. 따라서 차터지는 19세기 후반 인도 민족주의가 보수적 여성전략으로 선회한 것은 서구적 합리화 혹은 현대화에 대한 포기가 아니라 인도 민족 현대화 기획의 일환으로 보아야 하며, 그 결과 봉건잔재로서의 가부장 질서가 아니라 새로 형성된 현대적 가부장 질서가 민족의 이름으로 합법화되었다고 주장하였다.

인도 민족주의의 현대화 기획과 그 속의 여성문제에 대한 차터지의 위와 같은 분석은 중국의 반식민 민족주의, 특히 국민당의 전통주의적 민족 현대화 기획을 분석하는 데에도 유용한 틀이 될 것이다.[14] 그런데 유독 중국의 급진적 반전통주의의 여성기획만큼은 차터지가 정식화한 전통옹호적 문화민족주의와는 그 양상이 다르다는 점에 주목할 필요가 있다. 차터지의 인도 분석에서 보았듯이 대개의 반식민 민족주의가 전통을 옹호함으로써 전통적 가부장제가 상당부분 옹호되는 가운데 새로운 현대적 가부장 질서로 계승되거나 혹은 그 출현에 매우 유리한 환경을 조성했다면, 5·4시기 중국의 급진적 반전통주의는 전통가부장제에 대해서 훨씬 근본적인 비판을 가함으로써 여성의 현대적 해방에 월등하게 유리한 조건을 마련한 것이 아닌지 추측해볼 수 있기 때문이다.

실제로 5·4시기 반전통주의적 여성전략은 여타 전통주의적 현대화 기획의 여성전략과 확연히 다른 양상을 보였다. '남성주도 페미니즘'이라고

---

14) 국민당의 전통주의적 민족현대화 기획에 대한 것은 지현숙의 『남경정부(1928~1937)의 국민통합과 여성 — 신현모양처교육을 중심으로』(이화여대 박사학위논문, 2003) 참고.

불릴 만큼 여성해방에도 급진적인 태도를 보여주었는데, 이는 전통에 대한 그들의 철저한 비타협적 태도와 깊은 관련이 있었다. 가정을 전통적·정신적 영역의 보루로 삼은 인도와 반대로 5·4시기 중국의 반전통주의는 전통 중에서도 특히 가족제도를 '만악의 근원'으로 보고 개혁의 근본대상으로 지목했다. 전통가족제도를 '만악의 근원'으로 재현하는 것은 당시의 보편적 수사학이었다. 베이징대학교 학생출판물 『신조(新潮)』의 주도자였던 푸 스녠(傅斯年)은 「만악의 근원(萬惡之原)」이란 글에서 다음과 같이 주장하였다.

선(善)이란 개성에서 나온다. 따라서 개성을 파괴하는 것이야말로 만악의 근원이다. 그것이 바로 중국의 가정이다. 중국에는 왜 워싱턴이나 다윈 같은 천재가 없는가? 바로 가정에 의해 압살되어버렸기 때문이다.[15]

성숙한 현대사회는 자유로운 개인들의 조합으로 이루어지고 그것이 '선'이라고 한다면, 자유로운 개인의 성장을 압살하는 중국의 가족제도야말로 사회의 '악'이라는 것이다. 그리하여 신문화운동의 많은 비판들이 유가(儒家)와 유가원리가 지배하는 가족제도에 집중되었다. 가족제도에 대한 비판은 자연스럽게 가족 내 여성의 피억압적 지위를 부각시켰다. 그리고 그러한 전통적 가족제도로부터 여성이 해방되는 것이 중국 현대화의 첫걸음으로 간주되었다. 19세기 후반 인도 민족주의나 20세기 초 중국의 전통주의가 여성을 전통가정의 영역에 성공적으로 안착시키는 것을 민족현대화 기획의 표지로 이해한 반면 5·4시기 중국의 반전통주의는 여성을 전통가정 밖으로 끌어내는 것을 민족현대화 성취의 중요한 표지로 이해했

---

15) 傅斯年「萬惡之原」(『新潮』 1918), 丁守和 主編 『中國近代啓蒙思潮』 北京: 中國社會科學文獻出版社 1999, 66~67면.

던 것이다.

게다가 5·4 후기부터 본격적으로 등장한 맑스주의 지식인들은 5·4 반전통주의의 그러한 급진적 여성해방의 주장마저 부르주아적 불철저성을 극복하지 못했다며 신랄하게 꼬집었다. 대신 그들은 사회의 근본적 변혁 없이는 여성해방도 불가능하다면서 여성이 사회변혁활동에 더욱 전면적으로 참여할 것을 강력하게 권장하였다. 그리고 이어진 사회주의혁명의 성공은 혁명의 동반자로서의 여성형상을 자리매김하는 데 성공하였고 급기야 사회 전반의 제도개혁을 통해 '하늘의 절반은 여성'이라는 신화를 창조하기에 이르렀다. 여성도 남성과 똑같은 인간이라는 의식에서 출발한 서구 페미니즘의 남녀평등 목표가, 서구인들에게 영원히 '정체'되어 있는 듯이 보이던 아시아 국가에서 먼저 전면적으로 실현되게 된 것이다. 그같은 남녀평등의 실현이 여전히 많은 문제들을 안고 있음에도 불구하고 중국여성들이 누리는 법적 평등의 지위는 5·4시기 이후 계속된 중국의 반전통주의적 전통에 힘입은 바 크다고 하지 않을 수 없다. 5·4 반전통주의가 여성에게 요구한 전통과의 결별 및 해방의 수준은 최소한 차터지가 분석한 19세기 후반 인도 민족주의가 여성의 변화에 허용한 정도를 훨씬 넘어선 것이었음이 분명하다.

(3) 야만적 전통의 창조

중국의 반전통주의담론에서는 인도처럼 동/서를 분명하게 가르는 공간적 유비(類比)보다는 신/구라는 강력한 시간적 유비의 상상력이 훨씬 더 강력하게 작용했던 것으로 보인다. 예컨대 신문화운동의 대표주자였던 리다자오(李大釗)의 「새로운 것! 낡은 것!(新的! 舊的!)」이라는 글에는 신과 구를 대립시키는 이분적 시간관이 극명하게 드러난다.

우주진화의 주축은 수레의 두 바퀴 혹은 새의 두 날개처럼 두개의 정신으로 움직이니, 하나는 신(新)이요 또하나는 구(舊)이다. 현재 중국인의 모순된 삶은 바로 신과 구가 부조화된 데서 비롯된다. …

작년에 베이징(北京)에서 설을 지냈는데, 신정을 쇠고 나서 또 얼마 후에 구정을 쇠었다. 세배하는 사람들 중에는 허리만 숙여 인사하는 사람도 있고, 무릎 꿇고 큰절을 하는 사람도 있고, 모자를 벗는 사람도 있고, 두 손을 모아 읍을 하는 사람도 있었다. 또 대문에는 국기를 다는 사람이 있는가 하면 춘련(春联, 입춘에 문이나 기둥에 써붙이는 글귀─인용자)을 붙이는 사람도 있었다. …

또 우리나라는 이미 민국이 되었는데도 여전히 무슨 청나라 황실이란 게 있다. 서민들은 의회와 정부청사 경비를 부담해야 하는데 거기다 청나라 황실을 유지하는 경비까지 부담해야 한다. 민국은 새 것이고 황실은 낡은 것이니, 민국이 있는데 어떻게 황실이 또 있으며, 황실이 있다면 무엇 때문에 민국이 있는가? …

신과 구가 시간적으로는 너무 차이가 나고 공간적으로는 너무 붙어 있다. … 신은 구가 걸리적거린다고 싫어하고 구는 신이 위험하다고 싫어한다. … 인생의 길들이 모두 이처럼 첩첩이 쌓인 모순들로 인해 막혀 있다면 어떻게 우주의 문화적 진전을 바로 따라잡을 수 있단 말인가? …

전진! 전진! 전진! 신청년들아!16)

---

16) "宇宙進化的機軸, 全由兩種精神運之以行, 正如車有兩輪, 鳥有兩翼: 一個是新的, 一個是舊的. … 我前歲在北京過年, 剛過新年, 又過舊年, 看見賀年的人, 有的鞠躬, 有的拜跪, 有的脫帽, 有的作揖, 有的在門首懸挂國旗, 有的張貼春聯, … 又想起我國現已成了民國, 仍然還有什麼淸室. 吾儕小民, 一面要負擔議會及公府的經費, 一面又要負擔優待淸室的經費. 民國是新的, 淸室是舊的, 旣有民國, 哪有淸室? 若有淸室, 何來民國? … 新舊之間, 縱的距離太遠, 橫的距離太近, 時間的性質差的太多, 空間的接觸逼的太緊. 新的嫌舊的妨阻, 舊的嫌新的危險. … 人生的徑路, 若是爲重重疊疊的矛盾現象所塞, 怎能急起直追, 逐宇宙的文化前進呢? … 進! 進! 進! 新靑年!", 李大釗「新的! 舊的!」(『新靑年』1918년 제4권 5호) 丁守和 主編, 앞의 책 19~22면.

설 풍습과 정체(政體) 외에도 리 다자오는 헌법에 명시된 신앙의 자유와 유교의 국교화, 현대적 자아실현의 강조와 유가적 현인 정치, 현대 경찰인 순경과 전통적 야경꾼, 중혼금지법과 축첩의 풍습처럼 모순되게 공존하는 가치와 제도들을 짧고도 생동감 있게 나열하고 있다. 흥미롭게도 공간적 기원으로만 보면 서양문명과 중국문명의 대립으로도 보일 법한 이 대비적 풍경들을 그는 철저히 '신'과 '구'라는 시간적 요소의 혼재로 재현하고 있다. 그는 공존할 수 없는 시간들이 공존하며 경합하고 있는 현실로 인해 국민이 고통받고 있다고 본다. 이 문제를 해결하려면 비정상적으로 공존하고 있는 양자 중에 하나는 당연히 제거되어야 하는데, '우주 진화' 혹은 '문명 진보'의 원리에 따라 승자는 당연히 '신'으로 내정되어 있는 셈이다. 그리고 이 과제를 창조적으로 수행할 수 있는 주체는 낡은 것에 훈도된 구세대가 아니라 바로 오염되지 않은 신청년들일 수밖에 없다.

이같은 새로움에 대한 경도는 주지하다시피 진화론과 불가분의 관계를 가진다. 그것은 현재는 과거보다, 또 미래는 현재보다 진보한다는 현대의 보편적인 시간의식이기도 했다. '신조(新潮)' '신청년' '신여성' '신문학'처럼 새로움의 추구는 유행처럼 번져갔다. 새로움이 곧 현대와 동일시되었지만 그처럼 부단히 새로움을 추구하는 태도 자체가 현대적 시간의식의 기본 특징이기도 하다. 그런데 서양에서도 보편적으로 드러나는 이같은 시간의식이 중국에서 급진적 반전통주의라는 좀더 혁명적인 시간관으로 나타나게 된 것은 바로 '뒤늦은' 민족으로서의 위기의식과 밀접하게 관련된다고 할 수 있다. 제국주의의 침탈에 직면한 뒤늦은 민족에게 위와 같은 현대적 시간의식은 '낙후한 자는 얻어맞는다(落後者要挨打)'는 사회진화론적 위기의식과 결합되었다.

벤자민 슈왈츠(Benjamin I. Schwartz)는 중국에 진화론을 번역해 소개한 옌 푸(嚴復)의 이해가 중국의 사회진화론 수용에 큰 영향을 미쳤다고 주장한다.[17] 그에 의하면 19세기 유럽에서는 다윈의 진화설이 대체로 인간의 진화가 오직 유전과 환경이라는 객관적 요소에 의해 결정된다는 과학적 숙명론으로 받아들여지는 경향이 있었다. 그러나 옌 푸는 진화의 객관적 요소보다는 인간 의지의 중요성을 강조했는데, 바로 투쟁적인 에너지의 가치에 대한 강조이고 경쟁적 상황에서 잠재력의 실현에 대한 강조였다. 이와 같은 옌 푸의 관점은 천 두슈(陳獨秀), 루 쉰(魯迅), 뤄 자룬(羅家倫) 등에 의해 확대되면서 5·4 이념의 핵심을 이루게 되었다. 그리하여 새로운 시대에 대한 그들의 긍정적 이해는 전진하는 변혁의 역동적 흐름으로서 '지금' '현재'를 강조하는 새로운 역사의식의 수용을 보여준다.

예컨대 이렇게 현재를 강조하는 대표적 개념으로서 1900년대 초에 도입되어 1927년까지 중국의 급진적 지식인 사이에 널리 유행한 '시대(時代, epoch)'라는 단어를 들 수 있다. 그들은 '시대'란 항상 숨쉴 틈 없이 급격하게 변화하고 부단히 쇄신하는 것이며, 목전의 '시대'는 거역할 수 없는 '새로운 물결'을 가져온, 모든 과거 시기와는 완전히 다른 '새로운' 시기로 이해했다. 이 새로운 시대의식은 방심하면 '시대'에 뒤떨어질 수밖에 없다는, 그리하여 끊임없이 '시대'와 함께 나아가며 심지어 '시대'의 전진을 추동시켜야만 한다는 긴박감을 형성했다.[18] 그리고 이처럼 낙오자의 위치에서 '시대'적 전진을 추동하는 당당한 세계의 일원으로 민족의 운명을 바꿔야 한다는 긴박감이 연속성을 가정하는 진화적 시간관보다는 현존 체제의 급격한 전복을 지향하는 혁명적 시간관을 추동하게 된다. 이같은 시대의식의 팽창 속에서 중국의 급진적 지식인들의 전통에 대한 관심은 물질/정신 혹은 동/서라는 공간적 이분법보다는 주로 신/구라는 시간적 이분법에 기대었으며, 그중 낡은 시간으로서의 '구'는 철저하게 부정되었다.

그런데 리 다자오의 글에서 동/서라는 배타적 구분이 겉으로 드러나지

---

17) Leo Ou-fan Lee, "Modernity and its Discontents" 『學人』 제4집 497~99면 참고.
18) 더 자세한 것은 같은 글, 502~503면 참고.

않는다고 해서 그의 논리 속에 동/서의 구분 자체가 소멸됐다고 볼 수는 없다. 왜냐하면 여기서 신/구라는 시간적 요소는 내용상 사실은 동/서라는 공간적 요소의 전이를 내포하고 있기 때문이다. 즉 리 다자오를 비롯한 대부분 신문화운동가들이 '신'에 부여한 우월성의 근거는 사실 이상화되어온 서양에 대한 상상에서 지탱되었다. 새로움은 곧 현대이고 현대는 곧 서양이었다. 동양과 서양은 원래 지리적·공간적 차이를 지시하는 말에 불과하지만, 자본주의의 전지구화가 시작된 이래 동서를 막론하고 유포된 오리엔탈리즘 속에서 단지 지리적 차이뿐만 아니라 사회유형, 발전 수준의 차이 등을 모두 포함하는 개념[19]이 되었다.

동양과 서양이 이처럼 발전 수준의 차이를 포함하는 개념으로서 시간성에 대한 하나의 표상으로 전화되었음은 리 다자오를 비롯한 반전통주의자들이 자연스럽게 중국과 서양을 시간적 축 위의 선후관계로 재현하는 데서 확인된다. 그들은 그 속에서 의도적으로 서양이라는 존재를 지우고 현대성을 자신이 성취해야 할 하나의 미래적 가능태로 전이시켜왔다. 여기서 현대성이란 중국이 선택할 수도 있고 그렇지 않을 수도 있는 것이 아니라 이미 운명처럼 주어진 세계——중국을 포함한——진화의 방향이라는 생각이 굳게 자리잡고 있다.[20] 따라서 그것은 서양의 문명이라기보다는 인류의 보편적 전망이 되고, 배척해야 할 것이 아니라 오히려 적극적으로 수용

---

19) 스튜어트 홀 「서양과 그 외의 사회들: 담론과 권력」, 『현대성과 현대문화』 전효관 외 옮김, 현실문화연구 1998, 406~12면 참고.
20) 이러한 신념이 역사를 일직선상의 진보개념으로 보는 진화론과 서구 현대 계몽주의의 전폭적 수용으로 형성되고 유지되었음은 이미 많은 논자들에 의해 연구되어온 바이므로 더이상 부연설명이 필요없을 것이다. 다만 한가지, 이러한 신념이 많은 부분 서구 제국주의의 특허품인 오리엔탈리즘에 기대고 있다는 사실은 분명히 짚고 넘어갈 필요가 있다. 샤오메이 천은 5·4반전통주의를 오리엔탈리즘의 또다른 변형이라고도 볼 수 있는 옥시덴탈리즘의 작동으로 설명하는데, 이 부분에 대해서는 다음 절에서 다시 언급하려 한다.

해야 하는 "새 것"이자 "현대"의 운명이다. 서양은 그것을 선취했을 따름이다.

그렇다면 전통주의에서와 같은 동양의 정신 대 서양의 물질이라는 경계도 무너질 수밖에 없다. 즉 만일 옛것보다 실제로 유용하기만 하다면 그것이 중국 것인지 외국 것인지를 따지는 게 무슨 소용이냐고 꼬집던 루 쉰처럼 대부분의 반전통주의자들은 동양의 정신문명이 서양의 물질문명보다 우월하다는 관념을 버렸으며 심지어 서구를 물질문명의 세계, 동양을 정신문명의 세계로 보는 구분 자체를 비웃었다.[21] 그들에게 물질문명은 서구라는 타자만이 독점할 수 있는 것이 아니라 바로 자아─중국민족의 현재와 미래 속에도 예정되어 있는 일부이다. 또한 정신문명은 물질세계의 변화에 따라 부침하는 것[22]이므로 동양의 배타적 영역으로 고집할 수 없는 것으로 여겨졌다. 오히려 물질문명이 이미 자아 안에 예정된 현실이라면 그에 걸맞은 정신문명 ─설령 서구의 것이라도 전혀 개의치 않고─을 이룩하는 일은 더더욱 시각을 다투게 된다.

5·4 반전통주의자들이 신문화운동을 펼친 것은 바로 이와 같은 이유에서였다. 그들은 서양이 성취한 현대성이란 서양만의 것이 아니라 세계의 운명이기 때문에 배척하기는커녕 오히려 물질과 정신 영역 모두에서 적극적으로 수용하는 것이 민족의 위기를 극복하는 길이라 여겼다. 그들에게는 현대가 이미 중국에서도 불가역적으로 진행되고 있기 때문에 시대에 걸맞는 정신영역, 즉 문화의 근본적 변혁은 절실한 시대적 요청이라는 인식이 팽배했던 것으로 보인다. 이는 문화적 정신적 영역의 전통 고수를 주장함으로써 현대화와 반식민의 절충을 모색한 19세기 인도 등의 민족주의와는 확연히 구별되는 지점이 아닐 수 없다.

---

21) 周策縱 『5·4운동』 12장 참고.
22) 陳獨秀 「孔子之道與現代生活」, 『新靑年』 제2권 4호 1916; 丁守和 主編, 앞의 책 14~18면 참고.

요컨대 반식민 민족주의의 현대화 전략에 보편적으로 동원되는 동/서, 물질/정신, 외부/내부, 세계/집, 남성/여성과 같은 공간적 유비들이 중국의 반전통주의담론에서는 신/구라는 훨씬 더 강력한 시간적 이분법으로 부단히 수렴 혹은 환원되었다. 그리고 이렇게 단순화되고 집중된 시간의 이항대립적 수사학은 신문화운동가들에 의해 우상파괴를 위한 강력한 비판의 전략으로 채택되었다. 그 결과 '구'의 영역으로 구분된 그 모든 것은 설령 그 속에 합리적 근거가 있는 경우라도 단지 과거의 것이라는 이유만으로도 폐기되어야 한다고 주장되기도 했다. 예컨대 캉 여우웨이(康有爲)가 인본주의적 특성을 지닌 유교야말로 현대사회에 적절한 종교이며 서구 현대사회에서 기독교가 한 역할을 중국에서는 유교가 대신할 수 있을 것이기 때문에 유교를 국교로 삼아야 한다고 주장했을 때, 천 두슈는 이에 극력 반대했다. 이유는 간단하다. 아무리 유교에 합리적 요소가 있다 해도 유교는 이미 지나간 시대의 것이기 때문에 그러한 시도는 실패할 수밖에 없다는 것이다. 천 두슈는 캉 여우웨이가 관심을 기울였던 유교의 현대적 계승에 대해서는 일말의 가능성도 고려하지 않았다.[23]

이처럼 '뒤늦은' 지역, 혹은 '낙후'한 민족으로서 서양이 선취한 '새로움' 즉 현대를 따라잡아야 한다는 5·4시기 지식인들의 시간에 대한 강박과 공포 속에서 '구', 즉 과거의 전통은 중국의 전진, 즉 '현대'로의 진입을 가로막는 가장 큰 장애요소로 이해되었다. 그들은 자신의 현재 미성숙과 낙후를 조건짓는다고 생각되는 모든 환경을 강하게 부정했는데, 그 환경이 바로 '전통'이라 명명되었다. 민족현대화에 걸림돌이 된다고 파악되는 한, 과거의 시간인 전통은 전통주의자들과는 달리 거침없이 부정될 수 있었다. 전통은 현대적 주체를 자임한 신문화운동 제창자들에 의해 현대의 타자로 선택되고, 모든 타자화가 그렇듯이 반전통주의는 현대적 주체에

---

23) 陳獨秀, 같은 글 18~19면 참고.

대한 타자로서의 전통을 정형화(定型化)하게 된다.

정형화란 한마디로 "비현실적 도려내기"[24]로서, 복잡한 차이들이 함께 모여 하나로 응축되고 일면적으로 묘사되는 것을 말하며 과도한 단순화는 하나의 주체나 장소에 고착되기 마련이다. 5·4 반전통주의가 민족의 현대적 전통으로 재구성될 가능성이 있는 거대한 과거의 아카이브 중에서도 유독 유교만이 전체 전통인 것처럼 취급한 것이나, 현대 신유학의 성과가 보여준 것과 같은 풍부한 재해석의 가능성을 철저히 배제한 채 유교를 '흉악'한 본성을 가진 것으로만 재현한 것도 모두 전통을 타자화하는 정형화 과정이었다. 그러한 급진적 우상파괴운동 속에서 과거 인습체계로서의 전통은 내내 단 하나의 성질을 가진 억압적이고 야만적인 체계로 '상상'되고 표상되었다. 긴박한 위기의식이야말로 끊임없이 전통을 야만적인 어떤 동질적이고 본질적인 실체로 고착시킨 주요한 동력이었다. 당시 신문화운동가들이 전통을 수식하는 말로 거의 관용구처럼 사용한 '흉악' '타락' '낙후' '식인(吃人)' '야만' '만악(萬惡)' 등은 전통을 타자로 정형화하는 대표적 수사들이다.

5·4 반전통담론 속에서, 그리고 지금까지도 부정적 전통에 대한 강력한 알레고리로 자리잡은 루 쉰의 '식인' 비유는 그 대표적인 예라 할 수 있다. 스튜어트 홀에 의하면, 근친상간·동성애·야만적 관습·종교에 대한 적대감처럼 자기 사회에서 타락이라고 여겨지는 것들에 대한 공포를 유럽인들은 모두 자신들의 식민지에 투사하였고 그 모두가 하나로 응축된 것이 바로 '식인'으로서의 원주민 이미지였다고 한다.[25] 그런데 루 쉰은 바로 자신의 전통, 그것도 실은 상당히 세련되고 현대적인 철학체계로 재해석되기까지 하는 유교를 '식인'이라는 끔찍하고 과장된 '원시'적 이미지로 정형

---

24) 스튜어트 홀, 앞의 글 450면.
25) 같은 글 447~49면 참고.

화했던 것이다. 그것은 서양제국주의가 서양 이외의 사회들을 타자화하였던 것과 똑같은 방식으로 자기 자신의 일부를 타자화한 것이라는 점에서 흥미로운 대목이 아닐 수 없다.

이렇게 유교전통과 그 구체화된 제도로서 가정이 흉악하고 야만적인 '만악의 근원'으로 정형화된 것은, 신문화운동 제창자들이 민족적 낙후와 미개, 야만, '반신불수' 등에 대한 자신들의 콤플렉스와 공포심을 모두 전통 속에 투사했기 때문이다. 주체가 자기 내부에 존재하는 모순 혹은 충돌 중에서 대개 '나쁜' 것을 타자에게 투사함으로써 자신을 선한 존재로 구제한다면, 신문화운동의 계몽주의 지식인들은 위와 같은 방식으로 전통을 철저히 타자화하는 과정에서 비로소 자기 스스로를 구제하고, 전통으로부터 초월하여 존재하는 듯한 현대적 민족 주체로 자신의 자리를 상상하였다고 할 수 있다. 현대 계몽주의적 동일성 철학이 늘 주체에 대한 타자를 구성하고 그 타자에 주체의 공포를 투사함과 동시에 정형화한 타자를 폭력적으로 배제해왔다면, 중국의 신문화운동 제창자들 역시 동일한 원리로써 자기 자신의 전통을 타자화한 것이다.

이처럼 전통에 대한 반전통주의의 단순화와 단호한 거부의 수사학 속에는 '낙후'에 대한 반(半)식민지 주체의 절대적인 공포와 초조감과 민족적 위기의식이 투사되어 있다. 영국 식민정부가 인도의 전통을 대상으로 계몽주의적 문명화의 사명을 자임했다면 중국의 반전통주의 지식인들은 자기 내부의 지나간 시간, 즉 중국의 전통을 대상으로 문명화 사명을 자임한 것이다.

(4) 옥시덴탈리즘과 페미니즘

식민지 문제를 규명하기 위해 억압/저항의 맑스주의적 패러다임을 사용하든, 정신분석적 정체성 이론을 사용하든, 상호주체성을 강조한 번역이나 이식 이론을 사용하든 반(半)식민지의 현대 민족국가 건설 기획에 '현대를 선취한 서양'이라는 상상이 어떤 식으로든 깊이 관련되어 있음을 부인할 수는 없다.[26] '동양'이 서양의 식민지지배를 정당화하는 과정에서 형성된 재현체계에 불과하다면 '현대적'이라는 말과 거의 동의어로 사용되는 '서양' 역시 사실은 만들어진 구성물에 불과하다. '동양'과 마찬가지로 '서양'도 서양 식민주의담론인 오리엔탈리즘의 산물인 것이다.[27] 그렇다면 전통주의자들의 서양＝물질, 동양＝정신이라는 유비(類比)는 물론이거니와 그러한 유비를 앞서 본 것처럼 끊임없이 강력한 시간적 유비로 전이하는 5·4시기 반전통주의 역시 상당부분 오리엔탈화된 재현체계에 기댔으리라 짐작하기는 어렵지 않다.

그런데 샤오메이 천(陳曉媚)은 이를 옥시덴탈리즘(occidentalism)이라는 용어로 재구성하고자 한다.[28] 옥시덴탈리즘이란 곧 동양에 의해 구성된 서양에 관한 재현체계라 할 수 있다. 옥시덴탈리즘이 서양의 오리엔탈리즘에서 비롯된 '동양'과 '서양'이라는 상상적 이분법을 기반으로 하는 한 그역시 근원적으로는 오리엔탈리즘의 산물로 보아 무방할 것이다. 그런데도 그녀가 굳이 그 개념을 끌어오는 것은 중국 옥시덴탈리즘의 창조적 전화의 성격, 즉 저항성을 강조하기 위해서다. 주지하듯이 오리엔탈리즘이 서

---

26) 그것은 유일한 비서구 제국주의인 일본과 그 식민지에서도 예외는 아니다.
27) 홀에 의하면, '서양'이란 이미 만들어진 서양사회를 단순히 반영했다기보다 오히려 그 관념이 바로 그 사회를 형성하는 데 핵심적이었다. 이른바 서양의 특성은 부분적으로는 그 역사와 생태, 발전유형 그리고 문화에 있어 유럽적 모델과는 매우 상이한 다른 사회, 비서양 사회들과의 만남 그리고 자기비교를 통해 생산되었다. 그것은 지리, 사회유형, 발전수준을 모두 포함하는 재현체계의 일부일 뿐 아니라 비교의 표준이나 모델을 제공하는 사고의 도구이기도 하다. 또한 그것은 다른 사회들을 반대편에 서열짓고 긍정적이거나 부정적인 느낌을 강력하게 집중시키는 평가기준을 제공한다. 일종의 주체에 관한 지식과 그것에 대한 특정한 태도를 낳는, 즉 이데올로기로 기능한다. 스튜어트 홀, 앞의 글 참고.
28) 샤오메이 천『옥시덴탈리즘』, 정진배 김정아 옮김, 서울: 강 2001, 서론 참고.

양의 식민지배를 정당화하기 위한 억압담론인 데 대해 중국에서 오리엔탈리즘으로 이상화된 서양의 이미지는 오히려 국내 지배이데올로기에 대한 저항담론으로 기능했다는 점을 주목해야 한다는 것이다. 이는 오리엔탈리즘 비판의 순진한 수용이 자칫 역설적으로 문명의 서양 대 야만의 동양이라는 틀을 본질화하는 함정에 빠질 수 있음을 경계하면서 동양과 서양의 관계를 '대화적 상상력'을 발동시키는 상호주체적 관계로 보고자 함이다. 즉 "서양에 의해 구성된 동양과 동양에 의해 구성된 서양이 독특하게 조합"하면서 새로운 담론을 창출하는 데 주목해야 한다는 것이다.

그런 맥락에서 샤오메이 천은 오리엔탈리즘이나 옥시덴탈리즘을 어떠한 항구적이거나 본질적인 내용도 가지지 않는 행위로 파악해야 한다고 주장한다. 예컨대 제3세계 담론은 탈식민지시대의 국제적인 영역에서는 역사적으로 중요한 것이지만 제3세계 내에서는 전제 왕권의 존속과 같은 국내의 내부 식민화를 합리화하는 지배담론으로 변형되거나 전유될 수 있다. 그런가 하면 제3세계에서 옥시덴탈리즘 담론은 "국내에서의 획일적인 질서에 맞서는 저항구조로서 서양이라는 타자를 활용하면서, 그것을 사용하고, 오용하고, 묘사하고, 재연하고 왜곡하고 또 복원하는 것"[29]이다. 요컨대 옥시덴탈리즘과 오리엔탈리즘은 모두 어떠한 형태에서든 '개념 그 자체'를 가리키는 것이 아니라 권력관계를 가리키는 것으로 이해되어야 한다는 것이다. 그럴 때 비로소 이른바 제3세계와 제1세계 모두 타자로서

---

29) 샤오메이 천은 미요시 마사오(三好正夫)를 인용하면서 제1세계와 제3세계의 상이한 현실을 묘사하려는 어떠한 시도도 '신뢰할 수 없는' 것이라고 본다. 왜냐하면 '제3세계'라는 용어 자체가 그것의 본질주의적인 특성과 더불어 제1세계의 인종차별주의에 대한 재긍정을 암시하기 때문이다. 이는 또한 하나의 가정적인 척도에 불과한 진보와 근대화라는 잣대에 따라 제1세계가 더 발전된 단계에 있다고 공표하는 것일 수 있다. 역으로 그것은 정신적 공동체로서의 제3세계를 주창하는 반동적인 토착문화주의자들의 안정화를 의미할 수도 있다. 그것은 또한 항구성을 절대적인 것으로 제시하면서 제3세계의 전통주의를 찬양하는 것일 수도 있다. 더 자세한 것은 샤오메이 천, 같은 책 서론과 1장 참고.

의 특권의식으로부터 벗어나 스스로의 역사적 상황을 토대로 수정적이고 비판적인 움직임을 허용할 수 있기 때문이다.

예를 들어 그녀는 과거 중국에서 작용했던 옥시덴탈리즘을 크게 관변 옥시덴탈리즘과 반관변 옥시덴탈리즘으로 구분한다. 관변 옥시덴탈리즘은 중국정부가 대내적으로 자국 국민에 대한 억압적 민족주의를 지탱하고 대외적으로는 제3세계 영도자로서의 중국의 지위를 강조하기 위해 서양을 본질화하는 담론을 말한다. 실제로 사회주의 중국에서 서양은 부패한 침략자·부르주아·반혁명·적·반역자·첩자 등의 이미지와 연결되면서 관변 옥시덴탈리즘을 형성해왔다. 한편 반관변 옥시덴탈리즘은 전체주의 사회의 이데올로기적 억압에 저항하는 일종의 정치적 해방의 은유로 서양이라는 타자를 활용하는 담론을 말한다. 그녀는 그같은 반관변 옥시덴탈리즘의 대표적인 예로 1988년에 방영된 TV 다큐멘터리 「하상(河殤)」[30]을

---

30) 「하상(河殤)」은 1988년 6월에 방영된 6부작 다큐멘터리. "「하상」의 중요한 메시지 가운데 하나는 중국의 전통적인 문화적 물신숭배에 대한 전적인 부정에서 발견된다. 거기에서 그동안 중화문명의 요람으로서 '아름다움' '장엄함' '모국의 젖줄'이라는 관습적 이미지를 갖고 있던 황하는 수백만 명의 인명과 삶의 터전을 정기적으로 앗아가는 난폭하고, 잔인하며, 전제적인 인물, 즉 궁핍과 재난의 원천으로 그려진다. '河'라는 글자는 황화문명을 지칭할 뿐만 아니라 인도나 이집트와 같은 다른 원시 농경문명들까지 가리킨다. 또 '殤'이라는 글자는 '나이가 차기 전에 죽는 것'을 뜻하는 것으로 '하상'은 아시아적 생산양식에 특징적인 정체성을 암시한다. 즉 아시아적 생산양식은 너무 빨리 성숙하여 때이른 정체성을 초래한 것이다. 반면 죽어가고 쇠락해가는 동양을 묘사함으로써 중국시청자들을 불안하게 만들면서 아울러 「하상」은 젊음, 모험, 에너지, 힘, 기술, 그리고 현대로 대표되는 서양 타자에 대한 열정적인 진술로 시청자들에게 충격을 안겨주었다. 서양문화는 해양문화이기 때문에 그 진취적 힘으로 쉽게 근대적 확장과 발전을 이룩했으며 일본 역시 세계열강의 반열에 이를 수 있었다라는 식의 서술은 서양-해양blue/동양-내륙yellow 식의 단순화 속에서 많은 문제를 지닌다. 「하상」이 서양에 대한 왜곡된 이미지를 창조하고 전파했다는 것은 명확해 보이며 이는 정치적, 문화적으로 동기 부여된 문화적 타자에 대한 이미지를 제공하고 있기 때문에 옥시덴탈리즘이라 명명될 수 있다." 샤오메이 천, 같은 책 1장 참고.

든다. 「하상」은 중화민족을 상징하는 문화적 물신숭배를 부정하고 중국을 열등한 것으로 묘사하는 한편 역동적이고 진취적인 해양문화로서의 서양 이미지를 고취했는데, 이는 바로 관변 옥시덴탈리즘에 대한 전복적 시도였다는 것이다. 즉 「하상」에 재현된 열등한 중국과 이상화된 서양 이미지는 획일적인 일당 체제의 열등성을 드러내기 위한 비판전략의 일부이며 관변이데올로기를 허물기 위한 구실이었다는 것이다.

그녀는 「하상」처럼 지배문화에 대한 저항담론으로 서양을 환기하는 것은 문학적으로나 정치적으로나 현대 중국사의 형성에서 역동적이고 변증법적 힘이 된 일종의 '대화적 상상력'을 여러차례 작동시켰다고 본다. 그녀에 따르면 서양을 유토피아적 모델로 구성해내는 것의 원형은 바로 5·4시기 반전통주의에서 발견할 수 있다고 한다. 5·4 지식인들은 지배이데올로기에 맞서 정치적으로도 상상 불가능하고 이데올로기적으로도 불가능한 어떤 것을 표현하는 일에서 서양의 이미지로부터 강력한 전략을 발견했던 것이다. 그리고 이때 지배이데올로기는 '진보적'이고 '민주적'인 서양과는 모든 점에서 상반되는 것으로 간주되었다. 샤오메이 천은 5·4시기 반전통주의 여성해방담론 역시 서양의 모습에서 유교라는 가부장적 지배이데올로기에 대항하는 강력한 무기를 발견했으며, 따라서 당시의 옥시덴탈리즘은 정치적으로 저항적인 것으로 간주될 수 있다고 주장한다.

하지만 그렇다고 해서 샤오메이 천이 옥시덴탈리즘을 완벽한 저항서사로 이상화하지는 않는다. 예컨대 그녀는 옥시덴탈리즘의 "문제적 본질"을 다음과 같이 지적한다.

5·4의 국내 아들들은 자국의 '아버지'들로부터 자신의 '자매'들을 해방시키기 위해 유교적인 '아버지'들에게 반항한다. 그러나 그러기 위해서 아들들은 그 자체 내에 여성에 대한 가부장적 지배라는 형식을 포함하고 있는 새로운 대리부──서양으로부터 수입된 전통──에 기대게 된다. 결과적으

로 국내의 아들들에 의한 그들 자매들의 외견상의 해방은, 실제로는 아들들 스스로의 새로운 문화적 자유, 다시 말해 그것의 서양형식에서조차 여성보다는 남성을 위해 존재했던 그런 자유를 성취하기 위해 자매들을 새로운 노예신분으로 팔아넘기는 일이었던 것으로 판명났다.[31]

제국주의 침략을 코앞에 두고 있던 5·4시기 특수한 상황으로 볼 때 서양에 대한 낭만적 의존은 역설적으로 "서양의 아버지가 '제3세계' 여성을 지배하고 식민지화하는 또다른 사례"가 된다는 것이다. 다시 말해 옥시덴탈리즘에 기댄 5·4시기 반전통주의 여성해방담론은 "좋든 싫든 제국주의 아버지들의 이해를 공고히하는 문화적 식민주의담론으로 기능"할 수 있으며, 또 서양이라는 이름의 다른 가부장체제에 대한 순진한 옹호로 귀결된다는 것이다. 여기서 여성은 그저 이용당한 것에 불과하기 십상임은 물론이다.

그런데 5·4시기 신문화운동 선구자들이 옥시덴탈리즘을 작동시킨 결과 문화제국주의를 용인하게 된 측면이 있다는 샤오메이 천의 지적을 굳이 전면 부정할 필요는 없음에도 불구하고 5·4 반전통주의가 서양에 낭만적으로 의존했다거나 서양이라는 가부장체제에 대한 순진한 옹호로 귀결된다는 그녀의 주장은 논의의 여지를 남긴다. 왜냐하면 5·4 반전통주의 논의에서 서양의 이상화는 대부분의 경우 자각적인 선별에 의해 이루어졌기 때문이다. 적어도 필자가 아는 한 후 스나 천 두슈, 루 쉰, 리 다자오 등 대표적 반전통주의자들은 그저 순진한 서구추종자가 결코 아니었다. 이미 그들은 서양 현대의 그늘을 동시에 보고 있었다.

예컨대 루 쉰은 1900년대 초 일본 유학시절 이미 서구 현대문명, 심지어 개인주의의 문제까지 예리하게 지적한 바 있고, 후 스 역시 미국유학을 통

---

31) 같은 책 229면.

해 현대자본주의의 폐해를 잘 알고 있었던 만큼 1917년 러시아혁명을 상당히 긍정적으로 평가한 바 있다. 그리고 자본주의적 현대에 대한 대안으로서 맑시즘에 동조하여 5·4학생운동 직후 중국공산당 건립에 참여한 천두슈와 리 다자오는 더 말할 나위도 없다. 적어도 1차세계대전과 러시아혁명의 성공은 전반적 서구화론자들조차 서구문명에 대한 순진한 환상에 회의를 품게 했음이 틀림없다. 또한 마오 둔(茅盾)이 유럽의 다양한 문예사조를 소개하면서도 그중 중국의 현실에는 리얼리즘 사조가 가장 절실하게 요구된다고 주장했던 것처럼 서양의 이상화는 철저하게 반전통주의자들의 선택적 원리에 따라 선별적으로 이루어졌던 것이다.

그것은 여성문제에서도 마찬가지다. 중국의 반전통주의자들이 서양사회를 순진하게 남녀가 완전 평등을 이룬, 그래서 가부장제가 완전히 모습을 감춘 사회라고 여겼던 것은 결코 아니다. 예컨대 「전후의 부인문제(戰後之婦人問題)」[32]에서 리 다자오는 현대민주주의 정신 아래 서양 여성의 참정권운동이 여성에 대해 악랄한 숱한 편견들과 어떻게 싸워왔고 또 현재도 싸우고 있는지에 대해 서술한다. 또한 전쟁 전후로 국가의 여성동원과 여성지위의 변화 문제, 여성의 공적 참여 확대로 빚어진 남녀노동자 사이의 갈등문제, 중산계층 여성과 노동계층 여성이 직면하게 되는 판이한 여성문제 등 당대 서양의 여성운동이 직면한 딜레마에 대해 상당히 예리한 분석의 보고를 하고 있다. 리 다자오가 본 바, 서양에서 여성문제는 결코 이상적 완성형이 아니라 중국 못지않은 난제를 지닌 진행형이었던 것이다. 또한 후 스 역시 「미국의 여성」에서 미국에도 많은 여성문제가 존재하지만 그런 문제점보다는 중국에 도움이 될 만한 점을 소개하고 장려하는 것이 더 필요하다고 분명히 밝힌다.

이처럼 서양에 대한 5·4시기 반전통주의자들의 수용이 선택적으로 이

---

32) 李大釗 「戰後之婦人問題」, 『新靑年』 제6권 2호.

루어졌다고 할 때 그 선별의 기준은 바로 그것이 열등한 중국이 하루 빨리 낙후에서 벗어나 현대화된 보편적 세계로 진입하는 데 얼마나 유용한가라는 것이었다. 즉 서양에 대한 선별적 수용 혹은 이상화는 그들의 민족적 위기의식에서 비롯되었다는 것이다. 5·4시기 전반적 서구화를 추구하던 반전통주의는 '반민족주의적'으로 보이거나 혹은 문화제국주의에 쉽게 포섭되는 것처럼 보임에도 불구하고 그것은 또하나의 반제 민족주의 전략의 일환이었던 것이다. 5·4 반전통주의가 곧 문화제국주의를 용인하게 된다는 샤오메이 천의 성급한 주장은 무엇보다 그녀가 5·4시기 반전통주의 옥시덴탈리즘을 국내 저항서사로서 강조하는 데 치중하느라 그것이 지닌 반제 민족서사로서의 성격을 간과한 데서 비롯된다. 5·4시기 옥시덴탈리즘에 기댄 반전통주의 신문화운동이 반제 민족주의였음은 우선 그것이 극렬한 자기부정을 통해 민족의 현대화를 가속화함과 동시에 그 기획의 주체적 지위를 제국주의의 침탈로부터 끝까지 지키려는 전략의 하나로 해석될 수 있기 때문이다.[33] 그것의 표면적인 극렬한 자기부정은 사실 스스로를 서양과 대등한 주체로 세우기 위한 탈변의 노력이며 나아가 서양에 의해 피동적으로 타자의 신분으로 고정되는 것을 강력히 거부하는 민족주의적 저항전략이었던 것이다.

샤오메이 천의 신중한 제안이 제1세계/제3세계, 억압/피억압의 패러다

33) 개인적으로 급진적 5·4 반전통주의를 논할 때면 떠오르는 장면이 하나 있다. 중국의 TV드라마나 영화를 보면 손으로 자기 얼굴을 마구 때리는 장면이 심심찮게 나온다. 처음 그 장면을 봤을 때는 강자 앞에서 자기학대를 통해 위기를 모면하려는 중국인들의 비굴함이 우스꽝스러운 문화를 정착시킨 것이라 여겼다. 그런데 점차 그렇게 자신을 학대하는 중국문화의 근원에 대해 궁금해졌다. 그리고 중국에서 몇년 지내는 동안 자신을 때리는 행위가 보는 사람한테는 우습게 보일지 몰라도 남한테 진짜 세게 얻어맞는(그래서 더 큰 화를 당하거나) 것을 모면할 수 있을 뿐 아니라, 자신도 죄를 인정하고 있음을 보이고 스스로 벌함으로써 오히려 주체적 존재로서의 자존심을 챙길 수 있다는 점에서 아주 실속있는 방식이라고 생각하게 되었다. 폭력적 자기부정을 통한 실리주의라는 점에서, 그것은 급진적 반전통주의와 흡사한 구조를 가진다.

임을 넘어 양자를 모두 주체적 행위자로 구성하는 데 퍽 유용하다는 것은 부인할 여지가 없다. 하지만 옥시덴탈리즘의 문제를 매번 다양한 맥락에서 형성되는 권력관계로 보아야 한다는 주장에도 불구하고 샤오메이 첸 자신의 논증과정은 국내 지배이데올로기에 대한 저항서사로서 옥시덴탈리즘 담론의 긍정적 역할을 강조하는 데 치중한 나머지 그것이 갖는 반제 민족주의로서의 의미를 평가하는 데는 소홀하다는 점에서 아쉽다. 그것은 그녀의 옥시덴탈리즘 논의가 앞서 살폈던 1980년대 중국의 신계몽주의적 논리에 암묵적으로 동의하고 있다는 점에서 더욱 그렇다.

예컨대 「하상」이 국내 반관변 저항서사로 작용했다는 샤오메이 첸의 주장에는 동의하지만 관변 민족주의 이데올로기 대 반민족주의적 반관변 저항서사라는 이분법적 적용은 좀더 신중할 필요가 있다. 반관변 저항서사라는 점에서 「하상」의 저항성을 지나치게 강조한 나머지 그녀의 논의는 마치 '중국관변＝억압 대 반관변＝민주'라는 당대 서양사회가 중국을 바라보는 다분히 정치적 의도를 지닌 이분법을 떠올리게 한다. 그것은 우선 중국의 관변 민족주의가 사실은 5·4시기 반관변 저항서사—반전통주의—로부터 비롯되었다는 역사적 사실 및 그로부터 생성된 모호성을 보지 못하게 한다. 그런가 하면 그것은 '반관변 저항서사'가 수반하는 내부 타자화—계급적 성별적 분화의 문제—의 논리에 대해서는 관대하다. 이는 「하상」을 떠받치고 있는 1980년대 신계몽주의담론의 문제—현대성을 자본주의적 현대성으로 획일화하고 사회주의의 '반현대성의 현대성'을 간과하며 심지어 그것을 봉건으로 치부해버리는—를 고스란히 떠안게 된다. 사실 신계몽주의가 1980년대 덩 샤오핑식 시장경제개혁의 발판이 되었음을 생각해보면 그것을 그렇게 분명한 반관변 서사로 볼 수 있는가도 의문이다. 왕 후이가 역설한 것처럼, 신계몽주의는 반관변담론이라는 사람들의 오해에도 불구하고 관변인사 및 이론과도 깊숙이 얽혀 있던 것이다.

두번째, 5·4 반전통주의가 서양을 쉽게 이상화하고 낭만화했다는 주장은 또다른 점에서 재고될 필요가 있다. 서양이 식민주의를 정당화하면서 서양 자신을 모델로 하는 보편적 진보의 기준을 세웠다면, 중국의 반전통주의는 기준으로서의 서양을 거부하고 대신 그것을 단지 진화론적 선상의 한 지점에 불과한 것으로 강등해버렸기 때문이다. 그로 인해 중국 반전통주의는 "우주진화"의 새로운 기점에 중국과 중국의 민족을 세울 수 있었다. 실제로 그후 중국은 독특한 중국식 사회주의혁명에 성공함으로써 서양의 자본주의적 현대와는 또다른 현대의 창출을 통해 서양과 비견하는 강력한 국제적 경쟁자로 부상했다. '모방'[34]이 애초 식민지 지배자가 기획한 교활한 식민통치의 방식이었다면, 결국 사회주의혁명의 성공에 도달한 중국의 반전통주의는 서양에 대한 철저한 '모방'을 통해 오히려 지배자의 정체성을 분열시키는 데 성공한 셈이다.

이처럼 식민주의에 협력하거나 혹은 문화제국주의에 포섭된 것은 아닌가라는 의심에도 불구하고 반전통주의적 전략 역시 근본적으로는 반제국주의와 민족적 현대화를 위한 시도가 분명하다는 점이 독특하다. 같은 5·4 신문화운동을 놓고 당시 "맹목적 외국숭배"[35]라고 비난한 전통옹호적 민

---

34) 바바에 의하면 '모방'은 애초 식민지 지배자가 기획한 식민통치의 방식이다. 그것은 피지배자의 문화가 지배자의 문화를 '모방' 혹은 '반복'하게 만듦으로써 피지배자의 문화를 변형하고 문명화하는 식민자의 '서사시적' 기획의 성격을 띠고 있다. 이러한 모방은 폭력에 기초한 지배정책과는 달리 정서적·이데올로기적 영역에서 작동하기 때문에 '식민권력과 지식의 가장 교묘하고 효과적인 전략 가운데 하나'이다. 그러나 결과는 지배자의 '의도'와는 전혀 다르다. 모방에 의한 피지배자의 '불완전한 동일성'은 마치 일그러진 거울처럼 지배자의 정체성을 분열시키고——정형의 재현구도와 마찬가지로——"자신이 거부하는 '타자성'에 의존하여 자신의 현존을 재천명"하게 만드는 것이다. 바트 무어-길버트『탈식민주의! 저항에서 유희로』제4장 참고.
35) 이를테면 장 제스는 신문화운동을 비판하면서 다음과 같이 말했다. "신문화운동은 모든 훈련의 파괴와 개인자유의 확대인가? 혹은 신문화운동은 맹목적 외국숭배와 외국문명의 무차별한 도입과 수용인가? 만일 그렇다면 우리가 추구하는 신문화운동은 너무 단

족주의자들과 그와는 반대로 신문화운동이 배외적이라고 규정한 일부 외국인들의 상충된 견해가 공존할 수 있었던 것도 이와 무관하지 않다. 또 류허를 비롯한 일련의 연구자들이 5·4를 풍미한 극단적 개인주의의 구호 속에서 역설적으로 민족이라는 키워드를 반복해서 발견하는 것도 이상한 일이 아니다.[36]

이처럼 5·4 반전통주의의 반제 민족주의적 성격에 주목하게 되면 5·4 반전통주의 여성해방담론이 서양이라는 또다른 가부장체제에 대한 암묵적 옹호로 귀결되며 "서양의 아버지가 '제3세계' 여성을 지배하고 식민지화"하게 된다는 샤오메이 천의 지적이 다소 성급할 뿐만 아니라 내용적으로도 추상적임을 알 수 있다. 더구나 그같은 논리는 오히려 토착 민족주의의 반여성주의적 논리에 너무 쉽게 손을 들어주는 결과가 될 수도 있음에 유의해야 한다. 왜냐하면 제3세계 여성에 대한 서양 아버지의 지배를 강조하는 것은 남성중심적 토착 민족주의가 내부의 급진적 여성운동을 민족주의운동으로 포섭할 때 흔히 사용하는 전형적인 구실이기 때문이다. 게다가 한번도 주권을 잃어본 적 없이 서양과는 다른 독창적 현대의 길을 개척해온 중국 현대사의 과정을 감안할 때, 그러한 독창적 현대의 길에서조차 더욱 교묘하게 작동해온 토착 남성의 여성억압의 문제보다 과연 문화적 제국주의의 문제가 훨씬 심각한 문제였는가는 재고해볼 일이다.

만약 여성에 대한 남성의 지배를 문제삼기 위해 5·4 반전통주의와 그 여성해방담론을 비판적으로 검토하려면 그것이 문화적 제국주의에 포섭되었음을 지적하는 것 외에 그것의 내부 식민지화 문제에 더 주목할 필요가 있을 것이다. 그런 점에서 5·4 반전통주의의 옥시덴탈리즘에서 반드시 지적되어야 할 것은 그들이 순진하게 서양을 이상화했다는 점보다는 바로

순하고 너무 값싸고 너무 위험하다."(「哲學與敎育對於靑年的關係」, 1941. 7 연설), 周策縱 『5·4운동』 320면에서 재인용.
36) 劉禾『跨語際實踐』 제3장 개인주의담론에 대한 논의를 참고.

역사의 진보에 있어서 서양이 중국보다는 한발 앞선 지점에 있다고 믿게 만드는 식민주의를 그들이 민족위기 극복의 논리로 받아들였다는 점일 것이다.

서양의 계몽주의자들은 문명과 사회발전으로 가는 하나의 길이 있으며 모든 사회는 동일한 척도로 초기나 후기, 저급과 고급으로 서열짓거나 위치지을 수 있다고 생각했다. 이때 문명의 '최저' 단계를 재현하는 데는 신대륙의 야만인들이 쓰였고 반대로 문명발전의 정상을 재현하는 데에는 유럽이 동원되었다. 비교대상으로서의 '그외의 사회들'이 없었다면 서양은 자신을 인간 역사의 정점으로 인식하거나 재현할 수 없었을 것이다.[37] 그리고 합리·민주·과학·진보·자유·평등·주체·인권·휴머니즘처럼 우리에게도 익숙한 수사들로 이루어진, 이른바 현대 계몽주의라 명명할 수 있는 지식체계가 그와 같은 식민주의를 합리화했다. 가장 계몽되고 성숙한 사회인 서양이 미개한 사회를 문명화하는 것은 일종의 신성한 사명이라는 이른바 식민주의의 '문명화 사명'론이 성립하는 것이다.

이와 같은 현대 계몽주의와 사회진화론은 5·4시기 반전통주의자들에게 서양의 진보가 서양의 전통으로 알려진 무언가의 완성으로부터 비롯된 것이 아니라 바로 전통의 거부로부터 유래함을 확신시켜 주었다. 그리하여 서양이 스스로를 그처럼 성숙한 사회로 재현했다면 중국의 반전통주의는 그러한 성숙한 사회로서의 현재 서양을 이상화했다기보다 현재 서양의 성숙을 가능케 한 것으로 보이는 방법론에 주목했다고 할 수 있다. 즉 서양의 진보가 전통을 해체하는 것에 의해 결정되었다면 중국에서도 서양과 같은 진보를 위해 전통의 해체가 요구되었던 것이다. 여기서 서양과 중국은 기본적으로 동일한 발전의 패턴을 겪게 되는 동등한 존재 ─ 민족국가적 존

---

37) 스튜어트 홀 「서양과 그 외의 사회들: 담론과 권력」, 『현대성과 현대문화』 451~59면 참고.

재──로 가정할 수 있다. 즉 중국을 포함한 모든 국가는 보편적이고 문화적으로 중립적인 타입의 역사적 단계로 가시화되는 것이다.[38] 즉 사회진화론에 따라 중국과 서양 사이의 낙차는 어떤 문화적 우열과 같은 근본적 차이가 아니라 단지 시간적 차이의 문제가 되고, 시간적 차이는 중국 계몽지식인들의 능동적 의지에 기반한 급진적 전통부정에 의해 얼마든지 따라잡을 수 있는 것으로 낙관하게 된다. 결국 5·4시기 급진적이고 전반적인 반전통주의를 근원으로부터 추동한 것은 바로 서구 현대 계몽주의에 대한 신념이었다고 해도 과언이 아닐 것이다.

그런데 공교롭게도 그간 포스트담론의 연구성과는 식민주의의 함의와 물질적 효과를 바로 "서구 합리성이라는 심장의 인식론적 질병"[39]으로 진단하여왔다. 릴라 간디(Leela Gandhi)는 이와 같은 현대 인식론에 대한 포스트담론의 문제제기를 하나는 "동일성 철학"에 대한 것, 두번째는 "지식을 객관적 현실에 대한 권력으로 설명하는 것"에 대한 문제로 나누어 설명한다. 그에 따르면 서양 인식론의 근간이라 할 수 있는 데까르뜨의 동일성 철학은 근본적으로 타자의 배제에 근거하고 있는데, "전지적이고 자기충족적인 데까르뜨적 주체가 언제나 자기 자신의 이미지를 통해서만 세계를 보려 하는 나르시시즘적 욕망에 의거해 물질적이고 역사적인 타자성/타자를 폭력적으로 부정한다"[40]는 것이다. 또한 데까르뜨의 동일성 철학은 단순히 타자를 생략하는 것에서 더 나아가 그 생략된 타자와의 폭력적이고도 강압적인 관계를 통해 유지된다고 한다. 그리하여 하이데거가 자연 혹은 비인간의 세계에서 타자성의 특질을 찾은 데 이어 푸꼬의 작업은 범죄자·광인·병자·외국인·동성애자·이방인·여성 등이 모두 이러한 타자

---

38) Joseph Levenson, *Liang Ch'i-ch'ao and the Mind of Modern China*, Harvard University Press 1959, 92~101면 참고.
39) 릴라 간디『포스트 식민주의란 무엇인가』, 이영욱 옮김, 서울: 현실문화연구 2000, 41면.
40) 같은 책 57면.

로 형성되어왔음을 보여주었다.

이처럼 현대 합리성은 위험한 타자성에 흔히 '비정상' '일탈'과 같은 형상을 부여하고, 나아가 모든 문화적 타자성의 징후들을 폭력적으로 제압하려고 한다. 따라서 릴라 간디는 "파시즘도 타자에 대한 계몽주의의 공포가 빚어낸 것"이며 주체 대 지식대상, 성숙 대 미숙, 문명 대 야만, 발전 대 개발, 진보 대 원시 등과 같은 대립을 통해 스스로를 합리화해온 "식민주의적 문명화 사명의 절차 또한 유사한 불안에 의해 동기화된 것일 가능성이 높다"고 말한다. 아시스 낸디가 식민주의를 두가지로 구분하면서 첫번째를 물리적 침략행위, 두번째는 바로 합리주의자들·현대주의자들·자유주의자들에 의해 시작된 것이라고 한 것도 이러한 맥락에서다.[41]

그러면 근본적으로 타자를 통해서만 자기동일성을 구성하는 현대적 주체의 동일성 철학은 중국의 반전통주의의 반제(反帝) 및 현대 민족건설의 과정 속에서 어떤 형태로 작동했을까? 서양에서 주체의 동일성 철학이 결국 서양 이외의 사회를 타자화하는 식민주의 논리로 나갔다면, 계몽주의와 동일성 철학을 적극적으로 내면화한 중국의 반전통주의 역시 자신을 주체로 세우는 과정에서 불가피하게 타자화할 대상을 필요로 했을 것이다. 지극히 현실적인 국제적 역관계를 고려해볼 때 중국은 민족 외부보다는 민족 내부의 어떤 것을 타자화의 희생양으로 삼았을 가능성이 큰데, 대표적인 것이 바로 민족의 야만적 과거로서의 전통이다. 그리고 여성은 그러한 전통의 야만성을 가장 효과적으로 증명하는 증거로서 재현되었다고 할 수 있다.

---

41) 아시스 낸디의 논의는 릴라 간디, 앞의 책 29면 참고.

2. 반전통주의와 남성주도 페미니즘

(1) 반전통주의와 페미니즘의 조우

전족처럼 우리들을 조롱거리로 만드는 것은 없다. 그처럼 연약한 국민들을 데리고 어떻게 전투에서 싸울 것인가? 나는 구미인들이 그처럼 강하고 활기찬 것은 그들의 어머니들의 발이 묶여 있지 않고 그리하여 강한 자식을 낳았기 때문이라고 본다. 바야흐로 다른 나라들과 경쟁해야 하는 이 마당에 연약한 자손들을 물려주는 것은 위태로운 일이다.[42]

엘리자베스 크롤을 비롯하여 많은 중국여성사 연구자들이 지적했듯이, 19세기 말 중국여성의 해방은 천족(天足)운동, 즉 전족반대운동으로부터 시작되었다고 해도 과언이 아니며 그 운동이 서양 선교사들과 캉 여우웨이(康有爲), 량 치차오(梁啓超) 같은 남성 개화파들에 의해 적극 장려되거나 심지어 그들의 주도로 이루어졌음은 널리 알려진 사실이다. 중국민족의 현대화에 관심을 가진 많은 남성들은 대개 중국여성의 해방에 지대한 관심을 가지고 있었다.

그런데 5·4시기에 이르면 여성문제는 국부적인 관심의 차원을 넘어 민족현대화담론의 가장 중요한 부분을 차지하게 되는 것을 볼 수 있다. 5·4시기 신문화운동을 주도했다고 할 수 있는 『신청년』은 물론이고 1919년 한해 동안만 400여종이나 발간되었다는 정기간행물들은 유행처럼 서로 다투어 여성문제를 다루었다. 19세기 말 여성운동이 주로 여성의 공적 지위 획득에 치중했던 반면 5·4시기에는 혼인·재가·축첩·일부일처·정조·

---

42) 엘리자베스 크롤 『중국여성해방운동』, 김미경·이연주 옮김, 사계절 1985, 3장에서 재인용.

자유연애·여자교육·아동보육처럼 가정과 관련된 여성의 역할과 지위 문제들이 주요 쟁점으로 떠올랐다. 당사자인 여성은 물론이거니와 당시 필진의 대부분을 차지한 남성들이 여성문제에 관심을 갖게 된 구체적인 상황은 무엇보다 그들의 전통비판이 유교, 특히 유교적 가족제도에 집중된 것과 밀접하게 관련된다.

5·4 반전통주의에 의해 현대적 신문화건설에 가장 큰 걸림돌로 지목된 것은 바로 그들에 의해 '현대사회'에 부적합하다고 판단된 유교적 인습이었다. 사실 5·4 반전통주의 형성에 가장 직접적인 계기가 된 것은 바로 위안 스카이(袁世凱)의 제제운동(帝制運動)과 장 쉰(張勳)의 복벽사건(復辟事件), 캉 여우웨이의 공교운동(孔敎運動)과 같은 지배세력의 복고적인 정치활동이었다. 이들 복고세력은 공통적으로 유교를 앞세워 자신들의 합리화에 이용했던 것이다. 이는 신해혁명으로 인한 정치체제의 혁명에도 불구하고 이처럼 낙후한 세력들이 존속하는 근본 원인이 유교에 있다고 믿게 만들기에 충분했다. 적자생존의 세계에서 중국이 낙후할 수밖에 없는 원인이 유교에 있다고 판단되는 한 중국의 진보와 현대화에 대한 노력이 바로 철저한 유교비판에 집중된 것은 당연한 결과였다. 또한 유교가 억압적인 사회질서일 뿐 아니라 이미 중국민족의 정신 속에 깊이 내면화되어 있다는 점에서 5·4 반전통주의는 자연스럽게 전통에 대해 철저하고 급진적이며 전반적인 부정의 태도를 지향하게 되었다고 할 수 있다.

그런데 '공가점(孔家店) 타도'라는 구호 아래 격렬하게 진행된 유교비판은 공자의 가르침 자체를 재검토하는 것이라기보다는 수세기 이래로 지배자와 관리들이 인민에게 부과한 모든 윤리원칙과 제도들, 즉 세속화된 유교적 인습체계의 기만성과 잔인성을 폭로하는 것이었다.[43] 그중에서도 특히 전통가족제도는 "만악의 근원"으로 지목되었다. 가족은 개인을 억압하

---

43) 周策縱, 앞의 책 283면.

는 가장 일차적인 공동체일 뿐만 아니라 그러한 억압적 가족제도가 바로 전체 유교질서를 공고하게 만드는 기초라고 간주되었기 때문이다.

예컨대 대표적 반전통주의자 천 두슈(陳獨秀)는 유교적 가족제도야말로 현대문명사회의 핵심인 개인주의에 치명적인 장애물이라 파악했다. 유교윤리는 개인을 가족과 씨족단위의 성원으로만 여길 뿐 사회와 국가 내의 독립된 단위로 여기지 않으며 개인에게는 가족에 대한 효도·공경과 군주에 대한 충성의 의무만을 부과하기 때문이다. 그는 개인의 인격적 독립이란 개인의 재정적 독립과 불가분의 관계에 있는데 유교이론에 따르면 자녀는 양친이 사망할 때까지 개인재산을 소유할 수 없으며 여성에게는 상속권마저 주어지지 않는다고 지적했다. 또 자식은 부모의 뜻에 따라야 하고 여성은 아버지나 남편 또 아들에게 복종해야 하기 때문에 개인의 자유의사에 따른 정당한 정치활동도 불가능하다. 당연히 그가 볼 때 이러한 유교는 개인이 사회와 국가 속의 독립된 단위가 되어야 하는 현대사회에 절대 부적당하다.[44]

또한 천 두슈와 더불어 신랄한 유교비판의 논객이었던 우 위(吳虞)는 유교윤리를 골간으로 하는 전통가족제도가 바로 전제정치의 기초가 된다고 지적했다. 즉 유교 가부장제는 효를 근본원칙으로 삼는데, 이것이 나아가 군주에의 무조건적인 충성을 요구하는 충(忠)원리의 기초가 되었다는 것이다.[45] 전통법률 속에서 불효는 열가지 악(十惡)의 하나로 간주되었으며 효행을 매우 장려하다 보니 부모를 봉양하기 위해 아들을 생매장한 사람이 역사에서 '효자'로 존경받기까지 했다. 이어서 그는 유교전통사회에서는 대를 잇지 못하는 것이 가장 불효라고 여겨졌으며 그 결과 축첩이 성행하고 여성은 무시당했으며 산아제한도 불가능했다고 보았다. 또한 공자가

---

44) 陳獨秀「孔子之道與現代生活」,『新靑年』제2권 4호.
45) 吳虞「家族制度爲專制主義之根據論」,『新靑年』제2권 6호.

부모 생존시에 멀리 여행해서는 안된다고 가르쳤기 때문에 현대인에게 필요한 모험심이 부족하게 되었다고 지적하였다.[46]

천 두슈와 우 위의 전통가족윤리에 대한 이같은 공격은 보수파들에게 큰 충격을 안겨준 반면 젊은 학생들에게는 열렬한 지지를 얻었다. 평등과 독립을 중시하는 서구 현대적 개인주의에 비추어볼 때 유교는 특히 가족 중심이며 그 내부의 차별적 관계를 중시하는 윤리라 할 수 있다. 그러다 보니 유교비판에서 가부장적 가족관계 속의 약자에 속하는 청년과 여성이 동정과 주목의 대상이 된 것은 당연하였다. 전통가족윤리 비판으로 특히 여성의 생존환경이 더욱 적나라하게 드러나게 되었다. '부녀자의 말소리가 문밖으로 넘지 않는다'는 말처럼 유교적 가르침은 여성의 삶을 주로 가족·집이라는 공간 안에 한정시켜왔기 때문이다. 전통사회에서 여성의 경험이 대개 가족과 집 안에서 이루어졌기 때문에 가족제도에 집중된 전통 비판의 대상이 많은 부분 여성에게 가해진 잔학행위와 관련된 것은 자연스러운 일이었다.

그리하여 부당하게 여성에게만 정절을 강요하고, 중혼을 금지하며, 남녀간의 자유연애나 자유의사에 따른 혼인을 가로막음으로써 자결하는 여성이 속출하게 하고, 타락한 축첩제도를 허용하고 며느리 학대를 부추긴다. 여성에게 재산권을 인정하지 않고, 집안대사의 결정권을 주지 않고, 삼종지덕을 강요한다, 참정권이 없음은 물론이고 교육, 특히 고등교육을 받을 권리를 주지 않을 뿐 아니라 아예 공적 장소에는 여성의 접근을 금지한다 등등, 이렇게 반전통주의자들은 여성에게 주어진 불공평하고 잔인한 억압의 형식들을 열거하며 기나긴 목록을 만들었다. 그리고 그 목록을 자신들이 주장하는 반전통의 정당성을 증명하는 강력한 증거로 제시하였다.

이같은 유교비판은 전통적 가부장질서에 대한 사회의 보편 상식에 심각

---

46) 吳虞 「說孝」(『吳虞文錄』), 周策縱, 앞의 책 282면에서 재인용.

한 균열을 일으켰다. 유독 여성에게 더 불리하고 억압적인 사회적 윤리와 인습에 대한 폭넓은 고발은 곧 그러한 가부장적 환경에 대한 개선 및 가족과 사회 내에서 여성지위의 제고를 강력하게 요청하는 것이기도 했다. 5·4 신문화운동에서 제기된 여성문제는 전통주의자들의 여성전략이나 19세기 말 량 치차오(梁啓超)의 신민운동(新民運動) 속의 여성해방담론에 비하면 훨씬 근본적이고 해방적이라 할 수 있다. 후자가 '현모양처', 혹은 '신국민'을 출산하고 양육하는 '국민의 어머니'를 요구하며 여성의 역할을 이른바 '보국·보종·보교(保國·保種·保敎)'[47]에 한정하였다면, 전자는 철저하게 휴머니즘적이고 개인주의적인 관점에서 남성과 평등한 여성 개인의 권리를 요구하는 것이었으며, 제기된 구체적인 문제들의 범위도 훨씬 일상적이면서 광범위하였다. 특히 바로 앞에서 언급했듯이 유교전통 중에서도 가족제도가 비판의 핵심이었던 덕분에 여성은 그동안 여성억압의 주공간이 되어왔던 '집'이라는 영역에서 해방되어 근대적 개인주체로 설 수 있는 무한한 가능성을 기대할 수 있게 되었다. 가족제도 비판은 수많은 용감한 여성들이 실제로 5·4 반제운동을 비롯한 여성해방운동의 선구적 업적을 이룩하고, 또 평범한 여성들이 현대적 주체로 발돋움하는 데 든든한 지원군이 되었다. 5·4 반전통주의가 여성의 전통적 지위에 대한 개선과 가부장질서의 해체를 앞당겼던 것이다.

그러나 또 한편으로 5·4 반전통주의는 전통에 의한 희생의 증거로서 '여성문제'를 발견해내는 과정에서 의도와는 상관없이 여성을 타자화하는 경향을 드러낸다. 전통을 야만화하고 야만적 전통의 가장 큰 희생자로 여성을 부각시키는 과정은 알게 모르게 남성을 담론의 주체로 드러내는 한편 여성을 침묵하는 '증거'로 정형화하였다. 이는 앞서 잠깐 언급했듯이 반전통주의가 반제 민족주의의 전략으로 서양 현대의 계몽주의적 인식론

---

47) 이보경 『문과 노벨의 결혼 —— 근대 중국의 소설이론 재편』, 문학과지성사 2002, 262면.

을 철저하게 내면화한 결과이기도 하다. 즉 5·4 반전통주의는 서양 식민주의가 식민지 전통을 야만화하는 전략을 철저하게 '모방'하는 과정에서 전통을 비롯한 내부 타자에 대한 식민화를 초래하였다.

인도 전통을 창조하는 영국 식민주의에 대한 차터지의 다음과 같은 분석은 5·4 반전통주의가 어떻게 식민주의를 '모방'하고 있는지를 이해하는데 도움이 된다.

영국의 정복 이전 인도의 정치적 환경을 무정부적·무법적·독단적 전제정치의 국면으로 형상화하는 것과는 별도로, 영국의 식민지배를 이데올로기적으로 정당화하는 핵심적 수단은 "퇴화되고 야만적인" 인도인들의 사회관습──종교적 전통에 의해 인가되는 혹은 그렇다고 믿어지는──을 비판하는 것이었다. 질서있고 합법적·합리적인 통치절차의 제도화 기획을 식민주의는 "문명화 사명"의 수행으로 보았다. 그들의 전통을 "퇴화되고 야만적인" 것으로 동일시하는 가운데 식민주의적 비판은 늘 인도여성에게 저질러지는 긴 잔학행위 목록을 반복해서 만든다. 그에 따르면 그러한 잔학행위는 남성 혹은 어떤 계층의 남성에 의해서가 아니라 성서경전과 관습적 의식(儀式)들에 의해 이루어진다. 종교적 교리의 완벽한 틀 안에서 그 잔학행위들을 합리화함으로써 경전과 관습적 의식이 가해자나 수난자 모두에게 올바른 행동의 절대적 지침인 것처럼 보이게 한다. 부자유하고 억압당하는 인도여성을 동정하는 자리에 자신을 위치시킴으로써 식민적 정신은 위와 같은 인도여성의 형상을 선천적으로 억압적이고 부자유한 전체 문화전통의 본성에 대한 기호로 바꿔버린다.[48]

차터지의 이같은 분석은 인도에서 영국 식민주의가 '여성문제'를 핑계

48) Partha Chatterjee, "The Nation and Its Women," *The Nation and Its Fragments*, 117~18면.

로 인도의 전통을 선천적으로 '야만적'인 것처럼 창조해내는 과정을 압축적으로 보여준다. 영국 식민주의는 인도여성에게 가해지는 온갖 잔학행위의 목록을 작성하는 것을 통해 인도 전통 전체의 야만성을 증명하려 했다는 것이다. 그렇게 창조된 인도 전통의 야만성은 영국의 식민주의적 의도에 '문명화 사명'이라는 휴머니즘적 장식을 더욱 돋보이게 했다. 그런데 놀랍게도 몇개 고유명사만 바꿔보면 위의 인용문은 그대로 중국상황에 대한 분석이라 해도 전혀 무리가 없어 보인다. 위의 인용문을 다음과 같이 고쳐 써보자.

반전통주의적 민족현대화 기획을 이데올로기적으로 정당화하는 핵심적 수단은 "퇴화되고 야만적인" 중국인들의 사회관습—유교적 전통에 의해 인가되는 혹은 그렇다고 믿어지는—을 비판하는 것이다. 민주와 과학을 모토로 개인주의에 기반한 신문화건설운동을 반전통주의는 "민족적 현대화"의 수행으로 보았다. 자신의 전통을 "퇴화되고 야만적인" 것으로 동일시하는 가운데 반전통주의적 비판은 중국여성에게 저질러지는 긴 잔학행위 목록을 언제나 반복해서 만든다. 그에 따르면 그러한 잔학행위는 남성 혹은 어떤 계층의 남성에 의해서가 아니라 순전히 유교경전과 관습적 의식들에 의해 이루어진다. 그들은 공자의 가르침이라는 완벽한 틀 안에서 그 잔학행위들이 합리화되어왔음을 보임으로써 경전과 관습적 의식이 남성이나 여성 모두에게 억압적이었다고 보이게 한다. 그리고 부자유하고 억압당하는 중국의 청년과 여성을 동정하는 자리에 자신을 위치시킴으로써 반전통주의는 위와 같은 중국여성의 형상을 선천적으로 억압적이고 부자유한 전체 문화 전통의 본성에 대한 기호로 바꿔버린다.

이 절묘한 치환을 통해 결과적으로 식민주의로 나아간 현대 주체의 동일성 철학이 중국의 반전통주의 기획 속에서 어떻게 관철되었는지 확연히 드러남을 볼 수 있다. '전통'을 끊임없이 '야만'으로 규정하고 계몽주의적 문명화의 사명을 자임했던 주체가 인도에서는 영국 식민주의였던 데 비해 5·4시기 중국에서 중국의 '야만적 전통'을 창조해내는 데 앞장선 것은 다름아닌 본토의 신문화운동 제창자들이었다. 그들은 민주와 과학을 모토로 개인주의에 기반한 신문화건설운동을 민족현대화의 수행으로 보았다. 여기서 반전통주의적 민족현대화 기획을 이데올로기적으로 정당화하는 핵심적 수단이 바로 "퇴화되고 야만적인" 중국인들의 사회관습—특히 유교적 전통에 기반한—을 비판하는 것이었다. 즉 자신들을 현대화 기획의 주체로 자임한 반전통주의자들은 전통에 대한 격렬한 비판이라는 전략을 통해서 자신들의 주체적 지위를 정당화하였다.

오리엔탈리즘 내의 타자화된 자기 이미지로 인해 절박한 위기의식에 휩싸였던 5·4 반전통주의자들이, 자신들 역시 그 전통의 일부임에도 불구하고 이제 반전통의 주체를 자임할 수 있었던 것은 스스로 '경험-초월적 이중체(doublet)'[49]로 재현하는 데 성공했기 때문이다. 즉 중국의 반전통주의자들은 경험적 존재로서 전통 내부에 존재하지만 동시에 그로부터 초월하여 전통에 대한 지식을 생산해내는 자리에 있기도 한 이중적 존재로 스스로를 정립할 수 있었다. 이를 통해 그들은 오리엔탈리즘과 제국주의에 의해 부여된 타자로서의 이미지를 미리 차단함과 동시에 스스로를 제국주의에 맞서는 주체로 세우려 했다.

이 '경험-초월적 이중체'들은 야만적 전통의 원흉을 유교로 대표되는 아버지 남성으로 보고 자신을 아버지의 상징질서에 반항하는 남성, 즉 반역의 아들로 분리한다. 그리하여 이 반역의 아들들은 타자로서의 자기 이미지에 대한 모든 책임을 자기 내부의 전통으로 돌리고 대신 과학·민주·

---

49) '경험-초월적 이중체'란 원래 현대 인간주체의 인식론적 가능성과 관련하여, 인간은 "모든 지식을 가능하게 하는 것에 대한 지식이 그 존재 안에서 획득될 수 있는 그런 존재"라는 의미로 푸꼬가 사용한 말이다. 릴라 간디 『포스트식민주의란 무엇인가』 52면.

진보·규율·이성·통합·자율적 주체와 같이 부단히 남성성으로 재현된 서양의 현대성을 자민족 현대화의 목표로 삼는다. 그리고 아버지 질서의 낙후성과 야만을 증명하는 강력한 증거로 여성에 대한 잔학행위의 목록을 만들고 여성의 희생을 전적으로 애도하고 동정하는 자리에 자신을 놓았다.

그런데 그 과정에서 실제로 유교윤리를 끊임없이 공고하게 만들면서 구체적으로 수행해온 행위주체──동시에 수혜자의 대부분──로서의 남성의 억압적 지위는 슬쩍 은폐된다. 그대신 그들이 새로 물려받은 것은 민족현대화라는 위대한 계몽주의적 사명을 실천하기 위해 스스로 여성해방에 앞장서는 새로운 민족주체의 지위이다. 물론 그 과정이 결코 의도적이었다는 얘기는 아니다. 그것은 적어도 외형상으로는 식민지에서 식민주의 문명화 사명 기획이 "상당한 자의식을 갖고 식민지인들을 성숙에 이르게 하는 데 관심 있는 후견의 형식이나 사심없는 기획으로서 유행"[50]한 것과 마찬가지로 전혀 예기치 않게 이루어졌다. 그것은 민족의 위기의식 속에서 자연스럽게 진행되었다.

　　우리 중국의 여성계가 이러한 세계의 부인문제에 전혀 관심이 없다고 감히 단정짓지는 못하겠다. 그러나 나는 우리 중국이 '반신불수'의 사회가 되지 않기를 고대한다. 나는 또 세계에 우리 중국이 존재함으로 인해 새로운 시대를 맞고 있는 세계문명이 '반신불수'의 문명이 되는 일이 없기를 바라마지 않는다.[51]

---

50) 릴라 간디, 같은 책 48면.

51) "我們中國的女界, 對于這世界的婦人問題, 有點興趣沒有, 我可不敢武斷. 但是我很盼望我們 中國不要長有這'半身不遂'的社會. 我很盼望不要因爲世界上有我們中國, 就讓這新世經的世界文明仍然是'半身不遂'的文明." 李大釗「戰後之婦人問題」(『新靑年』 제6권 2호, 1919), 丁守和 主編『中國近代啓蒙思潮』, 北京: 中國社會科學文獻出版社 1999, 346면.

인용문에서 잘 드러나듯, 5·4신문화운동 제창자들은 제국주의적 위협으로 인해 위기에 직면한 민족을 구해야 할 뿐 아니라 세계적 진보의 도정에서 중국이 낙후되지 않을까 초조해했다. 그런데 유교전통은 중국을 낙후상태에 머물게 하는 가장 큰 원인이었고 전통사회에서 여성의 지위는 그처럼 낙후한 중국의 생생한 증거였다. 따라서 여성의 지위 개선은 곧 중국사회의 진보와 직결되는 것으로 간주되었다. 예컨대 뤄 자룬(羅家倫)은 사회진보가 사회구성원 개개인의 완벽하고 자유로운 발전에 달려 있다면 구성원의 하나인 여성들이 가사에 제한되고 유교적 전통에 억눌려 있는 한 어떻게 자신의 자유의지에 따라 행동하며 개인의 공적 역할을 수행해 갈 수 있겠냐며 여성해방의 중요성을 역설했다.[52] 5·4시기 여성은 이렇게 보편적 인간 혹은 현대 '개인'의 이름으로 호명되었다. 물론 여기서 철저하게 전통적 관계로부터 자유로운 독립적 존재로서 개인과 여성이 강조된 것은 그같은 개인이 현대 민족국가의 주체로서 공적 역할을 좀더 잘 수행할 수 있는 존재로 기대되었기 때문이다.

이처럼 남성 계몽주체들은 기존의 유교전통문화와 그것이 암시하는 '진리'에 저항하는 과정에서 영감의 원천을 '여성문제' 속에서 감지했다. 그리하여 많은 남성지식인들은 여성문제에 관한 글쓰기를 자신들의 반전통과 반정전(反正典)의 형성에서 중요한 정치적·이데올로기적 전략으로 간주했다. 칭큐 스티븐 찬(陳淸僑)에 의하면, "정체성에 대한 그들 자신의 딜레마"를 "낯설고 억압되어 있지만 서서히 부상하고 있는 여성이라는 문제적 '타자'"와의 관계 속에 위치시키고자 했던 것이다. 지배적인 지식인(남성중심의) 자아는 바로 "위기 속에 있는 '타자'의 변형을 통해 필사적으로 스스로를 재현하고자 했던 것"[53]이다.

---

52) 羅家倫「婦女解放」, 『新潮』 제2권 1호.

53) Ching-kiu Stephen Chan, "The Language of Despair: Ideological Representations of the 'New Women' by May Fourth Writers," *Modern Chinese Literature* Vol.4 1988,

이같은 사정은 5·4시기 '여성문제'를 언급했던 논자들의 대다수가 생물학적 성별의 남성들이었다는 점, 혹은 거의 모든 남성 계몽주체들이 '여성문제'에 대한 자신의 관점을 피력했다는 사실에서 분명히 드러난다. 예컨대 반전통운동의 진지였던 『신청년』에 '여성문제'를 다룬 문장이 수없이 실렸지만 그중 여성 투고자는 손에 꼽을 정도였다거나,[54] 1920년대 「인형의 집」을 비롯하여 숱한 여성극이 공연되었음에도 공연의 연출자와 배우가 모두 남성이었다는 사실[55]이 그 예증이다. 5·4 반전통주의 여성해방 담론을 "남성주도 페미니즘"(male-dominated Feminism)[56]이라 부르는 것은 바로 이와 같은 상황 때문이다.

(2) 여성경험의 재현과 젠더

'남성주도 페미니즘'이라는 표현에서도 직감되듯이 여성이 아닌 남성이 여성의 문제를 언술하는 경우 자연스럽게 여성이라는 성적 하위계층에 대한 재현/대표(representation)[57]의 문제와 젠더 정치학의 문제가 발생하게 된다. 일찍이 정 보치(鄭伯奇)나 위 다푸(郁達夫) 등은 "진보적 지식인이 하층민의 체험을 재현하고자 할 때 드러나는 기만의 가능성에 대해 의문을 제기[58]했던 바, 좌익 문학평론가들 사이에서 노동계급을 비롯한 하층민에 대한 지식인의 재현/대표 가능성 문제는 큰 쟁점 중의 하나였다. 그런데 그에 비해 여성이라는 하위계층에 대한 남성의 재현/대표 문제는 거의

19~20면; 샤오메이 천『옥시덴탈리즘』212~13면에서 재인용.
54) 陶履恭「女子問題-新社會問題之一」,『新靑年』제4권 1호.
55) 샤오메이 천『옥시덴탈리즘』6장 참고.
56) 같은 책 210면.
57) 재현/대표(representation)에 대해서는 스피박「하위계층은 말할 수 있는가」(태혜숙 옮김, 계간『세계사상』제4집, 동문선 1998) 참고.
58) 劉禾『跨語際實踐』, 三聯出版社 2002, 276면.

주목된 적이 없었다.

그것은 대개 성인지적 관점의 결핍(gender-blind)에서 기인한다. 일반적으로 여성이 작가인 경우 '여작가' 혹은 '여류작가'라는 특별한 지시명사를 사용하지만 남성인 경우는 성별을 표시하지 않고 '작가'라는 범칭을 사용하는 데서도 보이듯이, 성인지적 관점의 결핍은 무엇보다 언술의 주체로서 남성의 성별이 언제나 중립적이고 보편적인 인간자아로 가정되는 데서 비롯된다. 이와 같은 성인지적 관점의 결핍 하에서는 남성이 여성의 문제를 재현/대표하는 과정에서 발생할 수 있는 젠더 정치학적 문제가 전혀 의심되지 않기 십상이다. 그리고 바로 그 덕분에 반전통주의담론이 민족건설의 욕망과 관계되는 만큼 그것의 여성해방론 역시 민족현대화라는 더 '크고' '보편적'인 관심사 속으로 끊임없이 더 쉽게 포섭될 수 있었던 것이다.

앞서 말했듯이 적어도 외형상으로는 식민지에서 식민주의 '문명화 사명' 기획이 "상당한 자의식을 갖고 식민지인들을 성숙에 이르게 하는 데 관심 있는 후견의 형식이나 사심없는 기획으로서 유행"한 것과 마찬가지로 '남성주도 페미니즘' 역시 여성의 억압적 지위에 대한 남성 계몽지식인들의 진심어린 동정과 관심에서 비롯되었다. 그러나 식민주의의 휴머니즘이 식민/피식민 주체간의 권력관계를 '보편 인간'의 이름으로 은폐하기 쉽듯이, 성인지적 관점의 결핍은 흔히 남성과 여성의 젠더화된 특성의 표시를 지워버리고 보편화라는 재현의 정치(a politics of universal representation)를 허용하게 된다.

다시 말해 성인지적 관점이 결핍된 연구는 언제나 성별 억압과 착취의 일면을 은폐하게 되며 이것이 바로 "당시 남성주의적 민족주의 담론의 특징"[59]이기도 하다. 그로 인해 여성문제에 관심이 많고 여성해방을 주창한 진보적 남성지식인이라 하더라도, 그들의 의도와는 전혀 별개로, 자신의

---

59) 같은 글 278면.

"무의식적 젠더 역할"(unmarked condition of gendered investment)[60]을 드러 낸다. 비록 남성작가들이 진지하고 열정적으로 여성을 옹호하려 했다 하 더라도 그들의 글쓰기는 여성의 경험을 섬세하게 표현하지 못하는 가부장 적 전통의 담론적 습관을 드러내는 것이다. 그리하여 종종 자신이 주장하 는 여성해방담론 속에서조차 여성을 타자화하는 결과를 초래하게 되는데, 그 대표적인 예가 5·4시기 '남성주도 페미니즘'에서 드러나는 여성의 타 자화 경향이다.

5·4 반전통주의 여성해방담론은 결국 중국여성들이 가부장적인 위계질 서의 맨 아래에 위치해 있으며, 따라서 그들의 사회적 지위에 전면적인 역 전이 필요하다는 믿음을 바탕으로 하고 있다. 그로부터 여성해방은 반전 통주의, 특히 남성 계몽주체들의 개인주의 제창과 새로운 중국문화에 대 한 호소에서 절대적으로 필요한 부분으로 전유되었다. 물론 여성해방담론 의 주체였던 대부분 남성들의 선의를 굳이 오도할 필요는 없을 것이다. 신 문화운동에서 두드러진 이 '남성주도 페미니즘'을 이른바 여성하위주체에 대한 남성지식인의 '말 걸기' 시도였다고 적극적으로 해석해볼 수 있기 때 문이다. 하지만 문제는 그와 같은 개인주의와 새로운 문화에 대한 호소가 역설적으로 '타자'문화의 모델에 근거하고 있었다는 점이다. '낡음'·'전통' 은 '새로움'·'현대'를 세우기 위한 타자로 정형화되었던 것이다. 특히 '남 성주도 페미니즘' 속에서 민족의 계몽주체로서 남성이 전통을 타자로 정 형화할 때 언제나 희생자로 등장하는 여성은 대개 타자화된 전통과 결부되 었다. 여성해방담론에서 여성이 주인공이었음에도 불구하고 그 담론을 주 도하는 주체가 주로 남성이거나 혹은 남성으로 가정되고 여성은 궁극적으 로 담론의 대상으로 고정된 결과 다음 몇가지 문제를 초래하게 되었다.

첫째, '남성주도 페미니즘' 속에서 여성이 언제나 전통에 의해 억압된

---

60) 같은 곳.

희생의 증거로만 재현될 때 역사의 주체로서 여성의 경험은 보이지 않게 된다. 루 쉰의 소설 「축복」의 샹린(祥林)댁처럼 희생물로 재현된 여성은 애초에 전통의 야만성과 공포를 환기시키는 매개이자 계몽주체가 동정해야 할 대상으로 등장한다. 그런데 여성이 희생의 증거로서만 남성 계몽지식인의 재현 속에 등장하는 경우 그녀 자신이 주체로 설 수 있는 가능성은 희박해 보인다. 그녀는 대개 지나치게 무력해서 스스로 문제를 인식하거나 구원방법을 찾는 것이 불가능한 것처럼 그려진다. 그녀는 언제나 주체에 대한 타자요, 주체가 구해주어야 할 동정의 대상이며, 주체가 계몽하고 개조해서 이끌어주어야 할 '미성년자'일 뿐이다.

반면 그대신 부각되는 것은 희생자로 재현된 여성을 위해 고뇌하거나 공동체적 사명을 확인하는 남성적 화자의 내적 성장과정이다. '여성문제'를 발견하고 여성을 동정하고 그 문제해결을 위해 고민하는 과정에서 남성화자는 자기사명에 충실한 현대적 주체로 성장한다. 반전통주의자들이 그토록 여성해방을 부르짖고 동반자로서의 현대적 여성의 등장을 고대했음에도 불구하고 그들 담론의 수행과정에서 남성과 여성은 여전히 계몽자와 피계몽자, 주체와 타자, 지식 권력자와 지식의 대상이라는 관계를 뛰어넘지 못하였던 것이다.

두번째는 이른바 '노라 강박증'의 유행을 들 수 있다. 앞서 리 다자오의 인용문에서 보았듯이, 중국이 '반신불수'가 되지 않고 세계문명 진화의 행보에 동참하기 위해 여성해방은 필수적인 사안으로 간주되었다. 따라서 반전통주의는 중국의 여성들이 '만악의 근원'인 가정을 박차고 나와 전통의 굴레를 과감히 던져버리기를 강력히 요구했다. 그렇게 해방된 현대여성의 상징이 바로 노라였다. 문제는 민족위기의식에서 비롯된 반전통주의 민족서사 속에서 노라가 현대적 "여성해방의 유일한 거울상"[61]으로 자리

---

61) 孟悅·戴錦華 『浮出歷史地表』, 河南人民出版社 1989, 12면.

매김되었다는 것이다.

낙후한 여성의 지위가 중국을 '반신불수'로 만든다는 인식에는 마치 중국의 모든 여성이 노라가 될 수만 있다면 중국의 현대화가 성공할 것이라는 기대가 자리잡고 있다. 동시에 여기에는 중국의 현대화가 지연된 것은 중국여성들이 모두 노라처럼 되지 못했기 때문이라고 책임을 전가하고픈 은근한 욕망도 숨어 있다. 여기서 노라는 또다시 남성이 여성에게 부여한 여성의 이상적 동일성으로서 군림하게 된다. 이런 분위기 속에서 조금이라도 자각적인 신여성들은 어떤 형식으로든 노라가 되어야 한다는 강박감을 갖지 않을 수 없게 된다. 하지만 당시 대부분 중국여성들이 처한 현실적 상황은 그러한 담론적 실천과는 엄청나게 괴리되어 있었고 실제로 노라가 되기에는 수많은 현실적 난관들이 존재했다. 이들 현실적 난관 속에서 남성에 의해 여성에게 주어진 동일성을 내면화하기 위해 혼란을 겪을 수밖에 없었던 신여성들의 경우 새롭게 요구되는 담론적 요구와 현실 사이에서 더욱 곤혹스러웠으리라는 것은 쉽게 짐작할 수 있다.

세번째로 '노라 강박증'은 반전통의 영웅으로 노라를 칭송하는 만큼 노라가 되지 못한 여성에 대한, 혹은 그러한 의식마저 가지지 못한 것으로 간주되는 전통적 여성에 대해서는 강한 혐오감을 드러내게 된다. '야만적 전통'을 증거하는 유력한 표식으로서의 여성에 대한 재현이 부단히 반복되고 그 복제된 이미지들이 범람하는 동안 비판의 대상인 전통과 그 전통의 증거인 여성 사이의 구분이 점점 모호해진 것이다. 희생자로서의 여성은 언제나 민족낙후에 대한 주체의 공포를 투사하기 위해 타자화될 필요가 있었고, 타자화된 전통과 결부된 여성은 그 자체가 초월적인 현대 남성주체의 앞길을 가로막는 장애물로 간주되었다.

이같은 장애물로서의 여성은 점차 피해자라기보다는 전통 자체와 중첩되었고 이 경우 동정보다는 혐오의 대상이 되기 쉬웠다. 천 다베이(陳大悲)의 『여우란 여사(幽蘭女士)』에 등장하는 계모 딩(丁) 부인은 그와 같은 여성혐오가 투사된 전형적인 예라 할 수 있다. 딩 부인은 양녀 여우란을 학대하고 끝내는 살해하고 마는 전형적인 악덕 '계모'로 묘사된다. 하지만 사실 그녀는 대를 이을 사내아이를 낳지 못하면 다른 첩에게 자기 자리를 빼앗기거나 혹은 죽음에 이를 수도 있는 취약한 존재이며 그녀의 악독한 행위들은 가부장사회에서 자신의 제한된 권리를 보호하기 위한 본능에서 비롯된 것이라 할 수 있다. 그렇게 보면 딩 부인 자신이 가부장사회의 희생양이지만 작가는 그녀에 대한 동정을 보이기보다는 그녀를 전통의 화신처럼 묘사하고 희화화한다. 이는 작가가 청년여성인 여우란을 동정하고 그녀를 통해 전통에 저항해야 한다는 메시지를 전달하고자 하는 것과 확연히 대비된다. 즉 작가는 여우란이라는 희생자 여성의 처지를 동정하고 지지하기 위해서 여우란과 마찬가지로 전통가부장사회의 희생자라 할 수 있는 딩 부인을 주저없이 악독한 전통의 화신으로 정형화한다.[62] 「여우란 여사」는 여성해방에 동정적인 반전통주의적 텍스트임에도 불구하고 뿌리깊이 내면화된 여성혐오와 차별의식을 동시에 드러내고 있다.

이처럼 많은 반전통주의적 남성들의 텍스트 속에서 여성은 전통을 비판하기 위한 도구에서 이제 전통 그 자체에 대한 기호로 미끄러지기를 반복하게 된다. 가부장사회에서 남성은 많은 경우 자신의 공포를 여성에게 투사해온바, 이제 민족낙후에 대한 공포가 투사된 야만적 전통을 슬쩍 여성과 동일시하는 것은 자연스러운 일일지도 모른다. 그리하여 희생자로서의 여성형상은 남성의 동정적 시선과 혐오적 시선 사이를 위험하게 오가게 되었다.

여성이 전통과 결부되고 곧 전통과 함께 혐오의 대상이 되는 경우는 이른바 신문화의 세례를 받은 현대남성이 구식아내에게 노골적인 경멸감을

---

62) 천 다베이의 『여우란 여사』에 대한 더 자세한 분석은 샤오메이 천의 앞의 책 제6장을 참고.

드러낸다든가 구식아내를 버리고 신식아내를 다시 얻는, 중국현대소설에 흔히 보이는 모티브에서 확인할 수 있다. 주지하다시피 5·4시기 신식 남성지식인들은 일찌감치 집안의 정혼(定婚)명령에 따라 조혼(早婚)한 경우가 많았다. 이 경우 기껏해야 구식교양밖에 갖추지 못한 아내와의 결혼생활은 새로운 것을 추구하고 현대의 기호로서 자유연애를 꿈꾸던 그들에게 전통질서의 부조리를 피부로 느끼게 하는 현실이었다. 그리고 많은 작가들이 구식아내와 신식애인을 각각 중국전통과 서양적 현대의 알레고리로 사용하였다.

5·4시기 백화로 발표된 신문학 중에서 최초의 연애소설이라고 할 수 있는 뤼 자룬의 「사랑인가 고통인가」(1919) 역시 구식결혼으로 인한 절망과 곤혹스러움에 대해 이야기하고 있다. 화자의 친구이자 이야기의 주인공인 청 수핑(程叔平)은 새로운 삶에 대한 이상을 공유할 수 있는 한 여학생을 우연히 만나 사랑하게 되었으나 결국 부모의 정혼명령에 따를 수밖에 없었다. 시간이 흐를수록 구식교육밖에 받지 못한 아내는 더욱 한심하게 보이고 헤어진 연인에 대한 미련만 더욱 커져가면서 수핑은 절망스런 날들을 보내게 된다. 하지만 그럴 바에 차라리 이혼하라는 화자의 권유에 수핑은 다음과 같이 대답한다.

"이혼이라 … 난들 왜 그걸 모르겠나. 하지만 지금 중국처럼 고루한 사회에서 누가 이혼한 여자를 데려가려 하겠는가? 그 여자보고 죽으라는 게 아니고 뭐란 말인가? 내 영혼이 비록 그와 함께 살 수 없다고 하지만 그렇다고 한 사람을 공연히 죽게 만드는 것도 차마 할 수 없네. 그러니 그저 '휴머니즘'을 발휘할 밖에! … 이게 … 이것이 바로 중국의 집 … 중국의 가정이라네 …"[63]

---

63) "離 … 離婚 … 我何曾不知道. 但是現在中國的頑固社會裏面, 還有誰娶再嫁的女子? 豈不是

수평은 아내를 사랑하지는 않지만 그렇다고 그녀를 쉽게 내치거나 첩을 들이지 않는다는 점에서 전통사회의 남성과 다르다. 그같은 현대적 '휴머니스트'로서 그가 살아내야 하는 일상이 얼마나 암울하고 절망적인 것일지는 쉽게 짐작할 수 있다. 하지만 그렇다고 해서 한심한 아내에 대한 그의 혐오가 사라지는 것은 아니다. 단지 수평의 성숙한 인간애, 즉 '휴머니즘'이 그 혐오를 견디게 해주는 것일 뿐이다. 그런데 수평의 '휴머니즘'이 감당할 수 있는 인내심이란 영원한 것이 아니고 또 모든 남성이 똑같은 크기의 인내심을 가졌다고 장담할 수도 없는 일이다. 설령 장담할 수 있다고 해도 그 결과 빛나는 것은 남성지식인의 위대한 '휴머니즘'일 뿐이다. 그리고 그 '휴머니즘' 속에 감추어진 경멸을 감수해야 하는 구식아내의 억울함에는 어떤 이름도 붙여지지 않는다. 그것은 현재에 엄연히 존재하는 현실로서의 경험이고 '현재의 기호'이지만 반전통주의의 이분법 속에서 좀처럼 가시화되지 않는다.

실제로 많은 경우 현대적 삶에 대한 추구가 신교육을 받은 연애대상, 즉 신식애인에 대한 흠모와 경도로 이어진 반면 전통에 대한 부정적 태도는 고스란히 구식아내에 대한 무시와 경멸로 표현되기 일쑤였다. 전통적 인습 자체와 전통의 희생자로서의 여성을 세심하게 구별해내는 담론 속의 사려 깊음도 반전통주의가 녹아든 작품이나 현실 속에서는 거의 기대하기 어려웠다. 어쨌든 대부분의 남성 신문학작가들의 텍스트에서 구식아내에 대한 남편의 경멸감이 그들을 얼마나 좌절하게 하였는지를 보여주는 경우는 거의 없다. 남성작가들은 현모양처가 되라는 전통적 억압보다 때로는 구식이라는 이유로 자신을 무시하는 남편의 싸늘한 눈초리가 여성으로 하여금 훨씬 더 죽고 싶게 만들 수도 있음을 거의 이해하지 못했거나 혹은

置他於死地嗎? 我的精神雖然不能同他相合, 平空弄死一個人, 我又何忍. 我現在祇是講 '人道主義' 罷了! … 這 … 這就是中國的家 … 家庭 …", 羅家倫 「是愛情還是苦痛」, 『新潮』 제1권 3호 1919, 69면.

그에 대해 별다른 관심을 보이지 않았다.

물론 반전통주의담론의 남성주체적 입장을 공유하는 다른 여성작가들의 경우도 그리 예외는 아니었다. 하지만 여성작가의 경우 여성으로 젠더화되는 공통된 경험 속에서 남성작가가 쉽게 놓칠 수 있는 여성의 경험을 포착할 수 있는 가능성이 더 크다고 할 수 있다. 5·4시기 여성작가 중에서 링 수화(凌淑華)는 기본적으로는 반전통주의자이지만, 구여성을 혐오의 시선으로 가두거나 부정해야 하는 대상으로 정형화하기보다는 여성들의 입장에서 그 경험을 충실히 드러내는 데 힘썼다. 그리하여 5·4시기에 신세계와 구세계의 이상이 충돌하는 틈새에서 여성들이 겪게 되는 다양한 경험들을 그녀만큼 폭넓게 다루고 있는 경우도 드물다. 예컨대 링 수화의 「내가 뭘 잘못했길래(我哪件事對不起他)」(1924)는 구식아내와 신식애인이라는 전형적인 소재를 다룬다. 그렇지만 이 텍스트가 특이한 것은 바로 늘 혐오의 대상이 되는 구식아내의 입장에서 이 전형적인 갈등의 상황을 드러내고 있다는 점이다.

「내가 뭘 잘못했길래」의 주인공 류(劉)씨 부인은 이른바 전통적 관점으로 보면 나무랄 데 없는 며느리요 아내이다. 그녀는 현숙하고 부지런하며 시부모 공양은 물론 남을 잘 배려하기 때문에 주위 사람들은 늘 그녀를 칭찬하고 좋아한다. 그런데 유독 그녀의 남편만은 서양유학을 다녀온 뒤로 그녀를 경멸하고 무시하기 시작한다. 전족한 발에서 나는 냄새 때문인지 남편은 언제나 방에서 냄새가 난다며 구박하는가 하면, 화장이 촌스럽다거나 걷는 게 오리 같다거나 손님 맞는 예우도 모른다며 걸핏하면 그녀에게 핀잔을 주었다. 사실 전통적인 예의범절이나 옷차림, 생활방식으로 보면 나무랄 데 없는 아내이지만 이미 서양식 생활방식과 에티켓에 익숙해진 남편에게는 그저 한심하게만 보였던 것이다.

하지만 언제나 배운 대로 최선을 다하는 그녀로서는 남편의 혐오감이 어디서 비롯되는지 전혀 알 수가 없었다. 남편은 온갖 트집을 다 잡으며 잘못을 들추어냈지만 그 잘못이란 모두 "그녀가 꿈에도 생각하지 못한 것"[64] 들이었다. 게다가 남편은 유학시절 만난 한 여자를 마음에 두고 있으면서 알게 모르게 그 여자와 비교하며 류씨 부인을 더 구박하고 급기야 이혼을 요구했다. 그동안 남편의 괄시를 눈물로 견디던 류씨 부인은 결국 유서 한 장을 남기고 자살하고 만다. 신식남편의 전통에 대한 혐오가 고스란히 구식아내에 대한 혐오로 전이되었던 것이다. 물론 남편의 태도에서 야만적 전통과 전통의 희생자로서의 여성을 구분하는 조심성은 찾아볼 수 없다.

링 수화의 이 소설은 반전통주의담론을 지지하는 남성지식인들의 태도가 실제로 전통사회가 요구하는 이상적 '여성'으로 젠더화된 그녀(들)에게 얼마나 폭력적으로 드러났는가를 잘 보여준다. "내가 뭘 잘못했길래"라는 제목은 정체적 혼란을 겪을 수밖에 없었던 한 구식여성의 억울함을 한마디로 드러낸다. 그 제목은 이른바 야만적 전통 속에 속한 여성의 처지와 억울함이 남성중심적 반전통주의 속에서는 이름붙일 수 없는 것임을 역설적으로 드러낸다. 그것은 반전통주의의 새로움에 대한 추구가 많은 여성들의 경험을 어떻게 폄하하며 타자화하는가를 보여주는 보충질문이라 할 것이다.

(3) 전통과 여성

반전통주의 민족서사는 이처럼 야만적 전통의 희생자로서 여성을 동정하면서 한편으로는 현실 속 여성들이 실제 겪고 있는 억압적 경험의 원인을 모두 전통과 봉건 탓으로 돌렸다. 그러나 류씨 부인의 경우에서도 알 수 있듯이 여성에게 주어진 이 불공평한 사례들은 분명 유교적 인습의 산물임에

---

64) 凌淑華「我那件事對不起他?」(『晨報六周年增刊』1924), 『凌淑華文存』四川文藝出版社 1998, 23면.

분명하지만 그들 중 상당수는 사실 명백히 현대적인 현상들이었다. 예컨대 20세기 초 정혼을 거부하여 자결한 여성들이 속출하게 된 원인을 5·4시기 반전통담론에서처럼 정혼이라는 과거 인습에서만 찾을 수는 없다. 자유연애와 개인의 존중이라는 현대적 가치체계가 수용되고 그것이 과거 인습과 충돌을 일으키지 않았다면 자살이라는 극단적 행위가 그 시기에 사회문제로 대두될 만큼 그렇게 집중적으로 일어나지는 않았을 것이기 때문이다.

1919년 후난(湖南) 창사(長沙)에서 일어난 자오 우전(趙五貞) 사건은 그같은 상황을 여실히 보여준다. 자오 우전이라는 젊은 여성은 부모의 정혼 명령에 불복하여 혼례를 치르러 가는 꽃가마 안에서 면도칼로 목을 그어 자살했다. 이 사건은 사회적으로 엄청난 파장을 일으켰고 창사『대공보(大公報)』에는 그와 관련된 20여편의 글이 게재되었다. 그중 마오 쩌둥은 12일 동안 무려 9편의 글을 연달아 발표하여 "자유연애를 위해 순사한 여성청년"[65]을 위해 깊은 애도와 동정을 표하는 한편 "자살하느니 차라리 싸우다가 죽임을 당하는 것이 나을 것"[66]이라고 지적하며 반전통을 강력하게 주장했다. 물론 그러한 사건 자체는 이전에도 발생했을 법하지만, 자오 우전 사건이 사회적 문제가 된 것은 반전통주의담론이 그것을 '문제'로 '발견'해낸 측면이 크다. 그리고 물론 그 전과정은 현대적 저널리즘 체계 없이는 불가능한 것이기도 하다.

역시 후난 창사의 리 신수(李欣淑)는 자살 대신 단호하게 가출함으로써 중국의 용감한 노라로 명성을 얻은 바 있는데 그녀의 이같은 행동 역시 저널리즘, 특히 반전통주의 신문화운동의 주장이었던 『신청년』『신조』 등의 영향을 받은 것이라 할 수 있다. 그녀는 1920년 후 스(胡適)에게 보낸 편지에서 "제가 이번에 집을 나오게 된 것은 첫째 부모님이 저에게 시집가도

---

65) 毛澤東「對趙女士自殺的批評」,『大公報』1919년 11월 16일.
66) 毛澤東「非自殺」, 長沙『大公報』1919년 11월 23일.

록 강요했기 때문이고, 둘째는 신청년잡지를 다섯권 보고 나서 저의 환경에 불만을 품게 되었기 때문"이라고 밝히고 있다.[67] 그녀의 가출사건은 그녀 자신이 『대공보』에 실은 글들로 인해 더욱 유명해지고 대서특필되었다. 하지만 그전에 이미 그녀가 자기 환경을 억압적인 것으로 인식하고 그에 대해 직접 저항하는 주요한 계기가 된 것 역시 전통가족제도를 여성을 억압하는 야만적인 것으로 재현하며 반전통을 제창한 저널들이었다.

그밖에도 반전통주의자들이 여성에 대한 야만적 전통의 억압 사례로 만든 목록에서 전통질서의 탓으로만 돌릴 수 없는 사례는 어렵지 않게 발견된다. 예컨대 19세기 말부터 시작된 여성운동가들의 오랜 투쟁에도 불구하고 1913년 여성의 참정권 획득을 결정적으로 부결한 것은 봉건체제인 청 왕조가 아니라 바로 현대적 입헌제를 추구하던 민국정부였다. 또 정치적 집회나 결사에 여성참여를 법적으로 금지하고 1920년 베이징대학에 첫 여학생이 입학하기 전까지 여성에게는 고등교육권을 부여하지 않은 것도 바로 민국정부였다. 이는 양가적이고 불안정한 현대성과 그 속에서 새로운 형식을 찾아가는 가부장제의 일단이 표출된 것이지만 아무도 그것을 현대 내부에 존재하는 문제로 인식하지는 못했다. 따라서 지금 이 순간 엄연히 존재하는 이 '현재의 기호'들을 모두 일괄적으로 전통의 폐악으로, 퇴행적인 시간 속에 묶어두는 것이 별 저항 없이 이루어질 수 있었던 것이다.

이처럼 '반전통' 혹은 '반봉건' 수사학은 여성문제를 '봉건'의 문제, 즉 퇴행적인 것으로 규정함으로써, 그것을 상상의 공동체라는 '현대성'의 외부에서 낡은 비역사적 계기를 표상하는 것으로 만든다. 이러한 논리는 '현대성' 내부에서 여성의 문화적 차이를 드러내는 시간적 이접성(distinction)을 부인한다. 즉 여성문제를 '봉건'적 유물 혹은 잔재로 치환하는 것은 '현

---

67) 리 신수 사건의 전말에 대해 더 자세한 것은 淸水賢一郎 「革命與戀愛的烏托邦: 胡適的 "易卜生主義"和工讀互助團」, 『東洋文論: 日本現代中國文學論』 吳俊 編譯, 浙江人民出版社 1998 참고.

대성' 내부의 다양한 차이와 그 문제를 두드러지게 하기보다는 동질적 시간을 더욱더 보편화함으로써 통합된 문화공동체의 공간적 환상을 강화한다. 그리하여 여성을 비롯한 소수자들이 국민적 문화라는 통합적·총체적 신화에 간섭할 수 있는 주변적 공간들을 박탈하게 되고 그 결과 그들의 페미니즘적 의도는 오히려 현재 속에 존재하고 있는 문제를 보지 못하게 하거나 회피하게 만든다. 이 때문에 5·4시기 '남성주도 페미니즘'이나 80년대 이후 신계몽주의적 페미니즘은 자기도 모르게 여성을 자율적인 현대 남성주체가 초월해야 하는 보수적 전통과 결부시키게 되는 것이다. 결국 반전통주의는 그 의도와는 상관없이 이처럼 여성을 현대성의 진보라는 신화 외부의 '비역사적인 것'으로 표상하게 된다.

사실 여성에게 전통의 희생자 역할을 부여하면서 결과적으로 여성을 퇴행적인 시간 속에 묶어두는 반전통주의 수사학은 외형은 약간 다르지만 량 치차오(梁啓超) 시대에 이미 분명히 드러난다. 전통을 여성적 표상으로 재현하는 것은 대개 반전통주의적 민족주의가 자신의 현대국가를 남성중심적 상상력으로 채워나가는 과정에서 발생한다. 즉 일반적으로 민족주의 서사는 강인하고 활기차며 진취적이고 상무적(尙武的)인 상상력을 현대 민족국가 수립의 원동력으로 삼으면서, 전통에 대해서는 필요에 따라 여성화 전략과 남성화 전략을 선택적으로 취한다. 70년대 한국의 박정희식 민족주의가 신라의 화랑정신과 같은 상무정신을 강조한 것은 민족의 이름으로 개발독재형 현대화 기획을 지원하기 위해 전통을 공격적으로 남성화한 예였다.[68] 반면 19세기 량 치차오가 고전소설의 '여성성'을 비판한 것은 역시 강한 남성적 주체로 이루어진 강력한 민족국가 수립을 위해 전통을 여성화한 전형적인 예이다.

---

68) 문숭숙 「민족 공동체 만들기 ─ 남한의 역사와 전통에 담긴 남성중심적 담론(1961~1987)」, 최정무·일레인 김 편저 『위험한 여성』 참고.

오늘날 우리 국민은 경박하고 실천력이 없으며, 노래와 미색에 빠져 있고 규중의 이야기에 몰두한다. 봄날의 꽃이나 가을날의 달을 보고 노래하고 웃고 울면서 자신들의 젊고 활발한 기운을 소모한다. 청년들은 열다섯에서 서른에 이르기까지 그저 정 많고 감정이 풍부하고 근심 많고 병 많은 것을 제일로 생각한다.[69]

량 치차오는 중국 고전소설의 이같은 나약함이 바로 중국의 쇠약함을 낳는 원인이라 보았다. 그는 또 중국 고전소설에서 미남자는 항상 "옥같은 얼굴, 연지를 바른 듯한 입술"로 묘사되는 반면 서양에서는 "수염이 덥수룩하고 금단추(군인제복의 단추를 가리킴—인용자)를 단" 것으로 묘사되는 사실을 비교하면서 "민족의 강약에 어찌 원인이 없겠는가"고 개탄한다. 그런 다음 중국의 여성들이 만약 '옥'같은 남자가 아니라 서구처럼 상무정신이 충만한 '금단추' 같은 남자를 좋아하게 된다면 그 변화의 힘이 막대할 것이라고 덧붙였다.[70] 이는 상무정신·패기·진취·건장함·공격성·능동성 등등의 미덕이 바야흐로 중국에서도 이른바 '남성성'으로 탄생되는 의미심장한 대목이 아닐 수 없다.

『홍루몽』의 남자주인공 가보옥(賈寶玉)이 "옥같은 얼굴, 연지를 바른 듯한 입술"의 미남자에다 오늘날의 상식적 기준에 비추어 지극히 '여성적'인 인물이라는 사실은 최소한 량 치차오 이전 시대 중국에서 상무정신, 용감성, 건장한 육체 등등이 '남성성'의 보편화된 표지는 아니었음을 보여준다. 그러나 이제 민족주의의 현대화 담론 속에서 가보옥의 가냘픈 외모와 병약하고 소심한 성격은 '남성성'에 대한 반대적 속성의 '여성성'으로, 동시에 그것은 적극적으로 타기해야 할 민족의 속성, 즉 전통의 속성으로 재

69) 梁啓超「論小說與群治之關係」; 이보경『문과 노벨의 결혼─근대 중국의 소설이론 재편』258면에서 재인용.
70) 梁啓超「小說叢話」; 이보경, 같은 책 262면에서 재인용.

138

현되기 시작한 것이다. 따라서 어쩌면 가보옥이라는 인물이 남자답지 않고 여성적이라고 말하는 것보다 가보옥과 같은 병약한 이미지가 진취적 현대론자들에 의해 '여성성'으로 고정되었다고 하는 것이 좀더 정확한 표현일 것이다. 이는 현대사회에서 이른바 '남성성' 혹은 '여성성'과 관련된 일련의 재현체계가 실은 지극히 현대적인 산물이며 민족국가건설 기획과 밀접하게 연관되어 있음을 다시 한번 확인해준다.

이와 같은 전통의 여성화는 귀족을 무능하고 부패하고 병약한 '여성적' 이미지로 형상화하면서 자신들을 현대적 활력과 건전함을 담지한 남성적 이미지로 형상화한 18, 9세기 서양 부르주아계층의 전략이기도 했다. 그리고 성별 상징성을 통한 차별화 전략은 식민주의가 제국과 식민지를 차별화하는 전형적인 방법이기도 했다. 영국 식민주의가 스포츠정신 및 건장한 육체를 가진 영국의 '남성성'과 나약하고 볼품없는 인도의 '여성적' 형상을 부단히 대비하는 것을 통해 자신을 합법화하려 했던 것이 그 좋은 예이다. 식민주의는 자신을 현대적이고 '남성적'인 형상, 즉 우월한 것으로 재현하는 반면 식민지 타자에 대해서는 야만적이고 '여성적'인 형상, 즉 열등한 것으로 재현해온 것이다.[71]

5·4 반전통주의는 바로 이와 같은 식민주의적 오리엔탈리즘을 내면화하고 전통을 여성화하는 것으로 자신의 열등함을 벗어나고자 했다. 그것은 5·4 반전통주의자들의 수사학 속의 활력·패기·전진·공격력·독립정신·과학과 기술·힘·공리정신·모험정신·천마행공(天馬行空)과 같은 이른바 남성적 이미지들에 대한 호소에서 드러난다. 천 두슈는 「동서민족의 근본적 사상의 차이」라는 글에서 서양민족은 전쟁을 중시하고 동양민족은 안식(安息)을 중시하는 점에서 다르다고 보고 동양민족이 오늘날 서양에 정

---

71) 식민주의와 젠더의 관계에 대해 더 자세한 것은 박지향 『제국주의』, 서울대출판부 2000, 7장을 참고.

복될 수밖에 없는 이유가 거기에 있다면서 다음과 같이 탄식하였다.

> 서양의 민족성은 모욕을 당하느니 차라리 싸우다 죽는 것을 택한다. 반면
> 동양의 민족성은 싸우다 죽느니 차라리 모욕을 참고 만다. 민족이 이처럼
> 비열하고 무치(無恥)한 근성을 가지고 있으면서도 오히려 뻔뻔스런 얼굴로
> 예교(禮敎)와 문명을 논하며 부끄러워하지 않는구나![72)

여기서 전통을 부정함으로써 현대 민족국가를 상상하는 행위는 전통을
현대의 속성과는 대립하는 것으로 상상하기 마련이고, 위에서처럼 새롭게
창조된 긍정적 '남성성'으로 현대를 상상할 때 그 반대편의 부정적 전통은
'여성성'으로 상상되기 마련이다. 신문화운동의 반전통주의자들 역시 중
국의 전통을 나약하고, 병들고, 공격력이 결핍된 반남성적 형상으로 재현
함으로써 결국은 전통을 타자로서의 '여성적' 이미지로 만들어내고 있다.
바로 그 점에서 5·4 반전통주의는 자기가 보수세력이라 비난하던 량 치차
오의 전략을 그대로 계승하고 있는 것이다.

이처럼 전통 자체를 '여성적' 이미지로 재현하는 남성주의적 현대 민족
국가 상상은 전통에 의한 희생자로서 여성을 부각시키는 5·4시기 '남성주
도 페미니즘'과도 밀접하게 관련된다. 물론 전통을 '여성적'인 것으로 재
현하는 것과, 이른바 '살부(殺父) 이야기'가 전통을 아들들이 반역해야 하
는 아버지의 질서로 재현하는 것은 표면적으로 상반되어 보인다. 하지만
5·4 '살부 이야기'는 아들들이 아버지의 아버지답지 못함, 즉 아버지가 여
성화되어 있음을 반역의 이유로 내세운다는 점에서 전통의 여성화와 상통
한다. 다시 말해 5·4 '남성주도 페미니즘'은 전통을 거세된 아버지로, 즉

---

72) "西洋民族性, 惡侮辱, 寧鬪死; 東洋民族性, 惡鬪死, 寧忍辱. 民族而具如斯卑劣無恥之根性,
尙有何等顏面, 高談禮敎文明而不羞愧!" 陳獨秀「東西民族根本思想之差異」,『靑年雜誌』제1
권 4호 1915; 丁守和 編, 앞의 책 32면.

여성적인 것으로 재현하는 것에 의해 아버지에 대한 자신의 반역을 합법화하는 것이다. 그리고 아버지에게 결핍된 남근——현대성——을 추구하는 것을 통해 자신의 담론적 권위를 보장하려 한다. '남성주도 페미니즘'이 여성을 아버지 질서인 전통의 희생자로 부각시키고 그 야만성을 주장하는 과정에서 희생자인 여성이 오히려 부단히 전통 자체에 대한 표상으로 전화되는 경향도 바로 거세된 아버지의 여성화된 재현과 밀접하게 관련된다.

이처럼 불가역적 시간의 전진 속에서 역사를 구성하고 민족의 시간을 '구/신'으로 극단적으로 이분화함으로써 민족적 절박감을 해소하려 했던 반전통주의 전략은 그 이분적인 시간성을 여성형상 속에 투사하였다. 그리하여 여성에 대한 재현에서도 이분화된 시간의 담지자로서 '구여성/신여성'이라는 이항대립적 분화의 경향이 드러났다. '신남성' '구남성'이라는 말이 생소한 반면 '신여성' '구여성'은 자연스럽게 통용되는 것은 그만큼 '남성주도 페미니즘' 담론 속에서 주로 여성이 재현의 대상으로 고착되었기 때문이다. 과거의 시간이 부정적으로 묘사될 때 그것이 선의든 악의든 '구여성'이 전통에 부여된 부정적 측면의 담지자가 되는 것은 당연하다. 반면 신여성은 현재와 미래의 시간이 강조되는 한에서 중요성을 지닌다. '구'에 대해 '신'이 가지는 우월성만큼 '구여성'에 대해 '신여성'은 우월한 존재로 여겨졌던 것이다.

하지만 뿌리깊은 가부장사회의 여성혐오가 드러나는 지점에서 구여성/신여성이라는 이항대립은 무의미해 보인다. 왜냐하면 전통의 희생물로서 재현된 '구여성'이 곧 전통과 동일시되면서 혐오스러운 존재로 전화되는 경향이 있었다고 한다면, '신여성' 역시 성적 타락과 민족적 자기동일성에 대한 위협적 표상으로 배척되는 경향이 있었던 것이다. 신여성은 민족해방과 현대화의 기호로도 소비되었지만 급격한 현대화에 대한 낯설음과 도덕적 충격이 투사된 기호로도 기능했다. 가부장제의 뿌리깊은 여성혐오증은 반전통주의의 신/구, 신여성/구여성의 구분에서도 그 경계를 넘나들며 은밀하게 결합되었던 것이다.

그렇게 보면 서로 상반된 방식이긴 하지만 결과적으로 전통과 여성을 긴밀하게 결부시킨다는 점에서 인도의 전통옹호적 민족주의 기획과 5·4시기 중국의 반전통주의 기획은 서로 유사하다. 인도 민족주의의 경우 남성적인 서양문명에 저항하기 위한 보루로서 전통을 여성화하였다면 중국 반전통주의자들의 경우 서양문명에 저항하기 위한 전략적 희생양으로 삼기 위해 전통을 여성화하였다. 의도가 상반되는 것은 현실화 과정에서 역시 상반된 내용을 갖게 마련이다. 그럼에도 불구하고 결정적으로 양자가 일치하는 점은 그러한 기획의 주체가 대부분 남성이고 그 속에서 여성은—신여성/구여성을 막론하고—주체의 현대적 동일성을 창조하기 위해 타자로 조형되는 경향이 있었다는 사실이다. 현대국가들이 대개 여성의 지위로 그 사회의 해방과 진보를 가늠하는 것은 여성의 해방까지도 남성주체의 창조물이라 여기는 무의식을 역설적으로 보여주는 것이기도 하다. 중국공산당이 사회주의체제의 우월함을 선전할 때 맨 앞에 내세웠던 것이 바로 사회주의적 여성해방의 성과들이라는 점도 그와 무관하지 않다.

142

제3장

노라 민족서사의 탄생

1. 반전통주의의 노라 번역

입센의 「인형의 집」에서 노라는 한 남자의 아내요 아이들의 어머니로서의 책임보다는 "자기 자신에 대한 책임이 세상에서 가장 신성한 책임"[1]이라며 단호하게 문을 박차고 나갔다. 그녀는 "모든 인습과 더불어 그녀를 장난감 구조에 가두어놓고 그녀가 안전하게 가정의 애완용으로서 어린아이처럼 거기에 영원히 남아 있기를 바라는 기사도적 남성편견에 대항"[2]했던 것이다. 이같은 노라는 가부장사회가 여성에게 부여한 '이상적 여성상'을 거부하고 어떻게 자기만의 동일성을 설계하는지를 보여준다. 그로 인해 노라는 동서양을 막론하고 해방된 현대여성의 전형적 표상으로 여겨져왔다.

중국에서도 노라는 오랫동안 신여성의 대명사로 여겨졌다. 노라형 여성이란 '가정에서 사회로 뛰어드는' 여성이고 또 '자신의 주어진 환경으로

---

1) 헨릭 입센 『인형의 집』, 곽복록 옮김, 신원문화사 1994, 213면.
2) 케이트 밀레트 『성의 정치학』, 정의숙·조정호 옮김, 현대사상사 1998, 302면.

부터 탈출'하는 여성을 가리키기도 했다. 그것은 억압에 대한 해방의 상징
이고 여성이 자율적 주체로 설 수 있는 시공간을 향해 도약함을 의미했다.
하지만 노라라는 기의(記意)가 신여성의 그것과 정확히 일치하는 것은 아
니다. 노라는 신여성과 겹치면서도 신여성과는 다른 상징적 영역에 걸쳐
있다. 중국에서 노라의 형상은 언제나 성정치학적 해방의 표상으로만 작
동한 것은 결코 아니기 때문이다. 노라는 신여성의 상징일 뿐 아니라 '신
청년'이라는 민족의 새로운 주체를 호명하는 상징이기도 했다. 반전통주
의 민족서사 내부의 양가적이고 모호한 여성 이미지가 가장 집약적으로
투사되어 있는 것이 바로 '노라' 형상이다. 이는 5·4시기 중국에서 '번역'
되는 과정에서 당시 중국 지식층의 강렬한 민족적 위기의식이 긴밀하게
개입된 결과였다. 이는 노라가 처음 소개될 때 "혁명의 천사"로 강림한 데
서 이미 분명히 드러난다.

(1) '혁명의 천사' 노라의 강림

입센(Henrik Johan Ibsen)이 중국에 처음 소개된 것은 1881년 린 쉬(林紓)
가 소설로 번역한 「유령들(群鬼, 원제 Gengangere)」이 『매얼(梅孼)』이라는 제
목으로 상무인서관(商務印書館)에서 출판되면서였다. 1914년 『배우잡지(俳
優雜誌)』 창간호에 실린 「입센의 희곡(伊浦生之劇)」은 「인형의 집」을 포함한
11개 입센의 희곡에 대해 소개하고 있다. 또 1914년 일본유학생 중심의 신
극사단인 춘류사(春柳社)에서 「노라」를 처음으로 중국연극무대에 올렸다
고 한다. 그러나 입센 희곡이 본격적으로 소개된 것은 1918년 『신청년(新靑
年)』 4권 6기 입센 특집호였다고 할 수 있다. 그뒤 1921년 판 자쉰(潘家洵)이
번역한 입센 문집이 출간되고 그 속에 「인형의 집」을 포함한 5개 희곡작품
이 수록되었다.[3] 1925년에는 베이징(北京) 인예희극전문학교의 학생극단
이 「인형의 집」 공연을 시도했으나 경찰당국에 의해 금지되었다가 제1막

만 공연이 허가되자 중간에 쉬지 않는 단막극으로 처리해서 공연을 마친 바 있다. 또 1935년 봄에는 젊은 여교사 왕 핑인(王平因)이 난징(南京)에서 「인형의 집」 공연에 노라로 출연했으나 당국이 '공도덕 파괴(敗壞公德)'라는 죄명을 씌워 파면하였다. 같은 해 6월에는 상하이의 좌익 극단이 「인형의 집」을 공연하여 인기를 얻기도 했다. 그리하여 1935년은 중국 현대연극 사상 '노라의 해'라고도 일컬어진다.[4]

그처럼 입센의 희곡 중에서도 가장 많이 번역되고 가장 많이 공연되고 또 사회적으로 논란을 일으키며 장기간 영향력을 미친 것이 바로 「인형의 집」이었다. 「인형의 집」은 1914년 일본유학생 중심의 신극사단에서 무대에 처음 올린 적이 있다고 하는데, 희곡 원본이 완역되어 소개된 것은 신문화운동의 본영지인 『신청년』을 통해서였다. 『신청년』은 1918년 4권 6기를 입센 특집호로 꾸몄는데, 이는 이 잡지가 처음으로 기획한 야심찬 특집호이기도 했다. 이 특집호는 후 스(胡適)의 「입센주의」를 서언으로 하고, 입센의 작품 「노라」(娜拉, 원제 Et Dukkehjem) 「국민의 공적」(國民公敵, 원제 En Folkefiende) 「꼬마 아이욜프」(小愛友夫, 원제 Lille Eyolf)의 번역, 그리고 위안 전잉(袁振英)의 「입센전」을 함께 소개하고 있다. 『신청년』이 이처럼 입센을 대대적으로 소개하게 된 것은 당시 베이징에서 전통극 형식인 곤곡(昆曲)이 성행하기 시작하자 이를 비판하고 서구식 신극의 활성화를 꾀하기 위해서였다. 하지만 결과적으로 보면 『신청년』 입센 특집호의 더 큰 역사적 의미는 중국에 '노라'라는 신여성 형상을 처음 소개했다는 점일 것이다. 앞서 2장에서 언급한 리 신수의 예에서도 볼 수 있듯이, 『신청년』의 노

---

3) 중국에 입센 작품이 번역된 상황에 대해서는 중국의 입센연구사이트 http://www. ibseninchina.com.cn/IbsenTranslation.htm에 잘 정리되어 있다.

4) 더 자세한 것은 羅蘇文 『女性與近代中國社會』, 上海人民出版社 1996; 許慧琦 『娜拉在中國: 新女性形象的塑造及其演變(1900s~1930s)』, 臺灣國立政治大學歷史研究所博士學位論文 2001 참고.

라 소개는 당시 전국적으로 『신청년』을 애독하던 청년들에게 깊은 인상을 남겼으며 그들에게 지향해야 할 신인간의 모델을 제시한 셈이었다.

우선 「입센주의」에서 후 스는 입센주의의 핵심을 '유아주의(唯我主義)'로 보고, 도덕·종교·법률이라는 지배이데올로기에 대한 입센의 개인주의적 통찰과 비판을 높이 샀다. "하나의 사람이 된다"는 노라의 비타협적 각성이야말로 현대적 주체의 본질이라는 것이다. 하지만 후 스의 그런 개인주의 찬양은 사회와 국가를 적대시하는 급진적 개인주의와는 거리가 있다. 후 스가 입센의 개인주의를 높이 평가하는 이유는 그것이 후 스의 사회공리주의적 입장과 일치한다고 보기 때문이다. 입센에 대한 후 스의 긍정적 수용은 "사회에 유익을 도모하려 한다면 바로 너 자신을 다듬어 쓸 만한 그릇으로 만드는 것이 제일 좋은 방법"이라고 보는 입센의 인생관을 누누이 강조하는 데서 집약된다. 후 스는 입센과 같이 사회에 유용한 "사실주의"적 인생관이 중국에도 절실히 요청된다고 생각했다. 즉 그는 사회공리주의적 입장에서 입센의 개인주의를 적극적으로 해독(또는 오독)하고 있는 것이다.[5]

이같은 사회공리주의적 관점에서 후 스는 「인형의 집」 역시 독자로 하여금 "우리의 가정이라는 게 원래 이처럼 썩어빠진 것임을 깨닫게 해주고 따라서 가정의 유신과 혁명이 얼마나 절실한 과제인지를 깨닫게 해준다"[6]는 데 의의가 있다고 주장했다. 그는 「인형의 집」이 이기심과 허위로 가득 찬 가정을 적나라하게 보여주며 노라의 가출은 그로부터 단호한 결별을 통해 새로운 사회를 건설하기 위한 개인으로 서는 것이라고 본다. 그리고

---

5) 중국에서 개인주의가 어떻게 국민국가의 전체주의적 상상력과 모순되지 않고 결합하는지에 대해서는 劉禾 『跨語際實踐』, 三聯 2002, 제3장을 참고.

6) "易卜生 … 叫人看了覺得我們的家庭社會原來是如此黑暗腐敗, 叫人看了覺得家庭社會不得不維新革命" 胡適 「易卜生主義」(『新靑年』 제4권 6호 1918), 丁守和 主編 『中國近代啓蒙思潮』, 北京: 中國社會科學文獻出版社 1999, 54면.

이같은 가정의 부패에 대한 깨달음과 가출을 통한 저항의 중요성을 후 스는「유령들」의 어빙 부인의 예를 통해 다시 한번 강조한다. 즉 노라와 달리 남편의 허위와 부패를 눈감아주고 기만적으로 숨기려 한 어빙 부인의 우유부단함이 결국 아들의 죽음과 집안의 몰락이라는 비참한 결말을 초래했다고 보는 것이다. 후 스는 이처럼「인형의 집」을 중국의 전통적 가족문제와 결부시키며 반전통주의적 비판을 정당화하고 있다.

「인형의 집」이 암시하는 여성해방의 문제보다 구가족제도의 비판이라는 반전통의 문제를 부각하는 관점은「입센전」을 쓴 위안 전잉에게서 훨씬 비약된다. 그에 의하면, 중국에서처럼 "만악의 근원인 가정은 존재의 가치가 없으며" "생면부지의 사람과 결혼하여 그 자녀를 생육함은 인류 최대의 치욕"이다. 더구나 "현재와 같은 가족·혼인제도 하에서 남녀의 애정이란 영원하거나 순결할 희망이 없으며, 공연히 사회의 죄악만 더할 뿐"이다. 이처럼 격앙된 비판 위에 그는 노라가 독립을 선언하고 인형의 집을 나온 것은 바로 "혁명의 천사"가 되어 "사회의 경종"을 울린 행동이라고 예찬하였다.[7] 후 스와 위안 전잉의 첫 소개 속에서 노라는 어느새 '만악의 근원'인 전통가족제도에 저항하는 "혁명의 천사"로 슬쩍 둔갑한 것이다.

유럽에서「인형의 집」을 둘러싼 논의가 가출이라는 방법의 타당성을 비롯하여 여러 인물들을 둘러싸고 그들이 암시하는 사회적 의제들을 다양하게 다루고 있는 반면[8] 중국에서는 위와 같은 맥락에서 주로 노라의 가출이라는 행위 자체의 긍정적 의미부여에 논의가 집중되었다.「인형의 집」이 바로 반전통주의담론이 그토록 신랄하게 비판했던 '만악의 근원', 즉 중국의 전통가족으로 해석되고 노라는 그로부터 과감하게 탈출하는 현대적 개인의 형상으로 칭송되었던 것이다. 노라는 5·4의 절박한 시대관 속에서 배

---

7) 袁振英「易卜生傳」,『新靑年』제4권 6호 1918.
8) 許慧琦『娜拉在中國: 新女性形象的塑造及其演變(1900s~1930s)』(臺灣國立政治大學歷史研究所博士學位論文 2001), 제1장 2절 참고.

태된 '영웅적 주체'[9]의 전형으로 이해되었고 자연스럽게 신청년의 모범으로 격상되었다. 노라를 영웅적인 시대적 형상으로 주목하고자 하는 의도는 『신청년』이 「인형의 집」을 유독 「노라」라는 제목으로 소개한 것에서도 볼 수 있다. 노라는 당시 시대의식 속에서 갈구되던 '영웅적 주체'의 대명사로 읽혔고 따라서 "혁명의 천사"라는 이미지가 그처럼 자연스럽게 수반될 수 있었던 것이다. 그리하여 노라는 단지 여성해방의 상징 혹은 신여성의 상징일 뿐만 아니라 더 보편적으로는 신청년의 상징이기도 했다.

그녀가 "혁명의 천사"로 추앙될 수 있었던 것은 무엇보다 부당한 환경과의 비타협적 단절을 선언하는 듯한 그녀의 단호한 가출행위에서 기인한 것으로 볼 수 있다.[10] 노라가 곧 가출과 동의어처럼 쓰이게 된 것은 그 때문이다. 가출은 공간적으로는 가정에서 사회로의 탈출을, 시간적으로는 전통에서 현대로의 탈출을 의미했으며 그것은 곧 억압적 환경에 대한 현대 주체의 승리를 의미했다. 노라의 가출은 행위의 유형상 점진적 개혁보다는 혁명적인 단절성 혹은 급진성에 가까운 것이다. 오랫동안 중국에서 노라에 대한 추앙은 이처럼 노라가 내포하고 있는 단절적이고 혁명적인 시간관과 행동양식에 대한 경도이기도 했다. 이렇게 노라는 다양한 의미로 변주되면서 반전통주의 민족서사를 대변하는 유력한 상징으로 자리잡았다. 그리하여 5·4시기 중국의 노라는 신여성의 상징일 뿐만 아니라 민족혁명의 천사요 영웅으로 기억되었던 것이다. 중국 여성해방운동은 이와 같은 민족주의담론의 든든한 지원 속에서 힘과 가속도를 얻었다.

---

9) Leo Ou-fan Lee, "Modernity and its Discontents," 『學人』 제4집, 503~504면.
10) Schwarcz Vera, "Ibsen's Nora: The Promise and the Trap," *Bulletin of Concerned Asian Scholars* Vol.7, No.1 1975, 3면 참고.

(2) 노라 이야기의 번역

"혁명의 천사"라는 노라 신화는 다시 후 스의 「종신대사(終身大事)」에 의해 명실상부한 '중국판 노라' 이야기로 대중화되었다. "서양 연극 형식에 근거한 최초의 성공적인 중국 화극(話劇)"[11]이라 평가되는 후 스의 「종신대사」는 1919년 『신청년』 6권 3기에 처음 소개되었다. 그리고 홍 선(洪深)의 연출로 1923년 9월 희극협사에 의해 공연되었으며, 그후 많은 학생 극단들이 다투어 상연하는 인기작이 되었다. 「종신대사」는 한 젊은 여성이 부모의 뜻을 거역하고 사랑을 좇아 과감히 가출한다는 줄거리의 단막극인데, 흥미로운 점은 많은 관중들이 그 여주인공 톈 야메이(田亞梅)의 모습에서 노라의 그림자를 보았다는 것이다. 예를 들어 저명한 희극연구자이며 베이징대학 교수인 쑹 춘팡(宋春舫)은 「종신대사」를 보고 난 뒤 쓴 평론에서 후 스를 '입세니언(Ibsenien)'이라 평했고, 또 루 쉰도 그것을 "입센을 수용한 부류(汲Ibsen之流)"라고 보았다.[12] 외부의 억압에 대한 개인주의적 깨달음과 그 단호한 실천으로서의 '가출'이라는 점에서 노라와 톈 야메이의 형상은 쉽게 겹쳐졌을 법하다. 이처럼 중국에서 노라는 '가출'의 상징으로 단순화된 경향이 있는데, 실제로 그것이 바로 당시 대부분 사람들의 일반적인 노라에 대한 이해방식이었다.[13]

「종신대사」가 '여성극' 혹은 '페미니즘 텍스트'로 읽힐 수 있었던 것은 이처럼 결정적으로 톈 야메이의 가출이 노라의 가출과 동일시된 덕분이었다. 그런데 그러한 동일시를 더욱 자연스럽게 만든 더 중요한 원인은 이 텍스트가 만들어지고 실제로 공연되기까지의 과정에서 엿볼 수 있다. 후 스

---

11) 샤오메이 천 『옥시덴탈리즘』 216면.
12) 淸水賢一郎 「革命與戀愛的烏托邦; 胡適的"易卜生主義"和工讀互助團」, 『東洋文論: 日本現代中國文學論』, 吳俊 편역, 浙江人民出版社 1998, 각주 7 참고.
13) 淸水賢一郎, 같은 글 참고.

는 원래 영어로 씌어졌다가 나중에 중국어로 번역된 자신의 대본이 번번이 상연에 실패한 경위에 대해 다음과 같이 쓰고 있다.

이 대본은 몇몇 여학생들이 상연하겠다고 해서 내가 다시 중국어로 옮긴 것이다. 그런데 막상 여학생 가운데 애인을 따라 도망친 톈 여사(女士)를 연기하겠다고 과감히 나서는 이가 없었다. 게다가 여학교 측에서도 이런 부도덕한 연극 상연을 마뜩찮아하는가 보았다! 결국 원고는 또다시 돌아오고 말았다. 생각건대 이 점이 바로 이 대본의 크나큰 결점이지 싶다. 우리는 언제나 사실주의를 해야 한다고 제창해왔는데, 지금 이 대본을 감히 상연할 사람이 없는 걸 보니 그것이 사실적이지 못한 게 분명하다. 이처럼 사실주의에 부합하지 않은 대본이란 별 가치도 없으니 그저 나의 벗 가오 이한(高一涵)에게 보내 『신청년』의 공백이나 채워볼밖에.[14]

중국 근대연극사에서 최초의 정전(正典)으로 꼽히는 이 작품이 실은 여주인공을 찾지 못해 한동안 공연되지 못했다는 것은 뜻밖의 흥미로운 사실이다. 「종신대사」가 발표된 1919년은 이미 반전통주의와 급진적 여성해방담론이 상당히 유행하던 시기였음에도 실제 여성들이 처한 현실상황은 여전히 그러한 담론과는 상당한 거리가 있었음을 보여주기 때문이다. 위의 인용문을 보면 이는 저자인 후 스조차도 미처 예상치 못했던 상황이었음을 알 수 있다. 결국 「종신대사」는 발표된 지 4년만인 1923년에야 홍 선

---

14) "這齣戲本是因爲幾個女學生要排演, 我纔把他譯成中文的. 後來因爲這戲裏的田女士跟人跑了, 這幾位女學生竟沒有人敢扮演田女士. 況且女學堂似乎不便演這種不很道德的戲! 所以這稿子又回來了. 我想這一層很是我這齣戲的大缺點. 我們常說要提倡寫實主義. 如今我這齣戲竟沒有人敢演, 可見得一定不是寫實的了. 這種不合寫實主義的戲, 本來沒有什麼價值, 只好送給我的朋友高一涵去塡新靑年的空白罷." 胡適「終身大事」,『新靑年』제6권 3호, 1919;『胡適文存1』, 臺北: 遠東出版公司 1953, 827면.

에 의해 무대에 올려질 수 있었던 것이다.

이같은 흥미로운 사실에서 우리는 최소한 두가지 점을 확인할 수 있다. 첫째는 홍 선의 말대로, "어떤 여성도 '중국판 노라'의 역할을 맡으려 할 만큼 용감하지 않았다는 바로 그 사실이 '봉건사회'에서 그 연극이 가졌던 사회적 의의를 설명해준다"[15]는 것이다. 둘째는 여성배우가 스스로의 문제를 공연하는 일이 실현되지 못했음은 결국 5·4신문화운동의 여성해방 담론이 아이러니하게도 남성에 의해 주도되었으며 여성은 실제로 자기문제의 주체가 되지 못했음을 재확인해준다는 것이다.

어쨌든 여성인물을 남성이 연기하던 전통극의 관습을 종결하기 위해 여배우를 기용한 연출가 홍 선의 과감한 실험 덕분에 1923년 상하이 공연은 대성공을 거두었다고 한다.[16] 전통적으로 특히 여성을 배제했던 남성중심 장르인 무대공연에 여배우가 출연한 것은 획기적인 사건이 아닐 수 없었을 것이다. 그리고 바로 이 획기적인 실험이 「종신대사」에 여성해방적 아우라를 부여하는 데 결정적으로 기여했을 터이다. 과감하게 가출하는 주인공이 바로 여성이라는 점, 그리고 마침내 대중 앞에 선 여배우라는 사건 자체의 전위적 이미지, 거기에 다시 여성해방 상징으로서 「인형의 집」 노라의 이미지가 삼중으로 겹쳐진 것이다. 그리하여 톈 야메이는 여성해방의 상징이자 "혁명의 천사" 노라로서 대중적 승인을 받게 되었으며 「종신대사」는 페미니즘 텍스트라는 두터운 외피를 걸치게 된 것이다.

그러나 개인적인 반역행위로서의 여성의 '가출'이라는 표면적 공통점을 제외하면 「인형의 집」과 「종신대사」는 사실 사뭇 다른 맥락의 이야기라 할 수 있다. 주지하다시피 「인형의 집」은 이미 자본주의적 현대를 상당수준 성취한 북유럽 중산계층의 이야기이고 현대 낭만적 사랑에 기초한 핵가족

---

15) 샤오메이 천, 앞의 책 217면.
16) 같은 곳 각주 16 참고.

을 배경으로 한다. 그리고 노라는 그 속에서 남편에 의해 어린아이 혹은 인형으로 타자화되는 삶을 거부하고자 하는 한 성인여성이다. 「인형의 집」의 여주인공 노라는 그녀가 가출하기 전에도 이미 전통가족의 억압으로부터 자유로운 현대여성이기 때문에 굳이 중국의 5·4적 맥락으로 보자면 이미 '노라'인 것이다. 입센은 「인형의 집」에서 낭만적 사랑이라는 현대적 연애관과 그에 기반한 현대 핵가족제도가 또하나의 현대적 가치로서의 개인주의와 어떻게 상충되는가를 관심있게 드러내고 있으며, 그 갈등은 구체적으로 핵가족 내 남편과 아내의 성별 역할의 차이 및 그 불평등한 권력구조를 중심으로 그려지고 있다.

이처럼 입센 「인형의 집」에서 주로 문제가 되고 있는 것은 현대적 가치체계들 사이의 갈등구조인 반면에 「종신대사」에서 문제가 되는 것은 전통적 가치체계와 현대적 가치체계의 화해될 수 없는 충돌이다. 「종신대사」에서 주된 갈등의 원인이자 비판의 초점은 바로 미신과 유교로 표상되는 '구'세력, 즉 전통에 놓여 있다. 따라서 「인형의 집」에서 갈등의 주축이 현대적 개인 주체로서 남성과 여성이라면 「종신대사」에서 갈등의 축은 세대관계 속에서 좀더 복잡하게 드러난다. 즉 「종신대사」는 현대의식의 세례를 받지 못한 채 여전히 민간적 차원의 미신에 지배되는 어머니 및 여전히 동성동본의 금혼이라는 사회적 혈통관념에 의해 지배되는 아버지를 한 축으로 하고, 이제 막 낭만적 사랑의 쟁취를 통해 근대적 가치에 다가서려는 딸—미성년이자 신청년인—의 반항을 그 반대 축으로 삼고 있다.

여기서 억압의 대상이자 저항의 주체인 딸 톈 야메이가 여성이라는 점, 그리고 저항의 방법이 무대의 문을 쾅 닫고 집을 나갔다는 점만 제외하면 「인형의 집」과 「종신대사」는 사실 완전히 다른 배경과 다른 문제를 이야기하고 있는 셈이다. 「종신대사」에서 중요한 것은 현대적 가치의 실현으로서 자유연애이고 전통가족제도에 대한 저항이다. 따라서 입센의 「인형의 집」에서는 노라의 성별이 여성이라는 사실이야말로 극 전체의 갈등을 야기하는 결정적 요소인 데 반해 「종신대사」에서 톈 야메이의 성별은 극의 갈등을 야기하는 결정적인 요소가 아니다. 즉 톈 야메이가 설령 아들, 즉 남성이었다 해도 전체 극의 흐름과 주제의식이 전혀 달라지지 않는다는 것이다. 이렇듯 「종신대사」는 부모와 자식이라는 세대 차원, 혹은 신과 구의 갈등이 근간을 이루기 때문에 톈 야메이의 가출은 단지 여성의 문제만이 아니라 청년 일반의 문제를 다루고 있는 것으로 볼 수 있다. 여기서 톈 야메이의 가출은 신여성 탄생의 상징이면서 동시에 전통이데올로기적 억압에 대한 정치적 해방의 은유로 확대된다.

그런데 이렇게 여성의 문제가 중성화 혹은 무성화되는 가운데 여성에 대한 남성억압이라는 성정치학적 문제는 모두 전통의 결함으로 환원되어 버리기 십상이다. 따라서 "여성억압의 핵심요인으로 전통적인 결혼제도를 고발했다"는 이유로 「종신대사」를 "초기 페미니즘 텍스트"[17]로 단정짓기 전에 조심스러운 검증이 필요하다. 물론 「종신대사」가 톈 야메이라는 여성주인공의 행동을 통해 여성해방을 환기하고 있음은 분명하다. 그러나 가부장적 여성억압의 문제를 남녀를 불문한 청년의 문제 혹은 '인간'의 문제로 보편화하는 것은 오히려 여성문제를 은폐하는 결과가 될 수도 있다는 점에 유의해야 한다. 그 경우 「종신대사」는 역으로 또다른 남성중심적 텍스트로 읽힐 수도 있기 때문이다. 이처럼 여성문제가 중국민족 보편의 문제로 되면서 오히려 은폐되는 경향은 사실 후 스뿐만 아니라 5·4 반전통주의와 남성주도 페미니즘에서도 보편적으로 드러나는 현상이었다.[18]

---

17) 샤오메이 천, 앞의 책 216면.
18) '보편적 인간해방'과 '여성해방' 사이의 갈등관계는 동서양을 막론하고 근대 페미니즘이 부딪친 딜레마이기도 했다. 이는 동서양을 막론하고 근대적 '인간'으로서 남성과의 평등을 주장하는 현대 여성해방론이 안고 있는 태생적 한계이기도 하다. 현대가 주장해온 보편 주체로서의 '인간'이 사실은 백인 중산층 남성 중심의 기준에 의한 것이라는 사실의 환기 없이 '인간'으로서 남성과 평등한 여성의 권리만을 좇는 것은 결국 여성의 자기배제를 초래할 수밖에 없다. 최근 페미니즘 연구성과들은 다양한 측면에서 이런

이러한 문제는 「종신대사」의 페미니즘적 성격과 텍스트 내부에 드러나는 반여성적 권위 사이에 형성되는 위태로운 긴장에서 확인된다. 「종신대사」는 반전통담론에서 지식의 주체인 남성과 지식의 대상으로서의 여성이라는 성정치학적 편견을 토대로 구성되어 있기 때문이다. 「종신대사」에 등장하는 인물의 극중 역할과 그 도덕적 위상의 분석을 통해 이 문제를 살펴보자. 「종신대사」에는 세명의 주요인물이 등장한다. 관음보살과 점괘를 절대적으로 신봉하는 무지한 어머니, 민간신앙이나 미신을 혐오하는 신식 남성이지만 여전히 사회적 체면의식과 뿌리깊은 유교적 가계(家系) 관념을 떨치지 못한 아버지, 그리고 문을 박차고 과감히 집을 나서는 딸이다. 그리고 극에 직접 등장하지는 않지만 실질적으로 가장 의미심장한 역할을 한다고 볼 수 있는 천(陳) 선생, 즉 톈 야메이의 애인이 있다.

먼저 전통적인 어머니는 딸이 좋아하는 남자가 있는 것을 알지만 결혼 승낙 여부는 전통적인 민간신앙에 의지하려 한다. 그래서 관음보살의 점괘를 뽑아보기도 하고 점쟁이를 불러 사주를 보기도 한다. 그런데 이러한 어머니의 전통적 가치관의 세계는 아버지에게 줄곧 눈총받고 무시되며 심지어 처벌의 위협까지 받는다. 예컨대 "아빠가 점쟁이를 집 안으로 들이지 말라고 하셨던 것 잊었단 말예요?" "아빠한테 다시는 점 안 본다고 약속하셨잖아요." "그럼 관음보살한테도 갔었단 말예요? 아빠가 아시면 어쩌려고 그래요?"[19]처럼 저자는 딸 톈 야메이를 통해 끊임없이 아버지의 훈계를 어머니에게 환기함으로써 어머니의 전통적 '무지'를 간접적으로 질책하

사실을 주장하고 있는데, 특히 현대의 '시민' '국민'의 형성과정에 대한 연구들은 실제로 여성이 어떻게 '시민'이나 '국민'으로부터 배제되고 혹은 어떻게 타자적 신분으로 편입되는지를 잘 보여준다. 우에노 치즈꼬의 경우 페미니즘의 근본적 딜레마라고 알려진 '평등'과 '차이'의 문제가 사실은 현대가 여성에게 부과한 '의사(擬似)문제'라고 주장하기도 한다. 우에노 치즈코 『내셔널리즘과 젠더』, 박종철출판사 1999 참고.
19) 胡適 「終身大事」, 『新靑年』 제6권 3호 1919; 『胡適文存1』, 816면.

고 있다.

한편 극중 아버지는 지식과 경제력을 장악하고 있는 덕분에 집안에서 가장 큰 권력을 가진 주체로서 야만적 전통에 지배되는 아내를 계몽하고 훈도하는 존재로 군림함을 알 수 있다. 또 톈 부인이 관음보살의 점괘와 사주풀이를 철석같이 믿고 딸의 결혼을 반대하자 톈 야메이는 "아빠는 엄마랑 생각이 다르실 거예요. 아빠는 절대 반대하실 리 없어요."라고 말한다. 이같은 딸의 말에서 톈씨 집안의 주재권이 아버지에게 있을 뿐 아니라, 아버지는 사리가 밝고 전통적 인습에 얽매이지 않는 합리적 존재임을 암시하는 듯하다.

그러나 반전통주의에 의하면 어머니 톈 부인의 무지와 미신은 그녀가 현대적 지식의 세례를 받지 못한 데서 비롯한다고 할 수 있다. 그리고 그것은 전통적으로 여성이 줄곧 지식의 주체가 되지 못했으며 사회적 지식을 전수받는 공적 교육으로부터 배제되어온 결과일 것이다. 그렇다면 톈 부인 역시 전통의 희생자로서 반전통주의자들의 동정을 받을 만하다. 그러나 「종신대사」에서 톈 부인은 희생자라기보다는 딸의 자유결혼을 억압하는 야만적 전통의 수행자로만 부각되고 급기야 혐오와 부정의 대상으로 전락하게 된다. 그리하여 그녀를 관리하고 계도하는 계몽 주체로서 톈 선생의 우월한 가부장적 지위는 딸인 톈 야메이에 의해 전폭적으로 지지되고 나아가 텍스트 밖의 독자에게도 절대적인 인정과 지지를 요구하게 된다.

하지만 후 스는 마지막 극적 전환을 통해 그때까지 가장 도덕적인 권위로 비쳐지던 톈 선생마저 조롱해버린다. 톈 선생은 아내가 관음보살의 점괘와 사주 얘기를 꺼내자 "뭤! 뭤! 난 그런 것 믿지 않소! 아니 당신은 이게 딸의 종신대사라면서, 그래 자기 자신을 못 믿고 그 진흙덩어리 나무토막 나부랭이 보살의 말을 믿는단 말이오?"[20]라며 아내를 나무랐다. 그러자 딸

---

20) 胡適, 같은 책 820면.

은 신이 나서 아버지 말에 맞장구를 치며 아버지가 자기편이라고 철석같이 믿는다. 그런데 뜻밖에 톈 선생도 결혼에 반대하기는 마찬가지였다. 족보상 톈(田)씨와 천(陳)씨는 2500년 이래로 혼인한 적이 없다는 것이 이유였다. 고대에 톈(田)과 천(陳)자는 같은 글자로 통용되었으며 톈씨와 천씨는 결국 같은 핏줄이기 때문이라는 것이다. 결국 톈 선생 역시 유교 종법사회의 부계중심적 혈통관념과 그를 바탕으로 한 사회적 인습을 떨칠 용기는 없었던 것이다.

이처럼 딸이 그토록 믿었던 합리적인 아버지가 가부장적 인습을 교묘한 논리로 포장하여 딸을 배신하는 순간 톈 선생은 이 극에서 가장 아이러니한 조롱의 대상으로 전락하고 만다. 그리고 괴로워하던 딸은 "자기 인생은 자신이 책임지는 것"이라는 애인의 쪽지를 받고 마침내 가출을 감행한다. 여기서 톈 야메이의 애인 천 선생은 무대에 한번도 직접 등장하지는 않지만 작가의 주제의식을 전달하는 중요한 역할을 한다. 그리고 합리적 인물로 암시되던 아버지가 극의 절정에서 희화화됨에 따라 극은 가출을 감행한 딸의 손을 들어준다.

그러나 그것이 앞서 말한 톈 부인과 톈 선생의 권력적 관계까지 전복하는 것은 아니다. 그것은 다만 "중서합벽(中西合璧)" "반신반구(半新半舊)"[21]라는 말로 표현된 톈 선생의 불철저한 현대의식 중에서 '반신(半新)'은 긍정하고 '반구(半舊)'는 철저히 꼬집고자 했던 후 스다운 안배였다. 즉 우월한 남성인물을 통해 야만적 전통의 화신인 여성을 비판하게 하되, 신세대로 하여금 남성인물의 불철저한 현대인식까지 철저하게 비판하도록 이중구조를 취한 것이다. 이로써 저자는 성별 편견과 상관없이 가장 공정하고

---

21) 무대의 배경인 톈씨의 거실에는 동양화와 서양화, 소파와 중국식 서예탁자가 함께 배치되어 있다. 후 스는 '중서합벽(中西合璧)' '반신반구(半新半舊)'라는 말로 이러한 무대 분위기를 표현하였는데, 이 말에는 극중 인물들뿐만 아니라 전 중국사회의 갈등적 부조화를 풍자하려는 그의 의도가 그대로 드러난다. 胡適, 같은 책 814면.

전지전능한 주체로 부각된다. 하지만 작가는 톈 야메이의 가출을 독려한 애인 천 선생을 통해 자기목소리를 드러냄으로써 저자의 전능하고 공정한 주체의 지위를 자연스럽게 천 선생에게 전이한다. 이로써 신청년 중에서도 남성지식인은 모든 억압과 편견을 초월한 계몽자이자 선지자이자 저자로서의 권위를 획득하게 된다.

「종신대사」를 통해 볼 수 있는 이같은 서사구조는 반전통주의 민족서사의 전형성을 드러낸다. 그것은 반전통주의자들이 그토록 여성해방을 부르짖고 동반자로서의 현대적 여성의 등장을 고대했음에도 불구하고 그들 담론의 수행과정에서 남성과 여성이 여전히 주체와 타자, 계몽자와 피계몽자, 지식 권력자와 지식의 대상, 창조자와 피조물이라는 관계를 뛰어넘기 어려웠음을 짐작하게 한다. 반전통주의적 민족서사 속에서 계몽자/피계몽자, 창조자/피조물로 드러나는 젠더 정치학이 5·4시기 여성해방서사의 정점이라 할 수 있는 노라 이야기에서도 드러나는 것이다. 톈 야메이가 과감하게 집을 나갈 수 있었던 것은 집 밖에서 자동차를 타고 기다리는 애인 천 선생이 있었기에 가능했다. 이처럼 대개 자유연애로 이어지는 노라 이야기에서 노라의 각성과 과감한 가출을 연출하는 것, 즉 민족적이고 현대적인 여성을 '창조'하는 역할을 자임한 것은 대부분 바로 그녀의 애인, 즉 반역의 아들들이었다. 그리고 그들 청춘남녀의 관계는 '연애'를 통해 완성되었다.

노라 이야기가 여성해방서사일 뿐만 아니라 확고한 민족서사의 지위를 보장받는 것은 바로 이와 같은 아들들과의 동맹관계를 통해서이다. 5·4 반전통주의자들에게 전통적 부권(父權)의 상징인 구가족제도가 '만악의 근원'으로 간주되었음은 앞서 누차 언급한 대로이다. 전통가족제도는 개인의 삶과 가장 밀착되어 있으면서 민족의 생명인 청년들을 고사시키고 근대적 인간으로서의 개성 발휘를 저해하기 때문에 철저히 부정되어야 할 대상이었다. 따라서 정혼을 거부하고 가출하여 자유연애를 추구하는 것은 단지 개인적 문제에 그치는 것이 아니라, 아버지 질서에 대한 반역으로서 가장 혁명적인 사회적 행위로 여겨질 수 있었다. 당시 중국 전사회의 개조를 목표로 조직되었던 공독호조단(工讀互助團)이 바로 가출과 자유연애와 사회혁명에 대한 청년들의 추구가 한데 결합된 결과물이라는 사실은 이점을 잘 보여준다.[22] 여기서 중국판 노라는 곧 가출로, 자유연애로, 그리고 반전통 사회혁명으로 그 상징의 외연을 확대하면서 "혁명의 천사"로 강림할 수 있었던 것이다.

이처럼 중국에서 아들들과의 동맹관계 속에서 민족영웅으로 표상될 수 있었던 미혼의 노라 형상은 대개 중산층 가정주부로 표상된 식민지 조선에서의 노라 형상과는 여러모로 대조적이다. 조선에서도 노라의 가출은 자유연애와 연결되는 경향이 있었지만, 신여성 특히 중산층 가정주부의 자유연애는 자연스럽게 성적으로 방탕함을 연상시켰다. 그 때문에 특히 조선의 진보적 남성지식인들은 노라와 자유연애를 부르주아적이고 비도덕적이며 심지어 반민족적인 것으로까지 간주하는 경향이 있었다. 식민지

---

22) 시미즈 켄이찌로오(淸水賢一郎)에 의하면 베이징(北京) 공독호조단 결성(1919. 12)의 직접적 계기가 된 것이 바로 요절한 베이징여자고등사범학교 여학생 리 차오(李超)의 추도회였다고 한다. 즉 가출한 뒤 생활고 끝에 병으로 숨진 리 차오의 추도회에서 느낀 바가 있었던 왕 광치(王光祈)가 다음날 바로 '여자호조사(女子互助社)' 건립의 필요성을 주장하였다. 그리고 나중에 그 범위를 남녀생활호조사로 확대하여 고학생에게 생활의 길을 열어주고 궁극적으로는 이상적인 신사회 건설의 기초로 삼자는 취지하에 공독호조단을 결성하기에 이르렀다. 시미즈 켄이찌로오의 연구는 이 공독호조단 결성을 둘러싸고 여성의 가출과 당시 청년들의 혁명과 연애 이상이 어떻게 실험되고 또 그것의 실제모습은 어떤 것이었는지 흥미진진하게 보여준다. 그는 공독호조단 실패의 직접적 원인을 호조단 내부 남녀 사이에 복잡하게 얽힌 연애관계에서 찾는데, 그를 둘러싼 분분한 여론 속에서 '혁명의 천사' 노라들의 사생활은 — 한국의 신여성들이 그랬던 것처럼 — 사회적 가십거리로 취급되고, 그녀들은 대체로 변덕스럽고 성적으로 자유분방하다는 이유로 곱지 않은 시선을 받았다고 한다. 그러나 이렇게 분석하는 시미즈 켄이찌로오도 그녀들이 "종잡을 수 없고 상당히 낭만적이었던 것은 사실인 듯하다"고 점잖게 덧붙이고 있다. 淸水賢一郎「革命與戀愛的烏托邦; 胡適的"易卜生主義"和工讀互助團」참고.

조선사회 남성의 모멸적 시선 속에서 자유를 추구했던 신여성들의 삶은 늘 사회적 가십거리가 되기 일쑤였다. 나혜석, 김명순, 김일엽의 불행하고 쓸쓸한 말년은 초기 신여성들에 대한 사회적 냉대를 여실히 짐작하게 한다. 하지만 누구보다도 선명하고 급진적 양상을 보여준 그녀들의 여성으로서의 자각과 자주성은 남성중심적 민족주의로부터의 고립과 무관하지 않을 것이다.

반면에 미혼여성인 중국판 노라의 자유연애는 중국남성들의 든든한 후원과 지지를 받았다. 물론 중국에서도 신여성에 대한 시선이 고운 것만은 아니었다. 하지만 최소한 급진적 지식인들 사이에서 노라는 엄연한 여성해방의 표상으로 인정되었을 뿐 아니라 '혁명의 천사'라는 민족영웅의 형상으로 강림할 수 있었다. 가출에서 자유연애로 이어지는 그들의 열정이 적어도 방탕하다는 비난으로부터 어느정도 보호될 수 있었던 것은 자유연애 자체가 현대를 표상하는 하나의 기호로 소비되었기 때문이고, 그러한 현대성의 성취야말로 현대 민족국가 건설의 지표로 간주되었기 때문이다. 이는 조선과는 달리 현대화를 향한 급진적 중국 지식인들의 민족주의적 열망 속에서 노라의 여성해방 이야기가 반전통주의 민족서사로 전화되는 데 성공했음을 보여준다.

「종신대사」의 상연과 함께 폭발적으로 대중화된 여성해방의 상징 노라는 오랫동안 현대 중국여성들의 가슴을 뛰게 한 행운의 약속이었음이 분명하다. 그러나 야만적 전통의 수행자 톈 부인, 불철저한 개화인사 톈 선생, 그리고 전통의 희생자에서 현대의 신생 역량으로 변신해야 할 여성청년 톈 야메이, 그리고 톈 야메이를 지지하고 인도하는 남성청년 천 선생으로 구성된 「종신대사」는 5·4시기 반전통담론의 전형적인 인물의 재현 구도를 보여준다. 「종신대사」는 단순한 개인적 차원의 갈등을 넘어 전형적인 5·4 반전통주의의 텍스트가 된다. 그리고 이 서사구도 안의 대립적인 두 여성인물, 즉 전통과 동일시되어 부정되는 톈 부인과 민족 근대의 새로운 역량으로 칭송되는 톈 야메이의 운명은 곧 반전통주의담론 속에서 드러나는 여성에 관한 전형적인 재현 양상이기도 하다. 앞서 말한 여성의 전통화를 보여주는 톈 부인은 민족이 낙후될까 걱정하는 계몽주체의 공포심이, 그리고 혁명의 천사 노라로 격상된 톈 야메이는 민족근대화에 대한 계몽주체의 희망이 투사된 구체적 대상인 것이다.

또하나 상기할 점은 여성해방의 상징으로서 노라 이미지 혹은 담론의 확대가 여성에 대한 억압적 현실의 소멸로 직결된 것은 결코 아니라는 점이다. 후 스 역시 이런 사실을 전혀 의식하지 못한 것은 아니었다. 앞서 인용문에서 보았듯이, 평소 사실주의를 열렬히 제창하던 그는 스스로 「종신대사」를 무가치한 반사실주의 작품이라 개탄하였다. 물론 이것은 홍 선이 말한 의미에서 현실의 낙후성을 꼬집기 위한 전략적 겸손함으로 해석될 수도 있다. 그러나 분명한 것은 "이 대본의 크나큰 결점"이라 한 후 스의 시인에서 지나치게 전위적인 자기주장과 현실 사이의 괴리를 실감하고 있는 그의 당혹스러움이 엿보인다는 점이다.

여성해방을 주장하는 남성지식인들의 그런 당혹스러움과 딜레마는 설령 스스로 의식하지 못했다 하더라도 종종 그들의 텍스트를 통해 드러난다. 예컨대 「종신대사」의 톈 선생도 실은 후 스 자신을 비롯한 신문화운동 제창자들의 불철저한 한계를 투사한 것으로 볼 수 있다. 결국 저자에게 조롱당하고 말지만, 톈 선생이 보여주는 뿌리깊은 가부장적 태도와 모순된 현대의식은 후 스 자신을 비롯한 많은 신지식층의 한계이기도 했다. 후 스는 그러한 한계 및 그로 인한 불안감을 '반신반구(半新半舊)'의 톈 선생이라는 희극적 인물에게 투사하였던 것이다. 요컨대 '혁명의 천사' 노라는 반전통주의 남성주체들의 민족근대화 열망이 집약되어 투사된 하나의 현대적 민족신화였다. 그러나 그 과장된 여자영웅의 창조 너머에는 여전히 견고한 여성억압의 현실이 존재했고, 그러한 현실의 공모자로서 남성주체의 한계는 암암리에 그들 자신에게 부단히 회의와 불안을 환기시키고 있었다. 이는 루 쉰의 「상서(傷逝)」나 마오 둔(茅盾)의 「창조(創造)」 등 많은 남성작가들의 텍스트에서 확인된다.

2. 노라 민족서사와 젠더

(1) 노라의 자유연애

「종신대사」에서도 보이듯이 중국판 노라 이야기는 대개 '억압적 가족 제도에 대한 반항-가출-자유연애'라는 기본 플롯을 가진다. 이처럼 노라 의 가출이 자유연애와 직결되었음은 결코 우연이 아니다. 어떤 외부의 억 압에도 굴하지 않고 완전하게 주체 내부의 정열적 요구에만 집중하는 것 만큼 전통에 대한 강력한 비판이 될 수 있고 또 현대 개인주의의 위대함을 보여줄 수 있는 것도 드물기 때문이다. 자유연애를 추구하는 것은 바로 현 대적 주체로서의 개인이 됨을 의미했다. 따라서 가출은 전통적 세계에서 현대의 세계로 나아가는 주체가 통과해야 할 관문과도 같았다.

물론 자유연애가 5·4시기 중국만의 현대적 특징은 아니다. '연애'란 부 르주아적 현대사회의 중요한 양상 중의 하나인 이른바 '낭만적 사랑'을 가 리키는 번역어라 할 수 있다. 기든스에 의하면 낭만적 사랑이란 역사적으 로 궁정식 사랑과 열정적 사랑 이후에 등장한 현대적 구성물이다.[23] 열정 이란 사회적 규율과 금기를 부단히 넘어서는 반사회적 속성으로 인해 적 절하게 제어될 필요가 있으며, 이 열정을 오로지 한 사람에 대한 헌신이라 는 도덕적 숭고함으로 제어하게 된 것이 소위 낭만적 사랑이다. 그리고 낭

---

23) 더 자세한 것은 앤소니 기든스 『현대사회의 성·사랑·에로티시즘』, 배은경·황정미 옮 김, 새물결 1996 참고.

만적 사랑은 일부일처제를 핵심으로 하는 현대 가족구성을 통해 물질적으로 제도화된다. 그리고 이같은 낭만적 사랑이라는 새로운 형식의 사랑을 지시하기 위해 번역된 신조어가 바로 '연애'였다.[24] 보편적 감정이라고 할 수 있는 사랑은 지역마다 시대마다 그것을 조직하고 표현하는 나름의 제도적 형식을 갖게 되는데, 연애란 바로 낭만적 사랑, 즉 사랑의 현대적 형식인 것이다.[25]

낭만적 사랑의 이와 같은 현대적 성격으로 인해 5·4시기 중국에서 연애는 현대 자체의 알레고리로 받아들여졌다. 5·4 계몽주체에게 연애는 개인이 과거 사회의 봉건적 유습으로부터 탈피하기 위해 꼭 거쳐야 하는 과정이며, 억압된 사랑을 해방시키는 것은 자유롭고 이성적인 현대 주체를 만들어내는 일로 여겨졌다. 5·4시기 이른바 신문학작품의 98%가 연애소설[26]이라고 할 만큼 많은 신문학작가들이 연애문제에 관심을 보인 것도 낭만적 사랑의 서사를 통해 현대에 다가서고자 하는 시대적 현상이었다고 할 수 있다. 그런 점에서 재자가인(才子佳人)의 연애서사에 치중했던 20세기 전반기 원앙호접파(鴛鴦胡蝶派) 문학의 현대성도 재평가될 여지를 남긴다. 더구나 5·4시기 민족낙후에 대한 위기의식이 낳은 계몽의 열정으로 인

---

24) '연애'라는 말은 일본에서 'love'의 번역어로 1870년경 등장하였으며, 한국에는 20세기 초에 일본을 통해 수입되었다고 한다. 그전에도 연(戀), 정(情), 애(愛)와 같은 말이 존재하긴 했지만 개인간의 자유로운 선택에 의한 사랑의 형식이라는 점은 기존의 단어들이 포괄할 수 있는 영역을 넘어서는 것이었고 그래서 그렇게 등장한 것인 '연애'라고 한다. 최영석 「현대 주체 구성과 연애 서사」(연세대 석사학위논문, 2002), 19면 참고.

25) 연애를 현대적 구성물로 보려는 연구는 국내에서도 활발해지고 있다. 중요한 연구성과로는 이미향 『현대애정소설연구』, 푸른사상 2001; 서영채 「한국 현대 소설에 나타난 사랑의 양상과 의미에 관한 연구」(서울대 박사학위논문, 2002); 김동식 「연애와 현대성」(『민족문학사연구』 18호 2001), 최영석 「현대 주체 구성과 연애서사 — 계몽성과 낭만적 사랑의 이데올로기를 중심으로」(연세대 석사학위논문, 2002), 장징(張競) 『근대 중국과 연애의 발견』, 임수빈 옮김, 소나무 2007 등이 있다.

26) 茅盾 編 『中國新文學大系 1917~1927·小說 卷3』 서언 참고.

해 연애서사 속의 현대적 주체는 바로 민족이라는 대주체로 확대되는 경향을 띤다. 낭만적 사랑은 현대 주체를 구성하는 중요한 경로이고 현대 주체는 현대 민족국가의 초석이기 때문이다. 즉 "사랑은 주체가 '민족'이라는 대주체로의 지향을 위해 스스로를 정당화하는 은유의 매개체"[27]가 되는 것이다. 이처럼 식민지 혹은 반(半)식민지적 특수성에서 낭만적 사랑은 특히 현대의 알레고리로서 수용되기 때문에 연애서사는 그 자체에 계몽성을 담지하게 되고 나아가 민족적인 것으로 코드화된다.[28] 따라서 가출과 자유연애로 축약되는 노라 연애서사 속에서 여성도 남성과 동등하게 연애를 통한 현대적 주체로, 나아가 민족적 주체로 승화하는 주인공이 될 수 있었다. 특히 남성들이 노라의 출현에 그토록 열성적인 관심을 보인 것은 곧 노라와 같은 자유로운 여성이야말로 자신의 현대적 연애의 대상이 될 수 있기 때문이다.

하지만 여성이 현대적 주체로 구성되는 데 낭만적 사랑이라는 기제는 남성의 경우보다 더 각별한 의미를 지닌다고 할 수 있다. 여성이 사회적 자아가 되기에는 현실적으로 여전히 많은 제도적 결핍들이 존재하지만, 사랑은 사회적 지위를 지닐 수 없는 대부분의 여성들에게도 가능성이 열려 있기 때문이다. 게다가 낭만적 사랑은 두 사람의 평등하고 순수한 관계를 표방하기 때문에 여성이 사회적 위치에서 스스로 민족적 대주체로 서지

---

27) 최영석, 앞의 논문 8면.

28) 최영석은 이처럼 연애서사가 식민지 조건 속에서 계몽적 목표로 수렴되는 것을 "계몽적 연애서사"라 명명한다. 그는 연애서사를 단순히 '흥미성'과 같은 대중문학의 하위범주나 계몽의 도구로 보는 것에 반대한다. 그에 의하면 연애서사는 철저히 현대적 주체 구성의 문제이며, 따라서 식민지에서 연애서사의 변형을 살펴보는 것은 식민지 현대 주체 구성 문제를 살펴보는 일이 되는 것이다. 이같은 전제 아래 그의 연구는 낭만적 사랑이 어떻게 계몽적 서사로 전화되는지, 계몽적 연애서사가 어떻게 민족적 형식과 사회주의적 형식으로 나타나며, 1930년대 이후에는 어떻게 소멸되는지를 살핀다. 이같은 연구 성과는 반(半)식민지였던 중국의 현대문학 연구에 상당히 많은 시사점을 준다.

못한다 해도 상대 남성과의 평등한 관계를 통해 사회적 자아가 될 수 있다는 환상을 심어주기 충분했다. 자유연애를 당시 신여성이 어떻게 경험했는지를 보기 위해 5·4시기 여학생들의 자유연애와 가출 문제를 가장 핍진하게 다룬 것으로 평가되는 여성작가 펑 위안쥔(馮沅君)의 텍스트를 예로 들어보자. 그녀의 「여행」은 여주인공이 사랑의 열정을 어떻게 계몽적 이상으로 승화시키면서 자신을 현대적 주체로 세우는지를 전형적으로 보여준다. 서로 사랑하는 두 남녀가 소도시의 여관에서 며칠을 지내고 돌아온다는 내용의 「여행」은 두 사람의 여행을 남녀상열지사로 취급하는 주변의 억압적 시선과 그런 시선으로부터 부단히 자신의 사랑을 정당화하고자 하는 주인공의 현대적 내면갈등으로 이루어져 있다. 그녀는 기차와 여관에서 자신들을 바라보는 조소의 눈빛을 의식할 때마다 스스로에게 자신들의 사랑이 얼마나 "순결"하고 "신성"한 것인지를 누누이 강조하며, "사랑의 숭고한 사명"을 완수하고자 하는 자신들이야말로 "세상에서 가장 존귀한 사람"이라고 자처한다.

> 나는 무척이나 그의 손을 잡고 싶었지만 그럴 용기가 없었다. 용기를 낼 때라곤 고작 간혹 차 안의 전등이 깜박거리거나 꺼졌을 때뿐이었다. 나는 함께 탄 승객들의 눈이 두려웠던 것이다. 그러나 한편 우리는 스스로 매우 자랑스러웠고 주저없이 우리야말로 차 안의 사람들 중 가장 고귀한 존재라고 자처했다. 저들은 행동거지가 야만적일 뿐 아니라 교양이라곤 조금도 없었다. 개중에는 상당히 부자인 듯한 사람도 있었는데 그들이 이 속에서 먼지를 뒤집어쓰고 있는 것은 명리(名利)의 사명을 완성하기 위함이지만 우리의 목적은 사랑의 사명을 완성하는 것이었다.[29]

---

29) "我很想拉他的手, 但是我不敢, 我只敢在間或車上的電燈被震動而失去它的光的時候, 因爲我害怕那些搭客們的注意. 可是我們又自己覺得很驕傲的, 我們不客氣的以全車中最尊貴的人自命. 他們那些人不盡是擧止粗野, 毫不文雅, 其中也有很闊氣的, 而他們所以僕僕風塵的目的

그녀가 이처럼 스스로를 현대적 주체로 격상시키는 동안 그녀의 숭고한 사랑을 이해하지 못하는 주변인물들은 야만적 전통질서에 지배되는 계몽의 대상으로 격하된다. 여성이 남성과 마찬가지로 자신을 숭고한 계몽의 주체로 세우는 데 성공한 것이다. 이처럼 개인의 열정은 현대를 겨냥한 민족계몽의 대의에 의해 지지되고 반대로 개인 열정의 고양에 의해 계몽적 대의는 구체성을 띠며 정당화된다. 낭만적 사랑을 가장 상층부에서 규정짓는 것이 숭고성이며 서양에서는 기독교와 같은 어떤 초월성에서 그것이 유래한다고 한다면,[30] 적어도 5·4시기 낭만적 사랑의 숭고함은 많은 부분 주체·현대·민족·국가와 같은 계몽적 초월성에 의해 지지되었다. 그리고 사랑의 내적 규율로서의 계몽은 사랑의 환상을 통해 궁극적으로 진보를 긍정하게 한다.

그런데 바로 위와 같은 이유로 연애는 개인성과 계몽성이라는 문제가 대결하는 장이 되기도 한다. 즉 "연애서사의 계몽적 확대를 노리는 힘과 연애서사 속의 '개인성'을 지향하는 힘이 욕망을 둘러싸고 서로 경쟁"[31]하게 되는 것이다. 이 경쟁을 눈여겨봐야 하는 이유는 바로 그 경쟁 속에서 노라라는 여성주체의 계몽적 정체성과 여성으로서의 성적 정체성의 내밀한 경합이 이루어지기 때문이다. 당시 작가로서는 드물게 성적 욕망을 대담하게 드러낸 것으로 유명한 펑 위안쥔의 경우도 예외는 아니다.

그녀가 그처럼 대담하게 성적 욕망을 드러낼 수 있었던 것은 역시 "숭고한 사랑의 사명" 속에 담긴 계몽의 초월성 덕분이었다. 「여행」에서 두 남녀의 육체적 접촉이 조심스러우면서도 그처럼 당당하게 그려질 수 있었던 것 역시 그 욕망이 계몽의 파토스를 끌어내는 힘으로 작용했기 때문이다. 그

是要完成名利的使命, 我們的目的却要完成愛的使命." 馮沅君, 「旅行」, 『春痕』, 上海古籍出版社 1997, 19면.

30) 앤소니 기든스, 앞의 책 109면.

31) 최영석, 앞의 논문 27면.

러나 이 성적 욕망은 '순결한 사랑'의 추구라는 명목 아래 끝까지 추구되지 못하고 정점에서 포기되고 만다. 여관에서 지낸 며칠 동안 두 사람은 함께 껴안고 잤지만 다른 일은 결코 일어나지 않았을 만큼 그들의 사랑은 순결 하다는 것이다. "욕망과 열정 대신 순결함, 순수성, 자기희생을 배치함으로 써 사랑을 현실의 질곡에 대한 대응이자 극복인 것으로 제시하는 것은 열 정에 일정한 방향성을 부여하고자 하는 낭만적 사랑의 기본적 특성"[32]이기 도 하다. 문제는 「여행」에서 계몽성에 의해 지지되었던 성적 욕망의 추구 가 또한 계몽성에 의해 포기되는 것으로 전환되는 계기가 무엇인가라는 점 이다. 즉 사랑의 욕망이 그처럼 숭고한 것이라면 마지막 순간에 두 사람의 성관계 역시 왜 숭고한 것으로 지지될 수 없었는가이다.

여기에 대해 여주인공이자 화자인 '나'는 의미심장한 해석을 제공한다. "자신이 몹시 원하는 일이라도 사랑하는 사람이 동의하지 않는다면 기꺼 이 하지 않는 것이 사랑"[33]이라는 것이다. 이 말은 두 사람의 성관계를 동 의하지 않은 것은 여자 쪽이고 남자는 순결한 사랑의 힘으로 그녀의 의견 을 존중하고 자신의 욕망을 절제했다는 얘기다. 여기서 우리는 여성의 욕 망에 관한 언급이 돌연 사라지는 대신 여성의 순결이라는 문제가 등장함 을 볼 수 있다. 즉 여성의 순결과 정조를 강조하는 가부장적 요구가 계몽성 에 의해 순결하고 숭고한 것으로 지지되던 여주인공의 성적 욕망을 더이 상 순결하지 않은 것으로 억제한다는 것이다.

물론 '순결의 상실'은 남성이나 여성 모두에게 육체적 관능이 정신적이 고 숭고한 것으로 상승하는 것을 불가능하게 만든다. 그러나 남성은 스스 로의 이성적 판단에 따라 자신은 물론이고 상대여성의 순결까지 책임지고 통제할 수 있는 주체가 되는 반면, 여성은 자신의 순결에 대한 책임을 남성

---

32) 최영석, 같은 논문 27면.
33) 馮沅君, 앞의 책 23면.

에게 의지함으로써 스스로 주인이 되지 못한다. 그 순결을 보장하는 데 있어 중요한 것은 여성 자신의 의지라기보다는 순전히 상대 남성이 여성의 의견을 존중하여 자신의 욕망을 자제할 줄 아는 이성적 존재인가의 여부이다. "원하지 않는 일은 하지 않을 수 있다"는 여주인공의 말은 욕망도 제어할 줄 아는 현대 주체의 위대함을 강조함으로써 표면적으로 낭만적 사랑의 순결함을 정당화하지만, 그때 주체란 내용적으로는 남성주체를 가리키고 여성 자신의 주체성은 은밀히 배제되고 있다.

이처럼 욕망에 대한 남성의 자제력이 궁극적으로 낭만적 사랑의 숭고함을 보장하는 관건이 됨으로써 여성은 자연스럽게 남성에게 능동적 주체의 자리를 내주게 된다. 그리고 남성주체에 의해 지켜진 여성의 성적 순결은 낭만적 사랑의 숭고함이라는 이름으로 계몽의 순결성을 뒷받침한다. 그리하여 이른바 '순결 이데올로기'라는 여성 섹슈얼리티에 대한 가부장제의 관리와 통제는 낭만적 사랑의 연애서사 속에서 자발적인 현대적 숭고함으로 재포장된다. 순결과 정조 이데올로기는 이 지점에서 더이상 전통사회의 '야만'이 아니라 숭고함으로 포장된 현대의 '야만'이 되는 것이다.

따라서 여주인공 자신의 위와 같은 절박한 합리화 노력의 내면에는 자신의 성적 순결의 상실이 현대 낭만적 사랑과 그 계몽성의 숭고함을 파괴함으로써 궁극적으로 여성으로서 현대적 주체성의 추구를 좌절하게 할지도 모른다는 무의식적 강박과 불안감을 감추고 있는 것으로 읽힐 수 있다. 「여행」은 여성주체의 계몽적 정체성과 여성으로서의 성적 정체성 사이의 내밀한 균열과 불안을 포착하지만, 결국 「여행」의 여주인공은 자신의 성적 정체성을 계몽적 정체성 아래 무릎 꿇게 한다. 즉 여성은 자신의 순결을 담보로 삼고서야 비로소 현대의 계몽적 주체가 될 수 있음을 보여준다. 낭만적 사랑이라는 이데올로기는 연인간의 감정적 평등과 순수한 관계를 강조하는 듯하지만 사실은 이처럼 양성간의 권력적 비대칭 위에 유지된다.

한편 5·4 반전통주의와 결합한 계몽적 연애서사는 평 위안쥔의 소설에서 또다른 흥미로운 갈등구조를 연출한다. 도시의 연인과 고향의 어머니가 그것이다. "베이징은 나의 연인 같고 고향은 나의 자애로운 어머니 같다."[34] "자애로운 어머니의 사랑과 연인의 사랑, 이 두가지 사랑이 서로 충돌하는 비극이 되어 나를 그 주인공으로 초대한다"[35]와 같은 진술에서 보이듯이 펑 위안쥔 소설은 주로 대도시·연인으로 표상되는 현대적 가치체계와 고향·어머니로 표상되는 전통적 가치체계의 대립을 주요배경으로 한다. 물론 앞서 「여행」에서 살폈듯이 펑 위안쥔 소설의 여주인공들이 낭만적 사랑을 통해 자신을 숭고한 현대적 주체로 세우고자 하는 현대 지향적 인물임은 더 말할 나위도 없다. 그리고 그녀의 낭만적 사랑이 결혼이라는 도시의 현대적 제도 속에 안착되는 것을 방해하는 가장 위협적인 장애요소는 바로 고향집의 정혼 명령이다.

전통혼인제도에 대한 반항─(가출)─자유연애의 추구라는 기본적 틀에서 보면 펑 위안쥔의 소설도 틀림없는 중국판 노라의 연애서사이다. 그러나 어머니와 연인이라는 펑 위안쥔 소설의 갈등구조는 노라 연애서사에 중요한 변형을 가져온다. 펑 위안쥔의 여성인물들은 운좋게도 수년전에 유학을 떠나는 오빠들을 따라 함께 도시로 나와 이미 현대의 세례를 받으며 살고 있다. 그리고 「여행」의 여주인공처럼 과감한 밀월여행을 떠날 정도로 자주적인 주체로 성장하였다. 그런데 노라가 자유연애를 위해 집을 떠났다면 이미 도시의 노라들이라 할 수 있는 펑 위안쥔의 여성인물들은 반대로 정혼을 강요하는 고향집으로 돌아온다. 어쩌면 연인과의 영원한 이별이 될 수도 있으며 최악의 경우 죽음의 길이 될지도 모른다는 두려움에도 불구하고 그녀를 고향집으로 돌아오게 만드는 것은 바로 자애로운 어머니에 대한 기억과 사랑과 연민이다.

---

34) 馮沅君 「慈母」, 같은 책 28면.
35) 馮沅君 「誤點」, 같은 책 37면.

펑 위안쥔의 고향에는 아버지가 등장하지 않는다. 그리고 전통적 혼인 제도를 따라 딸에게 정혼을 강요하는 장본인은 바로 어머니이다. 어머니는 아버지 질서의 대리자이고 야만적 전통의 수행자이며 결과적으로 여주인공을 죽음으로까지 몰고 갈 수도 있는 위협적 존재이다. 그러나 펑 위안쥔 소설에서는 그러한 이유로 어머니가 혐오의 대상으로 바뀌지는 않는다. 이는 「종신대사」에서 비슷한 역할을 담당한 톈 부인이 시종 경멸과 계몽의 대상으로 그려진 것과 좋은 대조를 이룬다. 펑 위안쥔의 어머니는 비록 전통적 세계의 대변자로 등장하지만 그럼에도 혐오의 대상이 되기보다는 '자애로운 어머니'로 인정된다.

여기서 펑 위안쥔의 여성인물이 겪어야 하는 심적 고통의 독특함이 드러난다. 어머니에 대한 여성인물의 깊은 유대감은 한편으로 전통적 세계와 단절하고 현대적 세계로 과감히 나아가는 것을 실패하게 만듦으로써 이미 깊이 내면화되어 있는 일종의 노라 강박증을 심화시키기 때문이다. 그러나 또 한편으로 펑 위안쥔이 보여준 어머니에 대한 유대감은 여성들이 자기전통을 세우는 데 필수불가결한 전제였다고 해석될 수도 있다. 멍 위에와 다이 진화에 의하면, 5·4시기 여성작가들의 작품에 드러나는 전례없는 모녀 지간의 유대감은 동시대 부자지간의 반역적 관계와 선명한 대비를 이룬다.

신문화의 주체로 자처했던 아들들은 아버지를 죽임으로써 그 목표를 이룰 수 있었지만 딸들은 아버지를 죽인다 해도 그것으로 자신이 여성으로서의 주체가 되는 것은 아니었다 … 그녀가 여성주체로 성장하기 위해 중요한, 아들들의 아버지에 상당하는 동성(同性)의 존재가 딸들에게는 없었다. 딸들이 모방해야 할 이상적인 어머니도, 반역하고 떨쳐버려야 할 이상 속의 어머니도 존재하지 않았다. 딸들은 마치 텅빈 무(無)로부터 온 것처럼, 동성의 아버지와 아들 사이에 성립하는 봉건/반봉건, 역사/반역사와 같은 대립이 딸들에게는 성립될 수 없었다. 애초부터 어머니의 역사란 존재하지 않았기 때문이다. 따라서 모성에 대한 딸들의 구가(謳歌)는 역으로 반역한 딸들의 심리적 결핍을 드러내는 것이다. 그것은 이상적 어머니의 결핍이고 여성의 역사적 전통 및 경험의 결핍이며 구조적 공백이기도 하다.[36]

이러한 분석 자체가 계몽주의적 이분법의 전제를 그대로 수용하고 있다는 점은 분명히 지적되어야겠지만, 그러한 이분법을 분석자의 관점이 아니라 바로 5·4시기 반전통주의적 맥락에 대한 묘사로 이해한다면 충분히 설득력이 있다 하겠다. 이에 따르면 펑 위안쥔은 비록 어머니가 아버지 질서의 화신으로 존재하지만 사실은 그녀 역시 아버지 질서 속에서 위로받아야 할 역사의 수난자이자 약자라고 본다. 나아가 그녀는 또 어머니를 어린 시절 키워주고 보호해준 사람, 무한한 사랑과 희생을 바치고 딸의 번뇌를 이해하고 감싸줄 넓은 가슴을 가진 존재로 이상화한다.

그리하여 그 넓은 품에 안겨 위로받고 싶지만 또 한편 어머니는 반역해야 할 전통적 질서의 중심이기에 자신과 동일시해서는 안된다는 사실이 펑 위안쥔 여성인물들의 고통의 근원이다. 그녀는 이미 도시에서 나름대로 자유로운 생활을 누리고 있었고 따라서 정혼자와 결혼하라는 집안의 요구는 사실 그녀의 선택에 따라 얼마든지 피할 수 있는 일이었다. 그러나 어머니에 대한 애착으로 인해 그녀는 결국 제 발로 귀향했고, 갇힌 방 안에서 "자유를 얻지 못한다면 차라리 죽는 것이 낫다!"[37]고 절규한다. 이 절규에서 자유란 대상과의 관계를 단절함으로써 획득되는 노라의 자유가 아니라 바로 어머니라는 대상과의 연대를 통한 자유를 의미한다. 도시에서의 그녀의 자유도 어머니의 인가 없이는 진정한 자유일 수 없는 것이다. 펑 위안쥔이 그리는 이러한 어머니가 구체적 개성을 가진 인물이라기보다 상당

---

36) 孟悅·戴錦華 『浮出歷史地表』, 河南人民出版社 1989, 19면.
37) 馮沅君 「隔絕」, 앞의 책 2면.

히 추상적인 보편인물인 것은 모녀의 정이나 어머니의 사랑이란 것이 사실은 결핍을 보상하려는 딸들의 환상에서 나온 것이었기 때문이다. 그리고 그것은 반역에 동참한 "딸들의 문화심리적 결핍과 주체 내부의 공백을 메우고 동성 가장과의 구별·충돌·연대 속에서 여성의 역사·경험·주체의 기원을 확립하려는 노력"[38]이었다고 볼 수 있다.

(2) 노라 민족서사의 성별 상징성

남성지식인들의 지지 속에 '혁명의 천사'로서 민족영웅으로 추대되는 동안 노라의 성별은 자연스럽게 지워지는 경향이 있었다. 정혼을 강요하는 부모의 질서와 전통가족제도를 박차고 나오는 주체, 즉 현대 민족건설의 주체로서의 신청년 집단의 등장이 중요한 것이지 그것의 성별이 꼭 여성에 한정될 필요는 없다는 것이다. 여기서 더 중요한 것은 노라의 성별이라기보다 '가출'이라는 행위이다. 가출은 가족적·공동체적 유대로부터 벗어난 자율적 남성으로 상상되는 현대적 '개인'이 되기 위해 반드시 거쳐야할 통과의례 같은 것이었다. 그리고 이들 민족의 젊은 남성주체들은 경쟁적인 남성, 즉 아버지와의 투쟁, 아버지에 대한 반역의 메타포를 통해 전형적인 오이디푸스적 반란의 이야기를 구성한다. 그리하여 반전통주의 민족서사 속에서 여성 노라의 해방서사는 보편적 민족주체인 '신청년'의 해방서사로 부단히 전이되었다. 그리고 노라가 '개인', 혹은 '보편 인간'으로서의 신청년에 대한 상징으로 기능하고, 이때 '개인'과 '보편 인간'이 남성을 기준으로 한다는 점에서 노라는 '무성화(無性化)', 좀더 정확히 말하자면 '남성화'되었다고 할 수 있다.

그러나 이처럼 노라의 성별이 '무성화'되었다는 사실은 충분히 주목해

---

38) 孟悅·戴錦華, 앞의 책 20면.

야 하지만 그것을 절대적인 측면으로 단순화해서도 안된다. 왜냐하면 노라가 여성이라는 사실은 5·4 반전통주의적 민족서사 속에서 여전히 중요한 성별 상징성(gender symbolism)을 제공하기 때문이다. 그것은 비록 남성 지식인들의 주도로 이루어졌다고는 해도 5·4 반전통주의담론이 궁극적으로는 페미니즘의 양상을 띠었음을 부정하지 못하는 맥락에서 이해될 수 있다. 즉 노라가 여성이라는 사실이 늘 탈각되고 지워지면서도 다른 남성 인물이 민족우언(民族寓言)의 주인공 노라를 대체하지 못한 것은 노라 이야기가 나름대로의 불가피한 상징성을 가지고 있었기 때문이다.

우선 여성으로서의 노라 형상은 드라마틱한 효과를 극대화하려는 서사 자체의 요구와 관련된다. 노라의 가출이 합법성을 획득하기 위해서는 노라가 전통가족 내에서 반드시 핍박받던 희생자라는 전제가 필요하다. 즉 사실은 노라가 피억압적 지위에 있었으며 전통가족제도의 희생자임이 전제되어야 비로소 가출이라는 행위에 정당성이 부여될 수 있는 것이다. 여기서 그 희생과 피억압의 정도가 심할수록 가출을 통한 후반부의 역전이 돋보일 수 있음은 물론이다. 여기서 남성 중에서도 가장의 권위에 복종해야 하는 젊은 남성들은 전통가족제도의 희생자로서 노라의 대열에 낄 수 있다. 그런데 앞서 말했듯이 전통의 야만성을 폭로하기 위해 반전통주의 민족서사가 전통의 희생자로 가장 주목한 것은 바로 젊은 여성이었다. 반전통주의적 지식인들이 여성에게 가해진 전통의 잔학행위 목록을 작성하는 과정에서 여성은 자연스럽게 가장 큰 희생의 증거로 재현되었던 것이다. 이처럼 가장 큰 희생자가 해방된 주체로 변신하는 이야기는 그만큼 드라마틱한 호소력을 지닌다.

그렇다면 '혁명의 천사'라는 노라 이미지가 더욱 강력한 호소력을 가지는 것은 사실 노라 속에 '전통의 희생자'인 여성의 이미지가 중첩되어 있기 때문이라고 볼 수 있다. 전통의 희생자로서의 여성형상은 남성 계몽지식인의 주체 정립 과정에서 반복적으로 고착된 타자의 형상이기도 하다.

노라의 여성 신체에는 이미 민족의 낙후에 대한 반전통주의 남성 계몽지식인들의 공포가 깊게 각인되어 있다. 그들에게 여성은 민족낙후의 증거 그 자체이기도 한 것이다. '혁명의 천사'라는 화려한 수사에 가려 보이지 않을지라도 희생을 증거하는 신체적 각인은 노라가 노라일 수 있는, 특히 민족서사의 주인공이 되는 데 없어서는 안될 전제조건이다. 신체 속에 민족적 희생과 낙후의 각인을 간직하지 못한 여성의 가출이 흔히 풍족한 부르주아의 문화적 허영이자 성적 타락으로 지탄받게 되는 것도 그러한 맥락에서 이해할 수 있다.

그런데 이와 같이 노라 속에 깊이 각인되어 있는 낙후의 이미지는 또한 성별화된 식민주의담론 속에서 중국에 배당된 여성의 이미지와 긴밀하게 관련된다. 오리엔탈리즘적 구도 속에서 유럽의 신대륙 탐험 이래로 유럽 제국주의는 늘 과학과 문명과 법의 수호자인 '남성적' 형상으로, 그리고 식민지 토착민은 야만적이면서 신비로운 '여성적' 형상으로 재현되어 왔다.[39] 영국 식민주의가 스포츠정신 및 건장한 육체를 가진 영국의 '남성성'과 나약하고 볼품없는 인도의 '여성적' 형상을 부단히 대비하는 것을 통해 자신을 합법화하려 했던 것[40]도 그 한 예이다. 식민주의는 자신을 현대적이고 '남성적' 형상으로, 그래서 우월한 것으로 재현하는 반면 식민지 타자에 대해서는 야만적이고 '여성적' 형상, 즉 열등한 것으로 재현해왔던 것이다.

이와 같은 식민주의담론에 내포된 성별 상징성에 비추어보면 아직 서양과 같은 현대화에 이르지 못한 반식민지 중국의 형상은 '여성적'인 것이라 할 수 있다. 인도의 문명주의나 아프리카 흑인운동인 네그리뛰드처럼 대부분의 반식민 민족주의는 이러한 '여성성'을 되받아 오히려 자기 문화

---

39) 스튜어트 홀 「서양과 그 외의 사회들」, 『현대성과 현대문화』, 442~44면 참고.
40) 박지향 『제국주의』, 7장 참고.

의 우수함과 고유함을 증명하는 반증거로 탈변시키려고 노력했다. 반면에 중국의 반전통주의는 열등하고 낙후한 민족의 '여성적' 이미지를 끊임없이 자민족 내부의 전통 속으로 투사하였으며, 그 과정에서 반전통주의적 남성 계몽지식인은 '경험―초월적 이중체'로서 새로운 민족의 주체로 정립되는 한편 여성은 야만적 전통의 증거물로서 부단히 타자화되었음은 앞장에서 말한 대로이다.

그런데 병을 고치려면 먼저 병이 있음을 솔직히 인정한 뒤 병인을 진단해야 한다는 후 스의 말처럼 반전통주의는 중국민족의 낙후를 기정사실로 인정하고 그에 대한 처방을 내리려 했다. 민족낙후의 증거인 여성의 신체가 병든 몸이라면 반전통주의 민족서사는 그 병인을 '인형의 집' 즉 유교윤리가 지배하는 전통가족제도로 진단하고 '가출'이라는 혁신적인 처방이 필요하다고 본 것이다. 따라서 노라에게 주어진 '혁명의 천사'라는 영광스런 칭호는 병든 그녀가 건강을 회복한 것에 대한 예찬이자 격려일 테지만 한편으로 남성지식인들의 공포가 각인되어 있는 노라의 여성 신체는 '혁명'으로 장식된 천사의 날개옷에 의해 잠시 가려져 있을 뿐이다.

이처럼 중국 반전통주의담론이 가장 큰 전통의 희생자로 타자화한 여성형상은 동시에 식민주의에 의해 열등한 '여성성'으로 재현되는 낙후한 '중국' 자체에 대한 성적 상징과 중첩되었다. 노라 이야기가 민족우언인 까닭이 여기에 있다. 린 셴즈(林賢治)가 5·4신문화운동을 중국의 집단 가출사건으로 비유한 것처럼, 노라의 가출은 한 여성의 가출이 아니라 민족 전체의 전통으로부터의 탈출을 의미했다. "노라는 윤리적 의미를 넘어 중국 현대의 상징이 되었던"[41] 것이다. 그리하여 여성 노라의 변신 이야기는 곧 야만에서 문명으로, 봉건에서 현대로 전환하는 중국 자신의 변신 이야기가 된다. 즉 가출 전 희생자인 노라에는 민족낙후에 대한 공포가, 가출

---

41) 林賢治 『娜拉: 出走或歸來』, 百花文藝出版 1999, 2면.

후 '혁명의 천사' 노라에는 민족현대화에 대한 희망이 투사되어 있다. 노라 이야기는 결국 민족에 대한 반전통주의적 공포와 희망이 중첩되어 투사된 성별화된 민족우언인 것이다.

가출한 후의 노라, 즉 '혁명의 천사' 노라의 성별이 자주 지워지고 모호해지며 급기야 무성적으로 전이되는 것도 이같은 맥락에서 이해할 수 있다. 중국의 반전통주의적 민족현대화 기획이 모델로 삼은 서양의 현대성이란 사실 시대감, 직선적 발전, 진보, 무한한 확장처럼 부단히 남성적으로 재현된 현대성이었다. 반전통주의는 서양의 현대성을 따라잡기 위해서는 반드시 그와 경쟁할 수 있는 남성적 현대성이 필요하다고 판단했던 것이다. 따라서 변신 이전 노라의 성별은 여성적이어야 하지만 해방된, 혹은 새로 건설하는 민족국가의 주체를 상징하는 성은 당연히 남성적이어야 했다. 그것은 중국의 반전통주의가 동양의 식민지를 여성성으로 유럽 제국주의를 남성성으로 재현했던 식민주의담론의 성별화된 문화상상을 적극적으로 내면화한 결과이기도 했다.

그런 점에서 노라 이미지는 중국 현대문학의 가장 전형적인 인물로 꼽히는 루 쉰의 아큐(阿Q)와 좋은 대비가 된다. 중국인들의 기억 속에 아큐가 전통적 중국인의 열근성(劣根性)을 적나라하게 보여준 전형적 인물이라면 노라는 낡은 세계를 거침없이 박차고 나와 새로운 세계로 나아가는 '신인류'의 상징이었다 할 수 있다. 여기서 낡은 중국을 드러내는 기표(記表)의 성별이 남성이고 오히려 현대적 세계로의 도약을 욕망하는 기표의 성별이 여성인 것은 전통의 영역이 부단히 '여성'과 결부되었다는 앞에서의 논지에 대한 반증처럼 보일지도 모른다.

하지만 그것이 꼭 앞의 논지에 위배되는 증거가 되는 것은 아니다. 왜냐하면 아큐는 바로 거세된 남성, 혹은 여성화된 아버지에 대한 상으로 읽을 수 있기 때문이다. 앞서 말했듯이 5·4시기 반역의 아들들은 반역의 명분을 거세된 아버지의 낙후성에서 찾았다. 아큐는 열악한 생존환경과 삶의 잇따른 실패를 그저 기만적인 합리화에 의지해 겨우 지탱하는 무능력자이다. 하지만 아큐는 최소한 스스로 자기동일성을 구성할 줄 아는 인물이라는 점에서 희생의 증거로서 전통과 결부되는 것으로 그려지는 여성인물들이 대부분 스스로 자기동일성을 구성하지 못하는 것과는 다르다. 하지만 아큐의 자기동일시 방법이 곧 '정신승리법'이라는 점에서 그는 조롱받을 수밖에 없다고 여겨진다. 아큐의 '정신승리법'은 전통을 미화하면서 현실의 낙후를 근본적으로 개선하는 데 인색한 당시 전통주의자의 기만성에 대한 루 쉰의 비판으로 볼 수도 있을 것이다. 하지만 무엇보다 그것은 현대적 개인이 타기해야 할 전통적 인간의 열근성을 축약적으로 드러내는 것으로 여겨졌다. 아큐는 저보다 어린 애 하나도 못 당하면서 제일 만만한 비구니나 희롱하는 못난 남성, 즉 거세된 남성이다.

그런가 하면 노라는 여성이지만 많은 부분 '무성화', 즉 남성화된 여성의 형상이라 볼 수 있다. 아큐처럼 거세된 남성이 드러내는 전통은 부정적 '여성성'으로, 노라와 같은 '무성화'된 여성이 상징하는 미래는 긍정적 '남성성'과 맞닿아 있다. 전통의 폐악을 드러내는 아큐가 남성이라고 해서 반전통주의자들이 전통을 결코 '남성적인 것'이라는 이유로 배척한 것은 아니며, 또 미래의 신인류를 대표하는 노라가 여성이라고 해서 반전통주의 민족서사가 대안으로서의 '여성성'을 고취하려고 한 것도 아니다.

유럽에서 종종 파시즘 이데올로기와 동의어로 해석되는 정치의 미학화는 사실상 공적인 생활에서 페미니스트의 존재를 부각시키고 주어진 성별의 위계질서에 비판적으로 도전하는 데 있어 필수불가결한 부분이었다. 그런데 이러한 미학화·댄디즘·여성성을 전유하는 데까당스 등은 1920년대 중국에서 사실주의적 반전통주의자들에 의해 억제되었다. 여성성은 미래보다는 민족의 열등함의 책임이 있는 과거에 가까운 표상이었다. 진화론에 경도되어 있던 5·4시기 반전통주의자들은 중국은 사실주의가 필요한 단계이기 때문에 유럽 모더니즘의 수용은 시기상조라고 판단한 것이다. 이는 중국은 아직 모더니즘의 단계가 아니라는 직선적 시간관념 때문이기도 했지만 한편으로는 모더니즘이 대동하는 여성적 기표들에 대한 거부감의 표출이기도 했다. 노라라는 여성을 해방의 상징으로 내세웠으나 그들이 상정한 미래가 '여성적'인 것은 아니었던 것이다.

이처럼 5·4 반전통주의 민족서사 속에서 노라라는 여성형상이 바로 '여성성'과 상반되는 것의 기표로, 아큐라는 남성형상이 '남성성'과 상반되는 것의 기표로 작용하는 현상은 과거의 시간에 대한 부정과 미래 시간에 대한 상상이 성별에 대한 규범과 이미지를 새롭게 구성·절합하고 있었음을 보여준다. 이때 언술의 주체 및 그 의도와 맥락에 따라 복잡하게 교차될 뿐 아니라 모순적으로 절합되기도 하는 성별 상징성 자체가 5·4시기 반전통주의 민족서사에 활력을 불어넣고 있었던 것이다. 이처럼 새롭게 구성되는 성별 규범 및 상징의 불확정성에 주목할 때, 비로소 한편으로 반전통주의 민족서사의 남성중심성과 여성경험의 괴리 사이에서 갈등하면서도 자신의 여성적 경험을 주체적으로 재구성하는 여성들의 역사적 참여양상이 더 잘 드러나게 된다.

요컨대 노라 민족서사에서 노라는 여성의 상징이 아니라 보편 개인의 상징이었다는 점을 강조하는 것은 매우 중요하지만, 노라라는 여성형상 자체가 중요한 상징성을 띠고 있다는 사실까지 간과해서는 곤란하다. 노라는 전통/현대의 분절적 지점에서 민족의 변신을 상징하는 동안 여성이면서 동시에 여성이 아니기를 요구받는 표상으로 기능했기 때문이다. 바로 부단히 '여성적'인 것을 '무성화', 혹은 남성화하고자 하는 민족변신의 욕망을 드러낸 민족서사 속에서 노라 성별의 양가성(兩價性)이 형성되었음을 이해하는 것은 노라 민족서사의 유포 과정에서 드러나는 성별에 따른 담론의 수용 및 생산을 이해하는 데 중요한 전제가 된다.

특히 이는 노라 민족서사를 둘러싼 5·4시기 여성들의 반응을 능동적 실천으로 이해하는 데 중요하다. 노라 속에 각인된 선명한 여성의 표상은 그것의 타자화 경향에도 불구하고, 그 자체로 수많은 여성들에게는 행운의 약속이자 증표였기 때문이다. 민족상징으로서의 노라는 여성들에게 민족 현대화라는 절박한 임무가 자신들의 어깨에 지워졌다는 사명감을 심어주었고, 바로 그와 같은 사명의 완수를 통해 민족의 주체로 서는 것과 동일한 과정으로서 여성해방을 상상하게 만들었던 것이다. 남성이 노라의 창조자로 자신을 상상했다면 여성은 자신이 노라가 되기를 열망하면서 노라 민족서사의 유포에 적극 가담했던 것이다. 이에 대해서는 4장 빙신(氷心)의 텍스트 분석에서 좀더 자세하게 다루게 될 것이다.

노라 민족서사의 유포와 젠더

1. 여성/민족의 발견과 페미니즘의 역설

빙신(氷心)의 모성예찬과 아동에 대한 관심은 더 부연할 필요가 없을 만큼 유명하다. '화목란(花木蘭)' '혁명의 천사 노라' '철의 아가씨(鐵姑娘)'가 표상하듯이 20세기 중국의 여성해방이 줄곧 '남성성'을 지향하는 현대화 기획에 포섭되었다는 점을 상기해볼 때, 빙신의 '여성성' 예찬은 그 자체로 중국적 맥락에서 새로운 역사적 의미를 부여받을 필요가 있다.

그런데 그와 같은 새로운 평가는 생각보다 훨씬 복잡한 논쟁의 지점들을 통과하지 않으면 안된다. '여성성' 자체가 부단히 새롭게 구성되는 담론의 결과물이라는 점은 일단 차치하고라도, 모성예찬은 흔히 인종주의에 기반한 근대 민족주의와 불가분의 관계에 있다는 점에서 논란을 피해가기 어렵다. 나아가 '여성성' 예찬은 '평등'을 위해 '차이'를 구성할 수밖에 없는 근대 페미니즘의 역설을 고스란히 안고 있다.[1] '성차'를 넘어 '여성'의

---

1) 조앤 W. 스콧 『페미니즘 위대한 역설』 참고. 조앤 스콧은 근대의 이른바 보편적 개인,

평등한 권리를 주장하는 과정은 한편으로 '여성'이라는 범주, 즉 성차를 재확인하고 심지어 고착시키는 효과를 낳는다. 빙신의 여성성 예찬이 오히려 가부장적이고 남성중심적이라는 비난을 받게 되는 것도 그와 무관하지 않다. 게다가 20세기 전반 중국의 경우에는 반(半)식민지의 민족현대화 기획과 저항민족주의까지 변수로 고려해야 하므로 그에 대한 평가는 훨씬 더 복잡해질 수밖에 없다.

그런 점에서 여기서는 1919년 5·4 반제국주의 운동 직후에 발표된 빙신의 「두 가정」을 중심으로 '여성성'에 대한 빙신의 설계가 근대 민족국가와 어떤 관계에 있는지 분석하고자 한다. 분석의 초점은 빙신의 새로운 가정 상상과 주부예찬이 식민지 근대 여성주체 형성에 노정된 역설을 어떻게 드러내고 있으며, 그러한 역설이 어떻게 여성에 의한 여성 자신의 타자화로 구현되는지, 그리고 식민지 민족국가 상상이 여성의 타자화를 어떻게 지지하고 합법화하는지를 살피는 데 놓일 것이다.

(1) 근대 가정과 민족

1919년 빙신은 5·4학생운동에 적극적으로 참여하는 한편 틈틈이 상당량의 글을 써서 발표했다. 9월 18일부터 22일까지 『신보(晨報)』에 연재되었던 「두 가정」은 그녀가 발표한 첫번째 소설로 알려져 있다. 여학생인 화자 '나'는 우연한 기회에 오빠와 그의 절친한 친구 천(陳) 선생의 가정을 비교하게 된다. 천 선생의 아내 천 부인(陳太太)은 집안일과 아이를 모두 하인들에게 맡겨놓고 밖으로 놀러 다니기 바쁘다. 그래서 집안은 언제나

혹은 법적 주체인 인간은 남성으로 구성되었는데, 여기서 '성차'를 제거하고 남성과 평등하기를 주장했던 근대 페미니스트들은 역설적으로 자신의 '성차'를 재확인하는 딜레마에 빠질 수밖에 없었다고 분석하고 이는 페미니즘의 역설을 보여준다기보다는 페미니즘이 근대 자체의 역설을 보여주는 것이라고 주장한다.

엉망이고 아이는 제멋대로 자라며 천 선생은 술로 세월을 보낸다. 반면 오빠의 아내 야시(亞茜)는 대학까지 졸업한 신여성으로서, 자신이 습득한 지식을 활용하여 부지런하고 헌신적으로 집안을 가꾸며 아이를 돌본다. 그래서 오빠의 집은 늘 정결하고 화목하며 아이는 의젓하게 잘 자라고 오빠 역시 민족건설사업을 위한 열정을 포기하지 않는다. 이렇게 비교되는 두 가정을 둘러본 지 얼마 되지 않아 '나'는 천 선생의 급작스런 죽음 소식을 접하게 된다. 이를 계기로 '나'는 가정이 행복하고 불행한 원인은 모두 그 가정의 여주인에게 달려 있으며 "가정의 행복과 불행은 곧 남자들의 건설사업과 직결된다"는 생각을 굳히게 된다.

얼핏 보면 이 이야기는 가부장적 현모양처 이데올로기를 재생산하고 있으며 또 여성의 역할을 남성의 사업을 위한 보조적 역할로 한정짓고 있는 것처럼 보인다. 심지어 천 부인에 대한 비난의 시선은 확실히 뿌리깊은 여성혐오까지 유발한다. 따라서 샤오메이 천이 다음과 같이 「두 가정」을 비판하는 것도 무리는 아니다.

그녀의 「두 가정」이 얼마나 가부장적인지를 보면 가히 충격적이다. 이 소설에서 여성교육의 유일한 목적은 '현모양처'로서 가정에서의 의무를 더 잘 수행하도록 하는 데 있다. 이는 5·4작가들이 제거하려고 노력했던 바로 그 유교이데올로기다. 영어영문학교육은 국내의 사회적 문화적 억압으로부터의 낭만적인 도피로 표현된다. 그러므로 현대중국에서 매우 유명한 이 여성작가가 여성을 위해 혹은 여성의 이름으로 반드시 말하지는 않았던 것을 주목하는 일은 중요하다. … 빙신은 남성의 관점—특히 서양 남성의 관점—에서 그녀 '자매'들의 문제를 바라보는 특권적이고 '우월한' 여성으로 자신을 드러내며, 이로 인해 그녀는 내가 '중국에서의 서양·문화제국주의'라 부르는 변형을 창조해낸다.[2]

샤오메이 천의 비판은 현모양처를 예찬하는 「두 가정」이 첫째, 가부장적이고 '전통적인 유교이데올로기'이며 둘째, '서양 문화제국주의'에 침윤되어 있다는 것으로 요약된다. 하지만 텍스트와 그 맥락을 찬찬히 살펴보면 위와 같은 샤오메이 천의 비판이 다소 일면적임을 어렵지 않게 발견할 수 있다. 우선 '서양의 문화제국주의'라는 비판부터 살펴보자.

사실 「두 가정」이 서양식 교육의 중요성을 명시한 적은 없다. 하지만 여성이 행복한 가정의 주인이 되기 위한 전제조건이 현대적 지식임을 암시하고 있음은 분명하다. 5·4시기 현대식 교육에 대한 지식인들의 신심을 북돋은 것이 바로 서양에 대한 이상화된 상상이었으며 또한 현대식 교육의 교과내용이란 실제로 서구의 현대화된 지식체계를 모방한 것이었다. 그렇게 보면 작가의 현대식 교육에 대한 경도가 "서양 문화제국주의"에 침윤된 것이라는 샤오메이 천의 주장도 완전히 근거 없는 말은 아니다. 나아가 그녀는 서양에 대한 이상화, 즉 옥시덴탈리즘이 페미니즘에 미친 문제점을 지적하면서, 5·4시기 신문화운동가들이 자국의 아버지에게 반항하고 자매들을 해방시키기 위해 서양의 아버지들에게 기댄 결과 자매들을 새로운 노예신분으로 팔아버렸다고 주장한다.

그러나 "서양의 아버지가 '제3세계' 여성을 지배하고 식민지화"[3]하게 된다는 샤오메이 천의 주장은 다소 성급하다. 무엇보다 그녀는 5·4시기 반전통주의 옥시덴탈리즘을 국내 저항서사로서 강조하는 데 치중하느라 그것이 지닌 반제(反帝) 민족서사로서의 성격을 간과하고 있다. 앞서 2장에서도 언급했듯이, 사실 서양에 대한 5·4시기 반전통주의자들의 수용은 지극히 선택적으로 이루어졌을 뿐 아니라, 그에 대한 이상화 역시 그들의 민족적 위기의식에서 비롯된 반제 민족주의 전략의 일환이었던 것이다. 5·4

---

2) 샤오메이 천 『옥시덴탈리즘』 230면.
3) 같은 책, 210면.

시기 반제국주의운동 속에서 강조된 현대식 교육 역시 민족주의의 가장 중요한 방편이자 목적으로 간주되었고 교육의 서구성 역시 대개 민족현대화라는 민족주의적 의도에 의해 구성되었다고 할 수 있다.

「두 가정」에서도 두 남자 인물의 영국유학은 오로지 국가건설사업이라는 위대한 희망에 의해 정당화되고 있다. 또 여성에게 교육이 중요한 것은 건전한 가정을 건사하기 위함이고 건전하고 행복한 가정이 필요한 것은 다시 부강한 중국을 건설하기 위해서라고 제시된다. 이처럼 서양에 대한 이상화가 역설적으로 서양에 대한 저항 및 본토 민족건설의 상상과 연결되어 있다면, 현대적 여성교육에 대한 빙신의 우호적 태도에서 더욱 문제 삼아야 할 것은 서양의 문화제국주라기보다 오히려 본토의 반제 민족주의일 것이다. 「두 가정」에서 예찬되는 주부의 형상을 여성이 반(半)식민지 민족국가 상상에 개입하는 주체적 과정으로 보고 그 속에 내포된 역사적 논리적 장력에 주목해야 하는 이유가 여기에 있다.

둘째, 「두 가정」이 제시하는 현모양처상이 전통적 유교이데올로기라는 샤오메이 천의 비판은 역사적으로나 논리적으로 모두 문제가 있다. 우선 샤오메이 천은 현모양처상이 전통적인 유교이데올로기라고 비판하면서도 다른 곳에서는 빙신이 이미 베티 프리단에 의해 환상으로 드러난 서양의 중산층 가정주부 신화를 기꺼이 내면화하고 있다고 주장한다. 결국 빙신은 '서양 남성의 관점'에 서 있다는 것이다. 하지만 시공간을 초월하여 그렇게 단일하고 불변하는 '서양' '남성'의 관점이 존재할까? 또 샤오메이 천의 말대로라면 5·4 반전통주의 세례를 받고 서양을 이상화했던 빙신이 어떻게 그처럼 적나라하게 현모양처라는 전통 유교이데올로기를 주장하게 되었을까?

샤오메이 천이 스스로 모순된 주장을 하게 되는 가장 큰 이유는 가정주부 신화가 사실 동서를 막론하고 현대성을 구성하는 요소 중의 하나라는 점을 그녀가 분명하게 인식하지 못하고 있기 때문이다. 가정주부로서의 여성, 그리고 그 대표적인 형상으로서의 '현모양처'는 전통적인 유교이데올로기와는 서로 완전히 구분되는 현대적 구성물이다.[4] 특히 맑스주의 페미니즘은 근대 자본주의사회가 공적 영역과 사적 영역을 분리하고 재생산을 담당하는 가족을 사적 영역으로 위치시킴으로써 여성의 가사노동을 비가시화하였다고 주장해왔다. 현모양처 이데올로기는 바로 자본주의체제가 공/사 영역의 분리 효과에 의해 얻어지는 여성의 무보수 가사노동을 통해 이윤을 극대화하는 데 결정적으로 공헌했다는 것이다. 또한 근래 현대성 및 국민국가가 여성과 맺는 관련에 대한 페미니즘적 연구들은 가족과 여성의 역할을 재구성하는 것이 경제적 차원을 넘어서 현대인간들의 정치적이고 개인적인 정체성 형성의 상상적 구조로 작용하고 있으며, 여성은 가정을 통해 여성국민으로 호명되었다고 주장한다.[5]

샤오메이 천처럼 현모양처 이데올로기를 전통적이고 전근대적 이데올로기로만 보는 한, 다시 말해 현모양처론을 포함한 가족이데올로기가 사실은 "현대의 상상력과 현대 기획의 현실적 작동 방식에서 주요한 가치범주"[6]라는 사실을 인식하지 못하는 한 빙신의 민족현대화 기획과 현모양처 지향이 어떤 긴밀한 관계 속에 놓여 있는지 살피는 일은 불가능하다. 그런 점에서 필자는 전통과 현대, 본토 민족주의와 문화제국주의가 충돌하는 지점에서 민족현대화 기획이 새로운 근대적 여성형상을 고안하는 하나의 담론적 시도로서 「두 가정」을 자리매김하려 한다. 차터지가 말하는 인도의 '신여성'[7]처럼, 빙신은 주부 야시를 외적으로 서양 여성과 구별하는

---

4) '현모양처'의 근대적 성격에 대해서는 白水紀子「근대 가족의 형성과정에서 본 중국여성의 근대화」(제2차 동아시아문화공동체 포럼 발표논문, 2003. 12) 참고.
5) 최근 한중일의 1920, 30년대 여성사 연구에서 등장하는 '신현모양처'라는 용어는 바로 이처럼 전통사회의 여성 덕목과 구별되면서 지극히 현대적으로 재구성되기 시작한 가족과 여성에 대한 지배이데올로기를 지칭하기 위해 사용되고 있다.
6) 권명아 『가족이야기는 어떻게 만들어지는가』, 책세상 2000, 서론 참고.
7) 19세기 후반 인도 민족주의의 현대화 전략과 페미니즘에 대한 분석에서 차터지는 인도

것은 물론이고 내적으로는 전통적 여성과도 다르고 동시대 직업여성이나 하층여성과도 다른 완전히 새로운 민족의 표상으로 제시하고 있다. 「두 가정」에는 반식민지 근대의 초입에서 미숙한 형태로 존재하는 여성 자신의 유토피아적 전망과 그 그늘이 동시에 담겨 있다. 그러한 전망을 밝히는 것은 부상하는 민족의 주체로서 여성이 어떻게 자신이 거처해야 할 미래의 공간을 상상했는지, 그 하나의 원형을 발견하는 일이기도 하다.

(2) 여성/민족의 공간 상상

전통적인 유교적 관념으로 보자면 가정은 '수신제가치국평천하'라는 유교적 남성주체를 실현하는 동심원구조의 일부이다. 다시 말해 유교전통 속에서 개인과 가정과 국가는 중첩된 동심원구조로서 개인의 수양이 가족의 '효'의 윤리로, 나아가 국가의 '충'의 윤리로 자연스럽게 확대되어 결합된다.[8] 여기서 가정과 국가는 엄격히 분리되기보다는 동심원의 핵심에 존재하는 개인, 즉 남성에 의해 통일되고 중첩되어 있다. 따라서 여성이 가사를 담당했다 하더라도 가정 내에서 최고의 권위는 여전히 가장인 남성에게 주어지는, 말 그대로 '가부장주의'가 관철되는 영역이다. 이처럼 가정이 "완전히 남자의 왕국"[9]인 전통가정에서 여성과 남성은 위계적인 종속관계에 있도록 요구된다. '삼종지덕'은 바로 그와 같은 위계적 종속관계의 대표적 윤리형태이다.

민족주의가 자신의 현대화 기획을 실현하기 위한 전략으로 교양있는 부르주아 '신여성' 형상을 만들어냈는데, 그것은 완전히 새로운 민족의 표상으로서 고안된 것이라고 주장한다. Partha Chatterjee, *The Nation and Its Fragments* 제6장 참고.
8) 박자영 「소가족은 어떻게 형성되었는가: 현대 중국 도시의 경우―1920~30년대 『부녀잡지』에서 전개된 가족논의를 중심으로」, 『중국어문학논집』 제25호, 2003.
9) 琴廬 「家庭革新論」, 『婦女雜誌』 제9권 9기, 1923.

그에 비해 빙신의 「두 가정」은 '여성의 가정 대 남성의 사회'라는 이분법을 강조한다. 이는 표면적으로 여전히 '남자가 바깥일을 주관하고 여자는 안의 일을 주관한다(男主外女主内)'라는 전통적 관념을 반복하고 있는 것처럼 보이지만, 익숙해 보이는 그 '가정'은 사실 완전히 새롭고 낯선 공간이다. 우선 빙신이 보여주는 '가정'은 개인〈 가족〈 국가〈 세계라는 전통적 동심원구조를 '가정/사회'라는 새로운 이원구조로 풀어헤치고 있다. 이는 동심원구조에서는 무소부재(無所不在)하던 남성의 권위를 '사회'로 축소·한정시키는 한편 '가정'만큼은 여성의 자주성이 관철되는 영역으로 재구성한다. 이를 통해 여성은 남성과 동등한 위치의 주체로 격상된다. '가정/사회'라는 이원구조에서 '가정'은 여성에게 근대적 주체의 지위를 마련해주기 위해 고안된 상상의 공간인 셈이다.

이와 같은 가정 내 여성의 주체적 지위는 텍스트 내에서 작가가 꼼꼼하게 제시하는 주부의 역할과 행위규범들에 의해 확보된다. 이제 주부는 부엌살림만 관장하는 것이 아니라 근대 지식을 전파하는 교육자여야 하고, 사회개혁에 동참하는 계몽자여야 하며, 노동의 의무를 이행하는 시민이어야 한다. 빙신은 야시와 관련된 소소한 에피소드들을 통해 이와 같은 새로운 주부의 역할을 청사진처럼 세밀하게 그려 보인다. 한 예로, 조카가 캄캄한 방에서 보채지도 않고 혼자 잠드는 걸 본 '나'가 기특해하자 야시는 다음과 같이 말한다.

"난 어리고 연한 아이 두뇌를 자극할까 봐 요상한 귀신이야기나 끔찍한 이야기는 절대 안 해주거든. 그리고 날이 어두워지더라도 그애 역시 왜 깜깜한지 이유를 아니까 자연히 무서운 줄 모르는 거야."[10]

---

10) "我從來不說那些神怪悲慘的故事, 去刺激他的嬌嫩的腦筋. 就是天黑, 他也知道黑暗的原因, 自然不懂得什麼叫做害怕了." 氷心「兩個家庭」,『氷心小說全集』, 北京: 中國文聯出版公司 1996, 6면.

이는 야시가 전통적 이야기들을 통해 유포되는 전근대적인 미신과 황당무계한 상상력으로부터 아이를 보호하고, 과학적 논리와 근거를 통해 아이의 사고와 행동방식을 합리적이고 현대적으로 훈육하려 노력함을 단적으로 보여준다. 야시는 이처럼 아이가 과학적 지식을 생활 속에서 자연스럽게 습득하게 배려할 뿐만 아니라, 매사에 윽박지르거나 강요하는 일 없이 아이의 의사를 존중하고 작은 일이라도 아이가 가정에 주체적으로 참여하는 민주적 의식을 가질 수 있도록 세심하게 배려한다. 여기서 야시는 결코 단순한 양육자가 아니라 당시 반전통주의자들에 의해 현대성의 핵심으로 파악된 '민주'와 '과학' 정신을 일상생활에서 실현하고, 나아가 그렇게 훈육된 아이를 통해 민족의 전망까지 확보하는 교육자로 암시되고 있다.

이와 같은 아이에 대한 교육과 계몽의 사명은 다시 가족을 넘어 이웃과 사회로까지 확대된다. '나'가 오빠의 집에 있을 때 마침 천 선생이 방문하는데 식모가 천씨 성을 가진 손님이 찾아왔다면서 그의 명함을 오빠에게 건네준다. '나'는 식모가 글을 안다는 사실이 내심 놀라웠는데 나중에 알고 보니 그것도 야시가 그녀에게 글자를 가르친 덕분이다. 야시는 매일 밤 그녀에게 글자카드와 성씨 소개서인『백가성(百家姓)』을 가르쳤고 그 결과 웬만한 명함이나 장부상의 글자는 거의 읽을 수 있었다. 이제 야시의 가정은 하층계급에 대한 문맹퇴치사업까지 수행하는 장이 된 것이다.

문맹퇴치는 사회개혁사업의 일환이라 할 수 있는데, 이처럼 확대된 주부 야시의 사회적 역할은 그녀의 번역작업에서도 확인된다. '나'는 야시가 오빠와 공동으로 이미 상당량의 외국서적을 번역한 사실을 알고 깊이 경탄한다. 외국서적의 번역은 그만큼 남다른 지식과 교양 수준을 갖추어야 가능하다는 점에서 야시라는 여성의 가치를 높여준다. 하지만 좀더 나아가면 그것은 야시 개인의 자질문제라기보다는 교양있는 여성의 사회적 가치를 강조하고자 한 작가의 의미있는 배려였다고 할 수 있다. 서양으로부터 반전통과 현대화의 동력을 찾고 있던 반전통주의적 민족현대화 기획으로 보자면 서양의 지식과 정보를 번역하는 것은 곧 무엇보다 중요한 민족 개조사업의 일환으로 볼 수 있기 때문이다.

이처럼 야시가 수행하는 주부의 다양한 역할은 단지 사적 영역의 재생산을 책임지는 것이 아니라 교육·계몽·번역처럼 민족의 현대적 삶을 가능케 하는 현대화사업까지 포함하고 있다. 빙신은 사회건설에 대한 가정의 사적 기능의 중요성을 강조함으로써 공적 영역에 대한 가정의 공헌을 부각시키는 데 그치지 않고 가정 자체를 공적 영역의 일부로 구성하는 것이다. 가정은 더이상 사회에 종속되는 부차적인 영역이 아니라 사회와 평등한 공적 영역이 된다. 바로 이 점 때문에 빙신이 제시하는 '여성의 가정 대 남성의 사회'는 이른바 근대 '사적 영역으로서의 가정 대 공적 영역으로서의 사회'라는 일반적인 분리와 구별된다. 가정이 공적 영역으로서 창조됨에 따라 가정의 주인인 주부, 즉 여성 역시 공적 주체로서 합법적인 지위를 요구할 수 있게 되는 것이다.

또한 「두 가정」에서 흥미로운 것은 위와 같은 공적 주체로서 여성의 지위가 프로테스탄트적인 야시의 '수고로움(辛勞)'을 통해 더욱 공고화되고 있다는 점이다. 야시의 '수고로움'이란 근대적 '노동'으로 환치할 수 있다. 조앤 스콧(Joan W. Scott)의 논의를 빌면, '노동'은 근대에 와서 시민의 권리이자 의무가 되었다. 이른바 노동의 자유는 남성들에게만 주어진 것이었으며, 노동의 의무는 병역과 함께 남성에게 시민의 권리를 부여하는 기초가 되었다. 반면 여성은 그와 같은 의무에서 배제됨으로써 권리에서도 배제되었다. 따라서 남성과 동등하게 시민의 권리를 누리기 위해서는 여성 역시 남성에게만 허락된 '노동'의 의무를 쟁취할 필요가 있었다. 이런 맥락에서 조앤 스콧은 프랑스 초기 페미니즘 운동에서 '어머니'에 대한 발견은 바로 '노동'의 의무를 환기하는 일환으로 이루어졌다고 주장한다.[11]

---

11) 조앤 스콧은 프랑스 초기 페미니스트들 중 일부는 의무와 헌신의 대표적인 형상이자

'노동'을 국민의 조건과 관련시키는 논의는 중국의 경우에도 19세기 말부터 유행한 이른바 '분리설(分利說)'에서 볼 수 있다. 량 치차오(梁啓超)는 국민 재부(財富)의 생산에 기여하지 않는다는 이유로 여성을 남성에게 기생하는 '분리자(分利者)'로 보았다. 이와 같은 관점은 직접 사회생산에 참여하는 여성노동은 말할 것도 없고 가정 내에서 여성이 수행하는 재생산 노동을 완전히 무시한 것이며, 여성을 병약자와 함께 남성에게 기생하는 존재로 한정짓는다.[12] 이는 남성에 대한 여성의 종속적 지위를 자연스럽게 만드는 근거가 되기도 한다. 사실 이런 관점은 20세기 초는 물론이고 현재까지도 맑스주의 이론을 포함해 다양한 형태로 보편화되어 있다.

그런 맥락에서 보면 빙신은 주부의 '수고로움'을 강조함으로써 당시 보편적이던 '분리설'을 뒤집고 여성의 가사 및 육아를 '노동'으로 승격하려 했다고 할 수 있다. 과거 중산층 여성의 경우 가사와 육아는 고용인에게 맡겨졌던 반면 빙신은 그것을 주부의 책임으로 강조하는 것이다. 게다가 야시는 사회개혁사업까지 감당하려니 자연히 과도한 '수고로움'을 피할 수 없게 된다. 바로 그와 같은 그녀의 헌신과 '수고로움'이야말로 의무의 성공적인 수행을 통해 권리행사를 인정하도록 요구할 수 있는 윤리적 근거로 제시된다. 더 나아가 '수고로움'에 대한 강조를 통해 빙신은 가사와 육아를 포함한 주부의 '노동'을 공개적으로 가시화할 뿐 아니라 그 가치를 사회적으로 인정하도록 요구한다. 이로써 여성은 '분리자'가 아닌 '생리자(生利者)' 즉 가치를 생산하는 노동주체의 대열에 진입할 수 있게 된다.

이처럼 야시를 통해 구현되는 가정과 주부라는 새로운 여성의 역할모델

가톨릭 교리에서 숭배의 대상이며 낭만적 찬가로 신성시되는 존재를 시민권 주장의 근거로 내세웠는데, 그것이 바로 어머니였다고 주장한다. 어머니는 사회적으로 주어진 의무를 수행함으로써 획득한 호혜성과 책무라는 정체성에 가장 적합한 모델로 여겨졌다는 것이다. 조앤 스콧, 앞의 책 148면.

12) 劉慧英『女權啓蒙與民族國家話語』(淸華大學校 박사학위논문, 2007) 2장 참고.

은 사실 빙신 혼자 어느날 우연히 만들어낸 것은 아니다. 「두 가정」은 초기
『부녀잡지(婦女雜誌)』에서 주도하던 가족담론을 소설로 옮겨놓은 것이라
해도 과언이 아니다. 『부녀잡지』 2권 8호(1916년 8월)의 사설(社說)을 보면
"지방자치는 건국의 기초이며, 가정은 그 기초의 기초이다. 사회를 개량하
려면 가정을 개량하지 않으면 안된다. 우리 여성들은 중국의 가정을 장악
할 권리와 의무를 가지고 있다"고 쓰고 있다.[13] 그런 이유에서 『부녀잡지』
는 주로 핵가족, 가정 내 주부 역할의 중시, 노동가치의 재평가, 과학적 위
생의 중시, 민주적인 부부와 부모자식관계, 남녀평등의 학교교육, 부모에
의한 가정교육, 사교(社交)의 축소 및 간소화 등과 같은 구미형 근대가족상
[14]을 힘써 소개했다. 이와 같은 『부녀잡지』의 내용은 "가정의 행복과 불행
은 곧 남자들의 건설사업과 직결된다"는 「두 가정」의 주제는 물론이고 세
부묘사들과도 상당부분 일치한다.

하지만 이렇게 근대적 관심을 표현한 『부녀잡지』는 동시대에 벌써 반전
통주의 신문화운동가들에 의해 보수주의로 몰려 비판받았다. 시로우즈 노
리꼬(白水紀子)에 의하면, 1917년 위안 스카이(袁世凱)가 수정한 「포양조례
(褒揚條例)」에서 '현모양처'를 절열부녀(節烈婦女)와 함께 포상의 대상으
로 삼은 뒤로 '현모양처'라는 말은 그때까지의 근대적인 이미지와 완전히
다른 전통적 여성상으로서 받아들여지게 되었고, 유교색채가 강한 일본형
현모양처주의가 당시의 반일감정으로 인해 강한 비판을 받게 되면서 5·4
이후 '현모양처'라는 말은 점차 진보적인 사람들로부터 경원시되었다고
한다.[15] 반전통주의자들은 전통적으로 여성들이 종사한 가사노동을 모두

---

13) 류 훼이잉(劉慧英)에 의하면 1915년과 1916년 사이 『부녀잡지』의 사설은 대개 왕 원장
    (王蘊章)과 함께 편집을 맡고 있던 후 빈샤(胡彬夏)에 의해 씌어졌으며 그 가정개조론은
    20세기 초 미국의 부녀교육이론의 영향을 직접 받은 것이라고 한다. 같은 논문, 제6장.
14) 白水紀子, 앞의 발표문 참고.
15) 같은 글 참고.

여성에 대한 봉건제도의 속박과 압박이자, 전통에 대한 여성의 '굴복'이라고 여겼기 때문에 '현모양처'를 선양하는 『부녀잡지』의 가정담론은 자연히 봉건담론처럼 비쳤을 것이다.

하지만 류 훼이잉(劉慧英)의 말대로, 초기 『부녀잡지』는 오랫동안 매몰되어 있던 여성들의 잡다한 노동의 성과들과 일상이 '문자화'되었다는 사실 자체만으로도 의미가 있으며 나아가 그것이 량 치차오 등의 '분리설'을 해체하는 것이었다는 점에서 그 의미를 높이 평가할 필요가 있다.[16] 반전통주의 논자들처럼 가정 내에서 여성이 수행해온 노동을 야만적 전통의 범주로 몰아넣고 일괄적으로 부정하는 일은 그들의 의도와 무관하게 여성을 타자화하는 데 또 한번 동참한다는 점에서 반드시 경계되어야 한다. 그리고 그보다 더 중요한 것은 『부녀잡지』의 가족론이나 빙신이 그리고자 했던 가정과 주부의 역할이 실은 완전히 새로운 근대적 구성물이었다는 점을 제대로 인식하는 일이다. 거기서 '현모양처'와 같은 주부 형상은 근대 민족국가 건설과정에 여성의 현대적 주체성 건설의 합법성을 안착시키려는 일련의 페미니즘적 의도에서 나온 것이기 때문이다.

더구나 빙신의 '여성의 가정과 남성의 사회'라는 이분법은 민족 혹은 민족국가라는 어떤 통일된 공동체를 전제로 해야만 성립할 수 있다. 원칙적으로 민족국가라는 경계의 영욕을 함께하는 주체이자 같은 민족의 구성원이라면 민족 안에서 여성이든 남성이든 모두 평등해야 하기 때문이다. 이렇게 평등한 수평적 형제애를 전제로 하는 근대 민족이념은 여성의 노동을 합법화하고 그를 통해 권리를 보장하며 궁극적으로 남성과 평등해지는 과정을 보장해주는 가장 든든한 논리적 물질적 기초였다. 현실적으로 사회적 노동, 즉 취업의 길이 극히 제한적이었던 당시 상황에서 여성들은 '가정'이라는 오래된 영역을 위와 같이 새로운 민족의 공간으로 창조함으

---

16) 劉慧英, 앞의 논문 6장 참고.

로써 평등에 대한 꿈을 실현하고자 했다.

「두 가정」에서 빙신이 보여준 것처럼 그녀들은 민주와 과학이라는 신문화운동의 모토를 한 가정 내에서 구현하였으며 계몽을 통해 지식인과 하위계층을 행복하게 결합시킴으로써 민족의 구성원들을 동질적인 것으로 상상하고자 했다. 공적 영역으로서의 가정은 현대화된 민족의 유토피아적 공간에 다름아니다. 여성은 그와 같은 유토피아적 공간으로서 가정을 총괄하며 기획하고 운영하는 주인이고 나아가 민족의 당당한 주체로 구성되었다. 여성은 이제 가정을 통해 생물학적으로나 문화적으로 모두 민족을 재생산[17]하는 몸으로서 스스로를 기꺼이 재구성하는 것이다. 이처럼 빙신에게 있어 여성의 현대적 자아의 실현, 혹은 페미니즘은 민족국가의 상상과 떼려야 뗄 수 없는 것, 아니 그 자체였다고 할 수 있다. 그런 의미에서 가정은 근대 민족/여성의 공간이었다.

(3) 구원인가 타자화인가

20세기 초 중국에서 '여성'은 낯설면서도 동시에 매우 익숙한 존재로서 현대를 구성하고 상상하는 중요한 현실이었다. '여학생' '신여성' '현모양처' '노라' 등은 이처럼 새롭게 부상하는 사회세력으로서 여성들을 상상하고 규정하는 방편이었다. '여성' 자체가 바야흐로 다양하게 정의되기 시작한 새로운 존재였던 것이다.[18] 「두 가정」은 이처럼 역사의 무대에 부상한 새로운 범주로서의 여성 역할에 대한 빙신의 청사진이었다고 할 수 있다.

---

17) 니라 유발 데이비스(Nira Yuval-Davis)는 그동안 대부분의 민족주의 연구는 민족의 재생산을 국가장치나 지식인의 역할을 통해 규명하고자 했을 뿐 실제로 생물학적으로나 문화적으로 민족을 재생산하는 여성에 대해 간과했다고 주장한다. Nira Yuval-Davis, *Gender & Nation*, Sage Publications 1997, 제1장 서론 참고.

18) 박자영, 앞의 글, 『중국어문학논집』 제25호 336면.

「두 가정」은 '가정' 공간의 부상이 '여성'을 현대적으로 재구성하는 것과 불가분의 관계에 있음을 잘 보여준다.

그런데 이쯤에서 눈여겨봐야 할 것은 「두 가정」에는 제목 그대로 야시의 가정만이 아니라 또하나의 가정이 더 등장한다는 점이다. 바로 천 선생의 가정이다. 그런데 오빠네 가정의 주인이 야시로 묘사되는 반면 천 선생의 아내인 천 부인(陳太太)은 그 가정의 주인이 되지 못한다. 앞서 야시가 주인이 될 수 있었던 것은 그녀의 '수고로움'이 있었기 때문이지만 천 부인은 그와 같은 '수고로움'을 감내하지 않았다. 의무를 수행하지 않는데 권리가 주어질 리 없다. 작가의 논리에 따르자면, 심지어 여성이 남성과 평등한 민족의 주체가 될 수 있는 길 ─ 민족공간인 가정의 모범적인 주부가 되는 것 ─ 이 열렸는데도 그것을 마다하는 것은 여성에게도 민족에게도 직무유기에 속한다. 그와 같은 천 부인은 평등할 자격도, 민족의 주체가 될 자격도 없으며 비난받아야 마땅하다. 따라서 「두 가정」에서 그녀가 변변한 이름 하나 없이 늘 '천 부인'으로만 등장하는 것도 이상할 것이 없다.

빙신은 이처럼 의도적으로 천 부인이라는 부정적 형상을 함께 제공함으로써 야시라는 이상적 여성형상을 부각시킨다. 다음의 대화는 그것을 압축적으로 잘 보여준다.

〔야시의 오빠〕 "우리가 영국에서 유학할 때만 해도 자네는 이렇게 자포자기하는 사람은 아니었네. 그런데 어쩌다가 이렇게 술로 세월을 허송하게 되었단 말인가? 우리들의 목표가 무엇인지 희망이 무엇인지, 자네 설마 다 잊어버린 건 아니겠지? … 참 이상한 일일세. 우리는 같이 졸업하고 같이 유학하고 같이 귀국했네. 직급으로 보자면야 자네가 나보다 높은 편이고 월급도 나보다 많은 편이지 않은가. 뜻을 이루지 못한 것이야 자네나 나나 매한가진데, 왜 나는 행복하고 자넨 불행하다는 건가?"

〔천 선생〕 "자네 가정이 어떤지 보게! 그리고 내 가정이 어떤지 보게! …

그러다가 집에 돌아가서 또 엉망진창인 집안 꼴에 울어대는 아이들 소리를 듣고 있노라면 불쾌하기 짝이 없어지네. 내 안사람은 높은 집 딸이라 가정 관리법이라곤 하나도 아는 게 없네그려. 그저 날마다 파티에나 다닐 줄 알지. 그러니 아이들도 제대로 교육받지 못하고, 하인들은 더 말할 것도 없다네. 그래 몇번이나 그녀를 타일러봤지만 통 들으려고도 하지 않아. 오히려 나한테 '여권을 존중하지 않는다' '불평등하다' '자유를 주지 않는다'면서 애꿎은 소리만 하지 뭔가. … 살림은 날마다 어려워지지 아이들도 점점 더 제멋대로 굴어대지, 밖으로 나가지 않곤 못 배기겠단 말일세…"[19]

이처럼 동일한 출발선에 있던 두 남성이 어떤 여성을 선택했는지에 따라 완전히 다른 운명을 맞이하게 된다는 설정을 통해 빙신은 가정과 주부 역할의 중요성을 효과적으로 극대화한다. 빙신은 심혈을 기울여 야시라는 이상적 여성형상을 창조한 반면 그 이상성을 강조하기 위해 천 부인이라는 상반된 여성형상을 동시에 창조하였다. 하지만 이같은 여성형상의 극단적 이분화는 궁극적으로 여성들의 차이를 배제하고 억압하며 심지어 여성을 혐오의 대상으로 전락시킨다는 점에서 문제가 있다.

먼저 「두 가정」은 여성의 역할을 훌륭한 가정주부와 나쁜 가정주부라는 양자로 국한한다. 게다가 민족구성원으로서의 여성이 훌륭한 가정주부를 통해서만 구성될 수 있다면 그렇게 될 수 없는 여성들은 애초부터 민족구

---

19) "我們在英國留學的時候, 覺得你很不是自暴自棄的人, 爲何現在有了這好閑縱酒的習慣? 我們的目的是什麽, 希望是什麽, 你難道都忘了嗎? … 這又怪了, 我們一同畢業, 一同留學, 一同回國. 要論職位, 你還比我高些, 薪俸也比我多些, 至于素志不償, 是彼此一樣的, 爲何我就快樂, 你就沒有快樂呢?", "你的家庭什麽樣子? 我的家庭什麽樣子? … 好容易回到家裏, 又看見那凌亂無章的家政, 我啼女哭的聲音, 眞是加上我百倍的不痛快. 我內人是個宦家小姐, 一切的家庭管理法都不知道, 天天只出去應酬宴會, 孩子們也沒有敎育, 下人們更是無所不至. 我屢次的勸她, 她總是不聽, 幷且說我, '不尊重女權', '不平等', '不放任'種種誤會的話. … 因此經濟上一天一天困難, 兒女也一天比一天放縱, 更逼得我不得不出去了!" 氷心, 앞의 책 7면.

성원으로 호명받을 자격조차 주어지지 않는 셈이다. 예컨대 야시와 같은 주부 역할은 스스로 경제적 책임을 지지 않아도 되는 중산층 여성에게나 해당될 뿐이다. (가정이 아니라 직장에서) 생계를 책임져야 하는 하층계급의 여성에게 야시와 같은 역할을 강조하는 것은 그저 계급적 신분의 차이를 폭력적으로 확인하는 것에 불과하다. 또 여성과 가정의 관계를 여성의 유일한 관계처럼 고정시키는 것은 이처럼 가사에 소홀할 수밖에 없는 대부분의 하층여성들—야시의 은혜로 글자를 깨우친 식모를 포함해서—은 물론이고, 자기정체성의 의미를 사회활동에서 찾으려 했던 다른 중산층 여성들까지도 민족의 구성 밖으로 배제하게 된다. 여성들 사이의 차이는 이제 민족의 이름으로 비가시화되고 억압된다.

다음으로 야시와 천 부인의 이분화는 일부—실은 대다수—여성을 배제하는 데 그치지 않고 혐오와 비난의 대상으로까지 만든다. 장래가 촉망되는 인재였던 천 선생의 요절은 순전히 행복한 가정을 꾸리지 못한 천 부인의 탓으로 돌려지는 것이다. 이는 자연스럽게 '남편 잡아먹는 여자'라는 마녀 공포를 환기시킨다. 야시와 천 부인의 대조는 가부장사회의 오랜 여성신화인 천사 대 마녀의 정형화된 틀을 그대로 답습하고 있다. 게다가 천 선생은 민족건설의 동량(棟樑)이었으므로 그를 죽게 한 천 부인은 이제 가정의 실패는 물론이고 민족건설의 실패에 대한 책임까지 져야 한다. 야시가 민족건설의 주인공으로 떠오른 만큼 천 부인의 죄명도 민족적 차원으로 확장될 수밖에 없는 것이다. 그리하여 「두 가정」은 여자가 요망해서 나라가 망했다는 '경국지색(傾國之色)' 고사의 현대판으로 재구성된다. 작가는 천 선생이 죽은 후 천 부인이 빚더미에 올라앉아 살아갈 길이 막막하다는 뒷얘기를 통해 마녀에 대한 계몽주의적 처벌도 잊지 않는다. 이처럼 마녀에 대한 사회여론의 비난과 처벌을 통해 반대편의 모범주부 야시는 근대 민족/여성형상으로서 안전하게 완성된다.

새로운 이상적 여성상을 구축하고 그를 통해 여성을 민족의 주체로 구원하고자 했던 빙신의 노력이 또다른 여성에 대한 배제와 혐오를 통해 완성된다는 사실은 확실히 역설적이다. 하지만 이 역설은 빙신의 한계라기보다는 상당히 보편적인 근대성의 일부이다. 그것은 바로 근대 계몽주의적 동일성 철학의 폭력적 구조를 고스란히 보여준다.[20] 근대적 개인은 누군가를 정형화된 타자로 구성함으로써 주체로서의 자기동일성을 구성한다. 즉 주체는 자기 내부에 존재하는 모순 혹은 충돌 중에서 대개 '나쁜' 것을 타자에게 투사함으로써 자신을 선한 존재로 구제하는 한편 타자에게 주체의 공포를 투사하고 심지어 폭력적으로 배제하는 것이다.

예컨대 근대 '서양'은 '서양 이외의 사회들'을 타자화하는 과정에서 자신을 근대세계를 대표하는 주체로 정립하였고,[21] 식민지를 갖지 못했던 중국의 5·4시기 반전통주의자들은 자기 내부의 '전통'을 타자화함으로써 스스로를 민족현대화의 주체로 정립하였다. 그와 마찬가지로 빙신은 일부 여성을 타자화함으로써 또다른 일부 여성만을 민족주체로 정립하였던 것이다. 재미있는 것은 5·4시기 반전통주의자들이 '전통'이라는 내부 식민지를 상상할 수밖에 없었던 근본적인 이유가 그들이 서양의 현대화 논리에 저항하기보다 오히려 그것을 적극적으로 내면화한 데 있었다면, 빙신이 여성주체를 세우기 위해 일부 여성을 타자화할 수밖에 없었던 원인은 결국 그녀가 남성중심적 담론에 저항하기보다 그것을 적극적으로 내면화한 데 있다는 것이다.

사실 조금만 더 찬찬히 생각해보면, 천 부인에 대한 천 선생의 불평에

---

20) 서양 인식론의 근간이라 할 수 있는 데까르뜨의 동일성 철학은 근본적으로 타자의 배제에 근거한다. "전지적이고 자기충족적인 데카르트적 주체가 언제나 자기 자신의 이미지를 통해서만 세계를 보려 하는 나르시시즘적 욕망에 의거해 물질적이고 역사적인 타자성/타자를 폭력적으로 부정한다" 릴라 간디 『포스트식민주의란 무엇인가』, 서울: 현실문화연구 2000, 57면.
21) 스튜어트 홀 「서양과 그 외의 사회들: 담론과 권력」, 『현대성과 현대문화』, 서울: 현실문화연구 1998 참고.

대해서는 꼭 페미니스트적 관점이 아니더라도 몇가지 의미있는 반박을 할 수 있을 것이다. 빙신이 주장하는 것처럼 과연 가정의 불행이 남성의 민족건설사업을 좌절시킬 만큼 그렇게 엄청난 영향을 미치는가? 실제로 우리는 가정이 불행함에도 '불구하고' 위대한 업적을 이룬 사람들의 이야기에 더 익숙하지 않은가. 그렇다면 천 선생은 본인의 태만과 무능함에서 비롯된 실패를 모두 아내에게 전가하고 있는 것은 아닌가? 또 민족건설에서 가정이 차지하는 역할이 그렇게 중요하다면, 가정이 그 지경이 되도록 천 선생은 무엇을 했는가 등등.

하지만 「두 가정」에서 작가는 이런 점들을 전혀 문제삼지 않으며, 또 문제삼을 수도 없다. 그것을 문제삼는 순간 작가는 자신의 주장을 모두 포기해야 하기 때문이다. 작가 자신의 구상대로 여성의 지위를 보장받으려면 민족건설사업에서 가정의 역할이 절대적으로 중요하다는 걸 강조하지 않을 수 없고, 또 그 가정이 전적으로 여성의 공간임을 강조하려면 가정에 대한 남성의 책임과 의무도 모두 면제해줄 수밖에 없다. 결국 앞서와 같은 반박에 대해, 그리고 가정의 불행에 대해 천 선생이 책임지지 않아도 되게 면죄부를 준 것은 바로 작가 자신인 셈이다. 남성의 책임을 면제하는 대신 작가는 여성에게 그 책임을 돌리고 앞장서서 여성을 타자의 위치에 고정시켰다. 작가는 자신이 쳐놓은 덫에 스스로 걸려든 것이다.

(4) '사회의 혐오'에 맞서 싸우기

여성의 지위를 인정받기 위해 '가정'이라는 새로운 공간까지 창조했던 빙신은 왜 스스로 여성의 타자화라는 위험한 덫을 쳐야 했을까?

「두 가정」에서 천 부인이 비난과 혐오의 대상이 된 것은 주로 그녀가 가정주부로서 제 역할을 하지 못했기 때문이다. 그런데 위에 인용한 천 선생의 불평 속에는 가정주부의 역할을 거부하는 천 부인 자신의 논리가 슬쩍 드러난다. 흥미로운 것은 천 부인이 가정을 소홀히하는 데 대한 변명으로 늘 "여권을 존중하지 않는다" "불평등하다" "자유를 주지 않는다" 식의 '여권주의'(feminism)적 수사학을 활용한다는 것이다. 이는 당시 '여권주의' 담론이 상당히 보편적이었으며 심지어 혐오의 대상이 되고 있었음을 암시한다는 점에서 의미심장하다.

천 부인에 대한 천 선생의 노골적인 불만의 표현이 "애꿎은 오해"에 불과하다는 천 선생 자신의 말은 개명한 신식인사인 그가 '여권주의'라는 이념 자체에 반대하는 것은 아님을 보여준다. 하지만 최소한 거기에는 천 부인의 '여권주의'가 명실상부하지 않다는 비난이 깔려 있으며, 나아가 그런 여권주의는 위험하고 혐오스러운 것임을 암시한다. 그렇다면 혹시 여권주의에 대한 그와 같은 비난과 혐오야말로 빙신이 「두 가정」을 쓰게 된 촉발제가 아니었을까? 즉 그와 같은 비난을 극복하고자 빙신은 '여권주의'라는 이름[名]에 걸맞은 내용[實]으로서 야시와 같은 근대 주부의 형상을 제시했던 것이 아닐까?

「두 가정」보다 두달 앞서 발표된 빙신의 「'파괴와 건설 시대'의 여학생」("破壞與建設時代"的女學生)이라는 글은 이와 같은 추측을 확인하는 데 결정적인 단서를 제공한다. 이 글의 초점은 한마디로 "여학생에 대한 사회의 혐오심리"를 어떻게 극복할 것인가이다. 당시 여학생은 새로운 지식을 습득한 신여성의 표상일 뿐만 아니라 여권주의담론의 가장 주된 생산자이자 소비자였으며 그 존재 자체가 여권주의의 결과로 이해되었다. 그러다보니 "여학생에 대한 사회의 혐오심리"는 은연중에 여권주의에 대한 대중적인 거부감, 혹은 혐오심리를 반영하는 것이기도 했다.

새로 막 부상한 사회계층으로서의 여학생은 현대문화를 상징하는 기호로 기능했다. 실제로 당시 기녀들을 비롯한 이른바 '모던 걸'들이 다투어 여학생의 두발 양식과 옷차림을 모방할 정도로 여학생들의 패션 및 문화 활동은 현대적 스타일의 소비문화를 형성하는 중심에 있었다고 할 수 있다. 그러다보니 여학생이라는 신분 자체가 사회적 관심이 집중되는 대상이 될 수밖에 없었다. 여학생들의 일거수일투족에 집중되는 사회여론 속에는 자연히 여학생들을 비난하는 목소리도 적지 않았다. 빙신에 의하면, 구식인사들이 적나라한 욕설을 퍼부은 것은 물론이고 일부 신식인사들도 "중국의 여학생"을 "구미의 여학생"과 비교하며 그녀들의 "무가치, 무자격"을 주장했으며 이와 같은 비판 속에서 "'여학생'이라는 세 글자는 가장 불량한 여성을 가리키는 별명"으로 사용되기에 이르렀다고 한다.

당시 그 자신이 여학생이었던 빙신이 이와 같은 비난에 우려를 표하면서 자기신분을 정당화하고자 시도한 것은 자연스런 일이다. 빙신은 우선 '여학생'이라는 새로운 명사가 중국사회에서 어떻게 쓰여왔는지를 세 시기로 나누어 설명한다. 그에 따르면, 제1기는 자유·평등·혁명 등의 이름으로 여학생이 사회적으로 숭배되던 시기이고, 제2기는 위와 같이 여학생 혐오증이 사회적으로 만연한 결과 신구인사를 막론하고 여학교를 마치 "여자죄악양성소"처럼 여기게 된 시기라고 한다. 제2기가 여학생 스스로 자신의 명예를 훼손한 파괴의 시기였다면 제3기는 바로 다시 한번 여학생이 사회적으로 존경받는 신분으로 나아가는 건설의 시기이다. 파괴한 것도 그녀들이고 건설해야 하는 것도 그녀들이다. 그러면 어떻게 건설할 것인가? 빙신은 주저하지 않고 무엇보다 먼저 "사회적 신뢰를 획득"해야 한다고 말한다. 그리고 "사회적 신뢰를 획득"하기 위해서는 자기 자신을 수양하지 않으면 안된다고 한다.

이어서 빙신은 수양방법으로 아주 구체적인 일상의 수칙 10가지를 제시한다. 그 내용을 보면, 지나치게 추상적인 여성들의 주장은 사회의 시선을 바꿀 수 없을 뿐 아니라 오히려 비웃음을 사기 쉬우므로 되도록이면 피하고 '가정위생' '부녀직업' '가사실습' '아동심리'처럼 실용적이고 온건한 주제를 논하는 것이 좋다, 신경을 자극하고 사고를 방해하는 극장·클럽 등에는 가지 말고 대신 '정당'하고 '고상'한 학술강연회·음악회·박물관에 자주 간다, 여가시간에도 『서유기』처럼 정신을 산란하게 하는 황당무계한 서적보다는 『신중국 소년의 모범』 같은 책이나 신문·잡지를 많이 보고 자연을 즐기며 좋은 친구를 사귀어야 한다는 등의 건의를 하고 있다.

흥미로운 것은 거의 매 항목마다 사회가 여학생을 어떻게 볼 것인가라는 점이 수칙의 주된 근거가 되고 있다는 점이다. 예컨대 교내 학생활동에는 적극적으로 참여하는 것이 좋지만 남녀혼성단체인 경우는 "사회의 오해"를 야기하기 쉬우므로 가급적 피하는 것이 좋다든가, "사회의 경멸과 비웃음"을 사기 쉬운 언행은 피하라든가 하는 것이 그것이다. 이처럼 이른바 "사회적 신뢰", 곧 사회적으로 인정받고 싶어하는 욕망은 어느덧 인정받아야 한다는 당위를 넘어서 강박증의 정도에까지 이르고 있다. 그리하여 이른바 사회의 눈이야말로 빙신이 새로운 여성형상을 구축하는데 있어 절대적인 근거로 작동하게 된다. 여학생들의 연회복장에 대한 그녀의 언급을 보자.

연회석상에서 어떤 여학생들의 옷차림은 지나치게 눈에 띈다는 느낌이 든다. 중국식도 서양식도 아니고 신식도 구식도 아니며, 그 거침없고 교태로운 몸가짐에는 여전히 '제1시기 여학생' 같은 색채가 묻어 있다. 그것은 가장 "사회적 신뢰"를 무너뜨리는 색채이고 가장 위험한 색채이다. 사회는 복장에 따라 인격을 판단하기 때문이다. 따라서 우리는 사교상의 복식을 절제하지 않으면 안된다. 즉 옷의 색깔은 "차분"하고 "단아"해야 하며 모양도 "평범"하고 "단순"해야 한다. 액세서리도 마찬가지다. 꼭 필요한 시계 같은 것을 제외하고 사치스런 금은보석은 오히려 우리들 여학생의 가치를 떨어뜨릴 뿐이니 착용하지 않거나 최소한만 사용하는 것이 좋다.[22]

---

22) "我覺得有些女學生, 在應酬宴會的地方, 她們的裝飾十分惹人注目, 不中不西, 不新不舊, 那一種飛揚妖冶的態度, 還是帶着 '第一時期女學生' 的色彩. 這是最能打倒 '社會的信仰心' 的色彩, 這是最危險的色彩. 因爲社會要憑着服飾斷定我們的人格, 因此我們對于交際上的服飾, 不

통이 넓고 편편한 만주식 치파오가 몸의 곡선을 그대로 드러내는 현대식 치파오로 점차 변해온 패션의 역사가 대변하듯 여성의 현대화는 여성들의 섹슈얼리티에 대한 해방의 주장과 불가분의 관계가 있다. 현대적 각성과 현대화의 욕망을 섹슈얼리티의 강조를 통해 드러내는 여성들의 패션은 현대성의 표현으로 소비되었으나 동시에 남성들의 공포의 대상이 되기도 했다. 마오 둔(茅盾)은 여성의 육체에 대한 남성의 쾌락과 공포라는 양가적 느낌을 그 누구보다 탁월하게 묘사한 바 있다.[23] 그처럼 여성의 섹슈얼리티에 대한 욕망을 스스로 통제할 수 없다는 데 대해 남성들은 불안과 공포를 호소해왔다. 성적 매력을 가진 여성이 흔히 마녀화되는 것도 그와 관련된다.[24] 이와 같은 남성들의 공포는 흔히 여성들의 성을 혐오의 대상으로 바꾸거나 남성들의 공적인 영역에서 배제되어야 할 것으로 치부함으로써 치유된다.

뿐만 아니라 여성의 몸은 반(半)식민지 민족담론들이 각축하는 장이기도 했다. 반전통주의자들에 의해 이른바 전통적 여성은 '야만'의 표상이 되어 혐오의 대상이 되었다. 전족에 대한 마녀사냥식 추방운동이 대표적인 예이다. 그런가 하면 현대성의 표상으로 소비된 여성들의 패션은 바로 제국주의 '서구'와 연결되었고 은연중에 민족의 고유한 문화적 정체성을 위협하는 것으로 인식되기도 했다. 심지어 나중에는 여성들의 패션을 위해 화장품이며 옷감 등 많은 서구상품들이 수입됨으로써 민족산업이 위태

能不用節制. 就是衣裙的顔色要用'穩重的'·'雅素的', 樣式要用'平常的', '簡單的'. 至于首飾也是這樣, 除了有用的如手表之類, 其餘晶瑩閃爍的珠鑽玉石, 反足以貶損我們女學生的價値, 總以不用或少用爲好." 氷心 「"破壞與建設時代"的女學生」, 『氷心散文』, 杭州: 浙江文藝出版社 1999, 7면.

23) 마오 둔(茅盾)의 「창조(創造)」나 「시와 산문(詩與散文)」이 그 대표적 작품이라 할 수 있다.

24) 남성의 재현에서 여성 섹슈얼리티가 어떻게 다루어지는가는 팸 모리스 『문학과 페미니즘』, 강희원 옮김, 서울: 문예출판사 1997, 1장 참고.

롭게 되었다든가 사회에 허영과 사치풍조가 만연하여 건전한 민족문화 건설에 방해가 된다[25]는 비난까지 등장했다. 이와 같은 비난은 민족의 낙후함에 대한 우려, 민족현대화 및 국가건설에 대한 조바심 등을 여성의 몸에 투사한 결과이다. 이는 애초에 뿌리깊은 남성중심적 여성혐오에서 비롯되었으며 동시에 그 혐오를 현대적으로 재구성하고 강화하기도 했다. 그 속에서 여성의 몸은 때로는 '야만'에 대한, 또 때로는 '현대'와 '서구'에 대한 혐오를 투사하는 표상으로서 불안하게 표류했다.

이런 상황에서 빙신이 여학생의 사치스런 복장을 "가장 위험한 색채"이며 여학생에 대한 "사회적 신뢰"를 무너뜨리고 심지어 "사회적 혐오심리"를 조성하는 근원이라고 본 것도 무리는 아니다. 빙신이 「두 가정」에서 창조한 천 부인은 바로 그처럼 "사회적 혐오심리"를 유발하는 전형적인 '여성'이다. 예쁜 얼굴에다 하루종일 몸치장에만 신경쓰는 천 부인은 여성의 섹슈얼리티를 위험하게 드러내는 존재인 것이다. 게다가 '가정'건설이라는 민족적 의무를 방기하면서 '여권주의'네 '평등'이네 '자유'를 운운하는 그녀는 '진정한' 신여성까지 "사회의 혐오심리"의 대상이 되게 하는 위험한 여성이 아닐 수 없다. 따라서 「두 가정」에서 천 부인이 타자화되고 처벌받아야 하는 이유는 충분하다.

하지만 문제는 빙신이 여학생 혹은 여성에 대한 그와 같은 비난 및 혐오의 남성중심적 시선에 대해 결코 문제제기를 하지 않는다는 데 있다. 그녀에게 "사회의 혐오"는 단지 "사회"의 결과물로만 인식된다. 여기서 사회는 전적으로 객관적이고 중립적인 것으로 전제되며, 따라서 그것이 애초 남

---

25) 예컨대 "海關進口化粧品的激增, 女性的甘以玩物商品自居, 哪里是她們的罪惡, 只是世紀末的病症, 已潰爛到不可收拾的象徵罷了"라는 류 야즈(柳亞子)의 말은 여성들의 사치 및 여성 자신의 상품화에 대한 사회적 우려와 비난을 감지할 수 있게 해준다. 「關于婦女問題的我見」, 『申報』1936. 1. 11; 『中國近代啓蒙思潮·下卷』, 北京: 社會科學文獻出版社 1999, 재수록 262면.

성중심적으로 구성되었다는 사실은 추호도 의심되지 않는다. 그리하여 빙신이 "경애하는 우리 여학생들이여! '여학생'을 혐오하는 사회의 심리와 분투하자!"고 외칠 때, 분투의 의미는 혐오심리 자체를 해체하는 싸움이 아니라 혐오적 시선으로부터 벗어나기 위한 여성 자신과의 싸움을 뜻하는 것이었다. 그리고 여성 자신과의 싸움이란 곧 '사회'가 혐오하지 않는, 혹은 칭찬받을 수 있는 존재가 되도록 여성의 사상과 언행과 외모를 모두 남성적 기준에 맞추어 스스로 조형하도록 애쓰는 일일 뿐이었다.

그 결과 여학생 혐오증은 빙신에 의해 도전받는 것이 아니라 오히려 더 철저하게 빙신 자신의 사고와 언행을 규범화하고 여성의 몸을 조형하는 기율로서 내면화된다. '평범'하고 '단정'하고 '소박'하고 '검소'한 옷차림에 대한 빙신의 강조는 여성에게 덧씌워진 여성혐오증을 탈각시키려는 의도에서 나왔지만 그러한 강조 자체가 여성혐오증을 전제로 하고 있다는 점에서 오히려 그것을 강화하는 모순적 결과를 낳는다. "독립심, 사회적 책임감, 비판적 지성, 상호부조정신, 군중에 대한 열성적 복무 정신, 학습욕, 개방적이고 정직한 태도, 건강한 신체"[26]처럼 5·4시기 신여성에게 요구된 현대적 규범들 역시 여성혐오증으로부터 벗어나고자 하는 강박증에서 계몽적 신여성들 스스로 창조하고 수용한 측면이 컸다고 할 수 있다.

결국 "여학생에 대한 사회의 혐오심리"에 대해서 빙신이 찾은 해법은 여학생인 '나'를 둘로 분리하여 "사회의 혐오심리"는 모두 "파괴" 시기의 여학생에게 돌리고 그대신 "건설" 시기의 여학생에게는 '진정한' 여성의 지위를 부여하는 것으로 귀결되었다. 「두 가정」의 천 부인과 야시는 이와 같은 여학생 구분이 고스란히 확장된 것이며, 사회적 혐오를 주체의 밖으로 투사하기 위해 천 부인과 같은 다른 여성을 타자화하게 된 것은 그 자

---

26) Wang, Zheng, *Women in the Chinese Enlightenment: Oral and Textual Histories*, University of California Press 1999, 82면.

연스런 결과였다. 빙신에게 '진정한' 여학생 혹은 '진정한' 주부와 같은 새로운 여성형상의 구축은 여성들 내부의 차이를 폭력적으로 무화하거나 배제하는 것, 그리고 또다른 여성들을 타자화하는 것이었다. 그녀가 여성을 사회적 혐오로부터 구제하려고 했음에도 불구하고 결과적으로 또다른 혐오와 배제를 초래한 것은 근대 페미니즘의 역설을 보여주는 또하나의 예라 할 것이다.

근대사회가 남성을 기준으로 구성되어 있는 한 페미니즘은 그 역설을 벗어날 수 없다. 더구나 빙신처럼 사회의 여성혐오 자체가 남성중심적으로 구성된 담론의 효과라는 것을 문제삼지 않고 오히려 스스로를 그 시선에 따라 조형하려고 하는 한, 그 안에서의 타협은 일부 여성들에게 해방의 기회를 주는 한편 동시에 다른 일부—어쩌면 대다수의—여성들은 더 깊은 차별과 혐오 속으로 밀어넣는 이중적 과정을 수반할 수밖에 없는 것이다. "사회의 혐오"에 맞서 싸우지 않는 이상, "사회의 혐오"가 주는 심리적 억압이 크면 클수록 주체인 '나'는 그로부터 벗어나기 위한 방법으로 '나'를 주체와 타자로 분리시키는 데 더 강박적으로 매달리기 쉽다. 그리고 「두 가정」이 보여주듯이, 구원과 혐오의 영역을 분명하게 구분하려고 하면 할수록 여성의 타자화도 정비례하여 강화되는 것이다. 빙신의 여성성 예찬이 역사적 의미를 지님에도 불구하고 궁극적으로 보수적인 까닭은 이처럼 그녀가 사회 자체가 근본적으로 남성중심적으로 구조화되어 있다는 사실을 결코 문제삼지 않는다는 데 있다. 더 나아가 어쩌면 자신이 여성의 주체화와 타자화를 동시에 강요하는 근대적 역설 속에 서 있다는 사실조차 인식하지 못했을지 모른다.

(5) 여성/민족의 발견

빙신은 지나치게 요란한 여권주의적 구호와 급진성이 방종으로 비치고

"여학생 혐오증"으로 이어지는 것에 대해 우려했다. 그 때문에 그녀는 여성해방의 목적과 사상이 공소한 구호에서 이제 좀더 구체적이고 실질적인 문제로 나아가야 하며 그 형식으로서 여성들의 언론과 행위도 좀더 규범적이고 온건하게 될 필요가 있다고 생각했다. 그리하여 1919년 당시 20대가 주류를 이루는 신문학작가들의 관심이 바야흐로 대가족질서로부터의 탈출과 자유연애의 발견에 몰두하기 시작할 무렵, 빙신은 그와는 다른 방법으로 새롭게 부상하는 여성을 위해 좀더 안전하고 의미있는 영역을 발견하고자 했다. 그렇게 안전하면서도 '여성성'이 최대한 발휘될 수 있는 영역이 바로 가정이었다.

이처럼 빙신은 사회로부터 여성이 존경받을 수 있는 새로운 공간으로서 가정을 발견하였고, 이는 여성에게 남성과 똑같은 '보편 개인'으로서의 지위를 부여하고자 함이었다. 그와 같은 빙신의 절박한 노력은, '보편 개인'으로서 여성을 민족주체로 호명하려 하면 할수록 여성은 먼저 자신이 '여성'이라는 사실을 더욱 심각하게 확인해야 했다는 역설적 사실을 잘 보여준다. 빙신이 민족의 공간을 가정과 사회로 나누고 가정을 여성에 의해 관할되는 영역으로 상상함으로써 남성과 평등한 민족주체로 여성을 탄생시키려 한 것도 궁극적으로는 '여성'에 대한 "사회의 혐오"를 넘어 사회의 인정을 받기 위함이었다. 빙신이 여성 몸의 디테일한 부분까지 일일이 규범화하고자 했다는 것은 역으로 그러한 디테일까지도 사회적으로 '여성화'되어 있는 자신의 몸을 부정하고 재구성하기 위한 노력이었다고 볼 수 있다.

신여성들이 민족의 주체로서 여성을 상상하려고 할 때 먼저 부딪힌 것은 바로 이처럼 자신들이 사회적 시선에 의해 '여성'으로 재현되는 현실이었다. 그리하여 여성은 스스로 '여성'으로서의 기호를 부정하지 않으면 사회적으로 건강한 존재로서 인정받을 수 없다는 강박까지 이중의 콤플렉스를 갖게 되었다. 여성이 현대 민족의 주체가 되는 것은 이처럼 먼저 '여성'

으로서의 자기 성별을 뼛속 깊이 새기는 것이되 동시에 재빨리 덮어버려
야 하는 것이기도 했다.

경애하는 여학생들이여! 사회가 우리를 주목하고 있으며 우리는 이미 무
대 위로 뛰어올랐다. 무대에 선 무수한 사람들이 우리들이 나아가는 것을
꼼짝 않고 지켜보고 있다. 무대 뒤에는 또 수많은 청년여자들이 가슴을 졸
이며 조용히 기다리고 있다. 우리들이 개가를 부르고 무대 아래 관객으로부
터 우레와 같은 박수를 받아야만 그녀들도 함께 광명으로 들어갈 수 있을
터이다. 만약 우리가 다시 실패한다면 … 무대 아래 관객들, 그리고 무대 뒤
대기자인 그녀들이 어떻게 '느끼고' 어떻게 '판단'하며 어떻게 '결심'할 것
인지 우리는 능히 상상할 수 있다. 하지만 우리 자신은 또 어떨까? 아! 좁은
촌구석에 틀어박혔던 벨렌 황제나 섬에 유배된 나뽈레옹의 실망과 충격과
통곡은 우리들의 그것에 비하면 만분의 일도 미치지 못할 것이다. 왜냐하면
그들이 도모한 것은 수십 수백년에 걸친 한 사람의 업적이지만 우리들이
도모하는 것은 영원무궁한 수억인의 행복이기 때문이다. 그들의 실패는 단
지 그 자신에 관계된 것이지만 우리들의 실패는 중생과 관계되어 있기 때
문이다.[27]

시간적 존재로서 개인의 유한성을 민족의 불멸성에 대한 기대를 통해

---

27) "敬愛的女學生阿! 我們已經得了社會的注意, 我們已經跳上舞臺, 臺上站着無數的人, 目不
轉晴的看我們的進行的結果. 臺後也有無數的青年女子, 提心弔膽, 靜悄悄的等候. 只要我們唱
了凱歌, 得了臺下歡噪如雷的鼓掌, 她們便一齊進入光明. 假如我們再失敗了 … 那些臺下的觀
者, 那些臺後的等候者, 她們的'感觸'如何, '判斷'如何, '決心'如何, 我們也可以自己想像出來
的. 但是我們自己又怎樣呢? 唉! 閉居小村的威廉帝, 放流荒島的拿破論, 他們的失望, 他們的打
擊, 他們的深悲極慟, 還不及我們的萬分之一. 因爲他們所圖謀的是數十百年一己的功業, 我們
所圖謀的是永遠無窮數千萬人的幸福. 他們的失敗, 只關係自己. 我們的失敗, 是關係衆生." 氷
心「"破壞與建設時代"的女學生」, 앞의 책 9~10면.

210

해소한다는 점에서 현대민족주의는 종교적 색채를 띠기도 하는데[28] 이는 민족을 과거·현재·미래의 선적인 발전과정을 경험하는 사회적 실체로서 상상할 수 있도록 만든 현대적 시간관과 긴밀한 관련을 가진다. 루 쉰의 '역사적 중간물' 의식은 그런 점에서 전형적인 현대적 민족상상의 결과물이라 할 수 있다. 빙신 역시 앞에서 언급한 이른바 "제3기 여학생"의 책임을 "영원무궁한 수억인", 즉 막연히 동질적 구성원으로 상상되는 미래 자손들의 행복과 결합시킨다. 그녀들의 성패가 곧 민족의 성패를 좌우하는 중차대한 지점에 바로 자신들이 서 있다고 느끼는 빙신의 민족적 사명감은 비장하기까지 하다.

여기서 빙신이 '나' 혹은 '제3기 여학생'에게 부여하고 있는 사명은 바로 루 쉰의 '역사적 중간물' 의식과 흡사하다. 그녀가 떠맡은 사명은 민족의 운명과 관계될 뿐 아니라 더 구체적으로 여성의 운명과 관계된다. "2억 여성의 행복이 그녀들에 의해 하늘 높이 받들어질 수도 있고 혹은 그녀들에 의해 땅으로 추락할 수도" 있는 것이다. 따라서 그녀들 앞에 펼쳐진 텅 빈 무대에서 그녀들은 기필코 자신이 맡은 역할을 훌륭하게 완수해야만 하며, 그러기 위해 스스로를 더욱 엄하게 단련시킬 필요가 있다. 건설의 시대 여학생은 과도한 노고쯤은 얼마든지 즐겁게 인내할 수 있는 야시처럼 스스로를 사회와 민족으로부터 칭송받는 여성영웅으로 만들어야 하는 것이다. 빙신의 여성혐오증이 여성예찬과 모순적으로 절합되는 것도 궁극적으로 바로 이같은 민족상상 속에서 가능해진다. 그것은 "만세천추(萬世千秋) 2억 여성들의 행복이" 바로 그녀들의 어깨에 지워졌다는 여성 선각자로서의 사명감에서 일부 여성에 대한 그녀의 타자화도 정당성을 확보하는 것이다.

---

28) 베네딕트 앤더슨은 "만일 민족주의자의 상상이 죽음이나 불멸에 관심이 있다면 이것은 종교적 상상력과 강한 연관이 있음을 시사한다"고 말한다. 베네딕트 앤더슨 『민족주의의 기원과 전파』, 서울: 나남 1993, 26면.

그리고 여기서 주목할 것은 빙신이 민족을 호명하면서 "만세천추의 2억 여성"이라고 말하는 점이다. 루 쉰을 비롯한 남성지식인들은 보통 "만세천추의 2억 남성"이라고 말하지 않는다. 남성은 남성 스스로가 보편 개인이며 민족이기 때문에 그들의 성별이 문제되지 않지만 여성에게는 성별이 그만큼 중요한 것이다. "만세천추의 2억 여성"이라는 빙신의 의미심장한 호명은, 남성과 달리 여성은 여성이라는 자신의 성별을 떠나서는 민족을 상상할 수 없고 역으로 민족에 대한 상상을 떠나서는 주체로서의 여성을 상상할 수 없음을 보여준다. 여성에게는 민족의 발견이 바로 여성의 발견이고, 반대로 여성의 발견은 곧 민족의 발견인 것이다.

현대 민족국가에 대한 상상은 민족주체로서 여성이 평등한 '인간'임을 깨닫게 해준 원천임과 동시에 여성이 '여성'임을 깨닫게 해준 원천이기도 했다. 특히 중국의 반전통주의 민족서사에 의해 촉발된 '여성'의 발견, 그리고 사회적으로 규정된 젠더 역할, 즉 여성으로서의 자기 성별에 대한 자각은 여성의 현대성 상상에서 가장 중요한 근간으로 작동한다. 그리고 새롭게 민족의 주체로 부상한 여성들의 이와 같은 성별적 상상력은 남성들의 그것과 긴밀히 이접(離接)되면서 민족현대화 기획에 개입하는 것이다. 빙신이 그처럼 '사회'의 잣대에 전전긍긍했던 것 역시 민족에 대한 근대적 주체로서의 책임감에서 비롯된 것이라 볼 수 있다.

하지만 그렇다고 해서 민족국가 건설과 새로 절합되고 있던 남성중심적 이데올로기의 구성에 여성이 스스로 타협하면서 개입했던 사실이 간과될 수는 없다. 앞서 지적했던 대로 여성/민족으로서의 각성과 그 역할의 최종 성패에 대한 판단을 자기 자신이 아닌 "무대 아래 관객"에게 전적으로 위임했던 빙신의 한계는 분명히 지적되어야 할 것이다. 그녀는 "무대 아래 관객"이 "우레와 같은 박수를" 쳐주지 않는 한 그녀들은 광명의 세계로 진입할 수 없다고 보았다. 그런데 "무대 아래 관객"이란 바로 그녀가 그처럼 강박적으로 의식하고 눈치를 보던 '사회', 즉 여성혐오적 시선을 감추지 않는 '사회'임이 분명하다. 그리하여 성공해야 한다는 강박과 인정받아야 한다는 강박은 그녀 스스로 철저하게 그 '사회'의 잣대를 내면화하고 그를 통해 여성의 행복을 가늠하는 모순에 빠지게 만들었던 것이다.[29]

　많은 여성작가들이 여성의 신분으로 아들들의 새로운 세계로 진입하는 과정에서 자기분열의 위기와 방황을 드러내고 그것을 문학의 소재로 삼았던 반면, 빙신은 남성적 상징질서 자체에 대해 한번도 부정하거나 의심해본 적이 없는 까닭에 그와 같은 자기분열이나 갈등의 곤경을 면할 수 있었다고 할 수 있다. 그리고 그와 같이 분열되지 않은 여성주체의 자기동일성은 또다른 여성들의 타자화를 댓가로 성립되었다. 멍 위에와 다이 진화가 잘 지적한 대로 빙신의 위대한 모성 예찬은 남성적 상징질서로의 진입을 통한 여성의 성장을 시도하기보다는 전(前)오이디푸스 단계에 머무르게 했다.[30] 연애가 남성과의 관계조정을 통해 상징질서로 진입하는 성장의 계기이며 딸에서 성숙한 여성으로 나아가는 과정이라고 한다면, 빙신이 다른 여성작가들과는 달리 연애라는 주제에 거의 무관심했던 것도 그와 관련이 있다 할 수 있다. 빙신의 위대한 모성은 곧 영원히 자라지 않는 딸의 콤플렉스이기도 했다.

---

29) 게다가 그 '사회'의 현실이 제국주의 열강의 침략에 직면해 있던 반(半)식민지였음을 감안한다면, 빙신의 '사회'에 대한 민족주의적 사명 — 근대국가 수립 및 민족현대화 — 의식은 민족주의담론의 남성중심성과 그 안에서 차별적으로 구성되어가는 젠더 현실에 대해 첨예한 문제제기를 할 수 없게 하거나 최소한 감각을 무디게 만드는 데 일조했을 것이라 짐작할 수 있다.

30) 孟悅·戴錦華『浮出歷史地表』제4장 참고.

2. 민족의 기원과 망각의 성정치

후 스의 「종신대사(終身大事)」의 상연과 함께 폭발적으로 대중화된 여성해방의 상징 노라는 오랫동안 현대 중국여성들의 가슴을 뛰게 한 행운의 약속이었음이 분명하다. 하지만 많은 남성지식인들에게 노라의 문제는 남성과 여성의 문제라기보다는 주로 신/구, 전통/현대의 문제로 여겨졌고, 그것은 대개 도저한 현대 민족건설의 욕망에 의해 지배되었다. 「종신대사」에서 전형적으로 보이듯이, 흔히 야만적 전통─전통의 희생자(여성)─문명화 계몽주체(남성)라는 삼각구도로 이루어지는 반전통 서사에서, 전통의 희생자 여성은 바로 남성 계몽지식인에 의해 애도되거나 민족의 주체로 구원되어야 하는 계몽의 대상이 된다. 여기서 가출한 노라는 계몽주체의 민족현대화에 대한 희망이 투사되는 구체적 표상으로 기능한다. 그리하여 '혁명의 천사' 노라를 통해 민족낙후에 대한 공포와 민족건설에 대한 희망을 투사하는 남성 계몽주체들은 한편으로 나르시시즘적인 민족 창조자의 형상을 띠게 된다.

루 쉰의 「상서(傷逝)」는 그의 유명한 잡문 「노라는 집을 나간 후 어떻게 되었는가」로 인해 얼핏 어느 가출한 노라의 후일담처럼 보인다. 많은 연구자들이 「상서」는 여주인공 즈쥔(子君)의 죽음을 통해 경제권의 보장 없이 여성독립은 불가능함을 보여준다고 본다. 그러나 사실 「상서」는 노라보다는 노라에 대해 이야기하는 남성화자의 자기해부에 더 중점이 놓여 있다고 보아야 한다. 그것은 5·4 남성지식인과 노라 형상 사이에 존재하는 창조자와 그 피조물의 관계를 적나라하게 보여주며, 특히 창조주체의 나르시시즘에 대해 탁월하게 해부하고 있다. 「상서」는 '새로운 삶(新生)을 도모'하기 위해 고투하는 한 신청년의 수기 형식을 띤, 5·4 남성 계몽지식인 루 쉰의 통렬한 자기해부로 읽힌다. 이런 관점에서 여기서는 현대 민족계몽 주체가 자신을 민족건설의 주체로 세우는 과정에서 직면해야만 했던 타자와 망각의 문제를 바탕으로 「상서」를 재독하려 한다.

(1) 창조자 남성과 피조물 여성

가출은 곧 자유연애를 의미하기도 했던 상황에서 많은 경우 딸들의 가출을 부추긴 것은 그녀의 연인, 즉 반역의 아들들이었다. 그리고 아들들, 즉 남성 계몽주체가 주도한 우상파괴적 민족주의담론은 딸들의 가출을 민족 신생의 길을 밝히는 근대적 인간의 신성한 의무로 격상시켰다. 즉 그들은 가부장으로부터의 해방이라는 여성문제를 민족적 담론의 영토 안으로 부단히 끌어들였다. 여기서 남성 계몽주체는 민족의 딸들을 창조하는 창조주였고 그들은 자신이 보고 싶은 것을 '혁명의 천사' 노라 형상에 새겨 넣었다. 그들은 자신의 창조물에 대한 경배를 아끼지 않는 나르시시즘적 예술가였고, 또한 창조물에 대한 전적인 지배권을 주장하는 전제적 예술가이기도 했다. "예술은 절대적인 소유의 환상이자 예술의 욕망대상에 대해 절대적인 권력을 가지고자 하는 환상"[31]인 것이다. 루 쉰의 「상서」에서 남주인공이자 화자인 쥐앤성(涓生)이 여주인공 즈쥔(子君)에 대해 취하는 태도는 바로 이같은 창조자의 심리를 전형적으로 드러낸다.

'새로운 삶'을 열망하는 신청년 쥐앤성은 즈쥔을 사랑했다. 즈쥔은 시골에서 올라와 숙부집에 기거하고 있는 순박한 처녀였다. 처음 만났을 때 즈쥔은 좀 말랐지만 "하얗고 둥글었다"고 쥐앤성은 회상한다. 즈쥔의 얼굴은 마치 창조자 쥐앤성이 무엇이든 그리고 싶은 것을 그려넣기를 고대하고 있는 텅 빈 하얀 도화지 같았다. 그리하여 그녀를 만날 때마다 쥐앤성은 "전제적 가족제도, 구습타파, 남녀평등, 입센, 타고르, 셸리" 등을 열정적으로 이야기하며 그녀의 하얀 여백을 찬란한 희망의 언어들로 채색했다. 그

---

31) 레나 린트호프 『페미니즘 문학이론』, 이란표 옮김, 인간사랑 1998, 64면.

러면 즈쥔은 언제나 어린애처럼 호기심에 가득 찬 눈을 반짝이며 고개를 끄덕였고, 그렇게 다소곳하게 길들여지는 것처럼 보이는 그녀는 쥐앤성에 게 더할 나위 없는 창조의 만족감을 주었다.

그리고 반년 만에 드디어 즈쥔이 "나는 나 자신의 것이에요. 그분들 아 무도 내게 간섭할 권리는 없어요"라고 말했다. 비록 낮은 음성이지만 쥐 앤성에게 그것은 그녀의 개인주의적 각성을 알리는 신호탄처럼 들렸다. 그녀의 이 낮은 외침은 쥐앤성을 비롯해 5·4시기 청년들의 뇌리에 뚜렷 이 기억되었던 영웅 노라의 대사와 무척 닮은 것이었다. 그녀는 이제 "자 기 자신에 대한 책임이 세상에서 가장 신성한 책임"이라며 문을 박차고 나 간 노라처럼 위대한 현대적 주체로 탄생한 것이다. 그것은 반년의 각고 끝 에 쥐앤성만의 노라가 탄생하는 순간이기도 했다. 그는 자기창조의 완결 을 보는 예술가의 카타르시스, "형용할 수 없는 미칠 듯한 기쁨(說不出的狂 喜)"에 빠졌다.

쥐앤성은 "중국의 여성은 별수 없다"는 염세주의자들을 호기롭게 비웃 으며 "머지않은 장래에 빛나는 여명을 보리라" 자만했다. 게다가 즈쥔은 뜻밖에 쥐앤성보다도 훨씬 더 용감했다. 즈쥔은 자유연애나 동거를 이상 한 눈으로 바라보는 주변의 따가운 시선에도 아랑곳하지 않고 당당했다. 그러한 즈쥔의 당당함과 의연함은 창조자인 쥐앤성에게 영감과 생기를 불 어넣어 주었고 더 큰 용기와 자신감을 심어주었다. 즈쥔이 마침내 숙부의 집을 나와 쥐앤성과의 동거생활을 시작할 무렵 창백하던 그녀의 얼굴에 살이 오르고 안색이 발그레 변해갔다고 후에 쥐앤성은 회상한다. 하얀 여 백에서 이제 붉은 혁명의 빛으로 충만해져가는 그녀를 바라보며 쥐앤성은 자신이 그녀에게 불어넣은 생명의 기운을 보는 듯하여 가슴이 벅차오른 다. 그리고 자신들 앞에 "새로운 삶의 길"이 영원히 끊어지지 않을 것이라 고 낙관했다. 쥐앤성의 창조는 기대한 것보다도 훨씬 더 성공적이었고, 그 는 자신의 창조가 가져올 미래에 대한 희망으로 들떠 있었다.

그러나 그렇게 가출하여 동거라는 형태로 자유연애를 쟁취한 노라들의 이후 정체성은 어떠하였을까? 노라 신화의 유행에도 불구하고 사실 노라 가출 이후의 문제에 관심을 기울인 사람은 별로 없다.[32] 가출 후 경제적 출로를 찾지 못한 노라들은 루 쉰이 말한 것처럼 다시 아버지집으로 돌아가거나, 죽거나, 타락하는 길밖에 없었을지도 모른다. 그리고 다행히 경제적으로 보장된 삶을 누리게 된 경우에는 남편이라는 또다른 남성의 집, 즉 현대 핵가족 내의 신 '현모양처'[33]라는 주부의 역할이 기다리고 있었다. 과거 용감했던 노라라 할지라도 이제 남성은 밖에서 돈을 벌고 여성은 가사를 담당하는 전형적인 현대적 성별분업 속으로 편제되는 길 외에 그녀가 선택할 수 있는 다른 기회란 거의 없었다고 해도 과언이 아니다. 그것은 즈쥔에게도 마찬가지였다. 더구나 고등교육을 받은 신여성들처럼 교육적 자원을 가진 것도 아닌 즈쥔에게는 "밥 짓는 일"이 쥐앤성을 위해 할 수 있는 유일한 일이기도 했다.

그러나 주지하다시피, 대개의 경우 고상한 예술가에게 "밥 짓는 일"은 창조와는 거리가 먼 하찮은 일상에 불과하거나 심지어 자기 예술의 고상함을 좀먹을 수도 있는 속된 범주에 속한다. 따라서 "밥 짓는 일"만을 계속하는 것은 즈쥔에게 창조적 영감의 원천으로서의 노라라는 지위를 오래 보장해줄 리 없었다. 더구나 동거를 허락하지 않는 사회의 냉담한 시선과 가혹한 차별대우로 생활고까지 겹치게 되자 그나마 그때까지 위태하게 유지되던 쥐앤성의 즈쥔에 대한 환상도 확연히 무너져갔다. 물론 그러한 실

---

32) 曹聚仁「娜拉出走問題」, 『筆端』, 上海天馬書店 1935; 『中國近代啓蒙思潮』, 社會科學文獻出版社 1999, 259면.

33) 반전통주의적 여성해방의 선두에 섰던 『신청년』에도 현대적 '현모양처'론을 주장하는 글이 많이 실렸다. 반역의 아들과 결합한 노라는 현모양처가 되는 것이 가장 합리적이고 현대적인 길처럼 여겨졌고, 여성교육의 정당성 역시 현모양처를 키워내야 한다는 점에서 찾게 되었다.

망은 즈쿈이 더이상 쥐앤성의 이상 속의 노라가 아니라는 점이지 결코 노라라는 환상 자체에 대한 것은 아니었다.

쥐앤성의 눈에 즈쿈은 날이 갈수록 존재의 가치를 잃어가는 것처럼 보였다. 그녀는 오로지 "밥 짓는 일"과 병아리와 강아지를 키우는 일에만 강박적으로 매달리는가 하면 과거의 유치한 기억에 사로잡힌 채 책은 멀리하고 눈빛은 멍하니 바뀌는 듯했다. 처음에는 잡다한 집안일로 힘든 것이려니 애잔히 여기던 쥐앤성도 해고로 인한 생활고가 극에 달하자 즈쿈에 대한 감정이 원망과 질책으로 변해감을 느꼈다. 게다가 우주만물의 영장인 자신을 즈쿈은 기가 막히게도 병아리와 강아지 중간쯤의 존재로 취급했다. 그것은 육체에 대한 무한한 자기극복, 즉 '초월'로서 스스로를 정립하고자 하는 남성주체에 대한 발칙한 모독이 아닐 수 없었다. 또한 자신이 병아리나 강아지와 함께 취급되는 것은 배고픔을 느낄 수밖에 없는 자연적 존재로서의 자기한계를 환기시키는 공포이기도 했다.

쥐앤성의 이러한 무의식적 공포는 병아리와 강아지에 대한 그의 끊임없는 불만과 적대감의 표현에서 드러난다. 그리고 쥐앤성은 자신의 이 자연성을 즈쿈에게 모두 전가한다. 즉 병아리와 강아지를 기르는 데 집착하는 즈쿈의 모습은 바로 그녀가 자연성을 초월하지 못한 '내재적' 존재이기 때문이며, 그녀의 이 한계가 쥐앤성의 자기초월까지 심각하게 위협한다고 느낀다. 즈쿈의 멍한 눈빛은 그녀 자신뿐만 아니라 창조자인 쥐앤성의 초월까지 방해하는 귀찮고도 위협적인 것이 되어버렸다.

그리하여 이제 쥐앤성의 눈에는 언제나 불쾌한 듯 굳어 있는 즈쿈의 표정도, 어쩌다 억지로 지어 보이는 미소도, 퉁퉁 붓고 거칠어진 손도, 땀으로 목에 엉겨붙은 머리카락들도, 뚱뚱해진 몸도 모두 그녀가 더이상 자기초월에 성공한 노라가 아니라 여전히 내재적 존재에 불과함을 증명해주는 육체적 증거물처럼 보였다. 그녀는 쥐앤성이 창조했다고 믿었던 애초의 그 자랑스런 피조물과는 거리가 멀었다. 생활고에 허덕이느라 더이상 기를 수가 없게 된 강아지를 버리고 돌아온 날, 허탈해하는 즈쥔을 보고 쥐앤성은 이렇게 경멸한다.

그녀의 말투와 표정에는 나를 잔인한 인간이라 여기고 있음이 역력했다. 사실 나 혼자뿐이라면 훨씬 수월하게 살아갈 수도 있다. 비록 굽히기 싫어하는 성격 때문에 평소 사람들과 내왕도 많지 않은데다〔즈쥔과 함께 살기 위해—옮긴이〕이사한 후로는 알던 사람들과도 모두 소원해져버렸지만, 내가 높이 날려고 맘만 먹으면 살길은 훨씬 더 많이 찾을 수 있을 것이다. 그런데도 지금 내가 이런 생활의 고통을 참고 있는 것은 태반이 그녀 때문이다. 아쑤이(阿隨)를 버린 것도 어찌 그런 이유가 아니겠는가. 그런데 즈쥔의 식견은 이런 것조차 생각하지 못할 지경으로 천박해진 듯했다.[34]

그는 현재 자기 고통의 모든 원인이 즈쥔에게 있으며 자신은 천박한 그녀를 인도적 차원에서 참아주고 있다고 생각한다. 즈쥔이 왜 그처럼 "밥을 짓고 먹는 일"에 목숨을 걸 듯이 매달리는지, 병아리와 강아지를 키우는데 왜 그토록 집착하는지, 그러한 삶을 그녀가 행복하게 여기고 있는지, 불행하다고 여긴다면 왜 그런지, 그녀는 무엇을 원하는지 직접 물어보는 법이 없다. 창조자인 쥐앤성은 자신의 피조물인 즈쥔에 대해서 전지적인 존재이기 때문이다. 그는 오로지 자신의 느낌과 이성을 통해서만 이기적으로 즈쥔의 상태를 판단하고 이해하고 재단한다. 그리하여 쥐앤성은 즈쥔의 식견이 천박해졌고 노라로서 "새로운 삶"에 도전하기를 포기해버린 것

---

34) "我終於從她言動上看出, 她大概已經認定我是一个忍心的人. 其實, 我一個人, 是容易生活的, 雖然因爲驕傲, 向來不與世交來往, 遷居以後, 也疏遠了所有舊識的人, 然而只要能遠走高飛, 生路還寬廣得很. 現在忍受着這生活壓迫的苦痛, 大半倒是爲她, 便是放掉阿隨, 也何嘗不如此. 但子君的識見却似乎只是淺薄起來, 竟至于連這一點也想不到了." 魯迅『魯迅自剖小說』, 王曉明 編, 上海文藝出版社 1994년, 117~18면.

이라 단정짓기에 이른다.

그러나 점점 텅 빈 듯한 눈빛으로 변해가는 즈쥔 역시 현재 자신의 삶을 지독히도 공허한 것이라 느끼고 있었던 것은 아닐까? 그녀가 "밥 짓는 일"에, 동물을 돌보는 일에 그토록 강박적으로 매달린 것도 쥐앤성보다도 더 절망적인 공허감을 애써 부인하기 위해, 혹은 자신의 존재가치를 그것을 통해서라도 거듭 확인하고 싶었던 절박감 때문은 아니었을까? 그러나 즈쥔의 희망·용기·절망·고뇌·공허, 그리고 분투는 시종일관 전혀 문제되지 않았다. 철저히 쥐앤성의 눈을 통해 분석되고 기록되고 있는 텍스트에서 즈쥔의 육성이 철저하게 배제되고 있기 때문에 그녀의 진실은 확인할 길이 없다.

이미 노라가 되겠다고 선언한 즈쥔이 왜 쥐앤성처럼 분투하려고 하지 않았을까? 이 문제는 「상서」의 최대 미스테리 중의 하나이다. 왜 작가는 즈쥔을 갑자기 침묵하게 하는 걸까? 이러한 즈쥔의 침묵은 「상서」라는 텍스트를 구성하는 작가의 남성중심적 시각의 결과임에 분명해 보인다. 그러나 그것을 「상서」라는 텍스트 자체의 남성중심성을 증명하는 증거로 제시하는 것은 아직 성급하다.[35] 즈쥔의 육성을 철저하게 배제하는 것은 우선 저자 루 쉰이라기보다는 쥐앤성이기 때문이고, 쥐앤성에 의해 즈쥔의 침묵이 배가되는 것을 허용함으로써 창조자 쥐앤성의 전제적이고 이기적인 나르시시즘을 훨씬 효과적으로 드러내고자 한 것이 바로 저자 루 쉰의 의도였다고 해석할 수도 있기 때문이다.

그녀가 연마한 사상과 활달하고 두려움을 모르던 말도 결국은 역시 공허한 것이었던 게다. 더구나 그것이 공허한 것이었음을 그녀는 깨닫지도 못

---

35) 멍 위에와 다이 진화의 관점이 그러한 해석의 대표적인 예이다. 孟悅·戴錦華『浮出歷史地表』참고.

하고 있다. 그녀는 벌써부터 아무 책도 읽지 않는다. 그리고 인간의 생활에서 첫째로 중요한 것이 삶을 도모하는 것이며, 이 삶을 도모하는 길을 향해 가기 위해서는 반드시 손을 맞잡고 함께 나아가거나, 또는 홀로 분투해야만 한다는 것을 모른다. 그렇지 않고 남의 옷자락에 매달릴 줄만 안다면 제아무리 전사라 해도 싸우기 어렵고 종국에는 함께 망하는 수밖에 없다는 것을 말이다.[36]

쥐앤성은 바로 즈쥔 때문에 자신이 애꿎게 생활고에 시달리게 되었을 뿐 아니라 자신의 "새로운 삶"으로의 행진이 방해받고 있다고까지 여기게 된다. 이제 침묵하는 노라는 창조자이자 전사인 남성주체가 새 삶을 도모하기 위해 분투하는데 옷자락이나 물고 늘어지는 애물덩어리로 전락해버린 것이다. 이처럼 동반자는커녕 자기 전도를 방해하기나 하는 즈쥔은 결코 진정한 노라일 리 없다. 그래서 쥐앤성은 "나는 나 자신의 것이에요"라고 단호히 말하던 즈쥔의 그 모든 노라적 언행도 모두 실천이 뒷받침되지 않은 공허한 빈말이며 천박한 그녀는 그것이 공허한 것인 줄도 모른다고 멋대로 단정짓는다. 쥐앤성은 급기야 자기 전도의 장애물로 전락해버린 그녀를 혐오해도 무방한 합리적인 이유를 찾은 것이다.

그런데 여기서 왕 후이(汪暉)는 "그것이 공허한 것이었음을 깨닫지도 못하고 있다"라는 말을 곧 즈쥔은 '공허도 자각하지 못하는 존재'이고 쥐앤성은 그 '공허를 자각하는 주체'라고 분석한다. 그러나 이 분석은 치명적 오독(誤讀)이라 하지 않을 수 없다. 왕 후이가 쥐앤성의 주체로서의 자각을 증명하기 위해 인용한 문구는 바로 즈쥔과 헤어지고 자신의 다른 삶을 모

---

36) "她所磨練的思想和豁達無畏的言論, 到底也還是一个空虛, 而對于這空虛却並未自覺. 她早已什麼書都不看, 已不知道人的生活的第一着是求生, 向着求生的道路, 是必須攜手同行, 或奮身孤往的了, 倘使只知道揸着一個人的衣角, 那便是雖戰士也難于戰鬪, 只得一同滅亡." 魯迅, 앞의 책 120면.

색하려는 이기적 의도에서 쥐앤성이 즈쥔을 눈치도 판단력도 없는 허위적
인간으로, 나아가 비주체적 타자인 것처럼 매도하기 위해 한 말이기 때문
이다. 여기서 루 쉰은 위와 같은 쥐앤성의 말을 통해 사실은 쥐앤성의 비열
한 합리화에 화살을 겨누고 있다고 봐야 한다. 따라서 자신은 자각의 초월
적 주체로, 즈쥔은 비자각적이고 내재적인 타자로 보려 하는 쥐앤성의 시
선을 그대로 따르는 왕 후이의 분석은 저자 루 쉰의 화살이 겨냥하는 바를
제대로 파악하지 못함은 물론이고, 쥐앤성에 이어 즈쥔을 목소리 없는 대
상으로 타자화함으로써 그녀를 두번 죽이는 데 동참하는 셈이다.[37]

쥐앤성은 즈쥔에 대한 위와 같은 자신의 혐오감을 정당한 것으로 만들
기 위한 논리를 찾고자 부심한다. 하지만 그러면서도 쥐앤성은 또 한편으
로는 즈쥔으로부터 벗어나고 싶어하는 자신의 욕망을 억누르려 애쓴다.
결국 허위의식임이 드러나고 말지만, 그것은 여전히 스스로를 도덕적 주
체로 자임하는 데서 비롯된 일말의 죄책감 때문이었다. 이즈음 의미심장
한 현상이 그에게 반복적으로 일어나고 있음을 볼 수 있다.

나는 새로운 희망은 우리 두 사람이 헤어지는 길밖에 없다고 생각했다.
그녀는 반드시 떠나야만 한다. 불현듯 즈쥔의 죽음이 떠올랐다. 나는 그 즉
시 자신을 꾸짖고 참회했다.[38]

살아갈 수 있는 길은 아직도 많이 있으며, 나는 아직 날개를 움직이는 법
도 잊지 않았다고 생각했다. 불현듯 즈쥔의 죽음이 떠올랐다. 나는 그 즉시
자신을 꾸짖고 참회했다.[39]

---

37) 왕 후이의 관점은 「反抗絶望」, 『루쉰』, 전형준 옮김, 문학과지성 1998을 참고.

38) "我覺得新的希望就只在我們的分離; 她應該決然舍去, ──我也突然想到她的死, 然而立刻自
責, 懺悔了.", 魯迅, 앞의 책 120면.

39) "生活的路還很多, 我也還沒有忘却翅子的扇動, 我想──我突然想到她的死, 然而立刻自責,

즈쮠이 없어져버렸으면 하고 바라는 무의식이 이제 수시로 즈쮠의 죽음이라는 형상으로 대담하게 의식의 표면으로까지 떠오르는 것이다. 자아가 의식할 정도로 강력한 무의식의 연속적 출현은 그 속에 억압된 욕망이 얼마나 강렬한 것인지를 보여준다. 물론 무의식을 감시하는 자아는 이런 자신의 끔찍한 무의식에 저 자신도 깜짝 놀라며 얼른 참회를 거듭하지만 말이다. 즈쮠이라는 짐을 떨쳐버리고 홀가분하게 새로운 삶의 길을 가고 싶다는 이기적인 욕망의 강렬함과 그 반대편에 허위로 가득찬 도덕적 책임감 사이에서 쥐앤성은 '고통스런' 싸움을 하고 있었던 것이다.

그러던 쥐앤성은 마침내 '자책하고 참회해야' 했던 자신의 욕망을 합리화하기 위한 묘책을 찾아내는 데 성공한다. 그는 자신이 더이상 즈쮠을 사랑하지 않을 뿐 아니라 짐으로까지 여기고 있음이 바로 "진실"이며, 이 진실을 감추고 즈쮠과 계속 함께 살아가는 것이야말로 "허위"라고 결론내린다.

나는 고뇌했다. 그리고 언제나 진실을 말한다는 건 엄청난 용기를 필요로 하지만 만약 이러한 용기가 없어 허위 속에 안주해버린다면 새로운 길을 열어나가는 사람이 될 수 없다고 생각했다.[40]

그의 "진실"은 즈쮠에 대한 도덕적 책임감으로부터 벗어날 수 있는 아주 훌륭한 핑계가 되었다. 그는 이제 더 망설일 필요 없이, 아무런 양심의 가책 없이 그녀를 떠날 수 있게 되었다. 아니 더 나아가 "진실"은 그가 지켜야만 하는 의무였다. 그리하여 그는 드디어 새로운 길을 찾아나서는 전사의 비장한 각오로 즈쮠에게 "진실"을 고한다. 마음씨 좋은 그는 여전히 즈쮠을 생각해서, "그게 당신한테도 더 좋을 거야. 당신도 아무 걸리적거

懺悔了.", 같은 책 122면.

40) "我在苦惱中常常想, 說眞實自然須有極大的勇氣的; 假如沒有這勇氣, 而苟安于虛僞, 那也便是不能開闢新的生路的人.", 같은 책 120면.

리는 것 없이 일할 수 있을 테니까…"라고 덧붙이는 것도 잊지 않았다. 노라를 창조하던 처음에도 그는 "새로운 삶"을 창조한 위대한 창조자였고, 그 노라를 버리는 마지막 순간에도 그는 여전히 자신의 허위와 싸워 이긴 용기있는 자요, 또다시 "새로운 길"을 찾아 고뇌하면서 분투하는 전사요 창조자일 수 있었던 것이다.

그의 "진실"이 즈쥔에게도 "진실"이었는지는 알 수 없지만, 어쨌든 뜻밖에도 즈쥔은 선선히 떠나주었다. 그녀가 어떤 마음으로 그리 선선히 떠나갔는지는 그에게 그리 중요하지 않았다. 그에게 중요한 것은 "새로운 삶〔新生〕"의 숨통이 트였다는 것이다. 이제 발목을 붙들던 거추장스런 짐도 떨쳐버렸고, 아직 나는 법도 잊지 않았으니 이제는 생활고에 시달리지 않아도 될 테고 여유있게 "새로운 삶"을 도모하면 될 것이다.

그러나 즈쥔만 없으면 쉽게 찾을 수 있을 것 같던 새로운 삶의 길은 쉽게 찾아지지 않았다. 즈쥔이 떠나간 후에도 쥐앤성은 여전히 생활고에 시달렸다. 절망해가던 즈음 쥐앤성은 즈쥔이 죽었다는 소식을 전해 듣고 그제야 이렇게 참회한다.

내가 진실을 즈쥔에게 말하면, 그녀는 우리가 막 동거를 시작하던 그때처럼 조금도 거리낌없이 단호하고 의연하게 전진할 수 있을 것이라 여겼다. 그러나 그것은 나의 착각이었다. 애초 그녀가 용감하고 두려움이 없었던 것은 사랑 때문이었던 것이다. 내가 허위의 무거운 짐을 짊어질 용기가 없었던 탓에 도리어 그녀에게 진실의 무거운 짐을 지웠다. 그녀는 나를 사랑하기에 그 무거운 짐을 짊어지고 불같은 위엄과 냉대 속에서 이른바 인생의 길을 걸어가려 했던 것이다. 나는 그녀의 죽음을 떠올렸다…[41]

---

41) "我以爲將眞實說給子君, 她便可以豪無顧慮, 堅決地毅然前行, 一如我們將要同居時那樣. 但這恐怕是我錯誤了. 她當時的勇敢和無畏是因爲愛. 我沒有負着虛僞的重擔的勇氣, 却將眞實的重擔卸給她了. 她愛我之後, 就要負了這重擔, 在嚴威和冷眼中走着所謂人生的路. 我想到她的

이제 그가 떠올리는 즈쥔의 죽음은 더이상 그녀가 없어졌으면 하는 무의식적 욕망이 아니라 자신의 비겁함이 그녀를 실제로 죽음으로 밀어넣고 말았다고 깨닫고 참회하게 하는 것이다. 그는 즈쥔에 대해서 자신이 얼마나 이기적이었는지, 자신의 진실이라는 것이 사실은 "허위의 무거운 짐을 짊어질 용기 없음"에 불과했음을 비로소 깨달은 것이다. 그러나 너무 늦은 깨달음이었다. 반역의 아들과 결별하자마자 노라에게 주어진 '혁명의 천사'라는 찬양은 간 데 없고 대신 처녀성을 잃어버린 막된 계집애라는 멸시만 쏟아지는 것이 현실이었다. 쥐앤성을 떠나 두번째로 '가출'한 즈쥔은 그와 같은 냉혹한 현실 속에서 '묘비도 없는 죽음'으로 내몰리고 만 것이다.

그런데 여기서 한가지 짚고 넘어가야 할 것은 쥐앤성의 참회가 바로 '사랑'이라는 이유만으로도 여성은 가출할 수 있다는 사실의 깨달음에서 비롯된다는 작가의 설정이다. 쥐앤성은 즈쥔의 가출은 사랑으로 인한 감정적이고 즉자적 행동이었을 뿐 그가 흥분했던 것처럼 인생과 민족의 새로운 길을 찾으려는 단호한 자각에서 비롯된 것이 결코 아니었다고 뒤늦게 깨달은 것이다. 그것은 민족현대화의 영웅으로서 '혁명의 천사' 노라는 결국 남성지식인들이 창조한 환상에 불과하다는 깨달음이기도 하다. 따라서 이는 남성 환상의 자기중심적인 비현실성을 나무라는 것이고, 동시에 여성의 보편적 현실에 대한 동정적 이해를 획득한 것처럼 보인다.

그러나 쥐앤성의 깨달음이 문제적인 것은 바로 그러한 이유로 여성은 '초월적 존재'가 된다는 게 근본적으로 불가능하다는 가부장사회의 뿌리깊은 여성신화를 환기하기 때문이다. 쥐앤성의 참회는 곧 여성은 남성과 달리 자기 존재의 내재성을 초월하여 '새로운 길'을 찾고자 분투하기 어렵다는 편견을 확인함으로써 여성을 다시 한번 그러한 편견 속에 고정시키고 만다. 그리고 쥐앤성에 있어서 이 뿌리깊은 여성신화와 나르시시즘은

死…", 같은 책 124~25면.

즈쥔의 죽음으로써 절정에 이른다.

애초에 창조자 쉬앤성은 즈쥔에게서 자연성을 추방함으로써 자기창조의 완결을 도모하고자 했다. 그러나 살아 있는 즈쥔을 통해 그러한 자기환상을 이룩할 수 없음을 절실히 깨닫게 된 주체인 그는 바로 그녀의 죽음을 떠올렸다. 그는 여성의 죽음을 통해 자기환상의 완벽함을 추구했던 것이다. 쉬앤성의 참회과정에서 루 쉰은 즈쥔을 죽음으로 내몬 것은 직접적으로 '나'의 '참을성 부족'이지만 그렇게 만든 더 큰 원인은 바로 전통적 사회에 있는 것처럼 보이게 한다. 즉 남녀의 자유연애와 동거를 허용하지 않는 사회의 냉대와 그로 인한 부당한 해고, 집으로 돌아간 즈쥔이 견뎌야 했던 권위적인 아버지의 불호령과 주변사람들의 차가운 시선 등 낡은 사회환경이 즈쥔을 죽음으로 몰아넣은 근본원인이라는 것이다. 따라서 쉬앤성은 여전히 살아남은 자의 슬픔을 부둥켜안고 깊이 절망하면서도 즈쥔의 죽음을 보상하기 위해서라도 그러한 사회를 변화시키고 '새로운 길'을 찾기 위해 떠나야 하는 것이다. "예술가 주체의 자기환멸 과정에서 나타나는, '타자'를 제거하는 서구 이성의 주체 집중성"[42]은 쉬앤성의 이같은 참회 속에서도 고스란히 드러난다.

예술생산의 가부장적 신화성을 비판했던 레나 린트호프의 다음과 같은 설명은 즈쥔의 죽음에 대한 적절한 설명을 제공해주는 듯하다.

예술은 절대적인 소유의 환상이자 예술의 욕망 대상에 대해 절대적인 권력을 가지고자 하는 환상이다. 즉 예술은 자신의 욕망대상을 더욱 높고 더 순수한 형식을 통해 예술작품에 고정시키려고 한다. 예술이 이 과정을 대부분 한 여성의 살해를 통해 상연한다는 것은 주체의 타자로서 살아 있는 것, 육체적인 것, 감각적인 것, 과정 중인 것 그리고 과거의 것 등을 그것들과의

---

42) 레나 린트호프, 앞의 책 64면.

대립상들인 '자연'과 '죽음'으로 추방하는 동시에, 그것들을 '여성적인 것'과 동일시하게 되는 가부장제의 여성신화 속에서 그러한 상연 과정의 근거를 가지고 있게 된다. 여성의 죽음이라는 모티브에 대한 브론펜의 연구에서, 최근 200년 문학사와 문화사는 거대한 '살인 공연장'으로 드러난다. 브론펜은 여성의 죽음에 대한 문학적인 상연들이 죽음에 대한 배제와 동시에 죽음의 정교화라는 기능을 어떻게 수행하고 있는지 보여준다. 여성의 죽은 육체에서는 대표적으로 문화적이고 사회적인 규범들이 논의되며 입증된다.[43]

이른바 '절망에 대한 반항', 그리고 앞은 무덤밖에 없는 줄 뻔히 알면서도 전진하는 '과객(過客)'과 같은 루 쉰 정신은 바로 즈쥔의 죽음을 이처럼 정교화함으로써 깊어지며, 동시에 즈쥔의 죽음에 대한 망각 및 위조를 통해서 완성된다. 샹린댁과 즈쥔으로 이어지는 죽은 여성들의 진열(陳列)은 "남성주체에 의해 안전하고 관음증적인 점유를 가능하게"[44] 하며 남성 창조자의 결정적 초월의 계기로 작용한다. 그와 함께 그녀들은 그 내재적 속성으로 인해 영원히 침묵하는 야만적 전통의 희생자 또는 현대화 과정의 불가피한 희생자로 고정된다. 「상서」는 남성 창조자와 여성 피조물 사이의 주체-타자 관계를 남성 화자의 자기해부적 시선을 통해 탁월하게 보여준다. 그 안에서 즈쥔의 죽음을 망각해야 한다는 깨달음, 망각했다는 사실조차 망각해야 한다는 비장함도 결국은 쥐앤성이라는 남성지식인의 나르시시즘을 완성시켜줄 뿐이다.

---

43) 같은 책 65면.
44) 같은 곳.

(2) 자기응시의 딜레마

저자 루 쉰이 「상서」라는 텍스트 밖의 권위로 남았더라면 쥐앤성의 이기적 나르시시즘은 비판의 대상으로 더 확실하게 고정되었을 것이다. 「종신대사」에서 후 스가 마지막에 가서 톈(田) 선생을 조롱함으로써 자신의 텍스트 밖 우월한 저자의 위치를 환기했듯이 말이다. 그런데 루 쉰은 저자로서 명확한 권위적 위치에 자신을 위치짓는 대신 자신을 쥐앤성과 완전히 동일시하는 포즈를 취한다. 루 쉰을 조금이라도 이해하는 사람이라면 즈쥔의 죽음에 대한 쥐앤성의 참회 여정 속에서 저자 루 쉰의 모습을 쉽게 발견할 수 있을 것이다.

쥐앤성에 따르면, 즈쥔이 간 곳이 설령 지옥이라도 '나'는 가서 그녀에게 용서를 구하고 싶었다. 그런데 새로운 삶의 길이란 언제나 공허하다지만 죽어야 그녀에게 용서를 구할 수 있음은 더욱 공허하지 않은가. 그리고 '나'는 살아 있고 봄밤은 여전히 길다. 살아 있는 한 '나'는 공허를 향해 앞으로 발을 내딛어야 한다. 그러기 위해서는 그녀와 '나' 모두를 위해 노래 같은 울음으로 그녀를 장송하고 망각 속에 묻어버려야 한다. 그리고 '나' 자신을 위해서 망각으로 그녀를 장송한 사실마저 다시는 떠올려서는 안된다. '나'는 진실을 마음의 상처 속에 깊숙이 감춘 채 전진해야만 한다. 망각과 거짓말을 '나'의 길잡이로 삼고서 말이다.

이같은 쥐앤성의 참회에는 "철방" 속의 잠자는 사람들을 깨울 것인가 놔둘 것인가라는 선지자 루 쉰의 휴머니즘적 갈등, 자기 사상의 영향을 받아 피 흘리고 목숨까지 잃은 청년들 —여성과 함께 계몽의 대상이자 그래서 타자이기도 했던— 에 대한 계몽주체 루 쉰의 안타까움과 죄의식, 그리고 희망은 허무한 것이나 절망도 허무한 것이며 희망이 없다는 자신의 확신으로 희망이 있다는 타인의 신념을 깰 수 없기에 앞으로 나아갈 수밖에 없다는 루 쉰의 희망과 절망의 변증법이 모두 녹아 있다. 쥐앤성의 정신적 분투와 나르시시즘의 여정은 곧 「상서」와 『야초』를 쓰던 1920년대 중반 당시 루 쉰 자신의 정신적 여정과 유사하다. 쥐앤성이라는 이기적인 창조자에 대한 해부는 곧 의식적이고도 고통스런 저자 루 쉰의 자기응시이자 자조였던 것이다.

문제는 쥐앤성을 통한 루 쉰의 자기해부는 '절망에 대한 반항'보다는 궁극적으로 숙명에 대한 순응을 향하는 것처럼 보인다는 점에 있다. 즈쥔에 대한 '나'의 죄의식은 '나'의 죽음 외에는 풀어낼 방법이 없는데 '나'는 새로운 삶을 개척하기 위해 여전히 살아가야 한다. 따라서 유일한 방법은 그녀의 희생을 망각해버리거나 아니면 그녀는 위대한 노라였다고 거짓위안을 삼는 것뿐이다. 결국 혁명의 천사 노라는 망각과 거짓말을 통해서만 희망으로 남을 수 있음을 알 수 있다. 중요한 것은 그녀의 죽음보다는 그 죽음을 딛고 창조자 남성주체의 자기인격이 어떻게 완성되어가는가라는 문제이다. 그 속에서 남성주체가 겪는 절망과 고통스런 분투마저도 그의 나르시시즘을 극대화하는 도구에 불과함을 루 쉰은 적나라하게 보여준다. 결국은 자신으로 인해 초래된 타자의 희생을 망각하고 허위로 자기위안을 삼는 것을 통해서만 '나'의 전사로서의 동일성이 완성된다는 것은 5·4 남성 계몽주체의 나르시시즘이 얼마나 심각하게 모순적이고 불안한 기반 위에 서 있는가를 보여준다.

이처럼 남성 계몽주체로서 루 쉰의 치열한 자기해부는 어떤 여성작가의 텍스트보다도 훨씬 더 파괴적인 면모를 보여준다. 하지만 그것은 동시에 루 쉰 역시 그러한 계몽주체의 한계를 극복할 수 없었음을 독자에게 고스란히 확인시켜주는 곤혹스러운 과정이기도 하다. 쥐앤성의 한계는 그것을 꿰뚫어보고 있던 루 쉰 자신의 한계이기도 했기 때문이다. 5·4 남성 계몽주체에 대한 자기해부라 할 수 있는 「상서」 속에서 망각과 허위에 순응할 수밖에 없는 이기적이고 나르시시즘적인 자기동일성에 대해 루 쉰은 이처럼 불가피한 인정과 비판적 자조라는 분열된 두가지 태도를 동시에 드러낸다. 만약 루 쉰이 여타 작가들보다 깊이를 가졌다고 한다면 그것은 바로 자신의 그러한 한계에 대해 누구보다도 철저하게 자각하고 있었다는 점일 것이다. 하지만 자각이 곧 한계의 극복을 의미하는 것은 아니라는 점에서 「상서」 텍스트의 모호성이 존재한다. 작가 루 쉰의 독특한 분열적 태도와 그로 인해 야기되는 텍스트의 모호성 때문에 역으로 「상서」는 열린 구조로 남게 된다.

루 쉰 전문가 왕 후이는 루 쉰의 이같은 모순적 인식을 '역사적 중간물' 의식이나 절망과 희망의 변주로 적절하게 포착해낸 바 있다. 그러나 그는 루 쉰이 그토록 고통스러워했던 참회의식의 원인, 즉 새로운 길을 찾아나서는 현대적 민족주체로 자기를 세우는 과정이 한편으로 노라와 같은 타자의 탄생이나 죽음을 동반할 수밖에 없다는 사실에 대한 깨달음 때문이라는 것에는 그다지 주의를 기울이지 않는다. 그대신 왕 후이의 관심은 그런 자기해부의 고통마저 딛고 일어나 힘겨운 발걸음을 내딛는, 이른바 "절망에 반항하는" 전사요, 시지프스요, 과객이라는 초인적 이미지의 주체로 루 쉰을 다시 세우는 데에 집중되어 있다.

왕 후이와 같은 분석에는 루 쉰이 그토록 고민했던 좀더 근원적 문제로서의 '나'와 계몽대상인 타자와의 관계, 그리고 그 속에서 드러나는 현대적 주체철학과 계몽주의의 본원적인 폭력성에 대한 성찰이 결여되었다. 이처럼 루 쉰의 재평가를 통해 초인적 현대 주체를 세우려 했던 1980년대 신계몽주의의 조급함은 현대 주체의 폭력성과 나르시시즘에 관한 루 쉰의 핵심적 성찰을 간과하고 만다. 다시 말해 루 쉰 자신이 흔쾌히 동일시하지 못한 채 스스로 해부대에 올려놓았던 그런 모습으로 루 쉰을 다시 일으켜 세우는 것이다. 그리하여 루 쉰의 분열적 깊이를 간과한 그런 관점의 결론은 루 쉰의 고통스런 자기해부마저도 결국은 남성 계몽주체가 지닌 뿌리 깊은 나르시시즘의 또다른 형태에 불과할 뿐임을 역설적으로 암시하는 데 이르게 된다. 그리고 그 나르시시즘은 그렇게 분석하고 있는 1980년대 신계몽주의 주체의 나르시시즘이 투사된 것이기도 할 터이다. 결국 이들 후대 계몽주의자들에게 루 쉰이 남겨준 것, 정확히 말하자면 신계몽주의자들이 루 쉰에게서 계승한 것은 바로 '절망에 대한 반항'이라 이름붙인 개인의 자기합리화 논리라 해도 과언이 아닐 것이다.[45]

(3) 민족서사와 망각의 정치

이처럼 한 남성의 수기 형식으로 씌어진 「상서」는 남자주인공이 여성에 대한 창조자요 지식의 주체로 군림하는 반면 여주인공은 목소리도 들리지 않을뿐더러 여전히 희생의 증거인 주검으로 등장한다는 점에서 궁극적으로 남성중심주의적이라는 비판을 면하기 어려워 보인다. 멍 위에(孟悅)·다이 진화(戴錦華) 같은 페미니스트 비평가들은 바로 그러한 점에서 「상서」의 남성중심성을 논평해왔다. 그러나 또 한편 「상서」는 남성중심의 이데올로기적 환상 속에 내재하는 불일치나 모순을 자각적으로 드러낸 텍스트라고 해석할 수도 있을 것이다. 순응이든 비판적 자조이든 5·4 남성 계몽주체의 나르시시즘에 대한 루 쉰의 자기해부는 5·4시기 남성주도 페미니즘의 한계를 분명히 드러내기 때문이다.

그런데 한가지 의문이 남는다. 이 작품이 루 쉰의 분열적 자기해부라면, 루 쉰은 자기의 한계를 그처럼 꿰뚫어보면서도 왜 그것과 단호히 결별하지 못했을까?

「상서」라는 텍스트를 통해 실마리를 찾아보면 그것은 '새로운 삶(新生)'에 대한 열망 때문이었음을 알 수 있다. 쥐앤성이 즈쥔을 통해 노라를 창조했을 때도, 자신이 창조한 노라에게 절망했을 때도, 결국 즈쥔을 버렸을 때

---

45) 1990년대 후반 왕 후이 스스로 자신을 포함한 1980년대 신계몽주의의 문제에 대해 성찰하기 시작했다. 이에 대해서는 본서의 1장 참고. 그러나 왕 후이의 신계몽주의 비판이 남성중심성에 대한 성찰로까지 나아간 것인지는 더 두고볼 일이다.

도, 그리고 심지어 즈쥔의 죽음을 망각해야 한다고 외칠 때도 그의 이유는 거의 한가지였다. 그것은 바로 "새로운 삶을 도모"하기 위해 전진해야 한다는 것이다. 이때 '신생', 즉 새로운 삶이란 결코 개인적인 관심에 그치지 않는다. '새로움'에 대한 추구는 5·4신문화운동가들의 가장 공통된 지적 기반이었으며, 쥐앤성과 루 쉰의 영혼을 휘어잡고 있었던 "새로운 삶" 역시 바로 자유로운 현대적 인간들의 공동체적 삶이라는 것은 짐작하기 어렵지 않다. 그리고 당시 "새로운 삶"을 보장하는 형태로서 가장 보편적으로 상상되었던 것은 바로 서구 제국주의를 통해 학습된 현대 민족국가의 형식이었다. 5·4 계몽주체들에게 현대 민족국가 건설은 이미 모든 가치판단의 심급에서 작용하는 이념적 당위로 자리잡고 있었던 것이다.

그런데 1882년에 씌어진 르낭의 『민족이란 무엇인가』는 망각이야말로 민족서사의 시작임을 보여준다.[46] 즉 르낭이 "매일의 국민투표"[47]에 비유한 바 있는, 민족으로 존재하고자 하는 의지야말로 민족공동체를 구성하는 원동력이며, 이 의지가 민족으로서 망각해야 할 과거를 자연스럽게 선별하는 것이다. 망각은 민족이라는 서사의 확립에 내포되어 있는 일종의 폭력이기도 하다. 즈쥔을 망각해야만 자신의 전진이 가능하다는 쥐앤성의 경악스런 깨달음을 통해 루 쉰은 바로 중국의 현대 민족국가 형성에 나선 주체들이 어떻게 민족적 망각을 자연스럽게, 그리고 운명적으로 내면화하고 있는지를 보여준다.

쥐앤성에게 망각이란 자연적인 것이 아니라 주체의 의지이다. "망각과 거짓말을 길잡이로 삼고" 나갈 수밖에 없는 쥐앤성의 허위를 합리화하는 것은 바로 민족–국민으로 존재하고자 하는 그의 의지이다. 망각이 허위임을 알면서도 망각해야만 자신의 전진이 가능하다는 쥐앤성의 역설에 비

---

46) 에르네스트 르낭 『민족이란 무엇인가』, 신행선 옮김, 책세상 2002, 61~62면 참고.
47) 같은 책, 81면.

장함마저 감도는 것은 그것이 민족의 미래를 꿈꾸는 고독한 전사, 즉 민족 건설의 사명을 지닌 주체의 의지로 받아들여지기 때문이다.

그렇다면 남성 계몽주체의 자기해부인 「상서」는 또한 민족의 서사가 어떻게 탄생하는가에 대한 은유이기도 한 셈이다. 우선 그것은 지배적 민족서사가 대개는 남성중심적으로 젠더화되어 있음을 보여준다. 항일운동에 참여한 농민들이 남녀를 불문하고 "형제들!"이라는 부름 속에서 민족주체로 수렴되는 데서 보이듯이, 그리고 「상서」가 노라 즈쥔이 아니라 남성지식인 쥐앤성에 의해 씌어질 수밖에 없는 구조를 가지는 데서 보이듯이, 민족서사의 주체는 별다른 의심없이 대개 남성이었고 또 남성으로 상상되었다.

루 쉰은 한때 칭송되던 노라였으나 결국 버림받고 죽음에 이른 즈쥔의 이야기를 통해 중국의 반식민 민족주의가 어떤 방식으로 젠더화된 민족의 은유——"혁명의 천사 노라"와 같은——에 의지하는지, 그리고 그러한 메카니즘 속에서 여성이 어떻게 타자화되는지를 보여준다. 현대 중국의 민족서사에서 여성은 때로는 혁명의 천사로, 때로는 전통의 화신으로, 때로는 야만적 전통의 희생자로, 그리고 제국주의의 민족유린에 대한 처참한 희생자로 모습을 바꾸어가며 민족 내부의 타자로 정형화되어왔다. 그리고 이러한 서사들을 통해 민족-국민은 자연스럽게 성별화된 민족상상을 학습하고 동참하게 되는 것이다.

두번째로 「상서」는 민족서사가 젠더화되어 있을 뿐 아니라 망각이라는 기제를 통해 삶의 심오한 혼란을 구성하는 다양한 정체성들을 차별화하고 궁극적으로 억압하는 데로 나아감을 암시한다. 민족적 동일시, 즉 과거와 현재와 미래를 가진 어떤 역사적 실체로서 민족은 하나라는 본질주의적 동일성은 바로 망각이라는 서사기제를 통해서 이루어진다. 쥐앤성의 술회를 통해서만 보더라도 즈쥔의 삶의 시간은 쥐앤성이 추구하던 '새로운 삶'의 시간과는 이질적인 것이 분명하다. 그런데 그러한 즈쥔의 시간은——그녀의 죽음까지 포함해서——쥐앤성에 의해 부정되고 잊혀져야만 하는 것으로 묘사된다. 그리고 그러한 망각은 끊임없이 '새로운 삶' 즉 민족의 현대화라는 목표에 의해 정당화되었다.

즈쮠의 죽음처럼, 루 쉰은 민족의 주체는 내부 타자들의 죽음과 배제를 딛고서만 주체로 설 수 있으며, 민족의 서사도 타자들의 시간에 대한 망각으로 이루어질 수밖에 없음을 통렬하게 짚고 있다. 민족의 서사는 망각으로 인해 기원에서의 결손을 낳는다. 타자의 죽음은 민족의 미래를 위해 어쩔 수 없이 망각되어야 하는 과거이거나 혹은 망각했다는 사실마저 망각해버리고 싶은 민족 내부의 맹점(blind spot)이 될 수밖에 없다. 현대적 민족동일성의 확립을 주장하는 권력적 민족서사 속에서 숱한 타자적 존재들이 이처럼 잊혀지고 다시 씌어지거나 왜곡되었다.

탈식민 이후의 민족주의가 대개는 내부의 식민지화를 수반하게 되는 것도 이러한 맥락에서 이해될 수 있다. 민족은 인종주의와 외국인에 대한 공포, 성차별, 계급과 같은 사회적인 차별구조를 내외부에 필연적으로 수반하게 된다. 민족은 평등한 혈연공동체와 민주적 인간관계를 설파하지만 그 안에는 차별과 서열과 배제를 내포한다. 그리고 망각으로 이루어지는 민족서사는 그러한 배제를 통해 민족 내부 타자의 형성을 조장하며 현실에 개입한다.

세번째, 좀더 근본적으로 「상서」는 민족이 어떤 본질주의적 동일성을 가진 실체라기보다는 서사의 결과물임을 보여준다. 민족서사는 "복수적인 현대 공간을 태고적이고 신화적인, 역설적으로 민족의 영토성을 재현하는 의미화의 공간으로 전치함으로써 민족이라는 통일체를 유지하고, 영토를 전통으로 바꾸면서 그리고 일반 대중을 단일한 민족으로 바꾸면서 공간의 차이를 시간의 동질성으로 귀환"[48]한다. 복수적인 공간의 다양함

---

48) Homi Bhabha, "DissemiNation: Time, Narrative, and the margins of the modern nation," *The Location of Culture* 149면.

을 단일한 시간으로 상상하게 하며 이른바 민족적 동질성을 구성해내는 데 있어 망각은 없어서는 안될 서사기제이다. 「상서」는 민족서사의 기원에서 민족의 구성원이 되기를 열망하는 주체가 어떻게 망각을 자기서사의 원리로 내면화하고 있는지를 보여준다.

그런데 민족이 교의적 시간성에 의해 지배되며 그 기원에서부터 구조적으로 타자의 배제가 불가피하다면, 그에 대한 저항 가능성은 어디에서 찾을 수 있을까? 호미 바바가 민족을 서사의 결과로 강조하는 것은 바로 이러한 문제에 답하기 위해서이다. 호미 바바는 이러한 민족서사의 시간적 균열에 대해 "서사로서의 민족이 만들어지는 과정에는 지속과 축적에 바탕을 둔 교의적 시간성과 반복적 전략에 바탕을 둔 수행적 시간성 사이의 균열이 존재한다"고 설명한다. 민족이 서사의 결과임을 강조하는 것은 민족서사 자체가 가지는 수행적 시간에 주목함으로써 민족이 어떤 동일한 기원을 가진 역사적 실체가 아니라 역사적 산물임을 강조할 수 있게 한다. 또한 그러한 서사에 의해 망각되어버린, 하지만 여전히 다양한 현실의 이접(離接, disjunction) 속에서 수많은 이질적 시간이 개입될 수 있는 여지를 갖게 된다.

그렇게 본다면 망각에 대한 요구는 민족의 교의적 시간에 의한 것이지만 루 쉰이 그 망각의 교의를 이야기하는 행위 자체, 즉 소설을 쓰는 행위 자체는 민족의 이질적 균열을 드러내는 수행적 시간 속에 존재한다. 즉 루 쉰의 망각에 대한 이야기를 통해 민족이라는 경계의 모호성, 그리고 민족의 '불완전한 동일시의 장소'가 분명하게 드러나는 것이다. 예컨대 쥐앤성의 민족서사 속에서 즈쥔의 죽음과 그 시간은 망각되어야 하는 것이었지만, 「상서」라는 텍스트 자체는 즈쥔의 죽음이 누구에 의해 어떻게 망각되는가를 보여주며, 그 결과 즈쥔을 쥐앤성의 동일시를 불안하게 만드는 유령 같은 존재로 남게 한다. 루 쉰과 그의 분신 쥐앤성은 이질적 시간의 망각을 통해 남성적 민족서사를 완성하려 하지만, 훌륭한 소설이 언제나 그러하듯이, 「상서」라는 텍스트는 즈쥔의 침묵을 통해 삶의 심오한 혼란의 증거를 제시한다고 볼 수 있다. 민족서사의 수행이 정작 민족서사의 교의적 시간성을 교란하게 된 것이다.

1936년 성대한 루 쉰 장례식의 선두에 선 것은 '민족혼(民族魂)'이라 씌어진 만장(輓章)으로, 매장되기 직전 루 쉰이 누운 관 위에 덮였다. 비록 생전의 루 쉰은 음험한 민족주의담론을 신랄하게 비판했지만 산 자들은 오히려 그런 그를 '민족혼'으로 기억하고자 했다. 이는 루 쉰이 민족의 교의적 부름에 저항하려 했음에도 불구하고, 역설적으로 가장 닮고 싶어 한 현대적 민족주체였기 때문일 것이다. 그들은 쥐앤성 혹은 루 쉰이 그토록 망각하고자 했고 망각했다는 사실마저 망각해버려야 한다고 되뇌었던 즈쥔의 죽음, 즉 민족주체의 탄생에 불가결한 죽음으로 타자의 시간까지 루 쉰의 주검과 함께 깊이 묻어버리고자 했던 것은 아닐까.

제5장

노라의 자살과 여성주의적 주체의 등장

* 이 장은 박사학위논문의 연장선에서 쓴 소논문 「노라의 자살: 현대 민족서사와 장 아이
링(張愛玲)의 〈패왕별희(霸王別姬)〉」(『중국현대문학』 제38호, 2006. 9)를 수정·보완한
것이다.

1. 장 아이링의 '정치적 무관심'

장 아이링(張愛玲, 1920~1995)은 중국에서 가장 사랑받는 현대작가 중 한 사람이지만 아직 '한간(漢奸, 친일파)'이라는 정치적 비난으로부터 완전히 자유롭지는 못하다. 1943년에 갓 등단한 23세의 장 아이링은 상하이 문단의 '기적'으로 평가되며 화려하게 주목받았다. 그런데 문제는 1943년부터 1945년 전반까지 그녀가 가장 왕성하게 작품활동을 한 2년 남짓한 기간이 공교롭게도 상하이가 일본에 완전히 점령되었던 기간과 거의 겹쳐진다는 사실이다. 같은 시기 이른바 신문학 전통의 계보에 있던 진보적 작가들은 모두 일본의 정치적 탄압을 피해 이미 상하이를 떠났거나 잠적해버린 상태였다. 이로 인해 윤함구(淪陷區, 일본점령구) 상하이 문단은 신문학사상 문학이 응당 담당해야 할 정치적 소명과는 무관했던 보기 드문 정치적 공백 혹은 오점(汚點)의 시공간으로 이해된다. 이유야 어찌됐든 장 아이링의 성공이 이와 무관하지 않음은 분명해 보인다.

1944년 장 아이링이 소설집을 내겠다며 자문을 구했을 때 선배 문인 커

링(柯靈)은 지금은 때가 아니라고 충고했다. 커 링의 회고에 의하면, 그것은 신문학의 대표작가 중 한 사람인 정 전둬(鄭振鐸)의 생각이기도 했다. 당시 은거 중이던 정 전둬 자신도 창작 대신 중국의 전적(典籍)들을 되는 대로 사들이고 귀중한 문물의 해외유출을 방지하는 데 심혈을 쏟고 있었다. 그는 적아(敵我)의 구분이 어렵고 혼탁한 이때 장 아이링의 문학적 재능이 불순한 정치적 의도에 이용될까 걱정되어 그녀가 아무데나 마구잡이로 작품을 발표하지 않기를 바랐다. 그대신 정 전둬는 장 아이링이 작품을 써오면 당시 대표적 출판사였던 카이밍서점(開明書店)에서 합당한 원고료를 주고 맡아두었다가 시대가 바뀌면 그때 출판하도록 하는 게 좋겠다며 커 링을 통해 구체적인 방법까지 제시했다.[1]

그런데 장 아이링은 "이름을 날리려면 빠를수록 좋다!"[2]며 커 링의 충고를 일언지하에 거절했다. 과연 그녀의 첫 소설집 『전기(傳奇)』는 출판된 지 4일 만에 매진되고, 그녀의 소설을 각색한 연극 「경성지련(傾城之戀)」이 80회 모두 만원사례를 기록하며 성황리에 상연되는가 하면, 문학잡지의 문단소식란에는 그녀에 관한 기사가 거의 빠짐없이 실렸다. 장 아이링은 일약 상하이 문단의 최고 작가가 된 것이다. 그러나 "설령 개인이 기다릴 수 있다 해도 시대는 창급하니, 이미 파괴 속에 있건만 또 더 큰 파괴가 도래하려 한다"[3]는 그녀의 불길한 예감처럼 그 인기는 오래가지 못했다. 등단 2년 만에 일본이 패전하자 그녀는 '한간(漢奸)'이라는 시비에 시달리며 창작활동을 거의 접어야 했다. 장 아이링은 어쩌자고 때를 기다리라는 선배작가의 충고를 당돌하게 거절했던 것일까? 때를 기다리고자 한 커 링과 정 전둬, 그리고 그것을 거부한 장 아이링 사이의 거리는 어디에서 비롯된 것일까? 장 아이링은 왜 중국 현대문학사상 존재 자체가 불명예스러워 보

1) 더 자세한 것은 柯靈「遙寄張愛玲」,『張愛玲評說六十年』, 中國華僑出版社 2001 참고.
2) 張愛玲「『傳奇』再版序」,『張愛玲文集4』, 安徽文藝出版社 1992, 135면.
3) 같은 곳.

이는 윤함구 문단에서 명성을 날렸을까?

물론 장 아이링이 '한간' 작가라는 비판은 단지 그녀가 윤함시기 작가였다는 사실뿐만 아니라 훨씬 더 구체적인 몇가지 사실을 근거로 한다. 비록 2년도 안되는 기간이었지만, 그녀는 왕 징웨이(汪精衛) 친일정부의 관료였던 후 란청(胡蘭成)과 부부였고, 1944년 제3차 대동아문학자대회 참가자 명단에 이름이 오른 것이다. 그러나 1947년 그녀에 대한 '한간' 시비가 한창일 무렵, 장 아이링은 후 란청과의 관계에 대해 "사생활에 대해서까지 고백할 의무는 없다"고 말하고, 대동아문학자대회에 대해서는 초청을 받은 것은 사실이나 바로 거절하는 편지를 보냈다고 해명했다. 그녀는 "여태까지 나는 내 글에 정치적 내용을 다뤄본 적이 없고, 또 어떤 댓가를 받아본 적도 없다"며 그녀가 '문화한간(文化漢奸)'이라는 비난에 대해 이해할 수 없다는 입장을 밝혔다.[4]

'한간'의 범주를 어떻게 규정지을 것인가는 여전히 논란거리지만[5] 적어도 그녀를 협의의 '한간'으로 규정하기는 어려워 보인다. 왜냐하면 장 아

---

4) 張愛玲「有幾句話同讀者說」, 『張愛玲文集4』 258면.

5) 『抗戰時期淪陷區文學史』(臺灣成文出版社 1980)를 쓴 류 신황(劉心皇)은 '문화한간'의 기준으로 다음 7가지 조건을 제시했다. 1.적의 직무를 맡았던 자 2.한간정권의 직무를 맡았던 자 3.적의 간행물, 서점운영, 편집 등의 직무를 맡았던 자 4.한간정권의 신문, 잡지, 서점운영, 편집 등의 직무를 맡았던 자 5.적의 신문·잡지·서점 등에서 글을 발표하거나 책을 출판한 자 6.적과 그 괴뢰정권의 후원하에 신문·잡지·서적을 출판한 자 7.적과 그 괴뢰정권의 문예활동에 참여한 자. 『抗戰時期的上海文學』(上海人民出版社 1995)의 저자 천 칭성(陳青生)은 류 신황의 기준이 현실의 복잡한 상황을 고려하지 못한 것이라 비판하면서 다시 2가지 기준을 제시했다. 1.항전시기 한간이었거나, 한간까지는 아니라도 일본 괴뢰정권과 가까이하며 한간문학운동에 적극적으로 참여한 작가 2.한간문학이론의 요구에 부응하면서 일본제국주의 침략전쟁에 복무하거나 한간괴뢰정권의 통치에 필요한 내용을 담고 있는 작품을 쓴 자. 구 위안칭(古遠清) 역시 천 칭성의 기준에 전적으로 동의하면서, 문학작품과 작가 개인의 행적은 별도로 평가해야 하며 같은 작가의 작품이라도 일괄적으로 평가할 수는 없다고 주장한다. 「張愛玲是文化漢奸嗎?」, 『張愛玲評說六十年』, 中國華僑出版社 2001.

이링은 작품에서 '대동아공영'이나 '동아신질서' 같은 친일적 내용을 선전한 적이 결코 없으며, 일본의 전쟁을 찬양하거나 고무하기 위한 어떤 정치적 활동에도 참여한 적이 없기 때문이다. 또 친일파 후 란청과 부부였다는 사실이 곧 그녀의 친일행각을 확증하는 증거가 될 수도 없다. 남편이 '한간'이니 아내도 '한간'이라는 논리는 지나치게 단순하며 성차별적인 발상이다.

오히려 문제가 되는 것은 친일이건 반일이건 1940년대 그녀의 작품에는 근본적으로 정치적 상황에 대한 작가의 판단이 전혀 드러나지 않는다는 점이다. 천 랴오(陳遼)나 페이 셴성(裴顯生)의 주장에 따르면, 비정치적 문학은 윤함구의 정치적 현실을 은폐하고 민중의 투쟁의지를 해소했다는 점에서 공공연한 친일문학보다도 더 폐해가 컸다고 볼 수 있기 때문이다.[6] 그렇게 보면 그녀의 정치적 성향이 친일적이었다기보다는 오히려 그녀가 정치에 철저하게 무관심했다는 점이야말로 장 아이링 문학을 '한간문학'이라고 비난할 수 있는 가장 설득력 있는 이유처럼 보인다. 그러나 천 랴오 등의 관점은 모든 문학을 정치적 민족주의 이념에 종속시키려는 획일주의에 가까울 뿐만 아니라, 이른바 '비정치적 문학'이 대부분이었던 점령구의 문학사적 실체에 대해 어떤 구체적인 설명도 제공하기 어렵다.

한편 장 아이링을 한간으로까지 규정하지는 않는다 해도 그녀의 '정치

---

6) 페이 셴성(裴顯生)은 한간문학의 의미를 비정치적 문학으로까지 확대한다. 즉 그는 윤함구 문단의 대다수를 차지했던 비정치적 문학, 예를 들어 유한문학·포르노문학·애정문학·괴담문학·야사문학 등이 점령구의 비참한 정치적 현실을 은폐하고 민중들의 투쟁의지를 약화하였으며 그 결과 적나라한 친일문학보다 그 폐해가 훨씬 더 컸다고 주장한다. 裴顯生「談論淪陷區文學硏究中的認識誤區」,『文藝報』2000. 4. 18; 陳遼「淪陷區文學評價中的三大分岐」,『江西行政學院學報』2001. 3. 이런 기준으로 보자면 장 아이링 개인이 설령 '한간'은 아닐지라도 그녀의 문학은 친일문학보다도 더 흉악한 '한간문학'일 수밖에 없는 것이다. 그동안 중국 현대문학사에서 일본점령구 윤함구(淪陷區) 시기의 문학사적 실체가 모습을 드러내기 힘들었던 가장 큰 이유도 바로 그와 같은 문학이 윤함구 문단의 주류였다는 평가 때문일 것이다.

적 무관심〔不問政治〕'을 비판하는 관점은 특히 진보적 민족주의 평론가들 사이에 상당히 일반적이다. 상하이를 비롯한 몇몇 점령지역을 제외하고 항일문학의 구호가 전국을 휩쓸 당시 의식적으로 정치적 색채를 배제하고 연애와 결혼 같은 일상적 삶의 문제에 치중했던 그녀의 작품세계는 줄곧 푸 레이(傅雷)나 탕 원뱌오(唐文標) 같은 이른바 진보적 민족주의 평론가들의 불만에 직면해야 했다. 많은 연구자들이 장 아이링의 문학적 성취를 그처럼 높이 사면서도 그녀를 중국 현대문학사의 최고봉에 선뜻 올리지 못하는 주요한 원인이 바로 그녀의 작품에 역사나 민족에 대한 거시적 사고, 즉 역사성과 사상적 통찰이 결여되어 있다고 보기 때문이다.[7]

흥미로운 것은 위와 같은 비판이 비단 장 아이링 한 사람에게만 해당되는 것이 아니라 많은 여성작가들에 대한 상당히 보편적 불만이라는 점이다. 이른바 진보적 작가들이 대부분 잠적해버린 윤함구 상하이 문단에는 장 아이링뿐만 아니라 쑤 칭(蘇靑), 판 류다이(潘柳黛), 우 잉즈(吳嬰之) 등 여성작가들의 활동이 두드러졌으며(그것이 어디까지나 상대적인 것이었다 해도), 그녀들의 작품 역시 대개는 정치와 무관해 보이는 여성들의 일상에 관한 것이었다. 1940년대 일본점령지였던 상하이뿐만 아니라, 향토문학논쟁이 사그라진 1980년대 타이완 문단, 민족문학논쟁이 주춤해진 1990년대 한국의 문단에서도 모두 여성작가들이 굴기했으며, 이들에 대해서도 유사한 우려와 불만이 제기되었다. 이같은 현상은 단지 우연의 일치가 아니라 근대문학과 민족주의, 혹은 정치의 갈등관계가 성별문제와도 밀접하게 관련되어 있음을 보여준다.

더구나 장 아이링의 정치적 무관심은 대개 의도적인 것이었다는 점에서 더 주목할 가치가 있다. 소설 「경성지련」의 마지막 부분에 "류쑤(流蘇)

---

7) 루 쉰이 위대한 작가가 될 수 있어도 장 아이링이 위대한 작가가 될 수는 없다고 보는 것도 같은 맥락이다. 2000년 홍콩에서 열린 장 아이링 사망 5주년 국제학술대회에서 류 자이푸(劉再複)와 샤 즈칭(夏志淸) 사이의 유명한 논쟁은 그 대표적인 예라 할 수 있다.

는 자신이 얼마나 미묘한 역사적 지점에 서 있는지 알지 못했다"[8)]라고 써넣은 것처럼, 장 아이링은 텍스트에 때로 정치적 무관심의 흔적을 의도적으로 새겨넣는다. 그와 같은 흔적의 고의성은 정치적 무관심 자체가 작가의 계산된 전략임을 보여주며, 5·4 신문학 이래 좌익문학의 병폐를 '남성의 병'이라고 칭한 데서 보이듯이 그녀의 여성의식과 밀접하게 관련되어 있다고 할 수 있다. 린 싱첸(林幸謙)은 장 아이링의 위와 같은 정치적 무관심을 바로 남성중심의 역사에 대한 불신의 표현이자 당시 민족주의적 담론에 대한 거리두기 혹은 저항의 표현이었다고 주장한다.[9)]

본 장에서는 「패왕별희(覇王別姬)」(1937)와 그 창작 배경을 중심으로 장 아이링의 '정치적 무관심'이 근대적 주체로서의 여성의식과 남성중심적 민족주의 사이의 갈등과 어떻게 긴밀하게 관련되어 있는지 분석하고자 한다. 「패왕별희」는 장 아이링이 여학교 시절에 쓴 습작으로서 전성기 대표작들에 비해 미숙한 게 사실이다. 하지만 바로 그 미숙함으로 인해, 훗날 대표작에서 능수능란한 기교와 모호함 속에 감춰진 그녀의 독특한 여성의식이 생생한 날것으로 모습을 드러낸다. 더욱이 남성을 중심으로 상상되고 구축되는 민족주의와 그로 인해 형성되는 여성정체성의 근대적 불안을 「패왕별희」만큼 직설적으로 보여주는 것도 없다. 아울러 전성기 장 아이링의 정치적 무관심이 어디에서 유래하는지도 짐작하게 해준다.

특히 본 장은 1930년대 후반 민족서사들의 구체적 지형 속에서 「패왕별희」를 분석함으로써, 장 아이링이 근대 민족국가 건설을 위한 전쟁에 여성과 남성이 동원되는 양식의 차이 및 근대 민족주의 신화 속에서 여전히 타자로 정립되는 여성의 위치를 어떻게 간파하고 있었는지 보고자 한다. 그것은 장 아이링을 통해 1930년대에 성숙한 여성주체의 각성과 함께 5·4시기

---

8) 張愛玲「傾城之戀」, 『張愛玲文集3』 84면.
9) 林幸謙「張愛玲, 女性集團想像與民族國家論述的逆反」, 『歷史·女性與性別政治: 重讀張愛玲』, 臺北: 麥田出版 2000 참고.

노라 민족서사에 어떤 균열이 발생하는지를 살피는 작업이기도 하다. 이는 「패왕별희」의 주제를 전통적(혹은 봉건적) 여성억압에 대한 각성으로 보는 일반적 관점을 넘어서 반식민 민족주의와 관련한 여성억압의 근대적 성격을 해명하는 데도 일조할 것으로 기대한다. 아래에서는 우선 「패왕별희」라는 텍스트를 부각시키는 유의미한 풍경으로서 『국광(國光)』『중국신문학대계』와 「패왕별희」의 관계를 분석하고, 소녀 장 아이링의 여성의식이 남성중심적 민족주의의 위기의식과 어떤 거리를 형성하는지 살펴보려 한다.

2. 반전통주의 민족서사와 여성

(1) 기독교여학교와 반식민 민족주의

장 아이링의 학생습작 「패왕별희」의 존재가 사람들에게 알려진 것은 1944년 12월 『어림(語林)』 1권 1기에 실린 왕 홍성(汪宏聲)의 「장 아이링에 대한 추억(記張愛玲)」라는 글을 통해서였다. 『어림』 잡지는 당시 장 아이링에 대한 독자들의 열렬한 관심에 호응하여 장 아이링의 여학교 때 국어교사였던 왕 홍성에게 그녀에 관한 글을 청탁했던 것이다. 그리고 이 글에서 왕 홍성은 장 아이링의 「패왕별희」라는 소설이 성마리아여학교의 교내 잡지인 『국광(國光)』 제1기에 실렸는데, 전교의 교사와 학생들이 그 기교의 수준에 모두 놀라움을 금치 못했다고 소개했다.[10]

사실 왕 홍성의 기억과 달리 「패왕별희」는 『국광』 제9기(1937. 5)에 실렸다.[11] 그러나 「패왕별희」에 대한 왕의 극찬이 결코 허황된 것이 아님은 『국

---

10) 汪宏聲 「記張愛玲」(1944), 『張愛玲評說六十年』, 中國華僑出版社 2001.
11) 제1기(1936. 10)에는 장 아이링의 다른 작품 「소(牛)」가 실려 있다.

광』 제9기의 편집에서도 확인된다. 제9기의 목차에는 「패왕별희」라는 제목이 유독 크고 굵은 글자로 인쇄되어 눈에 띄도록 되어 있다. 또 편집후기에는 「패왕별희」가 뛰어난 '역작'이며 궈 모뤄(郭沫若)가 같은 소재를 가지고 쓴 「초패왕의 자살(楚霸王自殺)」[12]보다 나았으면 나았지 결코 뒤지지 않는다고 소개하고 있다. 나아가 편집인은 또 「패왕별희」의 등재로 인해 『국광』 9기가 당시 "유행하는 거물잡지에 비해도 전혀 손색이 없다"며 과장되게 자랑스러워했다. 1937년 당시 만17세였던 소녀의 작품을 감히 신문학의 거장 궈 모뤄의 그것과 비견한 것만 보아도 「패왕별희」로 인한 편집자의 자부심이 얼마나 컸는지 짐작할 수 있다.

여기서 등장하는 『국광』이라는 잡지는 사실 성마리아여학교의 당시 국문부 교사였던 왕 홍성 본인이 만들어낸 야심작이었다. 1936년 가을, 왕 홍성은 성마리아여학교에 부임하여 고등부 국어를 전담하게 되었다. 그런데 새로 부임한 왕 홍성이 무엇보다 개탄을 금치 못한 것은 성마리아여학교의 국어 경시 풍조였다. 왕 홍성의 회고에 의하면, 당시 대부분의 기독교학교는 전체 교과과정이 영문부와 중문부로 편제되어 있었다. 영문부의 교과과정은 영어, 수(數), 이(理), 서양사, 지(地), 성경 등으로 되어 있고 교과서도 모두 영문본을 사용한 반면 중문부의 교과는 국문(國文)과 본국의 사(史), 지(地)뿐이었다. 이처럼 당시 모든 기독교학교가 "영어를 중시하고 국어는 경시"한 결과 그 졸업생들은 영어는 매우 유창하게 구사하면서도 중국어는 "메모 한장도 제대로 쓰지 못할 정도"[13]였다고 한다. 왕 홍성의 불만은 곧 식민지 국제도시인 상하이에 일찍부터 형성된 영국·미국·프랑스의 자본주의 조계지 문화와 특히 기독교를 중심으로 한 식민주의교육의 폐해에 대한 민족주의적 위기의식이었다.

---

12) 궈 모뤄(郭沫若)의 「초패왕의 자살(楚霸王自殺)」은 1936년 6월, 『質文』 5, 6기 합간호에 발표되었다.

13) 왕 홍성, 앞의 글, 「記張愛玲」 15면.

사실 중국에서 기독교학교에 대한 이같은 비판은 이미 1920년대 전국적인 비기독교운동으로 확산된 바 있었다. 비기독교운동은 제국주의가 종교를 이용해 문화침략을 하는 데 반대하고자 했던 애국운동의 성격이 강했다.[14] 또한 그때까지 기독교학교는 중국정부의 인가 없이도 설립이 가능했고 관리감독도 받지 않았기 때문에 비기독교운동의 핵심은 "교육주권의 회수"로 압축되었다.[15] 비기독교운동의 압력은 교회 내부에서 기본적으로 국가를 인정하고 체제내화를 추구하는 것과 같은 타협을 끌어내는 데 성공했다. 결국 1927년 중화기독협회가 학교를 점진적으로 중국정부의 관리 하에 두고 또 종교를 선택과목으로 개정하기로 결정함에 따라 비기독교운동은 일단락되었다. 이는 중국의 기독교학교들이 종교교육에서 고등국민교육 영역으로 확대·보편화되는 중요한 계기가 되었다. 하지만 서구중심의 교육풍조가 이로 인해 단번에 일소된 것은 결코 아니었다.[16]

그로부터 10여년 후 왕 홍성은 바로 1920년대 비기독교운동이 못다 이룬 사명을 자신의 것으로 받아들였다. 「장 아이링에 대한 추억」에서 그는

---

14) 비기독교운동과 교육, 중국민족주의에 관한 것은 薛曉建 「論非基督教運動對中國教育發展的影向」, 『北京行學院學報』 哲學·人文版 2001년 3기; 胡偉淸 「民族主義與近代中國基督教教育」, 『石河子大學學報』 哲學社會科學版 제1권 2기, 2001년 6월 참고.

15) 董春 「教會在華興辦女學之沿革」, 『樂山師範學院學報』 제17권 2기, 2002년 4월. 1925년 베이징(北京)정부는 외국인이 중국에 학교를 설립할 때 반드시 중국정부의 인가를 받고 중국의 관련 교육법령을 준수할 것, 교장은 반드시 중국인으로 하고 이사회 절반 이상을 중국인에게 할당할 것, 교내에서 종교를 전파하지 말 것, 교과과정은 교육부가 규정한 기준을 따를 것을 골자로 하는 교육부 포고령을 내렸다. 薛曉建, 앞의 글 참고.

16) 비록 종교과목을 필수과목으로 할 수는 없게 됐지만 여전히 종교활동과 종교교육을 할 수 있는 여지는 많았다. 예컨대 '종교철학'은 '철학'으로, '종교조사'는 '사회학'으로, '성경학'은 '문학'으로 이름만 바꾸었을 뿐 많은 종교과목의 실제 내용은 그대로인 경우가 많았다. 또 '인격의 감화'를 목표로 신심이 깊은 기독교신자를 물색하여 교원으로 삼아 우대하고 그들이 최대한 역량을 발휘하여 기독교정신이 자연스럽게 학생들에게 받아들여지도록 했다. 吳洪成 「近代中國教會中學課程初探」, 『華東師範大學學報』 教育科學版 1996년 2기.

비기독교운동이 한창이던 1925년경 성요한대학(성마리아여학교와 같은 재단)에서도 유명한 중국문학자인 첸 지보(錢基博) 등을 초빙하여 국문부의 개혁을 책임지게 한 바 있음을 환기하고, 그 사명을 이제 새로 부임한 자신이 이어받게 됐다고 말한다. 부임 후 그가 보여준 의욕적인 교내 문학활동은 바로 그와 같은 민족주의적 사명감에서 비롯된 것이었다. 우선 그는 국문과정을 대폭 수정하여 전례없이 '중국신문학'을 선택과목으로 배정했으며 학생들의 공동학습과 상호토론을 유도하는 새로운 수업방식을 도입했다.[17] 또 한편으로 교내 도서관에 중국어책과 신문잡지들을 대량으로 배치하고 학생들의 학과외 독서와 중국어 작문을 장려했다. 나아가 학생들이 영어 대신 중국어 글쓰기를 연습하고 발표할 수 있는 기회를 최대한 확보하기 위해 강연, 연극 등 과외활동을 장려하는 한편 『국광(國光)』이라는 소형 반월간 잡지를 내기도 했다.[18]

『국광』 창간호의 발간사에는 『국광』 창간의 목표를 두가지로 밝히고 있다. 첫번째가 바로 교내 국어 경시 풍조를 바로잡는 데 앞장선다는 것이고 두번째는 『국광』이 국광회라는 조직의 부속간행물이라는 것이다. 국광회는 "조국이 외세에 의해 잘려나가고 죽어가는데도 전혀 무관심한 현실을 좌시할 수 없다"는 취지 아래 조직된 전교 차원의 교내 애국단체였다. 국광회의 활동은 주로 정기적인 연구모임, 유명인사의 초청강연, 항일활동과 재난구호활동을 위한 모금운동 등이었다. 그리고 부속간행물 『국광』은 '국가의 영광'을 의미하는 제호에 걸맞게 "민족의 생존을 위한 싸움에 동학들의 관심과 노력을 이끌어내는 것"을 목표로 했으며, 그에 따라 창간호는 "구국 특집"을 마련하여 일본의 침략을 성토하기도 했다.[19]

1930년대는 1928년 베이징을 점령한 국민당 난징정부의 본격적인 근대

---

17) 陳子善「埋沒五十載的張愛玲"少作"」, 陳子善 編 『私語張愛玲』, 浙工文藝出版社 1995, 227면.
18) 汪宏聲, 앞의 글 17면.
19) 『국광』과 국광회 활동에 관한 좀더 자세한 내용은 陳子善, 앞의 글 참고.

국민국가 수립 노력이 안정적으로 제도화되면서 관주도 민족주의가 자리 잡아가는 한편 만주사변 이후 부단히 내지로 확대된 일본의 군사적 침략으로 인해 그 어느 때보다 민족주의 의식이 고양되던 시기였다. 물론 그때에도 국공내전과 지역군벌과의 전쟁 등 여전히 크고 작은 내전이 끊이지 않았으나 일본의 침략은 민족적 대단합에 대한 요구를 강화하였고 결국 1937년에는 제2차 국공합작이 이루어졌다. 이런 분위기 속에서 미국 선교사가 설립한 성마리아여학교의 식민주의적 풍조를 일소하고 국어교육을 활성화한다는 왕 홍성의 개혁의지가, 마침 고양된 항일민족주의와 더욱 자연스럽게 결합한 것이다. 그리고 얼마 후 왕 홍성의 열정 덕분에 서양 식 민주의 전파의 주범으로 간주되던 성마리아여학교는 항일애국정신을 고취하는 진지로 훌륭하게 변신하는 듯했다. 그리고 그 민족주의적 노력의 작은 결정판이 바로『국광』이었다.

(2) 5·4 신문학 전통의 창조

국광회의 부속간행물로서 민족주의를 고취하기 위해 만들어진『국광』이 어떻게 정론이나 시사평론보다 주로 신문학작품들로 구성[20]되게 되었을까? 왕 홍성은 국어 경시 풍조를 바로잡기 위해 왜 중국 고전문학이 아닌 신문학수업을 개설했을까?

왕 홍성이 성마리아여학교에 부임하자마자 '중국신문학'이라는 수업을 개설하게 된 동기가 무엇인지를 추적하는 데 있어 흥미로운 또하나의 사실은 바로 반년 전에『중국신문학대계(中國新文學大系) 1917~1927』(이하『대계』로 표기)[21]가 출판되었다는 것이다. 이는『대계』의 출판과 왕 홍성의 신

---

20) 천 즈샨의 조사에 의하면『국광』은 제9기까지 총 7권이 남아 있는데 그중 정론(政論)과 고전문학평론은 단지 몇편에 불과하고 대부분이 단편소설·산문·잡감·신시·극본·서평과 같은 신문학작품이라고 한다. 陳子善, 앞의 글 229면.

문학 수업 개설 사이의 관련성을 짐작케 하는데, 그것을 확인해주는 또하나의 단서가 바로 왕 홍성의 회고록에 등장하는 자오 자비(趙家璧)라는 이름이다.[22] 왕 홍성이 "형"이라 부르고 있는 자오 자비는 다름 아닌『대계』의 첫 기획, 편집진 구성, 정부 심의, 출판, 광고까지의 전 과정을 조직했던 장본인이기 때문이다.

『대계』의 제작과정을 둘러싼 류 허(劉禾)의 흥미로운 연구는 왕 홍성의 신문학수업 개설의 시대적 의미를 짐작하는 데 좋은 참고가 된다.[23] 그녀에 의하면『대계』의 출판은 전적으로 자오 자비라는 젊은 편집인의 야심찬 "상상력과 사교능력"에 의해 실현됐다고 한다. 하지만 그렇다 하더라도 그것은 편집에 참여하고 서언을 써준 11명의 신문학 대가들 사이에 5·4문학을 정비해야 한다는 공감대가 형성되지 않고서는 이루어질 수 없는 사업이기도 했다. 왕 홍성이 신문학수업을 개설한 것도 십중팔구 바로 그런 공감대에 함께했기 때문일 것이다. 그렇다면 그 공감대란 구체적으로 어떤 것이었을까? 우선 자오 자비의 회고를 참고해보자.

---

21) 『중국신문학대계 1917~1927』는 5·4시기 문학성과를 총망라하여 소설·시·산문·희곡·이론·자료와 색인 등 총 10권으로 모아낸 총서로서 마오 둔(茅盾)이 편한 소설편을 필두로 1935년 발간되기 시작해서 1936년 2월에 완간되었다. 이 편찬작업에는 루 쉰, 후 스, 마오 둔, 홍 선(洪深), 위 다푸(郁達夫), 주 즈칭(朱自清) 등 당시까지 건재하던 5·4 신문화운동의 거장들이 대거 참여했다.『대계』의 출판은 이후 중국 현대문학사 기술에서 5·4문학의 범위, 현대문학사 시기구분, 정치적 사건과 문학사단 중심의 문학사 이해를 정초한 최초의 대규모 정전화 작업이었다는 점에서 매우 중요한 문학사적 사건이었다고 할 수 있다.

22) 당시 성마리아여학교에는 장 아이링의 동급생이며 역시 문학천재로 꼽히던 장 루진(張如瑾)이라는 학생이 있었는데, 왕 홍성은 그녀가 쓴『약형(若馨)』이라는 장편소설을 바로 량여우(良友)출판사의 자오 자비에게 추천했다고 한다. 汪宏聲, 앞의 글 19면.『국광』제6기(1937. 3)에는 이 소설에 대한 장 아이링의 서평이 실려 있다.

23) 劉禾『跨語際實踐』, 三聯出版社 2002, 제8장 참고.

당시 국민당은 복고운동을 제창하고 청년학생들에게 공자 숭배와 경전 읽기를 권장했다. 반면 진보적 문화인사들은 모두 '5·4'운동의 혁명정신을 계승하고 발양해야만 중국을 구할 수 있다고 여겼다. '5·4'운동이 일어난 지 불과 십여년밖에 지나지 않았을 때였지만 당시의 많은 대표작들은 이미 유실되어 보이지 않았고 문학청년들이 이들 작품을 보려면 마치 고서나 되는 양 헌책방을 돌아다녀야 했다. 일본의 문고출판 기획을 본 후로 나는 '5·4 이래 문학명저 100선'을 출판해야겠다고 마음먹고 있었다.[24]

자오 자비의 말대로 1934년 2월 장 제스(蔣介石) 국민당 정부는 신생활운동을 발기하여 전통적인 유교가치를 널리 선전했다. 한편 같은 해 국민당정부는 도서잡지심사위원회를 설치하여 모든 출판물에 대한 사전심의를 받도록 하고 25개 출판사를 수색하여 루 쉰, 궈 모뤄, 마오 둔(茅盾), 딩 링(丁玲), 아 잉(阿英), 장 광츠(蔣光慈) 같은 좌익작가들의 책을 몰수하는 등 문화적 전제정치를 실시하였다.[25] 이처럼 유가전통의 부흥과 좌익탄압이라는 보수전제정치의 긴장국면 속에서 진보적 지식인들은 약속이나 한 듯이 5·4 신문학의 쇠락과 망각에 대한 안타까움을 드러냈다.[26]

이런 정황으로 보아 자오 자비와 5·4 지식인들의 안타까움은 신문학이 실제로 쇠락했기 때문이라기보다[27] 장 제스의 복고주의적 신생활운동과

---

24) 趙家璧, 『編輯憶舊』 172면; 劉禾, 같은 책 309~10면에서 재인용.
25) 「大美晚報」 1934년 3월 14일자 보도; 劉禾, 같은 책 322면.
26) 그즈음 류 반농(劉半農)은 5·4 실험시를 모은 『初期白話詩稿』를, 아 잉(阿英)은 『中國新文學運動史資料』를 출판했다.
27) 실제로 신문학은 쇠락하거나 망각되었다기보다는 오히려 원앙호접파의 시장영역에 도전하면서 상업적 경로를 통해 대중화되고 있었다. 게다가 국민당의 좌익탄압이 엄혹할수록 좌익작가들의 작품은 오히려 더 잘 팔려나갔다. 예컨대 바진(巴金)의 『집(家)』은 1933년 단행본이 출판된 후 1951년까지 33판을 거듭해서 찍었고, 그외에 라오서(老舍), 선 총원(沈從文), 딩 링과 같은 신문학작가의 작품도 상업적으로 성공한 편이었다. 예컨대 딩 링의 미완성 자전소설 『어머니(母親)』는 그녀가 국민당에 체포되어 사형되었다는

그 고압정치에 맞서 새로운 중국을 창건하기 위해서는 반전통의 기세와 저항정신으로서의 5·4 신문학 전통을 다시 고양시켜야 한다는 위기의식이었을 가능성이 크다. 이런 맥락에서 류 허는 국민당이 자신의 민족적 합법성을 전통주의적 전략 속에서 찾았던 데 비해 정치적 억압 속에 국민당과 대결해야 했던 이른바 진보적 민족주의 진영은 반전통주의를 골간으로 하는 5·4 신문학의 정신 속에서 자기 합법성의 원천을 발견하고자 했던 것이라고 본다.

차이 위안페이(蔡元培)가 『대계』의 총서언에서 5·4신문화운동을 서양의 르네쌍스에 비견하며 그 중요성을 역설한 것이나, "현대문학운동 첫번째 십년(1917~1927)의 재현(再現)"[28]이라는 그 광고문구에서도 보이듯이 『대계』의 출판은 바로 5·4 신문학의 "혁명정신"을 환기하기 위한 유력한 정치적 실천이었던 것이다. 문학은 이른바 '자율적 심미활동'으로서 다양한 현대기획들 사이의 폭력적 대결을 표면으로 드러내지 않으면서도 현대를 구축하는 상상의 방식으로 작동해왔다.[29] 『대계』의 출판 역시 그와 같이 현대를 구축하는 상상의 방식들이 서로 경합하는 과정에서 발생한 중요한 문학적 결과물 중의 하나였던 것이다. 즉 그것은 5·4 신문학의 성과를 집대성함으로써 5·4 정신의 건재를 과시하고 그 권위에 기대어 진보적 민족주의의 합법성을 세우려는 민족문화건설 기획의 일종이었던 것이다. 또 다시 대립하게 된 전통과 현대라는 담론의 각축 속에서 『대계』의 출판은 서양의 권위를 빌려온 현대담론이 다시 한번 그 합법성을 공고히 하도록 만드는 중요한 계기가 되었다.[30]

소식에 힘입어 한달 만에 초판 4천부가 다 나가고 다시 2천부를 찍었다고 한다.

28) 당시 『대계』를 출판한 량여우출판사는 『대계』를 선전하기 위해 40여면에 달하는 호화판 샘플을 광고책자로 만들었는데, 그 광고책자의 부제가 바로 "現代文學運動第一個十年(1917~1927)的再現"이었다. 劉禾, 앞의 책 325면.

29) 같은 책 제7장 「作爲合法性話語的文學批評」 263~66면 참고.

한편『대계』의 출판은 일본의 침략이라는 대외적 긴박함과 국내 좌우 정치대립의 엄혹함 속에서 5·4 신문학이 이제 하나의, 혹은 가장 중요한 전통으로서 재현의 대상이 되기 시작했음을 보여준다. 진보진영의 민족주의적 정통성을 확립하려는 담론이 본격적으로 구축되면서 5·4 신문학이 정치적으로 코드화되기 시작한 것이다. 공교롭게도『대계』가 완간되던 바로 그해 가을에 별세한 신문학의 거장 루 쉰이 그 추종자들에 의해 '민족혼'으로 추대된 것처럼,[31] 5·4 신문학의 재현은 곧 민족혼을 세우는 것과 연계되었다. 5·4 신문학은 이제 전통과의 단절, 권위에 대한 저항이라는 일종의 급진적 태도이자 혁명의 정신으로서 새로운 민족의 전통으로 구성되기 시작한 것이다.

　이런 맥락에서 볼 때 5·4 신문학 전통을 학생들에게 환기시키려 했던 왕 훙성의 노력 역시 민족주의의 합법화 담론으로서의 문학실천의 일환이었다고 이해할 수 있다. 식민주의교육을 비판하고 항일애국정신을 고취하려는 그의 노력이 곧 신문학수업과 교내 신문학잡지의 발간과 긴밀하게 연계되었던 것도 그같은 맥락에서 보면 지극히 자연스러운 일인 셈이다. 다만 식민주의 교육현장을 쇄신하고 민족언어를 활성화하기 위한 방법론이, 궁극적으로 서양의 권위에 기대 자신을 합법화한 5·4 신문학정신과 『대계』를 통해서였다는 사실은 상당히 시사적이다. 그것은 식민화에 대한

---

30) 류 허는 이후 신문학사 이해와 기술을 정초한『대계』의 정전성에 대해 어떻게 문제를 던질 것인지를 논의하면서 다음과 같이 말한다. "사실『대계』의 편집자들은 어떻게 하면 편파적이지 않고 공정하게 중국 현대작가의 성취를 평가할 수 있을지에는 별로 관심이 없었다. 그들의 관심은 전통과 현대가 대립하는 담론의 영역에서 어떻게 하면 합법성을 쟁취할 수 있을까라는 문제에 있었다." 劉禾, 같은 책 325면.

31) 그해 10월 상하이에서는 신문학의 거장 루 쉰이 별세했다. 그 장례식 때 관을 덮은 하얀 천 위에 비장하게 쓰여 있던 "민족혼(民族魂)"은 당시 진보적 지식계가 루 쉰의 권위를 통해 강력하게 환기하고자 했던 관건이 바로 민족이었음을 말해준다. 구체적인 사실이야 확인할 길 없지만 최소한 성마리아여학교의 '중국신문학' 수업에서도 '민족혼'으로 코드화된 루 쉰의 죽음은 한동안 중요한 화제가 되지 않을 수 없었을 것이다.

저항이 자기식민화의 성격을 띠는 모순적 상황을 연출하기 때문이다.[32] 이 근원적 모순은 사실 5·4시기 전반서화(全般西化) 혹은 반전통주의적 민족주의 전략이 바로 자기부정을 통해 자기살리기였던 것과 일맥상통한다. 왕 홍성이 풍부한 중국문학 전통 중에서도 가장 서양적 정신을 요구하는 5·4 신문학 전통을 통해 조계지 기독교여학교의 식민주의적 교풍을 바로잡으려 했던 것 역시 자기식민화의 모순 속에 자기를 세우려는 민족주의 열기 속에서 이해할 수 있을 것이다.

어찌됐든 그해 가을 왕 홍성이 성마리아여학교에 몰고온 열기는 이처럼 훨씬 정치화되고 민족주의적 성향으로 정전화(正典化)되기 시작한 5·4 신문학전통을 통해서였다. 그리고 진보적 민족주의에 의한 5·4 신문학 전통의 '발견' 혹은 '창조'의 열기가 5·4 이후 세대인 장 아이링이 5·4 신문학을 이해하는 데 깊은 인상을 남겼음은 두말할 나위도 없다. 그 인상이 어떠했든 훗날 장 아이링은 중국민족에게 5·4는 집단적 무의식과도 같은 존재[33]라고 말한 바 있다. 좌우대립의 격화와 국공내전, 일본의 침략 등으로 끊이지 않는 전운 속에서 『대계』를 통해 정치적 코드로 재해석되고 집대성된 5·4 신문학 전통, 그것의 충실한 전달자였을 왕 홍성과 그의 중국 신문학수업, 당시 교내외를 막론하고 한창 고조되던 항일의 열기와 그 작은 결정판 『국광』, '민족혼' 루 쉰의 죽음 등등, 1936년 가을 성마리아여학교를

---

32) 이를테면 『대계』는 시·소설·산문·희곡이라는 서양 현대 문학장르 구분을 그대로 따르고 있는데, 궁극적으로 이러한 구분은 "문학이란 무엇인가"의 이해를 드러낸다. 류 허는 『대계』 편집자들에게 "문학"이란 바로 "literature"였다고 지적하고, "문학"이 왜 꼭 서양의 "literature"여야 하는가라는 점에서 자기식민화의 문제를 제기한다. 그녀에 의하면 중국인들이 자기식민화의 곤혹스러움에 빠지게 되는 것은 "중국의 것이 아닌 것 혹은 중국 외부의 것으로 중국인의 동일성을 구성하고 그를 통해 자신의 갈등적인 생존환경을 벗어나려 하기 때문"에 생긴다. 그리고 "이러한 모순은 미증유의 행동, 즉 중국문학과 문화를 세계문학과 문화의 일원으로 만들려는 그들의 노력을 지지하면서도 손상하였다." 劉禾, 앞의 책 334면.
33) 張愛玲 「憶胡適之」, 『永遠的張愛玲』, 學林出版社 1996, 231면.

둘러싸고 이처럼 팽창했던 문화적 정치적 민족주의의 열기야말로 장 아이링의 「패왕별희」를 더욱 흥미진진한 여성주의 텍스트로 부각시켜주는 의미심장한 풍경이 아닐 수 없다.

(3) 민족서사의 성별정치

위와 같은 민족주의적 열기를 장 아이링이 어떻게 경험했는지를 보여주는 자료는 많지 않다. 그러나 다음 예문을 통해 볼 때 성별의식의 측면에서 장 아이링과 왕 홍성 사이에 상당한 간극이 존재했을 것이라는 추측은 가능하다.

> 영문부는 대부분 영미인이 교사를 맡았다(성마리아여학교는 영미 국적의 노처녀가 대부분이었다). 그런가 하면 중문부는 … 초중 이하의 경우에는 사범학교를 졸업한 30세 이상의 중국인 처녀가 교사를 맡았고 초중 이상은 청나라 과거에 급제한 영감들이 대부분이었다. 당시 모든 기독교학교들이 영문을 중시하고 국문을 경시했는데 특히 성요한대학 계통의 학교가 제일 심했다. 예를 들어 성마리아여학교의 영문부 교사는 1인당 모두 제법 훌륭한 서재(학생들은 그것을 미스 모모의 스터디라고 불렀다)가 하나씩 배당된 반면 국문부 남자교사들의 휴게실은 그저 ── 말하자니 웃기지만 ── 고작 방 한칸에 불과했다![34]

영문부 선생들을 굳이 '노처녀'라고 밝힌 것이라든가, 사범학교밖에 안 나온 '처녀' 운운하는 위 인용문에는 여성지식인에 대한 왕 홍성의 무의식적 불신과 경시, 미혼녀와 기혼녀를 여성신분의 중요한 기준으로 삼는 뿌

---

34) 汪宏聲, 앞의 글 14~15면.

리깊은 가부장적 의식, 독신여성에 대한 비아냥 등이 적나라하게 드러난다. 그러나 여기서 더 주목할 것은 왕 훙성의 성차별적 의식 자체라기보다는 그것이 그의 민족주의적 분노와 긴밀하게 결합되어 있다는 점이다. 즉 그의 여성비하의식 — 낡은 것을 부정하는 연령주의(ageism)와 함께 — 이 그의 민족주의적 위기의식을 돋보이도록 거드는 효과적인 수사전략으로 채택되고 있다는 점이다.

그의 수사 속에서 '처녀' '영감' 등은 이미 사회적 타자로 전제되고 있는데, 이는 이들 열등한 사회적 신분이 담당하고 있는 중문부 교육이 당연히 정상적일 수 없음을 암시한다. 이같은 수사전략은 중문부 교육의 병폐가 이들 열등한 사회적 신분에서 비롯되며, 따라서 젊은 신세대 남성만이 민족교육을 담당할 자격이 있음을 무언중에 환기시킨다. 또 그는 영문부교사와 중문부교사에 대한 대우의 차별문제를 마치 여성과 남성 사이의 전도된 지위의 문제인 것처럼 강조함으로써 민족적 차별의 불합리성을 부각한다. 요컨대 그의 민족주의적 수사는 사회적 성별 지위의 전도(顚倒)를 민족적 차별과 긴밀하게 결합시킴으로써 성마리아여학교의 비정상성 혹은 기형성을 강조하는 것이다.

성마리아여학교에 대한 이같은 왕 훙성의 불만은 다시 당시 중국사회의 중상류층 엘리뜨 여성에 대한 불만으로 확대된다.[35] 그는 성마리아여학교

---

35) 대개 하층여성에 대한 선교와 지원을 목적으로 설립된 기독교여학교들은 20세기 초에 이르러 이미 문화적 영리단체로 변모하기 시작하고 1930년대에 이르면 그중 몇몇 여학교가 완전히 귀족화되기에 이른다. 그리고 대개 그 졸업생들은 사교계를 비롯한 상류층문화를 주도하면서 현대적 대중문화의 주요 소비계층을 형성했다. 기독교여학교에 대한 더 자세한 내용은 羅蘇文『女性與近代中國社會』, 上海人民出版社 1996 참고. 1879년에 미국 성공회 상하이 지부에서 설립한 성마리아여학교 역시 1930년대에 당시 상하이의 중서여숙(中西女塾)과 함께 귀족학교로 명성을 날리고 있었다. 이미 가세가 기울었다고는 하지만 청말 대신 이훙장(李鴻章)의 외증손녀인 장 아이링이 이 학교를 다녔다고 해서 이상한 일은 아니었다. 장 아이링은 1931년 가을에 입학하여 1937년 여름에 졸업할 때까지 6년 동안 성마리아여학교에서 중등부·고등부 과정을 이수하였다.

의 졸업생들이 대개 "유행이나 좇아다니고, 매일밤 무도회장과 호텔에 들락거리는 사교계의 꽃이 되거나 혹은 매판계급과 외교관의 부인"이 되곤하는데 이들이 중국어는 제대로 쓸 줄도 모르면서 영어는 유창하게 구사한다며 통탄해 마지않았다. 여기에는 백인여성들의 식민주의교육이 토착여성을 타락시킨다는 토착 남성지식인의 민족적 위기의식과 상류계층에 대한 적대적 계급의식, 그리고 여성혐오증이 절묘하게 결합되어 있다. 이처럼 교육받은 중국여성들의 서구화 경향에 대한 남성지식인들의 불안 혹은 불만은 정치적 입장과는 상관없이 상당히 보편적인 것이었다.[36) 그리고 기형적인 혹은 위기에 처해 있는 여성교육 현장은 바로 위기에 처한 민족의 수난을 증거하는 현장에 다름아니며, 이같은 인식은 그 현장을 개혁해야 한다는 젊은 남성지식인의 민족주의적 사명감을 더욱 고취하였다.

성마리아여학교에서 이루어진 왕 홍성의 일련의 개혁조치는 바로 이같은 사명을 완수하는 과정이었다. 그리고 그는 이 신성한 민족주의적 사업에 장 아이링을 끌어들이고자 했다. 왕 홍성은 장 아이링의 문학적 기반과 뛰어난 글쓰기 재능에 대해 칭찬을 아끼지 않았으며 전교생에게 그녀의 작문을 소개하기도 했다. 그리고 『국광』의 "이상적인 편집인"으로 장 아이링을 염두에 두었다. 그러나 장 아이링이 고사하여 그의 바람은 끝내 실현되지 못했다. 원래 말수도 적고, 친구들과 어울리지도 않고, 활동적이지도 않고 나서기를 꺼려했던 장 아이링으로서는 당연한 반응이었는지도 모른다.

그러나 흥미로운 것은 실제로 『국광』에 가장 많은 글과 카툰을 실은 사

---

36) 1930년대 이른바 '모던걸(摩登女郎)'에 대한 남성지식인들의 불만은 그 전형적인 예이다. 1934년에 다시 벌어진 '노라' 논쟁과 '부녀회가(婦女回家)' 논쟁은 그와 같은 불만들에 대한 해법을 둘러싸고 국민당과 공산당을 중심으로 한 상이한 근대 민족국가 건설 기획이 벌인 공개적인 합법화투쟁이었다고 할 수 있다. 「國聞周報」(11권 11기, 13~16, 18기, 1934), 許慧琦 『「娜拉」在中國: 新女性形象的塑造及其演變(1900s~1930s)』(國立政治大學歷史硏究所博士論文 2001. 6), 지현숙 『남경정부(1928~1937)의 국민통합과 여성 — 신현모양처교육을 중심으로』(이화여대 박사학위논문, 2003) 참고.

람 중의 하나가 바로 장 아이링이었다는 것이고, 그럼에도 불구하고 왕 홍성은 그녀가 투고하겠다고 약속만 했을 뿐 늘 "잊어버렸어요!"라며 『국광』 편집에 소극적이었다고 회고했다는 것이다. 왕 홍성이 이렇게 잘못 생각한 것은 장 아이링에 대한 기대가 컸던 만큼 장 아이링의 참여가 그의 기대에 못 미쳤음을 암시하는 것이라 하겠다. 또 한편 성마리아여학교나 『국광』 활동에 대한 두 사람의 의미 부여 자체가 달랐기 때문에 빚어진 오해일 수도 있다. 예컨대 『국광』의 창간은 성마리아여학교에 대한 왕 홍성의 불만에서 비롯되었지만, 장 아이링에게 성마리아여학교는 혐오의 대상이나 민족주의적 개조대상이라기보다는 자신의 소녀 시기 전체를 풍성하게 만들어준 정신적 고향이기도 했다. 마치 장 아이링의 대표작 『금쇄기(金鎖記)』에서 창백하기 짝이 없던 창안(長安)이 여학교에 다니면서부터 생기를 찾게 된 것처럼 말이다.

실제로 성마리아여학교의 또하나의 교내 간행물인 『봉조(鳳藻)』에는 장 아이링이 쓴 두편의 영문수필을 볼 수 있는데, 여기에는 외국인 교사들과 학생들이 빚어내는 학교풍경이 아기자기하고 정겹게 그려지고 있다. 또 『봉조』는 매년 한차례 그해 졸업생들이 편집을 맡았는데, 1937년 졸업하던 해 장 아이링은 『봉조』 편집에 미술 책임간사로 직접 참여하여 생기발랄한 앙케이트 특집을 만들기도 했다.[37] 그처럼 낭만적이고 추억할 만한 멋진 곳으로 보이는 장 아이링 글 속의 성마리아여학교는 왕 홍성이 개조해야 할 식민지배의 현장으로 보았던 성마리아여학교와는 확실히 거리가 있다.

또한 왕 홍성과 같은 반식민주의적 불만과는 별도로, 일반적으로 백인여성 선교사들의 식민지 토착여성 교육이 실제로 토착여성 해방에 선구적 역할을 해왔음은 이미 주지의 사실이다. 게다가 개인적으로도 어릴 때부터

---

37) 『봉조(鳳藻)』와 장 아이링의 참여활동에 대해서는 陳子善 「雛鳳新聲: 新發現的張愛玲早期習作」 참고; 陳子善, 앞의 책 239~43면.

"남녀차별 문제에 예민"[38]했고, 아버지에게 뺨을 맞은 동생을 위해 "복수"[39]를 다짐했던 장 아이링이고 보면, 왕 홍성과 그의 남성주의적 민족주의의 열정이 그녀에게 어떻게 비쳐졌을지는 알 수 없는 일이다. 비록 장 아이링이 중학교 시절 교사 중에 왕 홍성을 제일 좋아했다 하더라도 말이다.[40]

요컨대 '성마리아여학교'와 『국광』은 그 기표 자체에서 이미 각각 식민주의와 저항민족주의라는 이데올로기적으로 대립되는 실존성을 적나라하게 드러낸다. 서구 식민지배의 기표로서 '성마리아여학교', 토착 민족주의의 저항의 상징으로서 『국광』, 그리고 여성주의적 각성을 보여주는 장아이링의 「패왕별희」, 이 세개의 꼭지점이 형성하는 긴장이 예사롭지 않음은 분명하다. 무엇보다 왕 홍성이 그토록 칭찬해 마지않았던 「패왕별희」가 바로 장 아이링과 왕 홍성의 거리를 유감없이 보여준다는 사실은 다분히 역설적이라 하지 않을 수 없다. 이제 장 아이링의 「패왕별희」를 통해그 거리가 어떻게 드러나고 있는지 구체적으로 살펴보자.

3. 민족주체로서의 여성과 그 불안한 지위

(1) 패왕별희 고사의 근대적 변용

「패왕별희」는 제목에서도 알 수 있듯이 『사기·항우본기(史記·項羽本紀)』에서 비롯된 항우의 영웅고사를 새롭게 쓴 것이다. 1930년대에는 널리 알려진 신화나 역사 이야기를 현대적 관점에서 새롭게 각색한 역사물이 유행했다. 루 쉰의 『고사신편(故事新編)』이나 궈 모뤄의 유명한 역사극 시

---

38) 張愛玲 「私語」(1944), 『張愛玲文集4』, 安徽文藝出版社 1992, 101면.
39) 張愛玲 「童言無忌」(1944), 같은 책 93면.
40) 陳子善 「埋沒五十載的張愛玲"少作"」, 『私語張愛玲』 228면.

리즈가 그 대표적인 예이다. 이런 분위기 속에서 왕 훙성은 당시 역사소품에 관한 자신의 수업을 들은 장 아이링이 느낀 바가 있어 「패왕별희」를 쓴 것이라 추측했고, 또 그것을 대뜸 같은 소재를 각색한 궈 모뤄의 「초패왕의 자살」에 견주었다. 그러나 실제로 장 아이링 「패왕별희」의 기본 플롯은 1921년 메이 란팡(梅蘭芳)에 의해 처음 무대에 올려진 경극 「패왕별희」와 흡사하다. 1920~30년대에 메이 란팡의 경극 「패왕별희」가 중국 관중의 심금을 울리며 인기를 끌었던 사실을 감안하면 연극 애호가였던 장 아이링이 경극 플롯에 기초해 소설을 썼다고 해서 크게 이상한 일은 아니다.

메이 란팡의 「패왕별희」의 예술성과 독창성에 대한 찬사는 지금도 끊이지 않지만, 그중에서도 특기할 만한 것은 그것이 기존의 패왕별희 고사에서는 미미한 존재에 불과했던 우희를 극의 중심인물로 부각시켰다는 점이다. 메이 란팡이 직접 연기한 우희는 강하면서도 부드럽고, 침착하면서도 기지가 넘치며, 섬세하지만 결단력 있는 여성이었다.[41] 이처럼 주체적인 우희 형상으로 인해 경극 「패왕별희」는 패왕이 우희와 이별하는 이야기 '패왕별희'라기보다 우희가 패왕을 떠나보내는 '희별패왕(姬別霸王)'의 이야기에 가까워 보인다는 평을 받는다. 이같은 여성주인공의 전면적 부각은 5·4시기 근대 개인주의적 주체로서 여성에 대한 사회적 관심이 커진 것을 반영하는 것이라 할 수 있다.

반면 1936년에 발표된 궈 모뤄의 「초패왕의 자살」에는 우희라는 여성인물이 아예 등장하지도 않는다. 대신 무명의 한 남성지식인이 등장하여 냉철한 어조로 항우의 공과(功過)를 가린다. 그는 도탄에 빠진 백성을 구하기 위해 봉기한 항우의 애초 의도는 좋았으나 그의 연이은 승전이 자기 혼자의 공인 양 착각하고 스스로 패왕이 되려고 욕심을 낸 결과 그 역시 진시

---

41) 메이 란팡의 경극 「패왕별희」에 대해서는 曹明 「〈覇王別姬〉爲何成爲傳世之作」, 張晶 「淺析梅蘭芳先生的〈覇王別姬〉」(『中國戲曲學院學報』 제24권 1기, 2003), 秦岩 「從 '新戲'到 '傳統戲'的京劇〈覇王別姬〉」(『戲曲藝術』 2002. 3) 등 참고.

황과 똑같은 폭군이 되어버렸다고 비판한다. 또 자신의 잘못을 깨닫고 백성을 위해 자신의 재주와 역량을 발휘했어야 마땅한데도 그가 끝내 자살하고 만 것은 백성과 중국을 버리고 혼자만 영웅이 되려고 한 그의 개인적 영웅주의 때문이라고 호되게 비판한다.[42]

궈 모뤄의 「초패왕의 자살」은 부르주아적 개인주의를 맑스주의적 인민주의로 전환하려는 시도였다고 볼 수 있다. 5·4시기에 개인은 전통에 저항하는 강력한 주체이며 현대 민족국가의 공민이자 사회성원으로서 예찬되었다. 그러나 개인의 무제한적 확대가 민족의 공공이익에 대한 위협이 될 수 있고 사회적 책임을 방기하며 허무주의를 조장한다[43]는 점에서 5·4의 자유주의적 개인주의는 점차 좌익이데올로기에 의해 도전받기 시작했다. 5·4시기에 전통 유교에 대한 저항담론으로 찬양되던 개인주의가 이제 아이러니하게도 유교사상과 동일시되면서 부정되어야 할 전통 목록에 함께 포함되었으며 사회진보의 적으로 명명되기 시작한 것이다. 그리하여 개인주의 수사학 대신 점차 집단주의적 수사학이 등장하고 이 수사학을 통해 좌익의 정치사상이 효과적으로 발휘되었다.[44] 이런 맥락에서 볼 때 궈 모뤄의 「초패왕의 자살」은 항우의 자살을 개인적 영웅주의로 비판하고 대신 인민주의의 중요성을 설파함으로써 집단적 계급주체를 중시하는 좌파 민족주의를 합법화하는 것이다.

장 아이링의 「패왕별희」는 이처럼 인민주의와 집단적 주체성을 강조하는 궈 모뤄의 그것과는 거리가 멀다. 장 아이링 「패왕별희」에 드러나는 강한 개인주의적 색채는 5·4시기 개인주의 및 남성주도 페미니즘이라는 사

---

42) 郭沫若 「楚霸王自殺」, 『中國新文學大師名作賞析-郭沫若』, 臺北: 海風出版社 1989.

43) 陳獨秀 「虛無的個人主義及任自然主義」, 『新潮』 제8권, 1920년 4기; 劉禾, 앞의 책 135면 인용.

44) 중국 현대민족주의담론과 개인주의에 관한 자세한 분석은 劉禾, 같은 책 제3장 「個人主義話語」 참고.

회적 맥락 속에 탄생한 경극 「패왕별희」와 더 많은 친연성을 가진다. 하지만 경극 「패왕별희」의 우희가 말 그대로 '여성주체'에 그치고 만 데 비해, 장 아이링 「패왕별희」의 우희는 여성으로서의 자기정체성을 심문하는 '여성주의적 주체'로 그려진다는 점에서 양자의 궁극적인 지향점은 다르다. '여성주체'인가 '여성주의적 주체'인가의 차이는 곧 경극 「패왕별희」가 궁극적으로는 남성중심적 민족서사로 귀결되는 반면 장 아이링의 「패왕별희」는 그와 같은 민족서사에 대한 도전으로 귀결되는 차이를 낳는다.

경극 「패왕별희」가 민족서사로 귀결되는 것은 무엇보다 지나간 시간의 재구성을 통해 현재의 민족적 동일성을 확인하고자 하는 역사물의 일반적 속성 자체에서 비롯된다. 게다가 역사극으로서 「패왕별희」는 20세기 전반 제국의 타자적 신분에서 비롯된 중국민족의 비극적 정서를 투사하기에 알맞은 대중적 텍스트였다. 사면초가 상황에서 맞이한 항우의 비극적 죽음은 아편전쟁 이후 계속된 열강의 침략과 민족낙후에 대한 중국인의 열등감과 위기의식을 투사하기에 안성맞춤이었다. 그리고 비록 실패한 장수이긴 하지만 '역발산기개세(力拔山氣蓋世)'의 영웅 항우의 형상은——항우에 대한 비판이나 동정을 막론하고——강력한 민족건설을 위해 꼭 필요한 민족주체의 남성적 기질에 대한 상상과 밀접하게 연관되어 있다.[45]

반면 그같은 항우에 대한 우희의 연민·사랑·보살핌·충절 등은 곧 쇠락한 민족과 민족주체로 상상되는 남성영웅에 대한 중국민족의 연민 및 충절과 중첩된다. 특히 메이 란팡은 우희의 자살을 봉건적 환경의 억압에 의한 불가피한 선택이 아니라 사랑과 충절을 지키려는 위대한 근대적 개인의 자발적 선택으로 부각함으로써 패배한 항우의 비극성을 돋보이게 하는 데 성공한다.

---

45) 민족서사로서의 경극 「패왕별희」와 그 성별 상징성에 대해서는 더 전문적인 연구가 필요할 것이다. 식민주의담론 및 서사의 성별 상징성의 문제는 박지향의 『제국주의』, 그리고 근대성담론과 성별 상징성의 문제는 리타 펠스키의 『근대성과 페미니즘』 참고.

이와 같은 민족서사 속에서 우희는 비록 매력적인 여성주체로 등장하지만, 그런 그녀의 자살은 오히려 여성의 정절에 대한 가부장사회의 요구를 이제 근대적 사랑이라는 숭고해 보이는 허울 속에 공고하게 만듦으로서 여성주의적 지향과는 상반되는 길을 가고 만다. 결국 그녀의 주체성은 어디까지나 사랑하는 항우를 위해 스스로 죽음을 선택하는 데 발휘될 뿐이며 민족서사의 비극성을 완성시키는 빛나는 보조역할에 그치고 마는 것이다. 이런 맥락에서 볼 때 개인주의 서사에 가까운 경극 「패왕별희」가 인민주의를 설파하는 궈 모뤄의 「초패왕의 자살」과는 반대편에 있다 해도, 남성을 민족의 주체로 상정하는 민족서사라는 점에서 양자는 궁극적으로 서로 통한다고 할 수 있다.

그러나 장 아이링의 「패왕별희」는 그와 같은 남성중심적 민족서사를 여성의 입장에서 회의하고 거부한다는 점에서 양자와 다르다. 장 아이링은 표면적으로는 경극 「패왕별희」와 유사한 플롯을 취하면서 한편으로 경극에서는 볼 수 없었던 또하나의 스토리 라인을 기본 플롯 속에서 직조한다. 주로 여성인물 우희의 '생각(독백)' '무의식(동작)' '언어(대화)'의 층차로 구성되는 이 스토리 라인이 바로 장 아이링의 「패왕별희」를 민족서사가 아닌 여성서사로 만드는 핵심요소다. 그리고 기존의 '패왕별희' 고사에서는 아예 부재하거나 기껏해야 여성주체로만 존재하던 우희가 이제 소녀 장 아이링의 풍부한 상상력이 만들어낸 직설적인 스토리 라인을 통해 남성중심적 민족서사에 균열을 내는 여성주의적 주체로 탄생하는 것이다.

(2) 민족건설과 불안한 여성의 지위

앞서 살폈듯이 장 아이링의 「패왕별희」는 항일전쟁의 포화와 5·4 신문학 전통의 발견을 통해 민족주의를 고취시키려는 열기 속에서 씌어졌다. 민족서사로서 재탄생한 5·4 신문학 전통은 장 아이링 「패왕별희」의 중요한 잠재텍스트일 뿐만 아니라 그것이 겨냥하고 있는 대화의 대상이기도 하다. 그런 점에서 장 아이링 「패왕별희」는 5·4시기 용감하게 가출한 노라 우희가 애인 항우와 함께 민족건설에 뛰어든 지 10여년이 지난 후의 이야기로 볼 수 있다. 그리고 소설의 배경인 전장은 바로 민족국가 건설의 제유 (提喩, synecdoche)로 보아도 무방할 것이다. 전쟁은 민족국가의 주권을 보위하기 위한 가장 고차원의 행위라는 점에서 민족국가를 대표하는 상징적 의미를 지니기 때문이다.

백주에 대전을 치른 항우의 잠자리를 봐준 후 여느때와 마찬가지로 홀로 군영을 돌아보던 우희는 언제나 그렇듯 공허함에 사로잡혔다. 10여년 전 그녀는 '혁명의 천사' 노라로서, 남자청년들과 똑같은 근대적 주체로서 자유연애와 사회개조의 높은 뜻을 품고 전장에 나섰다. 그런데 사랑하는 사람과 함께 용감하게 뛰어든 민족건설사업이건만 늘 공허했던 까닭은 무엇일까? 다음과 같은 우희의 생각은 그녀의 공허함이 어디서 연유하는지 잘 보여준다.

항왕 곁을 떠날 때면 늘 그렇듯 그녀는 갑자기 한기를 느꼈다. 그리고 공허했다. 만약 그가 온통 찬란한 불꽃으로 타오르며 눈부신 ambition의 화염을 뿜어내는 태양이라면, 그녀는 그 빛과 힘을 받아들이며 반사하는 달일 것이다. 그녀는 마치 그림자처럼 그의 뒤를 따르며 칠흑 같은 폭풍우의 밤을 보냈고 전쟁터의 비인간적 공포를 겪었으며, 굶주림과 피로와 신고를 겪었다, 늘. 반군의 영수가 그 유명한 오추마(烏騅馬)를 타고 폭풍처럼 질주할 때 강동의 8천 병사는 언제나 창백한 미소를 띤 우희가 말고삐를 쥐고 주홍색 비단망토를 바람에 펄럭이며 그 뒤를 따르는 모습을 볼 수 있었다. 10여년 동안 그녀는 패왕의 웅대한 포부를 자신의 포부로 삼고 그의 승리를 자신의 승리로 여겼으며 그의 아픔을 자신의 아픔으로 여겼다. 그러나 매번 그가 잠이 든 후 이렇게 혼자 촛불을 들고 군영을 순찰할 때면 그녀는 그녀

개인의 일을 생각하게 되었다. 그녀는 자기가 이런 식으로 살아가야만 하는 삶의 목표가 과연 무엇인지 회의가 들었다. 항우는 그 자신의 원대한 포부를 위해 산다. 그는 어떻게 해야 자신의 칼과 창, 그리고 그의 강동 병사들을 움직여 왕관을 손에 넣을 수 있는지 잘 알고 있다. 하지만 그녀는? 그녀는 단지 우렁찬 영웅의 함성을 반사하는 작은 메아리에 불과할 뿐이다. 점점 희미해지고 또 희미해져서 결국은 사라지고 마는.[46]

5·4 이래 대부분의 여성작가들은 노라강박증에서 자유롭지 못했다. 노라강박증은 5·4시기 여성해방담론이 대개 남성중심적 민족서사로 귀결되었다는 점에 기인하지만, 또 한편 여성들 스스로 민족국가 건설이라는 대의를 자신의 위대한 사명으로 받아들인 결과이기도 했다. 그런데 지금 장아이링은 우희의 사색을 통해 대담하게도 전쟁이 상징하는 민족국가 건설이 여성에게 과연 어떤 의미인가라며 근본적인 질문을 던진다. '혁명의 천사' 노라의 공허함은 민족건설사업의 지난함 때문도, 혹은 그에 대한 환멸 때문도 아닌, 바로 여성이라는 정체성의 문제에서 비롯되었던 것이다.

십여년 동안 우희는 항우를 따라 전장을 누비며 항우의 포부와 항우의 승리와 항우의 아픔을 바로 자신의 것인 양 동일시해왔다. 그러나 우희의 억압된 무의식 속에서는 항우와 함께하는 이 전쟁의 세월에 대한 의심과 불안감이 떠나질 않는다. 그녀의 불안은 이 전쟁이 '그녀' 자신의 전쟁이 아니라 전적으로 '그'의 전쟁일 뿐이라는 점에서 비롯된다. 항우는 불타는 야망의 소유자로서 그에게는 승전과 건국이라는 뚜렷한 목표가 있고, 그 목표를 달성하기 위해 필요한 칼과 창과 군사를 모두 가지고 있으며 그것을 움직일 수 있는 지식과 권력도 가지고 있다. 그리하여 그에게는 고통과 죽음의 위협도 기꺼이 감내할 가치가 있다. 민족주의가 가부장적인 이유

---

46) 張愛玲, 『張愛玲文集1』 8면.

는 그것이 이처럼 주체의 지위를 남성에게 부여하고 그들로 하여금 영토, 소유권, 그리고 지배의 권리를 위해 싸우게 만들기 때문이다.

반면 우희에게는 원대한 포부도 자기 것이 아니고, 설령 포부를 가졌다 해도 항우처럼 그 목표를 위해 주체적으로 사용할 수 있는 무기나 권력이 주어져 있지도 않다.[47] 그녀의 모든 것은 그의 것이고, 그녀는 그의 그림자나 메아리로서만 존재의 의미를 얻는다. 그녀는 태양의 빛을 투사함으로써만 주체로부터 존재의 의미를 인정받는 달과 같은 존재, 즉 타자로 살아가도록 위치지어져 있는 것이다. 따라서 항우와의 관계가 전제되지 않는다면 전쟁터에서 그녀가 겪는 모든 어려움과 고통도 그녀에게는 사실 명분이 없는 셈이다. '자기'의 전쟁이 아닌 '그'의 전쟁에서 날이 갈수록 그녀의 남모를 공허함은 자연히 깊어갈 수밖에 없었던 것이다.

그런데 만약 전쟁이 진정한 국가건설을 위한 과도기에 불과하다고 유예를 둔다면, 이 과도기의 신고(辛苦)와 불안을 기꺼이 감내한 뒤 찾아올 승리의 날에는 우희 그녀도 진정한 주체가 될 수 있지 않을까? 1930년대 좌파 계열의 논자들은 중국 사회체제 전반의 개혁과 혁명이 우선되지 않고서는 진정한 여성해방이란 불가능하다고 주장했다. 외세를 물리치고 개혁된 민족국가가 온전히 수립되는 날에야 비로소 여성이 진정한 주체가 될 수 있을 것이라고 말하는 것이다. 하지만 우희는 그같은 주장에 비관적이다.

만약 그가 성공한다면 그녀는 무엇을 얻게 될까? 그녀는 '귀인'이라는 칭호를 받을 것이고 평생 궁 안에서만 살도록 조치될 것이다. 그녀는 궁중의

---

47) 린 싱첸(林幸謙)에 의하면 "항우의 칼과 창은 팰러스(phallus)적 권위를 가진 부권의 상징"이다. 또 역사적으로 "남성들은 자신의 페니스(陽具)를 이용해 아버지의 왕관을 찬탈해온 반면 여성은 조용한 메아리와 흐르는 눈물 외에 아무것도 가진 게 없었다." 林幸謙 「重讀少作: 壓抑符碼與文本的政治含意」, 『歷史·女性與性別政治 — 重讀張愛玲』, 臺北: 麥田出版 2000, 103면.

옷을 입고 하루종일 소화전의 음침하고 어두컴컴한 방 안에 앉은 채 창문 밖의 달빛과 꽃향기 그리고 창문 안의 적막을 느껴야만 할 것이다. 그러다 늙으면 그는 그녀에게 싫증을 낼 것이고, 셀 수 없이 많은 찬란한 유성들이 그와 그녀가 누리던 세계로 날아들어와 그녀가 십여년 동안 온몸으로 받던 햇빛을 가로막아버릴 것이다. 그녀 위에 내리쬐던 그의 광휘도 더이상 반사하지 못한 채 그녀는 침식당한 달처럼 어두워지고, 근심하고, 응어리지고, 미쳐버릴 것이다. 그녀가 그를 위해 살았던 이 삶을 마감할 때가 되면 그들은 그녀에게 단숙귀비(端淑貴妃)나 현목귀비(賢穆貴妃) 같은 시호, 비단으로 감싼 침향목관 그리고 함께 순장할 서너명의 노예를 하사할 것이다. 이것이 바로 그녀의 삶이 얻게 될 승리의 왕관이다.[48]

결국 국가건설 후에도 승리의 왕관은 항우의 것이지 우희의 것은 아니며, 그녀에게는 평생 궁전 한 귀퉁이에 갇혀 여전히 그를 위해서만 살고 그의 처분에 따라야 하는 또다른 형태의 타자적 삶이 '승리의 왕관', 혹은 '귀인'이라는 미명하에 마련되어 있을 뿐이다. 게다가 남성중심 사회에서 그녀의 가장 큰 자산이 되는 젊음과 미모가 세월에 침식되면 그녀 삶의 유일한 의미이자 명분이었던 항우의 사랑마저 보장할 수 없는 지경에 이르게 될 게 뻔하다.

위와 같은 우희의 비관은 좌파 계열의 장밋빛 여성해방론에 대한 비판이라고 할 수 있지만, 동시에 국민당 계열의 '신현모양처'형 여성담론에 대한 비판으로도 볼 수 있다. 궁궐에 갇힌 왕비의 형상은 자연스럽게 사회로 진출하지 못한 채 집 안에 정주하게 된 현모양처를 떠올리게 하기 때문이다. 당시 현모양처는 국민당 난징정부에 의해 차세대 국민을 양육하고 국가사회의 기초인 가정을 건사하는 주체로 선전되는 근대적 여성국민

---

48) 張愛玲, 앞의 책 8면.

상이었다. 그리고 그와 같은 현모양처 이데올로기는 장 아이링이 「패왕별희」를 쓰던 2, 3년 전, 즉 1934년 이래 추진된 국민당의 신생활운동 및 '부녀회가(婦女回家)' 논쟁을 거치며 더욱 확산되었다.[49] 1930년대 중반, '노라논쟁'이나 '부녀회가' 논쟁 등은 점점 급박해지는 대외정세 속에서 국민당과 공산당을 중심으로 한 상이한 근대 민족국가 건설 기획이 여성문제를 둘러싸고 벌인 공개적인 합법화투쟁의 일환으로 활용되었다.

그러나 민족건설의 전쟁터에서 자기 삶의 목표를 회의하던 우희, 그리고 자기 일생과 맞바꾼 승리의 왕관이 기껏해야 '단숙귀비', '현목귀비'라는 사실에 눈물 흘리던 우희는 좌파와 국민당의 여성해방 기획이 모두 남성중심적임을 시사한다. 노라와 같은 사회참여형 여성이나 현모양처형 여성이나 남성을 중심으로 구성되는 민족국가 안에서 여성은 그 타자적 위치를 벗어날 수 없다고 비판하는 것이다. 장 아이링의 이같은 여성 지위에 대한 통찰은 "민족의 투쟁이 남성에게 제공하는 영광, 이익 그리고 '남성적' 성취감을 여성은 공유할 수 없다"고 한 울프의 통찰과 일맥상통한다.[50] 장 아이링은 민족서사의 기원에서 여성의 지위에 대한 질문을 던지고 있는 셈이다.

(3) 여성(女聲)의 복원

이처럼 경쟁하는 민족서사들과 그 여성해방론에 모두 기꺼이 동의할 수

---

49) 지현숙 앞의 논문 참고.

50) "여성은 민족의 투쟁이 남성에게 제공하는 영광, 이익 그리고 '남성적' 성취감을 공유할 수 없을 뿐더러 영국에서 여성은 토지나 재산 산업소유권을 거의 갖지 못함에랴. 만약 남성들이 여성들을 보호하기 위해 전쟁을 한다고 한다면 여성은 먼저 자신이 국내에서 얼마나 보호받고 있는지에 대해 의심해보아야 한다. '우리나라'는 대부분의 역사시기 동안 여성을 노예로 취급하고 교육권과 재산권을 박탈해왔다. 따라서 과거든 현재든 여성은 영국에 감사할 이유가 없다." 버지니아 울프 『3기니』, 태혜숙 옮김, 여성사 1994.

없었던 우희지만, 한편으로는 그런 "자신의 생각이 싫고도 두려웠다." 그래서 "돌아가자, 가서 그이 얼굴을 보면 이런 쓸데없는 생각은 안하게 될 거야"라고 추슬러보기도 한다. 스스로 맹세한 사랑과 민족에 대한 충성을 쉽게 버릴 수 없는 노릇이었다. 그녀는 여전히 자기 사랑을 책임지는 근대적 개인, 그리고 민족건설의 사명을 짊어진 민족의 주체이고자 한다. 그러나 불행히도 그와 같은 주체로서의 동일성에 정당성을 부여하는 것은 여전히 '혁명의 천사 노라'와 같은 남성중심적인 민족서사이고, 그녀는 이것을 거부할 용기까지는 갖지 못했다. 그리하여 여성으로서 삶의 목표를 되찾고자 하는 속깊은 욕망은 여전히 남성중심적인 현실과 충돌하며 우희의 공허함과 불안을 끝없이 증가시킨다. 급기야 그녀도 깨닫지 못하는 사이 항우에 대한 살해욕망으로까지 발전한다.

천막 위에 걸려 있는 패검이 그녀의 눈에 들어왔다. 만약에, 만약에 그가 꿈속에서 영광스런 미래를 보고 있을 때 숨이 멎어버린다면? 예를 들어 저 보검이 갑자기 떨어져내려 그의 가슴에 꽂힌다면? 그녀는 자신의 이런 생각에 소름이 끼쳤다. 땀방울이 아름답고도 창백한 그녀의 볼을 따라 흘러내렸다.[51]

사면초가인 상황의 급박함을 깨달은 순간에, 잠든 항우를 바라보는 우희의 머릿속에 떠오른 첫번째 생각이 바로 항우의 죽음이었다. 이렇게 항우의 죽음을 떠올리게 된 표면적 이유는 항우의 비극적 결말을 지연시키고자 하는 우희의 선의(善意)로 제시되고 있으나 이면의 또하나의 서사축인 우희의 스토리 라인으로 보자면 그건 무의식 속에 자리한 살해욕망의 전도된 표현이라고 할 수 있다. 이 장면은 경극 「패왕별희」에서 우희가 추

---

51) 張愛玲, 앞의 책 10면.

는 마지막 검무(劍舞)의 변형으로 볼 수 있다. 경극 「패왕별희」의 절정으로 꼽히는 메이 란팡의 검무가 항우를 향한 우희의 사랑을 표현하는 마지막 처절한 몸짓이었다면, 장 아이링은 서러운 칼날의 번뜩임 속에서 뜻밖에도 항우에 대한 우희의 살해욕망을 읽어낸 것이다.

더욱 교묘한 것은 이 장면이 루 쉰의 「상서(傷逝)」를 패러디했다고 해도 과언이 아닐 만큼 「상서」의 다음 장면과 유사하다는 것이다.

나는 새로운 희망은 우리 두 사람이 헤어지는 길밖에 없다고 생각했다. 그녀는 반드시 떠나가야만 한다. 불현듯 즈쥔의 죽음이 떠올랐다. 나는 그 즉시 자신을 꾸짖고 참회했다.[52]

「상서」에서 쥐앤성(涓生)은 즈쥔(子君)이라는 짐을 떨쳐버리고 홀가분하게 새로운 삶의 길을 가고 싶다는 이기적인 욕망 때문에 저도 모르게 즈쥔의 죽음을 떠올리곤 했다.[53] 그런데 그와 아주 유사한 형태로, 「패왕별희」에서 우희는 타자로서 여성의 삶에 종지부를 찍고 싶다는 강렬한 욕망으로 인해 자기도 모르게 항우의 죽음을 떠올리는 것이다. 이처럼 즈쥔에 대한 쥐앤성의 살해욕망에 대해 항우에 대한 우희의 살해욕망을 정면으로 대비함으로써 「패왕별희」는 「상서」에 대한 대항텍스트로서의 의미를 획득한다. 즉 5·4시기 가출한 노라의 이야기를 「상서」가 철저하게 남성적 시선을 통해 구성했다면 「패왕별희」는 철저하게 여성의 입장에서 그것을 다시 쓰고 있는 것이다.

바로 여기서 우리는 우희를 통해 즈쥔의 진실에 대면할 수 있는 기회를 얻는다. 「상서」가 남성화자인 쥐앤성의 시선에 의해 서술됨에 따라 10년

---

52) "我覺得新的希望就只在我們的分離; 她應該決然舍去, —我也突然想到她的死, 然而立刻自責, 懺悔了." 『魯迅全集2』, 인민문학출판사 2005, 126면.
53) 이에 대해서는 본서의 4장 참고.

전 즈쥔의 생각이나 느낌은 의문으로 남을 수밖에 없었다. 즈쥔은 그저 쥐앤성의 눈에 비친 대로 이미 노라가 되기를 포기한 패배자이고, 쓸데없이 밥 짓는 일에만 몰두하며 그것이 공허한 줄도 모르는 한심한 존재처럼 보일 뿐이었다. 그리고 결국은 엄혹한 현실의 억압에 희생당한 또하나의 희생의 증거로 돌아옴으로써 그녀의 진실은 영원한 침묵 속에 봉인되었다.

그런데 「패왕별희」는 「상서」와는 정반대로 우희라는 여성인물의 심리묘사에 초점을 맞춘다. 그리하여 그것은 봉인되었던 즈쥔의 목소리를 복원할 수 있게 도와준다.[54] 독자는 쥐앤성의 그것과 너무나 닮은꼴인 우희의 살해욕망에서 어쩌면 즈쥔 역시 쥐앤성만큼이나 이별을 원했을지 모른다는 상상을 어렵지 않게 할 수 있다. 그것이야말로 쥐앤성이 헤어지자고 말했을 때 즈쥔이 왜 선뜻 동의했는지에 대한 설득력 있는 해석처럼 보이기 때문이다. 루 쉰이 「상서」에서 노라를 창조한 창조자로서 남성 계몽지식인의 나르시시즘에 대해 적나라하게 보여주었다면, 장 아이링은 반대로 그 나르시시즘에 의해 비가시화되고 망각되었던 피조물 노라의 진실을 보여준다.

물론 장 아이링이 처음부터 루 쉰의 「상서」를 염두에 두고 그 대항텍스트로 「패왕별희」를 썼는지는 확인하기 어렵다. 다만 분명한 것은 「패왕별희」가 즈쥔처럼 노라가 되기를 진정으로 원했으나 남성중심적 민족서사 속에서 목소리를 봉인당한 여성들의 목소리를 복원하였다는 것이다. 목소

---

54) 우희의 논리에 따르면 즈쥔의 이야기는 다음과 같이 다시 씌어질 수 있을 것이다. 숙부집을 떠나 쥐앤성과 동거를 시작한 후 즈쥔은 쥐앤성을 그림자처럼 따르며 그를 보살폈다. 그를 위해 밥을 짓고 집안을 정돈하며 그가 용기를 잃지 않고 사업에 전념할 수 있도록 세심하게 배려했다. 그러나 점점 더 그녀는 이렇게 사는 것이 그녀가 원하는 삶이었는가를 묻게 되었고, 그럴 때마다 한기와 공허함을 느꼈다. 그러한 공허함과 떠나고 싶다는 욕망/갈망이 눈덩이처럼 커지면서 즈쥔이 급기야 자기도 모르게 쥐앤성의 죽음을 떠올리게 된 무렵, 고맙게도 쥐앤성이 먼저 헤어지자고 말했다. 즈쥔은 기다렸다는 듯 흔쾌히 쥐앤성 곁을 떠났다.

리의 복원은 곧 여성주체에서 여성주의적 주체로 나아가는 노라의 여정을 상징하기도 한다. 5·4시기 반전통주의 민족서사 속에서 중국의 노라가 아버지의 전통질서를 부정하고 가출하여 아들들과 연대하도록 요구받았다면, 장 아이링의 「패왕별희」는 가출하여 민족국가 건설을 위한 전쟁터에 뛰어들었던 노라가 10여년의 세월에도 불구하고 자신이 여전히 타자적 존재에 머물러 있음을 깨닫고, 이번에는 아버지가 아니라 자신의 연인인 아들들을 대상으로 반역을 꾀한다는 여성주체의 성장 고사(故事)이다. 이같은 여성 목소리의 복원은 5·4신문화운동의 노라 강박증에 균열을 내는 동시에 남성중심적 민족서사가 구성해온 교의적 민족상상에 여성의 민족상상을 보충해 넣어준다.

(4) 자살, 복수의 이중전략

그런데 마지막 결단의 순간에 우희는 결국 항우가 아닌 자기 자신을 향해 칼을 꽂고 만다. 물론 사마천의 「항우본기」 이래 우희의 자살은 역사적으로 고정된 사실이므로 그같은 결말은 이미 예정되어 있는 것이었다. 그러나 그에 대한 묘사에서 장 아이링은 다음과 같이 특별한 디테일을 첨가한다. 바로 이 디테일의 효과로 우희의 자살은 남성중심적 민족주의를 거부하는 여성주체의 전략적 선택으로 전환된다.

항우가 달려들어 그녀의 허리를 붙들었다. 그녀의 손은 금으로 장식된 그의 칼자루를 여전히 꼭 쥐고 있었다. 항우는 눈물을 머금은 채 불처럼 빛나는 커다란 눈으로 그녀를 뚫어지게 내려다보았다. 그녀가 눈을 떴다. 하지만 그처럼 강렬한 햇빛은 견딜 수 없다는 듯 그녀는 다시 눈을 감아버렸다. 항우가 떨고 있는 그녀의 입가에 귀를 가까이 대자 그녀는 무슨 뜻인지 그가 알 수 없는 말을 했다. "이런 끝이 더 좋아요."(강조─인용자)[55]

평생 항우는 불타는 태양이고 우희는 그 태양의 빛과 힘을 받아 반사하는 달과 같은 존재에 불과했다. 그런데 마지막 순간에 우희는 그 태양의 빛을 반사하지 않고 눈을 감아버린다. 그것은 태양의 빛을 반사함으로써만 자기 존재를 확인할 수 있었던 자신의 타자성에 대한 단호한 거부의 몸짓이었다. 하지만 그 몸짓은 너무나 작고 평범한 것이어서 항우는 그녀 내면의 역전을 전혀 눈치채지 못했다. 그도 그럴 것이, 그와 같은 우희 내면의 역전은 장 아이링 「패왕별희」의 또다른 스토리 라인인 여성서사, 즉 우희의 독백과 무의식을 통해서 독자에게만 전달되었지 텍스트 내의 인물인 항우에게는 전혀 드러나지 않는 비밀이었기 때문이다.

우희의 독백과 무의식을 사로잡고 있던 여성으로서의 정체성에 대한 질문은 마지막 순간에 "이런 끝이 더 좋아요"라는 한마디 말로서 비로소 세상에 드러난다. 그러나 우희의 이 말이 실은 더이상 항우의 그림자로 살지 않겠다는 우희의 선언과도 같은 것임을 항우가 깨달을 리 만무하다. 그것은 항우에게는 그저 "알 수 없는 말", 수수께끼에 불과했다. 하지만 "이런 끝이 더 좋아요"라는 말에 담긴 여성주의적 서사전략은 그동안 패왕별희 고사가 유포되는 과정에서 형성된 남성중심적 상상력을 완전히 해체해버린다. 그리고 전략적 선택으로서의 우희의 자살은 그녀의 여성으로서의 자각을 완성시켜주는 기제로 탈바꿈한다. 자신이 주체가 되지 못하고 남성에게 의지하는 삶, 그런 타자적 삶으로 인한 견딜 수 없는 공허함, 그것을 알면서도 벗어나지 못하는 자신의 무력함을 절감하던 우희에게 자결은 그러한 삶으로부터의 완전한 탈출을 의미했던 것이다.

따라서 우희 자살의 첫번째 전략적 의미는 바로 그림자로서의 삶의 종결이며 자기에게 예정된 또다른 소외의 삶을 미리 거부하는 완벽한 하나의 수단이라는 점에 있다. 게다가 자살로 인해 우희의 자각은 숭고함을 획

---

55) 張愛玲, 앞의 책 12면.

득하고 주체로서의 지위는 단단해진다. 왕 홍성이 「패왕별희」를 그처럼 높이 평가한 것도 이같은 여성의 각성과 숭고한 주체의 탄생이 5·4 신문학의 개인주의적 전통에 대한 충실한 계승이라고 여겼기 때문이다. 많은 사람들이 「패왕별희」의 우희에게서 5·4시기의 노라형상을 발견하는 것도 같은 맥락에서이다. 우희는 분명 근대적 주체로서의 자기동일성을 추구하는 여성 노라로서 손색이 없다.

그런데 우희와 노라가 중첩되는 바로 이 지점에서 그 자살의 두번째 전략적 의미가 드러난다. 우희가 자신에게 죽음을 선고하는 것은 곧 반전통주의 민족서사가 만들어낸 '혁명의 천사' 노라에게 죽음을 선고하는 것과 같기 때문이다. 5·4 이래 반전통주의 민족서사 속에서 창조자 남성계몽지식인이 고안해낸 가장 득의한 창조물 중의 하나가 바로 '혁명의 천사' 노라였다.[56] 그런 창조물로서의 노라를 죽이는 것은 곧 그것의 창조자인 남성을 파괴하는 것만큼이나 치명적이다. 그런 의미에서 우희가 표면적으로 죽인 것은 자기 자신이지만 상징적으로 죽인 것은 항우, 즉 항우가 속한 '그'의 세계라고 해도 과언이 아니다. 여기서 노라의 자살은 여성자각의 완성을 넘어 '그'의 세계, 즉 펠러스 중심주의에 대한 복수로 그 의미가 확대된다.

이처럼 여성이 스스로 죽음을 선택함으로써 남성을 그 자신의 창조물로부터 소외시키는 복수의 방식은 「패왕별희」의 결말에서 여성의 비가시화 전략을 통해 완성된다. 작가는 의미심장하게 "이런 끝이 더 좋아요"라고 말하는 우희의 목소리를 복원하면서도 항우에게는 이것을 "알 수 없는 말"로 만든다. 이는 한편으로 지금까지 여성들의 서사는 보이지 않거나 기껏해야 "알 수 없는 말"이 되어 사라져버리고, 결국 남는 것은 다시 여성에 대한 남성들의 서사였을 뿐임을 강조한다. 지금까지 알려진 역사 속에서 우희의 죽음은 항우가 이해한 대로 남성에 대한 영원한 순결과 복종의 서

---

56) 본서의 3장 참고.

약으로 코드화되었으며, 반복되는 남성중심적 민족서사 속에서 그녀 죽음의 숭고함이 경배될수록 실은 패배한 영웅 항우의 비극성만 더욱 빛을 발해왔던 것이다.

그런데 작가는 이처럼 비가시화되었던 여성세계를 우희라는 여성의 목소리를 통해 독자들 앞에 복원하면서도, 항우에게만큼은 그것을 보여주지 않는다. 그러기는커녕 오히려 그것을 항우가 영원히 "알 수 없는 말"로 만들어버린다. 그로 인해 "이런 끝이 더 좋아요"라는 말 속에 담긴 여성자각의 완성과 팰러스 중심주의에 대한 복수의 의미를 항우는 영원히 이해할 수 없게 된다. 여성이 남성권력에 의해 비가시화되는 타자였던 데 비해 작가는 여기서 오히려 여성이 스스로를 비가시화하는 전략을 취하는 것이다. 그런데 비가시화 전략은 대상을 타자화하는 권력인 남성의 시선을 무력하게 만든다. 그리하여 보이지 않는 여성 존재는 남성주체에게 불가해한 대상으로 남게 됨으로써 남성의 지식권력 자체를 위협한다. 그리고 어둠 속에 숨어버린 여성은 이제 알 수 없는 공포와 선망의 대상이 됨으로써 권력의 전이효과를 낳는다.

적에게 잡혀 모욕당하는 일을 피하기 위해 그리고 항우에 대한 정절을 지키기 위해서, 또는 항우가 걱정 없이 싸울 수 있도록 하기 위해서 우희가 자살했다는 기존의 가부장적 해석은 "이런 결말이 더 좋아요"라는 우희의 한마디 말로써 완전히 조롱당한다. 그것은 우희의 진실은 다른 데 있음을 강력히 암시함으로써 기존 남성중심 서사의 인식론적 권위를 해체할 뿐만 아니라 그 진실을 의도적으로 비가시화함으로써 여성에 대한 남성의 인식가능성 자체를 부정해버린다. 죽어가는 우희를 부둥켜안고 그녀가 무슨 말을 하는지도 모르는 채 눈물만 뚝뚝 흘리는 항우의 모습이 비극적이라기보다는 우스꽝스럽게 느껴지는 것은 바로 위와 같은 비가시화 전략의 결과이다. 그리고 이같은 결말의 희극성은 다시 우희의 자살을 좌절이나 체념이라기보다는 전략으로 보는 데 더욱 힘을 실어준다.

4. '알 수 없는 말'의 성별정치

본 장은 장 아이링 「패왕별희」에 드러나는 여성의식의 의미를 1930년대 후반 민족서사들의 구체적 지형 속에 놓고 고찰함으로써, 훗날 장 아이링 문학의 일반적 특징인 '정치적 무관심'이 근대적 주체로서의 여성의식과 남성중심적 민족주의 사이의 갈등에서 연원하고 있음을 살펴보고자 했다. 간단히 정리해보면, 장 아이링의 「패왕별희」는 1930년대 중반 5·4 신문학 전통의 창조를 통해 민족적 합법성을 쟁취하고자 했던 이른바 진보적 민족주의의 열기에 고무받아 씌어졌다. 그리하여 「패왕별희」의 우희는 자신의 타자적 정체성을 심문하고 과감히 그것과 결연하는 5·4식 노라의 형상으로 등장한다. 하지만 그처럼 철저한 여성적 각성으로 인해 우희는 오히려 5·4 민족서사의 산물인 자기 자신—노라—에게 죽음을 선고하게 된다. 이로써 우희는 5·4식 민족서사의 남성중심성에 의문을 제기하는 여성주의적 주체로 성장한다.

이처럼 우희의 역사적 죽음이 노라의 자살이라는 의미로 확장됨에 따라 장 아이링의 「패왕별희」는 곧 5·4 신문학 전통의 창조를 통해 합법화되던 1930년대 중반 남성중심적 민족서사에 상당한 균열을 내는 텍스트가 된다. 뿐만 아니라 노라의 자살은 자연스럽게 노라와는 다른 새로운 여성주체의 탄생을 예고하는 신호탄이 된다. 그 새로운 주체는 적어도 생전의 우희처럼 남성적 사명을 자신과 동일시하고 그 사이에서 방황하고 불안해하는 여성은 아닐 것이다. 또한 자살이라는 극단적 결별행위가 노라식 전략이었다면, 새로운 주체는 적어도 노라와는 다른 식의 전략을 추구할 것이라 짐작할 수 있다. 그것은 노라라는 근대적 여성주체의 형상을 지양하는, 탈근대적 여성주체의 등장 가능성을 예고하는 것이기도 하다. 「패왕별희」를 단순히 전통적(혹은 봉건적) 가부장제에 대한 여성의 각성으로만 볼 수 없는 이유가 여기에 있다.

실제로 전성기 장 아이링이 그려낸 여성주체들은 결코 숭고하지도 비장하지도 않다. 숭고는 초월을 전제하지만 장 아이링이 주로 관심을 가지고 그린 인물들은 모두 타협하는 주체들이며, 심지어 그녀는 숭고와 초월을 "남성의 병(男人病)"[57]이라 하여 멀리하였다. 자신의 타자적 존재에 대해 자각했다고 해서 곧장 혁명으로 뛰어들거나 죽을 수 있는 초월적 존재는 사실 현실에서 극소수에 불과하다는 것이 그녀의 생각이었다. 그리고 그녀는 실제로 세상을 짊어지고 가는 것은 소수의 영웅이 아니라 바로 적당히 비굴하고 적당히 영리하게 현실과 타협하며 살아가는 이들 보통사람들이라고 믿었다.[58] 우희처럼 죽음으로써 자신의 자각을 완성하는 인간형은 장 아이링이 볼 때 그다지 현실적인 인물이 못되었다.

1944년, 왕 홍성의 회고를 통해 「패왕별희」의 존재가 세상에 소개되었을 때 장 아이링 자신은 그것이 "신문예 어투가 너무 강하여" "중국적 맛은 없고" "특히 마지막 장면은 할리우드 영화 같다"고 평가했다. 그리고 "그때는 감동적이라 여겼던 문구들이 지금 보니 낯간지럽고 혐오스럽다"면서 기회가 된다면 「패왕별희」를 다시 쓰고 싶다고 언급했다.[59] 그러나 그후 또하나의 「패왕별희」는 끝내 탄생하지 못했다. 그 원인은 여러가지가 있겠지만, 가장 큰 원인은 바로 역사적 사실로서 우희의 죽음을 마음대로 바꿔 쓸 수 없다는 점에 있을 것이다. 죽음은 적든 많든 숭고나 비장의 아우라를 동반하기 마련이지만, 장 아이링은 숭고나 비장보다는 '처량(凄凉)'의 미학을 추구했기 때문이다. 따라서 만약 그녀가 「패왕별희」를 다시 썼다 해도, 우희가 죽어야만 하는 '패왕별희' 고사의 줄거리 자체를 바꾸지 않는 한 1937년의 패왕별희와 완전히 다른 내용을 만들어내기는 쉽지 않았을 것이다.

---

57) 張愛玲 「論寫作」, 앞의 책 80면.
58) 張愛玲 「自己的文章」, 같은 책, 173면.
59) 張愛玲 「存稿」, 『張愛玲文集4』 192면.

이처럼 노라 대신 각성하지 않는 인물들, "자신들이 얼마나 미묘한 역사적 지점에 서 있는지 알지 못하는" 보잘것없는 보통사람들이 주인공이라는 점에서 장 아이링의 전성기 소설은 오히려 반(反)5·4적인 텍스트로 볼 수 있다. 물론 여기서 5·4전통이란 앞서 살핀 대로 1930년대에 민족적 합법성을 쟁취하고자 했던 일부 계몽적 민족주의자들에 의해 '반전통'과 '저항정신'으로 코드화된 5·4전통을 말한다. 그리고 장 아이링 문학세계의 반5·4적 특징은 바로 노라가 노라 자신에게 죽음을 선고한 「패왕별희」에서부터 이미 암시되고 있었다. 「패왕별희」는 가장 5·4적인 각성의 산물이지만 동시에 그 철저한 여성주의적 입장으로 인해 결과적으로는 5·4적 전통과의 결별을 선언한 것이다.

요컨대 「패왕별희」는 당시 성마리아여학교를 둘러싸고 팽배했던, 5·4신문학 전통을 통해 민족과 혁명과 역사를 강조하는 거대서사를 여성의 입장에서 심문하고자 하는 작은 몸짓이었다. 장 아이링은 우희의 여성으로서의 경험적 통찰을 통해 민족국가 건설과정과 그 성과는 오로지 '그'의 것이지 '그녀'의 것이 아님을 보여주었다. 그리고 그것은 평등한 혈연공동체와 민주적 인간관계를 설파하는 민족이 사실은 차별과 서열과 배제를 내포한다는 것을 보여줌으로써 왕 홍성과의 거리를 드러냈다. 하지만 항우가 우희의 마지막 말을 알아듣지 못한 것처럼 불행히도 왕 홍성 역시 그 작은 몸짓의 의미를 알아듣지 못했다. 왕 홍성과 장 아이링의 거리는 바로 그가 「패왕별희」에서 가장 5·4적인 것만 보아냈다는 점에 있는지도 모른다. 한 편의 한 편에 대한 지배의 정도, 즉 권력구조적인 제(諸)관계를 '정치'[60]라고 한다면, 「패왕별희」 이후 장 아이링 문학의 핵심은 바로 반(半)식민지를 살아가는 여성들의 삶과 그 성별정치의 재현에 있었다고 할 수 있다. 비록 장 아이링의 '정치적 무관심'을 비판하는 많은 민족주의 평론

---

60) 케이트 밀레트 『성의 정치학(상)』 50면.

가들에게는 그것이 여전히 "알 수 없는 말"에 불과하더라도 말이다.

그런 이유로 장 아이링 문학세계는 한동안 대륙현대문학사에서 평가받을 기회조차 얻지 못했다. 커 링(柯靈) 등의 우려대로 왕 야오(王瑤)의 『중국신문학사고(中國新文學史稿)』(1951) 이래 중국대륙에서 출간된 중국 현대문학사 저작에서는 장 아이링의 이름을 찾아볼 수 없다. 물론 장 아이링뿐만 아니라 1940년대 윤함구의 문학사적 사실이 모두 공백으로 처리되어 있다. 1980년대 중반 이후 장 아이링은 그 어떤 작가보다도 화려하게 '복권'되었지만 그럼에도 불구하고 여전히 그녀에 대한 정치적 논란은 계속되고 있다. 그녀의 1950년대 장편소설 『앙가(秧歌)』와 『적지지련(赤地之戀)』은 반공(反共)작품이라는 이유로 대륙에서는 여전히 판금(販禁)상태이며, 그녀가 '문화한간(文化漢奸)' 혹은 '친일작가'였다는 정치적 비판은 지금도 심심찮게 제기된다.

흥미로운 사실은 그녀가 민족적 과제를 방기했다는 위와 같은 비판과는 반대로 일부에서는 장 아이링의 텍스트에서 부단히 '중국적인 것'의 기원을 발견하기도 하고, 심지어 어떤 연구자는 장 아이링의 텍스트가 타이완에서 '중화민족주의'적 상상력을 파생하는 강력한 근원이 된다고 주장한다는 것이다.[61] 그렇게 보면 장 아이링이 '한간' 작가인가 아닌가는 이미 지나치게 단순한 문제에 불과하다 하겠다. 아울러 남성중심적인 민족서사와 장 아이링의 의도적인 '정치적 무관심'까지 고려한다면 장 아이링의 텍스트가 시사하는 문학사적 문제가 그리 만만치 않음이 분명하다.

---

61) 이에 대해서는 임우경 「민족의 경계와 문학사: 타이완 신문학사 쓰기와 장 아이링」, 『중국문화의 주제탐구』, 한국문화사 2004 참고.

결론: 노라 민족서사의 젠더 패러독스

    이상에서 20세기 전반기 중국에서 노라 이야기가 어떻게 민족서사로 만들어지고 어떤 성별 상징성을 띠게 되는지, 그리고 서사주체의 성별에 따라 어떻게 달리 수행되며 반복변화성을 낳는지 살펴보았다. 이제 서사주체의 성별화된 경험에 따른 노라 민족서사의 수행적 반복과 그 과정에 발생하는 젠더 패러독스에 대해 간략히 보충정리하는 것으로 결론을 대신하려 한다.

    앞서의 논의에서 무엇보다 먼저 확인할 수 있었던 것은 5·4시기 반전통주의 여성해방담론이 궁극적으로 여성을 내세운 남성중심적 민족서사로 부단히 수렴되었다는 사실이다. 반전통주의 민족서사는 먼저 여성을 야만적 전통의 희생자로 재현하였고 그다음에는 다시 미래의 영웅으로 이상화하였다. 그 결과 전통의 희생자로서의 여성은 물론이고 '혁명의 천사'라는, 아직 도달하지 못한 가능태로서의 여성 역시 현재가 근본적으로 남성적임을 강조함으로써 여성을 상징화 이전의 타자성과 계속 동일시할 위험을 안고 있었다. 게다가 오리엔탈리즘 내에서 남성성으로 재현되어온 서양의 현대성이 반전통주의가 추구하는 모델이 됨에 따라 노라는 실제로 남성을 모델로 하는 '신청년'의 기호로 보편화되었다. 그리고 이른바 전통에 투사된 '여성성'이란 여전히 극복의 대상으로 남았다.

이처럼 5·4시기 노라 이야기는 먼저 전통 중국의 현대화를 상징하는 민족우언이고 교의적인 민족서사라고 할 수 있다. 그것은 민족의 전통을 야만으로 구성하면서 독자를 하나의 뿌리를 가진 민족공동체의 구성원으로 상상하게 해주며 노라의 가출을 통해 획득될 수 있는 민족의 현대적 미래라는 교의적인 행운의 약속을 전한다. 하지만 전통이 야만적인 것으로 구성되고 여성은 그 전통의 희생자로 부단히 정형화되는 과정에서 여성은 능동적이고 자기규정적인 현대적 남성주체가 초월해야만 하는 전통과 연계지어진다. 이와 같이 전통의 야만성에 대한 표식이 신체에 새겨져 있는 노라만이 가출/해방의 자격을 가진 셈이다.

노라는 궁극적으로 민족현대화의 상징이며 여성해방의 약속이었지만 결국 노라 이야기는 반전통주의가 제시한 여성에 관한 단일한 대안신화로서 여성이 현대성과 맺는 독특한 관계를 '해방'의 맥락 하나로 포괄하려는 시도이기도 했다. 이는 여성과 현대성의 관계가 노라라는 하나의 단일한 여성성—사실은 남성화된—의 이미지로 포섭되고 상징될 수 있다고 가정한다는 점에서, 여성의 역사를 하나의 형상으로 고착하는 새로운 형식의 보편화에 빠질 위험이 있다. 모든 여성이 노라가 되도록 요구되는 지점에서 이른바 '구여성'이 현대성과 맺는 관계의 방식이 관심 밖으로 밀려나거나 심지어 '구여성' 자체가 혐오의 대상으로 쉽게 전치(轉置)되었던 것도 그 때문이다. 이처럼 노라 민족서사는 민족의 과거와 현재, 미래를 야만에서 문명으로 나아가는 하나의 해방서사로 완성하고자 하기 때문에 필연적으로 단선적 역사를 가정하게 되고, 그 안팎에 흩어져 있는 여성들의 복수적 삶의 양상을 서열화하거나 배제하게 된다. 이와 같은 특징이 5·4시기 반전통주의 민족서사로서 노라 이야기의 교의적 시간성을 구성하는 것이다.

그 점만 본다면 본서는 5·4시기 여성해방과 그 현대성 담론을 모두 남성중심적 민족서사 안으로 귀결시키고 그것의 부당함을 지적하고 있는 것처럼 보일지도 모른다. 그러나 필자는 여성을 일방적인 희생자로, 혹은 남성을 일방적인 가해자로 규정하는 본질주의적 접근은 궁극적으로 여성을 민족의 시간과 영역 바깥으로 내몰고 결국 여성주체가 관여한 현대성을 여전히 공백으로 처리할 가능성이 있음을 상기하고자 노력했다. 본서에서 이 점을 충분히 설득력 있게 제시했는지는 확신할 수 없다. 하지만 반식민 민족주의의 현대화 기획으로서 중국의 5·4시기 반전통주의와 그 여성해방담론을 분석할 때 남성지배적 성격을 강조하는 것은 여전히 중요하지만, 그렇다고 그것을 유일한 측면으로 확대하는 것은 곤란하다. 5·4시기 반전통주의 민족서사가 역사적으로 남성적 규범을 중심으로 구조화되었다는 주장은 5·4시기 반전통주의 민족서사가 모두 단일하고 통합적인 남성적 원리로 환원될 수 있다는 주장과는 엄밀히 구분되어야 한다.

그같은 환원적 관점은 현대화 과정의 남성지배적인 성격을 뚜렷하게 보여줄 수는 있겠지만 결과적으로 남성이 역사발전을 주도한 반면 여성은 무력하다고 보는 남성중심적 담론을 고착시킬 위험이 있다. 민족서사의 남성중심성에 대한 비판이 역으로 여성을 수동적이고 동질적이며 소외된 대중으로 표상하는 것을 추인함으로써 여성이 역사적 과정에서 뚜렷한 역할을 담당하고 적극적으로 기여한 사실이 고려되기 어렵기 때문이다. 가장 큰 문제는 민족서사 속에서 부단한 타협과 돌파로써 자기정체성을 형성해가는 여성주체의 협상적 노력을 간과하기 쉽다는 점이다.

따라서 앞에서도 살폈듯이, 반전통주의 여성해방담론이 비록 남성 계몽 지식인이 주도하는 민족서사로 부단히 전유되었던 것은 사실이지만 또다른 한편 여성작가를 비롯한 수많은 신여성들이 바로 그러한 민족서사의 주체였다는 점과, 그것의 가장 큰 수혜자 역시 여성들이었다는 점을 주목하는 것이 매우 중요하다. 실제로 야만에서 문명으로, 전통에서 현대로 가는 민족 진보에 대한 우언(寓言), 즉 노라 이야기의 주인공이 바로 자신이라는 생각에 여성들은 한껏 고무되었음이 분명하다. 약속이란 배반이 따르게 마련이지만, 노라 이야기는 그녀들에게 구체적이고 현실적인 행운의 약속이었을 것이다. 그리고 많은 여성들이 진보라는 현대성의 이념에 새겨진 변화의 약속에 매료되었고, 현대 민족국가 건설이라는 당면과제 속에서 역사의 주체로 변신한 자신의 미래를 보았던 것이다.

노라 이야기는 5·4시기 남녀를 불문하고 거의 대부분 지식인들의 공통된 관심사였던 만큼 다양한 문화적 텍스트 속에서 수없이 반복되었다. 이 서사적 수행은 민족의 교의적 서사를 똑같이 복제해내는 것이 아니라 매번 반복변화성을 수반한다. 그리고 '혁명의 천사' 노라 이야기가 반복적으로 수행되면서 유포되는 사이, 바로 그 "시간적 지연"(time-lag)을 통해 계몽의 대상으로 정형화되었던 타자 여성에게 표상작용의 위치가 제공된다. "타자의 기입과 간섭의 위치, 즉 타자의 혼성성과 '이질적인' 언표작용적 공간을 도입"[1]하기 위해 호미 바바가 열어놓은 "시간적 지연" 속에서 여성들의 다양한 입지와 혼란과 불안이 노라 이야기의 교의적 시간을 불안하게 변형하며 드러난다. 그 과정은 민족을 부단히 남성중심적인 통합체로 동질화하려는 교의적 민족서사에 대한 보충질문을 던지고 동시에 남성중심적 민족서사에서 배제되는 여성들의 경험을 민족의 '현재의 기호'인 차이들로 드러낸다.

남성과 다른 여성의 경험은 많은 부분 바로 사회적으로 젠더화되는 경험의 차이에서 비롯된다. 그리고 그 경험의 차이는 노라 민족서사의 성별 상징성과 주체의 성별 사이 상호관계와 밀접하게 관련된다. 즉 주체의 성별과 서사의 성별 상징성이 상호작용한다는 것이다. 노라 가출 사건을 둘

---

1) 호미 바바 「'인종'과 시간, 그리고 근대성의 수정」, 『문화의 위치 — 탈식민주의 문화이론』 457~60면 참고.

러싼 페미니즘담론 주체의 태도와 서사전략은 자신의 성별 경험에 따라 상이한 양상을 띠기 때문이다. 한편 노라 형상의 양가적 성별 상징성은 주체의 성별에 따라 노라 민족우언을 생산하고 소비하는 과정에서 자연스럽게 서로 다른 양상을 유발하는 것이다.

따라서 노라의 성별을 '무성화'하는 담론의 논리와 그 남성중심적 효과를 드러내고 그에 대한 시정을 요구하는 것은 분명 중요한 일이지만 그와 더불어 노라 민족서사의 유포 과정에서 드러난 성별 경험에 따른 차이도 충분히 고려해야 한다. 그것은 민족서사의 남성중심성을 드러내면서도 여성의 주체적 참여로 이루어진 역사적 현대성을 재구성하기 위한 첫걸음이기도 하다. 그런 점에서 앞서 강조한 대로 노라의 성별이 애초에 '여성'으로 규정되었다는 사실을 기억하는 것은 대단히 중요하다. 노라 민족서사에서 아무리 노라가 '무성화' 혹은 '남성화'되고, 그리하여 현대 민족주체로서 이상적인 '신청년'의 형상으로 추앙된다고 해도 아무도 노라를 남성으로 보지는 않는다. 반대로 노라에 대한 동경이 가득한 남성일지라도 자기 자신을 노라로 자처하지는 않는다. 따라서 비록 노라 이야기가 민족서사로 환원되면서 노라가 부단히 '무성화'되었다 하더라도 그 사실을 일면적으로 강조하게 되면 오히려 남성주도 페미니즘이 남성을 주체로 정립하면서 여성을 대상화하게 되는 가장 기본적인 현실적 조건으로서 서사주체의 성별 차이를 간과하기 쉽다.

우선 남성이 노라 민족서사를 전유하는 경우를 보자. 노라 이야기의 주인공은 노라이고 노라의 성별은 여성이기 때문에, 노라 민족서사의 유포 과정에서 남성은 대개 노라를 창조하는 자리에 자신을 놓게 된다. 이때 남성이 창조자가 됨에 따라 여성은 또한 자연스럽게 그 피조물로 대상화되고 그 과정에서 남성은 창조자 주체로 여성은 피조된 타자의 관계로 구성되기 십상이다. 이는 2장에서 살펴본 대로, 5·4시기 반전통주의적 페미니즘이 많은 남성지식인들에 의해 주창될 때 대개 남성이 계몽의 주체로 정립되는 반면에 여성은 주체가 계몽하고 이끌어주어야 하는 타자로 정형화되는 경향과 맞물린다. 서사주체가 자신의 성별을 어떻게 동일시하는가에 따라, 즉 성별에 따른 역할의 차이에 따라 창조자와 피조물이라는 남녀의 권력적 관계가 자연스럽게 승인되는 것이다.

그런데 또 한편 노라를 창조하는 역할에서 자기주체성을 확인하는 남성은 바로 그 역할 때문에 스스로 변화의 당사자가 되기는 어렵다는 점에서 남성주체의 역설이 생긴다. 즉 노라를 창조하는 남성은 자기 자신을 통해서 변화의 외표를 증명하기보다 주로 대상인 여성 노라 속에 성공적으로 자신을 투사함으로써 자신의 변신에 대한 욕망을 표현하게 된다. 남성주체는 노라 이야기에서 노라의 가출을 독려하고 이끄는 선생·오빠·연인과 같은 인물을 통해 이야기에 직접 개입하거나 또는 서사 밖의 권위적인 위치에서 저자의 목소리를 통해 간접적으로 개입함으로써 자기욕망을 표출한다. 이러한 방식으로 그들은 실제 노라의 가출행위에 직접 개입할 뿐 아니라 그것을 담론적으로 합법화하거나 도덕성을 부여하는 역할을 통해 주체로서의 권위를 획득한다. 따라서 노라 이야기에서 여성이 변신해야 하는 상황은 속속들이 드러나는 데 비해 창조자 남성 자신 속에 배어 있는 낙후성의 기호나 현대적 변신의 경로가 무대 위에 이슈화되는 경우는 상대적으로 많지 않다.

또 한편 「상서」의 쉬앤청이라는 남성인물에서 보듯이 남성 창조자는 자신의 성별 경험을 기준으로 한 행위규범과 이상을 대상인 여성에게 투사하곤 한다. 따라서 남성 창조자의 선의와는 관계없이 여성인물의 성격이나 행동양식 및 상황을 지나치게 단순화 또는 정형화하기 쉬우며 심지어 어떤 단일하고 본질화된 양식을 합법적으로 여성에게 강요하기도 한다. 그런데 그처럼 여성을 정형화하는 무의식적 젠더 역할은 말 그대로 남성 창조자가 의식하지 못하기에 남성주도 페미니즘이 초래한 여성의 타자화에 대한 반성적 성찰이 남성에게서 자발적으로 이루어지는 경우는 극히 드물다.

하지만 대상 위에 군림하는 남성 창조자의 이러한 전제적 권위에도 불구하고 살아 있는 여성을 생생하게 그린다고 할 때 여성은 그리 쉽게 남성 주체의 뜻대로 형성되지는 않는다는 점에 남성 창조자의 또하나의 곤혹스러움이 있다. 대상이 자기 뜻대로 형성되지 않는 한 남성주체는 영원히 주체로서 성공할 수 없을지도 모르는 역설적 위기에 빠지기 때문이다. 창조자와 대상 사이의 불일치로 남성주체의 위치는 늘 불안하다. 자신을 닮도록 피조물을 창조하는 과정은 역으로 여성을 남성인 자신과 똑같이 만든다는 것이 불가능함을 깨닫게 되거나, 똑같을 수 없는 대상을 자신의 의지속에 복속시키려는 작업이 결국은 자신의 허위와 기만에 불과함을 깨닫게 되는 과정이기도 하다. 루 쉰이 쥐앤성의 납함(納喊)을 통해 보여주었듯이, 예민한 남성 창조자들은 종종 민족주체의 창조과정이 이와 같은 대상의 타자화를 필연적으로 수반함으로써 궁극적으로는 실패한다는 역설적 사실에 당황해하곤 한다. 그에게 창조 대상 자체의 실패는 곧 창조자 자신의 실패로 간주되기 때문이다.

한편 그와는 반대로 대상의 성공적인 변화 역시 남성 창조자 자신의 소외를 야기할 수 있다는 사실의 발견은 다른 의미의 불안을 낳는다. 때로는 자신이 창조한 대상의 너무나 혁신적인 변화를 정작 창조자 자신이 따라잡을 수 없어 당황해하는 상황이 발생하는 것이다. 장 아이링이 그려낸 우희와 항우의 관계는 그러한 남성의 공포를 여성의 입장에서 희화화하고 있는 대표적인 예이다. 여성으로서의 철저한 자각은 우희로 하여금 항우의 그림자로서의 자기정체성을 부정하고 나아가 그 창조물인 노라 스스로 죽음을 선고함으로써 남성 창조자의 노력을 무위로 만들어버렸을 뿐만 아니라 그 주체로서의 권위까지 비웃는 것이다. 따라서 현대적 민족주체로서 노라와 같은 신여성의 등장을 고대했던 많은 남성작가들의 재현 속에서조차 알게 모르게 신여성에 대한 공포가 동시에 드러나는 것도 이상한 일은 아니다.

　본서의 분석대상에 미처 포함시키진 못했지만 그같은 상황은 마오 둔(茅盾)의 「창조」에 흥미롭게 묘사되어 있다. 간단히 소개하면, 「창조」에서 주인공 남자는 자기 일생일대의 프로젝트로 이상적인 아내를 창조하고자 했다. 그리고 아내를 현대의 교양있는 여성으로 완벽하게 창조하는 일은 순조롭게 성공하는 듯했다. 그러나 성공이 절정에 달했다고 생각되는 순간 아내는 남자의 통제를 벗어나기 시작한다. 자신의 사랑스런 창조물은 이제 더이상 자신에게 복종하지 않을 뿐 아니라 자신의 한계를 비웃고, 심지어 자신보다 앞서 나가며 혁명을 꿈꾼다. 「창조」의 아내처럼, 남성들의 재현 속에서 여성들은 종종 도대체 영문을 알 수 없는 변덕스럽고 신비스러운 형상으로 그려진다. 그것은 바로 완전히 장악되지 않는 대상 즉 여성에 대한 남성주체의 불안과 거기서 비롯된 자기 소외의 공포가 투사된 것이라 할 수 있다.

　한편 여성의 경우 노라가 여성이라는 사실은 남성의 경우와는 다른 의미가 부여된다. 노라와 그녀의 가출은 민족적 상징이기도 하지만 그보다는 먼저 여성 자신의 삶 자체로 요구되기 때문이다. 여성이 노라 민족서사를 전유할 때 여성은 노라의 창조자인 동시에 노라 자신이어야 했다. 따라서 노라가 완전히 '무성화'된 형상으로 재현된다 하더라도 실제로 여성의 자기해방의 계기는 바로 여성이라는 자신의 성별에 대한 각성에서 시작되었다. 빙신에 대한 분석에서 본 것처럼, "나는 나 자신의 것"이라는 보편적 개인주의의 요구를 실현하기 위해서라도 여성은 우선 자신을 '여성'이라는 틀 안에 묶어두려고 하는 사회적 규범과 인식에 민감하게 대면해야 하는 것이다. 때문에 민족서사가 여성에게 요구하는 '무성화' 혹은 '남성화'가 오히려 여성의 여성으로서의 각성을 자극하는 전제조건이 되었다는 점은 확실히 역설적이라 하지 않을 수 없다.

　따라서 "나는 나 자신의 것"이라는 노라의 대사가 여성들 사이에 유포

될 때 그것은 후 스가 「인형의 집」을 해석하면서 기대했던 것과는 또다른 함의, 즉 여성으로서 남성과는 다른 동일성을 구성할 수밖에 없는 균열을 내포한다. 즉 남성 계몽주체들의 민족서사 속에서 끊임없이 '무성화'되었지만 노라의 여성이라는 성별 자체는 '무성화'에 반하여 또다른 동일성을 구성하게 하는 물적 토대가 된다. 그리고 이 물적 토대와 여성에게 요구되는 남성중심적 사회의 규범—전통적인 것이든 현대적인 것이든—사이의 갈등적 경험이야말로 여성이 5·4시기 남성주도 페미니즘에 대한 보충질문의 공간을 열어내는 기반이다. 2장에서 언급한 링 수화의 「내가 뭘 잘못했길래」는 바로 그러한 구식여성들의 갈등적 경험을 드러내는 보충질문이었다고 할 수 있다.

요컨대 노라 민족서사의 주인공이 여성이라는 사실은 남성의 경우와 달리 대개 미래를 꿈꾸는 많은 여성으로 하여금 자기 스스로를 남성과는 다른 방식의 행위와 변화의 담지자로 상상하게 한다. 5·4시기 많은 여성작가들의 소설이 일기체나 서간체로 씌어졌거나 또 1인칭 시점이 유독 많은 것도 창조자 여성과 대상으로서의 여성의 삶이 일치했다는 점과 밀접하게 관련된다. 자신의 삶 자체가 노라를 연상케 하는 많은 5·4시기 여성작가들은 변화의 주역으로서 자신의 성이 직면한 문제를 자의식적으로 표현하고자 노력했다. 이러한 노력은 이전까지 이른바 공적인 영역에서 여성에게 제한되었던 쓰기와 말하기 양식을 여성이 전유할 수 있게 되었음을 의미하기도 한다. 그리고 이와 같은 여성들의 경험과 그 경험을 바탕으로 한 노라 민족서사는, 빙신의 「두 가정」에서 드러나는 것처럼, 반복되는 수행적 시간 속에서 다양한 형태의 '같지 않음'을 창출해냈다. 바로 그 속에서 남성중심성이 보충질문되거나 여성에 의해 완전히 전유되는 양상을 보이기까지 한다.

"혁명의 천사"라는 말이 보여주듯 반전통주의 민족서사 속에서 노라는 중국민족의 현대화 혹은 해방의 상징이었고, 어느덧 여성은 민족서사의 주인공이 되었다. 민족의 새로운 정신을 집약적으로 보여주는 존재가 바로 자신이라는 생각에 여성들은 한껏 고무되었음이 분명하다. 노라의 가출이 끊임없이 남성중심적 민족서사에 의해 전유되었던 것과는 무관하게, 그녀들에게 가출은 여성에게 억압적인 현상태와의 결정적인 단절의 순간이며 새로운 질서의 시작을 의미했다. 가출은 특히 여성에게 억압적인 '집'이라는 영역에서 해방되어 더 큰 모험의 세계——꼭 남성 중심의 공적 영역만을 가리키는 것은 아닌——로 진입하게 해주는 마법의 문이었다.

이처럼 노라 민족서사를 전유하는 과정에서 여성들 역시 현재와 미래의 비전을 창조하면서 연대기적 발전으로서의 역사, 그리고 일직선의 돌이킬 수 없는 시간의 흐름으로 나타나는 역사에 대한 의식을 자연스럽게 내면화했다. 노라의 가출이라는 행위가 보장해주는 것처럼 보이는 미래의 비전과 발전으로서의 역사성에 대한 경험은 여성들에게 대단히 새롭고 고무적인 현상이었다. 그것은 곧 "여성이 정치적 행위주체로서, 즉 단지 역사에 종속되는 존재가 아니라 역사의 주체로서 중요한 존재임을 공표하는 공적인 선언이 시작되었음을 알리는 것"[2]이었다. 그로 인해 여성들의 해방을 향한 발걸음은 「창조」의 아내처럼 종종 노라에 대한 남성들의 기대보다 훨씬 앞서기도 했다.

5·4시기 여성들은 노라의 가출이라는 급진적 행위 속에서 현존 체제의 급격한 전복과 모든 급진적이고 근본적인 변화과정을 의미하는 소위 '혁명'적 시간관을 습득했다. 그리고 이러한 혁명의 시간성은 유기적인 발전을 의미하는 진화적 시간성과 함께 여성의 미래를 보장하는 중요한 토대가 되었다. 사실 이 두가지 시간관은 최근 많은 페미니스트 학자들에 의해 지극히 남성중심적인 현대성의 전형적인 메타포이며 여성을 '역사의 비

---

2) 리타 펠스키 『근대성과 페미니즘』 230~31면.

역사적 타자'로 규정한다는 점에서 본질적으로 가부장적이라는 비난을 받고 있다. 5·4시기 중국에서도 역시 이 두가지 시간관은 전통/현대, 신/구라는 단절적 이분법 위에 '야만적 전통'을 창조하고 민족현대화의 합법성을 구성하고자 했던 남성중심적 반전통주의 민족서사의 중요한 토대이기도 했다. 그런데 여성들 역시 마찬가지로 자신의 해방서사 속에서 바로 이같은 시간관을 자신의 것으로 전유했다. 직선적이고 불가역적인 발전의 시간은 긍정적인 의미에서든 부정적인 의미에서든 남성들만의 전유물은 아니었다.

문제는 스스로 주체가 되는 미래를 설계하던 여성들 역시 민족의 역사와 진보라는 개념이 환기하는 유산의 영향으로부터 자유롭지 못하다는 것이다. 예컨대 주로 중산계급이었던 여성운동의 구성원들은 종종 자신을 역사의 선봉에 선 지적·정치적 전위로 표현했으며 이 속에서 다른 계급의 여성들은 흔히 원시적이고 뒤처져 있거나 선도적 페미니스트에 의해 자각하게 되는 존재로 묘사되었다. 그것은 빙신과 펑 위안쥔의 분석에서 본 것처럼 1세대 여성작가들의 특징이기도 했다. 특히 빙신의 「두 가정」은 여성을 주체로 세우기 위해 의도적으로 또다른 여성을 타자화하는 여성주체의 계몽적 태도를 선명하게 보여준다. 이는 민족계몽자로서의 남성과 계몽대상으로서의 여성이라는 관계와 동일한 구조를 재생산하는 것에 다름아니다. 물론 여성계몽자의 경우 본인이 창조대상인 동시에 창조자라는 점에서 흔히 자아분열을 겪게 되며 이로부터 남성주체와는 다른 강박증을 앓게 된다. 진화와 혁명의 메타포는 여성들에게 그들의 주체적인 힘과 역사적 목적, 정치적 급진주의에 대한 의식을 표현할 수 있게 해주었다는 점에서 전략적인 가치가 있었지만, 그것은 한층 문제적인 '배제의 유산'—스스로의 분열과 다른 여성의 타자화—과 분리될 수 없었던 것이다. 빙신을 비롯한 중국 현대 여성 계몽주체들에게 보편적이었다고 할 수 있는 노라 강박증은 바로 민족서사의 주체이면서 동시에 대상으로 타자화되는 여성들의 복합적 경험이 집약적으로 외화(外化)된 형태로 이해될 수 있다.

따라서 재현의 주체가 여성이라고 해서 꼭 '여성성' 혹은 '여성적인 것'을 대표한다고 볼 수는 없다. 게다가 그 '여성성'에 대한 추구가 반드시 페미니즘과 일치한다고 할 수도 없다. 예컨대 최근 '여자 되기'라는 모티브가 많은 남성연구자들에 의해 주장되고 있는데, 리타 펠스키는 그처럼 여성적인 것을 비결정성·변동성, 그리고 가장과 모방의 유희로 신비화하는 것은 결국 성차의 현실을 인정하지 않고 페미니즘에 대한 공공연한 적대감을 동반한다는 점에서 문제적이라고 지적한다. 이 경우에 '여자 되기'란 환상일 가능성이 많고 오히려 성차를 위계적 관계의 형식 속에 더 깊숙이 새겨넣게 될 수도 있는 것이다.

무엇보다 그러한 관점은 여성이 억압적 환경의 개선을 위해 일구어온 해방의 여정과 그 속에서 그녀들이 현대적 철학체계 — 포스트담론들이 비판하는 남성성으로서의 현대성 — 에 기대어왔다는 점 때문에 속류 본질주의나 남근숭배에 빠져 있다는 신중하지 못한 비난을 하게 된다는 점에서 문제적이라 할 수 있다.[3] 하지만 노라가 되고자 했던 여성들의 주체적 협상과정을 모두 남근숭배적인 병리적 현상으로 간주할 수는 없다. 중국 현대 여성 계몽주체들에게 보편적이었다고 할 수 있는 노라 강박증은 바로 민족서사의 주체이면서 동시에 대상으로 타자화되는 여성들의 복합적 경험이 집약적으로 외화된 형태로 이해되어야 한다.

이제까지 본서에서 5·4 반전통주의 민족서사가 여성문제를 어떻게 자기동력으로 동원하며, 여성은 또한 그 민족서사 속에서 민족과 여성으로서의 자기 정체성을 어떻게 구성하게 되는지 살펴보았다. 또한 민족적 위기를 극복하고자 하는 노라 민족서사가 어떤 성별 상징성을 띠게 되며, 그

---

3) 이에 대해 더 자세한 것은 리타 펠스키, 앞의 책, 제6장 참고.

것이 각각의 개인주체의 성별화된 경험과 어떻게 상호작용하는지도 살펴보았다. 반전통주의담론에 의해 전통이 여성성으로 현대가 남성성으로 규정되고, 또 그같은 새로운 성별 규범이 노라라는 여성형상 속에 양가적으로 투사되는 과정에서 젠더와 섹슈얼리티가 기본적으로 모두 담론체계를 통해 생산되는 재현[4]이라는 점을 확인할 수 있다.

여성성이 실제로 모든 여성들의 속성이나 본질이 아니라고 할 때 문제가 되는 것은 여성에게 그러한 속성을 부여하고 여성을 여성으로 읽어내는 언어와 재현체계라 할 수 있다. 반전통주의 민족서사는 바로 5·4시기 급격하게 충돌하며 새로 절합을 거듭하는 다양한 언어들 중 주요한 하나로 볼 수 있다. 그리고 여성이라는 육체 자체가 그 언어들의 충돌과 절합에 의해 재현되고 젠더화되는 과정 속에 있다면 중요한 것은 바로 5·4시기에 동서고금을 망라한 온갖 언어와 재현체계가 충돌하고 절합하는 과정에 대한 해석과 의미화이며, 또한 그 충돌의 장소로서 여성 육체의 경험을 고스란히 드러내는 것일 터이다.

본서는 이러한 경험에 여성주의적으로 개입하는 것의 의미와 그 방법론에 대한 하나의 모색이라고 할 수 있다. 그런데 여성의 경험을 해석하는 방법론의 논의에 치중하느라 실제로 여성의 경험을 여실하게 드러내는 소설 텍스트들이 충분히 소개되지 못한 아쉬움이 남는다. 이는 단지 본서의 주장에 대한 다양한 증거와 실례를 제시하지 못한 차원의 문제가 아니라 주장 자체의 한계로 남을 수 있다. 소설의 풍부한 디테일은 어떤 해석과 이론의 교의적 충동에도 포섭되지 않는 생생한 경험을 포착하며 각각의 텍스트가 통약불가능한(incommensurable) 가치로 존재할 수 있게 만들기 때문이다.

즉 소설은 민족상상의 가장 효과적인 문화적 수단이기도 하지만, 또한

---

4) 김선아 「여성주의자, 그 불순한 이름에 대하여」, 『여/성이론』 창간호 1999 참고.

풍부한 디테일을 통해 삶의 깊은 혼란과 충만한 이질성을 포착함으로써 서사가 단지 민족의 교의적 시간성으로만 환원되는 것을 방해한다. 특히 민족서사의 지배적 성별 상징성에도 불구하고 수행주체의 성별 차이는 소설이라는 텍스트 속에서 주체의 경험을 보충질문하거나 젠더화되는 과정으로서의 경험 자체를 은연중 드러낸다. 따라서 '현재의 기호'들로서의 여성경험을 풍부하고 생동하게 기록하고 있는 좀더 다양한 소설, 특히 지금까지 충분히 주목받지 못한 여성작가들의 텍스트에 대한 발굴과 역사적 자리매김은 그 자체가 여성주의적 해석의 중요한 방법론이 될 수 있을 것이다. 앞으로 필자뿐만 아니라 더 많은 연구자들의 지속적인 연구작업을 통해 이같은 논의와 방법론이 충분히 축적되고 성숙할 수 있기를 바란다.

| 참고문헌 |

1. 국문

강상중 『오리엔탈리즘을 넘어서』, 이경덕 임성모 옮김, 이산 1998.

권명아 『가족이야기는 어떻게 만들어지는가』, 책세상 2000.

권은선 「'한국형 블록버스터'에서의 민족주의와 젠더 ─「쉬리」와 「공동경비구역 JSA」를 중심으로」, 『여/성이론』, 제4호.

김동식 「연애와 현대성」, 『민족문학사연구』 18호, 2001.

김선아 「여성주의자, 그 불순한 이름에 대하여」, 『여/성이론』 창간호, 1999.

김윤식 「인형의식의 파멸」, 『한국문학사론고』, 법문사 1973.

김은실 「민족담론과 여성」, 『한국여성학논집』 제10호, 1994.

김철 외 『문학 속의 파시즘』, 삼인 2002.

꾸어모루어(郭末渃) 외 『문학과 정치』, 김의진·심혜영·성민엽 옮김 중앙일보사 1989.

니시카와 나가오(西川長夫) 『국민이라는 괴물』, 윤대석 옮김, 소명출판 2002.

다이진화(戴錦華) 「증거와 증인」, 『여/성이론』 제5호, 2002.

레나 린트호프 『페미니즘 문학이론』, 이란표 옮김, 인간사랑 1998.

리디아 리우『언어횡단적 실천』, 민정기 옮김, 소명출판 2005.

리타 펠스키『근대성과 페미니즘』, 김영찬·심진경 옮김, 거름 1998.

Lin Yu-Sheng(린 위성, 林毓生)『중국의식의 위기』, 이병주 옮김, 대광문화사 1990.

릴라 간디『포스트식민주의란 무엇인가』, 이영욱 옮김, 현실문화연구 2000.

바트 무어-길버트『탈식민주의! 저항에서 유희로』, 이경원 옮김, 한길사 2001.

박자영「소가족은 어떻게 형성되었는가: 현대 중국 도시의 경우─1920-30년대『부녀잡지』에서 전개된 가족논의를 중심으로」,『중국어문학논집』제25호, 2003.

박지향『제국주의』, 서울대학교출판부 2000.

_____『일그러진 근대』, 푸른역사 2003.

백낙청 엮음『민족주의란 무엇인가』, 창작과비평사 1981.

베네딕트 앤더슨『민족주의의 기원과 전파』, 윤형숙 옮김, 나남 1993.

샤오메이 천(陳曉媚)『옥시덴탈리즘』, 정진배·김정아 옮김, 강 2000.

샤오홍(蕭紅)『삶과 죽음의 자리』, 원종례 역, 중앙일보사 1989.

서영채『한국 현대 소설에 나타난 사랑의 양상과 의미에 관한 연구』, 서울대학교 박사학위논문, 2002.

성민엽 편역『루쉰』, 문학과지성사 1997.

스튜어트 홀 외『모더니티의 미래』, 전효관 외 옮김, 현실문화연구 2000.

_____ 편『현대성과 현대문화』, 전효관·김수진 옮김, 현실문화연구 1996.

시로우즈 노리코(白水紀子)「근대 가족의 형성과정에서 본 중국여성의 근대화」, 동아시아 문화공동체 포럼 2003. 12월 발표논문.

안미영「한국 근대소설에서 헨릭 입센의『인형의 집』수용」,『비교문학』제30집, 2003.

알렉스 캘리니코스 외『현대자본주의와 민족문제』, 배일룡 편역, 갈무리 1994.

앤소니 기든스『현대사회의 성, 사랑, 에로티시즘』, 배은경·황정미 옮김, 새물결

1996.

야마시타 영애 「한국의 위안부 문제와 민족주의」, 『근현대 한일관계와 재일교포』, 서울대학교출판부 1999.

어네스트 겔너 『민족과 민족주의』, 이재석 옮김, 예하 1988.

에드워드 사이드 『오리엔탈리즘』, 박홍규 옮김, 교보문고 2000.

에르네스트 르낭 『민족이란 무엇인가』, 신행선 옮김, 책세상 2002.

엘리자베스 크롤 『중국여성해방운동』, 김미경·이연주 옮김, 사계절 1985.

오오코시 아이코 「페미니즘과 일본군 '위안부'」, 『여/성이론』, 제5호.

왕후이(汪暉) 『새로운 아시아를 상상한다』, 이욱연 옮김, 창비 2003.

우에노 치즈코(上野鶴子) 『내셔널리즘과 젠더』, 이선이 옮김, 박종철출판사 1999.

윤혜영 「국민혁명기 베이징(北京)여자사범대학의 교장배척운동 — '신구갈등'에서 혁명으로」, 『중국근현대사의 재조명1』, 지식산업사 1999.

이경원 「문명과 야만의 이분법: 계몽주의의 양면성과 식민지 타자」, 『외국문학』 1996년 여름.

이미향 『현대애정소설연구』, 푸른사상 2001.

이보경 『문과 노벨의 결혼 — 근대 중국의 소설이론 재편』, 문학과지성사 2002.

이성시 『만들어진 고대』, 박경희 옮김, 삼인 2001

임우경 「페미니즘의 동아시아적 시좌 — 일제하 조선의 여성 국민화 문제를 중심으로」, 『여/성이론』 제5호, 2002.

_____ 『중국의 반전통주의 민족서사와 젠더』, 연세대학교 박사학위논문, 2004.

_____ 「세기말 중국 사상계의 분화 — 자유주의를 중심으로」, 『연세학술논집』 제31집, 2000

임지현 『민족주의는 반역이다』, 소나무 2001.

임지현·사카이 나오키 대화록 『오만과 편견』, 삼인 2003.

장징(張競) 『근대 중국과 연애의 발견』, 임수빈 옮김, 소나무 2007.

정유진 「민족의 이름으로 순결해진 딸들」, 『당대비평』 2000년 여름.

조앤 W. 스콧 『페미니즘 위대한 역설』, 공임순·이화진·최영석 옮김, 앨피 2006.

周婉窈(저우 완야오) 『대만』, 손준식·신미정 옮김, 신구출판사 2003.

周策縱(저우 처중) 『5·4운동: 근대 중국의 지식혁명』, 조병한 옮김, 광민사 1980.

지현숙 『남경정부(1928-1937)의 국민통합과 여성 ─ 신현모양처교육을 중심으로』, 이화여자대학교 박사학위논문, 2003.

차승기 『1930년대 후반 전통론 연구: 시간─공간 의식을 중심으로』, 연세대학교 박사학위논문, 2003.

천진 「민족의 임계점 사유하기」, 중국현대문학학회 발표문, 2003. 8.

천꽝싱(陳光興) 『제국의 눈』, 백지운·송승석·임우경 옮김, 창비 2003.

최성실 「1950년대 문학비평에 있어서 전통에 관한 논의 연구」, 『비교문학』 제30집, 2003.

최영석 「현대 주체 구성과 연애 서사」, 연세대학교 석사학위논문, 2002.

최정무·일레인 김 편저 『위험한 여성』, 삼인 2001.

캐서린 문 『동맹 속의 섹스』, 이정주 옮김, 삼인 2002.

케이트 밀레트 『성의 정치학』, 정의숙·조정호 옮김, 현대사상사 1976.

펨 모리스 『문학과 페미니즘』, 강희원 옮김, 문예출판 1997.

폴 A. 코헨 『미국의 중국 근대사 연구』, 장의식 외 옮김, 고려원 1995.

한국정신문화연구원 편 『신여성』, 청년사 2003.

허꿰이메이(賀桂梅) 「혁명, 지식인, 여성」, 『황해문화』, 2003년 여름호.

헨릭 입센 『인형의 집』, 곽복록 옮김, 신원문화사 1994.

호미 바바 『문화의 위치』, 나병철 옮김, 소명출판 2002.

2. 중문

柯靈 「遙寄張愛玲」, 『張愛玲評說六十年』, 中國華僑出版 2001.

簡瑛瑛「叛逆女性的絶叫 ── 從〈傀儡家庭〉到〈莎菲女士的日記〉」『中外文學』第18卷 10期 1990. 3.

甘陽「八十年代文化討論的幾個問題」『文化：中國與世界』第1輯. 三聯書店 1986.

康林「借鑑與超越 ──〈傷逝〉與〈玩偶之家〉的比較」『中國社會科學院研究生院學報』 1989. 5.

郭沫若「楚霸王自殺」『中國新文學大師名作賞析 ── 郭沫若』. 臺北: 海風出版社 1989.

_____「『娜拉』的答案」『郭沫若全集·文學篇 第19卷』. 北京: 人民文學出版社 1992.

喬以鋼『低吟高歌 ── 20世紀中國女性文學論』. 天津: 南開大學出版社 1998.

邱仁宗·金一虹·王延光 編『中國婦女和女性主義思想』. 上海: 中國社會科學出版社 1998.

屈雅君『執着與背叛 ── 女性主義文學批評理論與實踐』. 中國文聯出版社 1999.

貴志浩「發現與逃離: "娜拉現象"之女性意識透析」『浙江師大學報·社會科學版』第 25卷 3期. 2000.

琴廬「家庭革新論」『婦女雜誌』第9卷 9期. 1923.

Gilmartin, Christina K. 主編『性別化中國: 婦女, 文化與國家』. 北京: 三聯書店 1994.

金朝霞「家中的娜拉與出走後的娜拉」『河南大學學報·社會科學版』第36卷 5期. 1996. 9

羅蘇文『女性與近代中國社會』. 上海: 上海人民出版社 1996.

魯迅『魯迅 ── 自剖小說』. 王曉明 編. 上海: 上海文藝出版社 1994.

凌淑華『凌淑華文存』. 成都: 四川文藝出版社 1998.

唐寧麗「試談五四女性文學的雙重文本」『南京師大學報·社會科學版』1998. 4.

戴錦華「新時期文化資源與女性書寫」葉舒憲 主編『性別詩學』. 北京: 社會科學文獻 出版社 1999.

_____『猶在鏡中』. 北京: 知識出版社 1999.

董春「教會在華興辦女學之沿革」『樂山師範學院學報』17卷 2期. 2002年 4月.

孟悅·戴錦華『浮出歷史地表』. 鄭州: 河南人民出版社 1989.

氷心『氷心小說全集』. 北京: 中國文聯出版公司 1996.

薛曉建「論非基督敎運動對中國敎育發展的影向」.『北京行政學院學報·哲學人文版』
　　2001年 3期.

宋明煒『浮世的悲哀──張愛玲傳』. 上海: 上海文藝出版社 1998.

_____『新靑年』. 上海: 上海書店 影印本 1988.

楊榮「"娜拉走後怎樣"新解」.『四川師範學院學報·哲學社會科學版』第3期. 1997. 5.

楊玉峰「一九四九年以前易卜生的譯介在中國」.『東方文化』第20卷 1期. 1982.

梁云「女性解放道路上的求生情結──從子君·陳白露現象看女性解放價值觀」.『社會
　　科學輯刊』. 總122期. 1999. 3.

呂秀蓮『新女性主義』. 臺北: 前衛社 1990.

閻純德『20世紀中國女作家研究』. 北京: 語言文化大學出版社 2000.

_____編『20世紀中國著名女作家傳』. 北京: 中國文聯出版公司 1995.

吳洪成「近代中國敎會中學課程初探」(華東師範大學學報·敎育科學版. 1996年 2期).

汪宏聲「記張愛玲」(1944).『張愛玲評說六十年』. 中國華僑出版社 2001.

王躍·高力克 編『五四: 文化的闡釋與評價──西方學者論五四』. 太原: 山西人民出版
　　社 1989.

汪暉「中國現代歷史中的'五四'啓蒙運動」. 許紀霖 編『二十世紀中國思想史論·上』.
　　上海: 東方出版中心 2000.

維拉 施瓦支(Vera Schwarcz, 舒衡哲)『中國的啓蒙運動──知識分子與五四運動』. 李
　　國英等 譯. 太原: 山西人民出版社 1989.

劉思謙「中國女性文學的現代性」.『文藝研究』1998年 第1期.

劉人鵬『近代中國女權論述──國族, 飜譯與性別政治』. 臺北: 學生書局 2000.

劉慧英『女權啓蒙與民族國家話語』. 北京 淸華大學校 博士學位論文 2007.

_____『遭遇解放: 1890~1930年代的中國女性』. 北京: 中央編譯出版社 2005.

劉禾『跨語際實踐』. 北京: 三聯出版社 2002.

李小江「婦女硏究在中國的發展及其前景瞻望」.『婦女硏究在中國』. 河南人民出版社
　　1991.

_____ 主編『性別與中國』. 北京: 三聯書店 1994.

_____『解讀女人』. 江蘇人民出版社. 1999.

李雁波「"救出自己": 一位中國娜拉對易卜生主義的錯誤解讀」.『北方論叢』1994. 2.
　　總124期.

李澤厚「啓蒙與救亡的雙重變奏」.『中國現代思想史論』. 北京: 東方出版社 1987(한
　　국어판『중국현대사상사의 굴절』, 김형종 옮김, 서울: 지식산업사 1992.)

林幸謙『歷史·女性與性別政治─重讀張愛玲』. 臺北: 麥田出版 2000.

林賢治『娜拉: 出走或歸來』. 天津: 百花文藝出版社 1999.

張京媛 主編『當代女性主義文學批評』. 北京: 北京大學出版社 1992.

張寶琴 外 主編『四十年來中國文學(1949-1993)』. 臺北: 聯合文學出版社 1999.

張寶明『啓蒙與革命──'五四'急進派的兩難』. 上海: 學林出版社 1998.

張愛玲『張愛玲文集』. 合肥: 安徽文藝出版社 1992.

_____「憶胡適之」.『永遠的張愛玲』學林出版社 1996.

張玲霞「中國現代文學中的娜拉情結」.『中國硏究月刊』1997. 1.

張玉法·李又寧 編『中國婦女史論文集(1.2)』. 臺北: 臺灣商務印書館 1992.

張晶「淺析梅蘭芳先生的〈霸王別姬〉」.『中國戲曲學院學報』24卷 1期. 2003. 2.

張灝「重訪五四──論'五四'思想的兩歧性」. 許紀霖 編『二十世紀中國思想史論·上』.
　　上海: 東方出版中心 2000.

張曉麗「『新青年』的女權思想及其影響」.『史學月刊』1998年 4期.

錢理群·陳平原·黃子平『20世紀文學三人談』. 北京: 北京大學出版社 2004.

丁守和 主編『中國近代啓蒙思潮』. 北京: 中國社會科學文獻出版社 1999.

丁爾綱「新民主主義文化革命大潮中茅盾婦女觀的形成與發展」.『茅盾與二十世紀』.
　　北京: 華夏出版社 1997.

鄭虹「無法拯救的困境──由〈傷逝〉引出的思考」.『深圳大學學報·人文社會科學版』

16卷 4期. 1999.

周蕾『婦女與中國現代性 — 東西方之間閱讀記』. 臺北: 麥田出版社 1995.

周芳芸「中國的 '娜拉' 走後怎樣 — '五四'新女性自我意識的覺醒與失落」. 『中國現代文學悲劇女性形象研究』. 成都: 天地出版社 1999.

周昌龍『新思潮與傳統:五四思想史論集』. 臺北: 時報文化 1995.

中國社會科學院科研局 編『五四運動與中國文化建設 — 五四運動七十周年學術討論會論文選』. 北京: 社會科學文獻出版社 1989.

陳遼「淪陷區文學評價中的三大分歧」. 『江西行政學阮學報』2001. 3.

陳芳明「張愛玲與臺灣文學史編纂」. 『閱讀張愛玲』. 臺北: 麥田出版社 1999.

陳素「五四與婦女解放運動」. 中國社會科學院近代史研究所 編『五四運動回憶錄 (下)』. 湖南: 中國社會科學出版社 1979.

陳順馨『中國當代文學的敍事與性別』. 北京: 北京大學出版社 1995.

陳順馨·戴錦華 編『婦女, 民族與女性主義』. 北京: 中央編譯出版社 2004.

秦岩「從 '新戲' 到 '傳統戲' 的京劇〈霸王別姬〉」. 『戲曲藝術』2002. 3.

陳子善「埋沒五十載的張愛玲 "少作"」. 陳子善 編『私語張愛玲』. 浙江文藝出版社 1995.

清水賢一郎「革命與戀愛的烏托邦: 胡適的 "易卜生主義" 和工讀互助團」. 吳俊 編譯『東洋文論: 日本現代中國文學論』. 浙江人民出版社 1998.

彭公亮「女性主義文學及其批評的一種審察:以張愛玲〈霸王別姬〉中虞姬形象的個案分析爲例」. 『湖北大學學報·哲學社會科學版』31券 3期. 2004. 5.

彭小妍「五四的 '新性道德' — 女性情慾論述與建構民族國家」. 『近代中國婦女史研究』第3輯. 1995. 8.

馮沅君『春痕』. 上海: 上海古籍出版社 1997.

賀桂梅『80年代文學與五四傳統』. 北京大博士學位論文 1999.

夏志清『中國現代小說史』. 香港: 友聯出版社 1979.

許廣平「從女性的立場說 "新女性"」. 『許廣平憶魯迅』. 廣東: 廣東人民出版社 1979.

許淑娟「中國的'娜拉'和挪威的'娜拉'──比較魯迅和易卜生對婦女解放問題的探索」.
『婦女研究論叢』1994年 3期.

許慧琦「去性化的「娜拉」: 五四新女性形象的論述策略」.『近代中國婦女史研究』第10
期. 2002. 12.

_____『「娜拉」在中國: 新女性形象的塑造及其演變(1900s~1930s)』. 臺灣國立政治
大學歷史研究所博士學位論文 2001.

胡德才「現代中西戲劇關係的第一塊里程碑──胡適的〈終身大事〉和易卜生的〈玩偶
之家〉」.『中國文化研究』1996年 秋天. 總13期.

胡偉淸「民族主義與近代中國基督教教育」.『石河子大學學報·哲學社會科學版』1券
2期. 2001. 6.

胡適『胡適文存1』. 臺北: 遠東出版公司 1953.

黃克武·張哲嘉 主編『公與私 : 近代中國個體與群體之重建』. 南港: 中央研究院近代
史研究所 2000.

3. 기타언어 자료

Barlow, Tani E. "Theorizing Woman: Funu, Guojia, Jiating(Chinese Women. Chinese
State. Chinese Family)." *Genders*. No.10. Spring 1991.

_____ ed. *Gender Politics in Modern China: Writing and Feminism*. Duke University
Press 1993.

Bhabha, Homi. *The Location of Culture*. Routledge 1994.

Chatterjee, Partha. *The Nation and Its Fragments*. Princeton University 1993.

Gilmartin, Christina. "Mobilizing Women: The Early Experience of the Chinese
Communist Party, 1920-1927." University of Pennsylvania. Ph. D. 1986.

Lee, Leo Ou-fan. "Modernity and its Discontents."『學人』제4집. 1994.

Levenson, Joseph. *Liang Ch'i-ch'ao and the Mind of Modern China*. Harvard University
Press 1959.

Liu, Lydia H.(劉禾), *Translingual Practice: Literature. National Culture and Translated Modernity-China. 1900-1937*. Stanford University Press 1995.

Louise, Edwards(李玉蘭), "Policing the Modern Woman in Republican China." *Modern China*. Vol.26. No2. April 2000.

Vera, Schwarcz, "Ibsen's Nora: The Promise and the Trap." *Bulletin of Concerned Asian Scholars*. Vol.7. No.1. 1975.

Wang, Zheng(王政), *Women in the Chinese Enlightenment: Oral and Textual Histories*. University of California Press 1999.

Yuval-Davis, Nira . *Gender & Nation*. Sage Publications 1997.

張競『近代中國と'戀愛'の發見』. 岩波書店 1995.

清水賢一郎「'ノ_ラ'自動車に乘る ─ 胡適〈終身大事〉を讀む」.『東洋文化』77輯. 1997.

| 찾아보기 |

306

임우경 任佑卿

성공회대학교 동아시아연구소 HK교수. 연세대학교 중문과에서 「중국의 반전통주의 민족서사와 젠더」로 박사학위를 받았고, 현재는 한국전쟁시기 중국의 국민동원과 여성, 동아시아 냉전의 정착과 그 성격에 관한 연구를 진행 중이다. 주요논문으로 「여성의 시간, 서사 그리고 민족: 張愛玲 〈傳奇〉의 징후 읽기」 「요코 이야기와 기억의 전쟁: 지구화 시대 민족기억의 파열과 봉합, 그리고 젠더」가 있고, 저역서로 『이동하는 아시아: 탈냉전 수교의 문화정치』(편저) 『'냉전' 아시아의 탄생: 신중국과 한국전쟁』(편저) 『시인의 죽음』(역서) 『적지지련』(역서) 등이 있다.

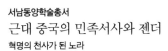

서남동양학술총서
근대 중국의 민족서사와 젠더
혁명의 천사가 된 노라

초판 1쇄 발행/2014년 2월 28일

지은이/임우경
펴낸이/강일우
책임편집/박대우
펴낸곳/(주)창비
등록/1986년 8월 5일 제85호
주소/413-120 경기도 파주시 회동길 184
전화/031-955-3333
팩시밀리/영업 031-955-3399 · 편집 031-955-3400
홈페이지/www.changbi.com
전자우편/human@changbi.com

ⓒ 임우경 2014
ISBN 978-89-364-1338-5 93820